D1721231

Vergiss mich nicht

Tanya Michna

Vergiss mich nicht

Roman

Aus dem Englischen
von Carola Kasperek

Weltbild

Die englische Originalausgabe erschien unter dem Titel
Necessary Arrangements bei Penguin Group US / New Americal Library.

Besuchen Sie uns im Internet:
www.weltbild.de

Genehmigte Lizenzausgabe für Verlagsgruppe Weltbild GmbH,
Steinerne Furt, 86167 Augsburg
Copyright der Originalausgabe © 2008 by Tanya Michna
Copyright der deutschsprachigen Ausgabe © 2008
by Wilhelm Heyne Verlag, München
in der Verlagsgruppe Random House GmbH
Übersetzung: Carola Kasperek
Umschlaggestaltung: Alexandra Dohse, www.grafikkiosk.de, München
Umschlagmotiv: Getty Images, München / plainpicture, Hamburg
Gesamtherstellung: CPI Moravia Books s.r.o., Pohorelice
Printed in the EU
ISBN 978-3-8289-9628-1

2012   2011   2010   2009
Die letzte Jahreszahl gibt die aktuelle Lizenzausgabe an.

Jill und Melissa, ihr bleibt in liebevoller Erinnerung.

1

Eigentlich war Asia Swenson immer ein braves Kind gewesen. Nur einmal, in der dritten Klasse, hatte eine Lehrerin mit ihr geschimpft, weil sie einen frechen Jungen auf dem Spielplatz Furzgesicht genannt hatte. »Es gibt sehr hässliche Wörter, die wir niemals in den Mund nehmen sollten«, hatte Mrs. Larkin sie ermahnt.

Heute, mit vierunddreißig, an diesem Nachmittag im September, wurde Asia mit dem hässlichsten Wort ihres Lebens ein heftiger Schlag versetzt.

Metastase.

Wenn bloß Mrs. Larkin hier wäre. Sie würde dem Doktor den Mund mit Seife auswaschen.

Bei dieser absurden Vorstellung musste Asia beinahe lächeln. Beinahe. Wie konnte man lachen, wenn man soeben erfahren hatte, dass der Krebs nicht nur erneut ausgebrochen war, sondern sich sogar ausgebreitet hatte? Die Gefahr war ihr, wie jedem Krebspatienten, zwar bewusst gewesen, doch wenn es dann tatsächlich geschah …

Sie rutschte auf ihrem Stuhl herum und strich sich mit den Fingern über die Wangen, während ihre Gedanken geschwind wie Kolibris durcheinanderschwirrten. Wenn sie sich doch nur konzentrieren könnte! Ihre Mutter hatte immer damit geprahlt, wie zielstrebig Asia von Geburt an gewesen sei. Sie war eine Woche zu früh auf die Welt gekommen und hatte mit acht Monaten laufen gelernt. Wo war ihre Energie nur geblieben? Sie musste dieses Gefühl, als liefe sie unter Wasser gegen einen starken Widerstand an, unbedingt loswerden und sich erneut dem Kampf gegen den Krebs stellen. Einem Kampf, der zwei Jahre zuvor begonnen hatte und eine Zeit lang beinahe gewonnen schien. Ihr war, als habe sie mit letzter Kraft einen Berggipfel erklommen, nur um gleich wieder von einer Windböe hinuntergeweht zu werden. Jetzt musste sie den Aufstieg von Neuem in Angriff nehmen, obwohl sie von den überstandenen Strapazen bereits erschöpft war.

»Sie können es sich im Augenblick vielleicht nicht vorstellen«, sagte Dr. Klamm, und seine Stimme schien von viel weiter her zu kommen als nur von der anderen Seite des Mahagonischreibtisches, »aber wir haben noch nicht alle Möglichkeiten ausgeschöpft. Es gibt noch andere Therapien.«

Im Vergleich zu den hell erleuchteten, kühlen Untersuchungszimmern wirkte dieser kleine Raum mit den dunklen Möbeln so gemütlich, dass es Asia mitunter schon guttat, nur hier zu sein. Die männliche Ausstattung des Zimmers gab ihr ein seltsames Gefühl von Sicherheit, nachdem sie so viel Zeit mit anderen kranken Frauen verbracht hatte, umgeben von fröhlich bunten Kampf-dem-Krebs-Mitbringseln. Dabei war das einfach dumm. Auch Männer bekamen Krebs, sogar Brustkrebs. Vielleicht hatte sie sich hier nur deswegen immer so wohlgefühlt, weil sie Vertrauen zu dem Onkologen hatte.

Allerdings musste er ihr Vertrauen nun wohl oder übel enttäuschen und ihre in acht Monaten aufgebaute Zuversicht erschüttern.

Nachdem er ihr zum ersten Mal die Diagnose gestellt hatte, hatte Asia zu ihrer Mutter und Schwester gesagt: »Mein Leben liegt nun also in den Händen von Dr. Klamm, das klingt wie *clam* – die Muschel. Ob das wohl ein schlechtes Zeichen ist? Schließlich haben diese Lebewesen ja nicht einmal Hände.«

Lucy hatte gelacht, doch Mrs. Swenson hatte ihr nur einen gequälten Blick zugeworfen. Früher, wenn Lucy und Asia über irgendein sonderbares Wortspiel lachten oder über einen Witz, den nur sie beide verstanden, dann hatte ihre Mutter oft gesagt: »Mit euch Mädchen stimmt irgendwas nicht.«

Mit mir stimmt etwas ganz und gar nicht. Diese verdammten entarteten Zellen.

»Asia?« Besorgt blickte der Arzt sie durch seine Nickelbrille an.

»Tut mir leid. Ich war ... woanders.«

»Ist schon gut.« Als er sich seufzend in seinem Ledersessel zurücklehnte, kam ihr der Gedanke, wie schwer der Arztberuf zuweilen sein musste. Weder die Ruhe, die dieser Raum ausstrahlte, noch die gerahmten Mutmachsprüche an den Wänden des Korridors oder die frischen Blumen am Empfang konnten darüber hinwegtäuschen, dass an diesem Ort Krankheit und schlechte Nachrichten allgegenwärtig waren. Aber angesichts ihrer eigenen Sorgen hielt sich Asias Mitleid mit Dr. Klamm dann doch in Grenzen.

Mit Mühe sammelte sie ihre Gedanken. »Es ist also eine

andere Stelle, aber immer noch der gleiche Krebs?« Brustkrebs. Wie widersinnig bei einer Frau, die schon seit über einem Jahr gar keine Brüste mehr hatte. *Den Termin für den operativen Brustaufbau im Dezember sollte ich wohl besser verschieben.*

Er nickte. »Ich weiß, wie schwer das alles für Sie ist. Gehen Sie jetzt am besten heim und ruhen Sie sich aus. Wir sehen uns dann in ein paar Tagen wieder, wenn Sie Zeit hatten, sich ein paar Fragen zu notieren. Vielleicht könnte dann jemand von Ihrer Familie mitkommen.«

Als ob sie das einem geliebten Menschen zumuten wollte. Nichts konnte einem so sehr den Tag verderben, wie in das Klinikzentrum nördlich von Atlanta geschleppt zu werden, um sich wieder einmal etwas über Krebs anzuhören. Das wusste sie aus Erfahrung.

Mein Gott, sie werden so enttäuscht sein.

Die Familie Swenson hielt eng zusammen. Asias Schwester und ihre Eltern hatten ihr beigestanden, als sie die zwei Runden Chemotherapie und die beiden Operationen über sich ergehen lassen musste. Als es letzten Herbst so ausgesehen hatte, als sei die beidseitige Mastektomie erfolgreich gewesen, und ihre Blutproben ohne Befund waren, als die ewige Müdigkeit endlich ein wenig nachließ, ihre Haare wieder wuchsen und der Portkatheter aus ihrer Brust entfernt wurde, da hatten sie alle mit großer Erleichterung ein Licht am Ende des Tunnels gesehen.

Sie schluckte und blinzelte, um das Bild der auf sie zurasenden Lokomotive aus ihrem Kopf zu verbannen. »Ich mache einen neuen Termin an der Aufnahme«, sagte sie.

»Sie sind jung und kräftig, Asia. Und Sie waren immer

eine Kämpfernatur. Wenn Sie wollen, nennen wir Ihnen ein paar Selbsthilfegruppen, die sich besonders um Patienten mit Rezidiven kümmern.«

Genau wie beim letzten Mal, dachte sie ärgerlich. Der Vorschlag, sich einer Gruppe anzuschließen. Die freundliche Ermahnung, den Kopf nicht hängen zu lassen. Damals, beim ersten Mal, hatte sie versucht, sich so munter zu geben wie ein Anti-Krebs-Cheerleader, nur ohne Pompons. Und dennoch war die Krankheit zurückgekehrt wie ein entfernter Verwandter, der sich dauernd Geld borgt, schmutzige Witze reißt und immer im falschen Augenblick auftaucht. Zu dumm, dass sie nicht einfach das Licht ausmachen, die Vorhänge zuziehen und so tun konnte, als sei sie nicht zu Hause. Das wäre ihr auf jeden Fall lieber gewesen als noch eine Chemo.

Doch noch schlimmer als der Gedanke an die Behandlung war die Aussicht, es den anderen beibringen zu müssen. Sie erinnerte sich noch lebhaft daran, wie entsetzt und traurig sie beim letzten Mal gewesen waren und wie tapfer sie sich bemüht hatten, es sie nicht merken zu lassen. Asia selbst hatte jedes Untersuchungsergebnis so positiv wie möglich dargestellt, ganz gleich, wie frustriert und verängstigt sie war. Ihre Lieben hatten im Gegenzug so getan, als glaubten sie keinen Augenblick daran, dass Asia sterben könnte. Sie alle hatten einen bizarren Tanz vollführt und ihre Füße zu dem ungewohnten Rhythmus so behutsam wie möglich gesetzt, um bloß keinem auf die Zehen zu treten.

In der Hoffnung, dies alles nicht erneut durchmachen zu müssen, hatte Asia keinem etwas von den Schmerzen und Beschwerden erzählt, die sie seit einiger Zeit plagten.

Schließlich musste es nicht unbedingt etwas mit dem Krebs zu tun haben. Doch nun, da das Knochenszintigramm und die Ergebnisse der Biopsie ihre Befürchtungen bestätigt hatten, musste sie es ihnen sagen. *Morgen.* Wenn sie bis morgen nach dem Abendessen wartete, hätte sie genügend Zeit, sich ihre Worte zurechtzulegen.

Sie würden bestürzt sein, weil Asia doch so viele Monate gesund gewesen war. Ihre Mutter würde die Tränen nicht zurückhalten können und ihr Vater harte Fakten fordern, an die er sich klammern konnte. Die Gespräche mit den Kollegen würden ins Stocken geraten, und die Freunde im Fitnessstudio würden sie, um Worte verlegen, verstohlen von der Seite mustern.

Vielleicht wäre es das Beste, wenn sie sich morgen freinähme, um zu meditieren und sich vorzubereiten. Als Anlageberaterin war sie für das Geld anderer Leute verantwortlich, und im Augenblick wäre sie bestimmt nicht in der Lage, ihren Kunden die nötige Aufmerksamkeit zu widmen. Mein Gott, wie sehnte sie sich nach den Zeiten zurück, als sie sich nur um das Wirtschaftswachstum und nicht um das Wachstum von Tumoren Gedanken machen musste.

Ich werde mich krankmelden. Sie ballte die Hände zu Fäusten. *Krank.* Sie hatte so sehr gehofft, dass dieses Wort nie wieder auf sie zutreffen würde.

In ihrem Häuschen, das an einer Straße in Atlanta mit Namen Peachtree lag, hatte sich Lucy Swenson im Bett zusammengerollt. Ihr war, als würde sie schweben, leicht wie die samtigen Rosenblätter, die noch vereinzelt am Fußende lagen.

Der zehnte September war ihr offizieller Glückstag. Vor genau einem Jahr hatte sie an einer Veranstaltung zur Förderung ortsansässiger Künstler teilgenommen, weil der Mann ihrer Freundin Cam sich erkältet hatte und nicht mitgehen konnte. Daher hatte er Lucy seine Eintrittskarte überlassen, und in der Galerie war sie dann – im wahrsten Sinne des Wortes – auf Michael O'Malley gestoßen. Er arbeitete als Anwalt bei einer Kanzlei in der Innenstadt, die sich auf Arbeitsrecht spezialisiert hatte, und engagierte sich nebenher in mehreren gemeinnützigen Gruppen. Noch stärker als Michaels Beruf und sein umwerfend gutes Aussehen hatte es sie beeindruckt, wie gelassen er reagierte, als sie ihm Rotwein über sein Hemd kippte. Es war ihr entsetzlich peinlich gewesen, doch er hatte nur auf ein Gemälde mit knallbunten Farbklecksen gezeigt.

»Ich behaupte einfach, mein Hemd wäre auch moderne Kunst«, sagte er lächelnd. »Darf ich Ihnen einen neuen Drink holen?«

»Aber nur, wenn er keine Flecken macht«, erwiderte sie, während ihre Freundin in einem Seitengang verschwand, damit sich Lucy und Michael in Ruhe unterhalten konnten.

Einen Jahrestag im eigentlichen Sinne gab es nicht zu feiern, denn ihre Beziehung hatte sich ganz allmählich und fast unmerklich entwickelt. Sie begegneten einander ein paarmal zufällig, entdeckten gemeinsame Bekannte, trafen sich ganz zwanglos zum Abendessen, bis schließlich eine enge, vertraute Verbindung entstanden war. Aus diesem Grund hatte Michael den Jahrestag ihrer ersten Begegnung – also heute – gewählt, um ihr einen Heiratsantrag zu machen.

Lucy kuschelte sich tiefer unter die Bettdecke, die noch

den warmen Sandelholzduft von Michaels Eau de Cologne verströmte. Dabei streckte sie einen Arm in die Höhe und bewunderte ihren Diamantring, der im Licht der Kerze, die nach Freesien duftete, funkelte. Sie hatte Michael die Duftkerzen aus einer Laune heraus gekauft, damit es in seiner Wohnung immer nach Frühling roch. Erst als sie ihm das Geschenk überreichte, war ihr aufgefallen, wie wenig es zu diesem breitschultrigen irischen Herzensbrecher passte. Doch er hatte sich mit einem Kuss bedankt, und seither hatten sie sich schon oft beim sanften Kerzenschimmer geliebt.

Wenn sie nicht sofort dieses alberne Grinsen abstellte, würde sie noch einen Krampf in den Lippen bekommen, doch es ging einfach nicht. Ihr war schwindelig vor Glück, und sie hätte die ganze Welt umarmen können. So etwas Schönes wünschte sie jedem Menschen!

Ihre Gedanken wanderten zu Asia, ihrer älteren Schwester und zugleich besten Freundin. Mehr als jeder andere hatte sie es verdient, glücklich zu sein. Erst vergangene Woche hatte ihre Mutter sich darüber ereifert, dass Asia sich nicht genügend Zeit nahm, um das wahre Glück zu finden, was für Mrs. Swenson gleichbedeutend mit einem Ehemann und Kindern war. »Sie arbeitet zu viel«, hatte sie sich beklagt, wobei jedoch auch Stolz in ihrer Stimme mitschwang.

»Sie will eben die verlorene Zeit aufholen«, hatte Lucy erwidert. Asia glaubte, ihren Kollegen und Kunden etwas beweisen zu müssen. Was auch immer das sein sollte, nach allem, was sie durchgemacht hatte …

Zu gegebener Zeit würde auch Asia ihren Märchenprinzen finden. Vorerst jedoch konnte Lucy es kaum erwarten, ihr die freudige Nachricht mitzuteilen. Da die Schwestern sich gänzlich unähnlich waren und ein Altersunterschied von sechs Jahren zwischen ihnen lag, konnten sich manche Leute nicht vorstellen, wie nahe sich die beiden standen. Als Erste Brautjungfer an ihrem großen Tag kam für Lucy nur ihre Schwester infrage.

Lucy warf einen verstohlenen Blick auf das Telefon auf Michaels Nachttisch. Am liebsten hätte sie Asia angerufen und ihr die tolle Neuigkeit berichtet, solange Michael noch unter der Dusche war. *Nein, wir sagen es der Familie persönlich, morgen Abend beim Essen.* Den Patzer hätte sich nicht einmal Lucy geleistet, ihre erste Abmachung als Verlobte, kurz nachdem sie es gemeinsam beschlossen hatten, wieder über den Haufen zu werfen.

Das Wasserrauschen hatte aufgehört. Sie rutschte noch weiter unter die Daunendecke und wackelte vor lauter Vorfreude mit den Füßen. Michael hatte die Tür zum Badezimmer nur angelehnt; jetzt kam er heraus, sein muskulöser, eins achtzig großer Körper war nur mit einem um die Hüften geschlungenen Badetuch bedeckt.

Er schaute sofort zu ihr herüber. »Ich habe dich vermisst und gehofft, du würdest mir doch noch unter der Dusche Gesellschaft leisten.«

Auf die Ellbogen gestützt ließ sie den Blick genüsslich über sein feuchtes schwarzes Haar und den schlanken, von Squashpartien und regelmäßigem Jogging gestählten Körper wandern. *Alles meins,* dachte sie und: *Einfach lecker!* »Ich hatte Angst, wenn ich jetzt aufstehe, würde sich herausstellen, dass der ganze Abend nur ein Traum war.«

Er blickte belustigt auf die nachlässig hingeworfenen

Kleidungsstücke auf dem Boden, die sie einander ausgezogen hatten. »Hast du immer so liederliche Träume?«

Erst seit sie einen Mann getroffen hatte, bei dem sie sich derart begehrenswert fühlte. Sie schenkte ihm ein kokettes Lächeln: »Ich habe das Recht, die Aussage zu verweigern, Herr Anwalt.«

»Du weißt ja, dass ich deine Rechte unbedingt respektiere«, erwiderte er, während er auf sie zukam.

»Wenn du das nicht tätest, wärst du auch ein lausiger Anwalt.«

»Jetzt mal unter uns.« Er ließ das Badetuch fallen. »Was würdest du davon halten, wenn ich versuchen würde, dir doch noch eine Antwort zu entlocken?«

Ja, bitte. »Von mir aus gerne, aber ich fürchte, das kann eine ganze Weile dauern.« Sie zog eine Augenbraue hoch. »Falls du dich dem gewachsen fühlst.«

Er rollte sich auf sie und streifte mit den Lippen leicht ihr Schlüsselbein, bevor er sie auf den Mund küsste. »Du Schlaumeier.«

»Das ist doch eines von den Dingen, die du so an mir liebst, stimmt's?«

»Eines von vielen.« Er zog die Bettdecke zwischen ihnen weg. »Wenn du die ganze Nacht Zeit hast, zähle ich die ganze Liste auf.«

Sie nahm sein Gesicht in ihre Hände und zog ihn näher zu sich heran. »Ich habe mein ganzes Leben lang Zeit.«

Das italienische Restaurant *Alimento con Amore* in Roswell war schon seit Langem ein Lieblingslokal der Swensons. Ihnen gefielen die ungezwungene und dennoch dezent festliche Atmosphäre und die gutbürgerliche Küche. Der massive Holzboden, die roten Tischplatten und die Lichterketten mit den kleinen Lämpchen an der Decke waren Asia normalerweise so vertraut wie die Küche ihrer Mutter. Doch heute Abend erschien ihr alles merkwürdig fremd.

Nicht der Ort hat sich verändert, sondern du selbst, dachte Asia, während sie auf die Treppe aus Teakholz zuging.

Sie musste an die vielen Abende mit der Familie denken, an denen sie lächelnd und hungrig das Lokal betreten hatte. Doch heute Abend empfand sie keine freudige Erwartung, und sie verspürte auch keinen Appetit. Sie erinnerte sich vage, dass sie zum Frühstück ein paar Haferflocken hinuntergewürgt hatte. War das alles gewesen, seit sie gestern am späten Nachmittag Dr. Klamms Sprechzimmer verlassen hatte?

Mit einem Blick in den Spiegel, der hinter der Empfangsdame an der Wand hing, stellte Asia zu ihrer Erleichterung fest, dass sie normaler aussah, als sie sich fühlte. Ihre Familie ging davon aus, dass sie von der Arbeit kam, und da die Monroe Capital Group, die nur zögernd den Casual Friday eingeführt hatte, an einem Mittwoch erst recht keine legere Kleidung dulden würde, hatte Asia das Sweatshirt, das sie den ganzen Tag über getragen hatte, mit einer schwarzen Hose und einer passenden Jacke über einem hellrosa Top vertauscht.

Obwohl sie ihr glattes dunkles Haar fast immer lang getragen hatte, stand ihr auch die kurze Lockenfrisur, die ihr der Spiegel zeigte. Als feststand, dass sie durch die Chemotherapie die Haare verlieren würde, hatte sie sich eine hochwertige Perücke aus einer Mischung von natürlichen und synthetischen Haaren gekauft, die ihrer normalen Frisur ähnelte. Doch nicht einmal die Eitelkeit konnte Asia dazu bewegen, die Perücke in der glühenden Sommerhitze von Georgia zu tragen. Kaum war die Behandlung beendet, hatte sie daher das kaum getragene Ding mit Freuden verschenkt und die Tage gezählt, bis ihr eigenes Haar nachgewachsen war.

Merkwürdig, aber in gewisser Weise war es schlimmer für sie gewesen, ihre Haare zu verlieren als die Brüste. Vielleicht lag es daran, dass sie immer ziemlich flachbrüstig gewesen war und damals keinen Liebhaber hatte. Zu der Zeit, als sie die Diagnose erhielt, ging sie ab und zu mit einem geschiedenen Bankmanager aus. Sie ermöglichte ihm einen leichten Abgang, indem sie behauptete, sie müsse sich erst einmal aufs Gesundwerden konzentrieren. Vielleicht hatte sie sich mit ihrem kahlen Kopf jedoch auch so verletzlich gefühlt, weil er ein deutlich sichtbares Zeichen ihrer Erkrankung war.

Diesmal würde es ihr nicht so viel ausmachen, weil sie es schon einmal durchgemacht hatte und die Haare noch kurz waren. Doch als sie sich ihr Spiegelbild wieder mit Glatze vorstellte …

Es geht um Leben und Tod. Da wirst du doch wohl nicht so dumm sein, dir über deine Frisur Gedanken zu machen.

Wenn jemand in ihrer ehemaligen Selbsthilfegruppe so etwas gesagt hätte, hätte Asia wahrscheinlich eingewendet, dass es normal, ja geradezu *gesund* sei, sich über die Nebenwirkungen zu ärgern. Dafür brauchte man sich nicht zu entschuldigen. Doch an sich selbst stellte sie höhere Ansprüche als an andere.

Also versuch, positiv zu denken.

»Hier entlang, bitte.« Die Empfangsdame, die soeben eine Reservierung notiert hatte, schenkte Asia ein strahlendes Lächeln. »Ich begleite Sie zu Ihrem Tisch.«

Niedergeschlagen folgte Asia der blonden Frau durch den vorderen Teil des Lokals, von dem aus drei Stufen zu einem kleineren Raum hinaufführten. Dort warteten in einer Nische bereits ihre Eltern.

Mit einigen freundlichen Worten verließ die Empfangsdame ihren Gast am Fuß der Treppe. Als Asia einen Schritt auf Marianne und George Swenson zuging, erhoben sich beide gleichzeitig, wie auf ein Kommando. Nach fast vierzigjähriger Ehe waren sie offensichtlich ein eingespieltes Team. Wenn man das Ehepaar betrachtete – George mit seinem stahlgrauen Haar und der vorwiegend in Beige und Dunkelblau gehaltenen Garderobe und die zierliche Marianne in ihrem Seidenkleid und mit den würfelförmigen Zirkonia-Ohrringen –, dann konnte man leicht erraten, wer von den beiden für Asias exotischen Vornamen verantwortlich war. Ihr Vater hatte versucht, den kreativen Impuls seiner Frau dadurch ein wenig abzumildern, dass er als zweiten Vornamen Jane aussuchte, doch durch den Kontrast wirkte der Name nur noch skurriler. Nur einmal, in der Mittelstufe, hatte Asia eine Bemerkung über ihren ungewöhnlichen Namen gemacht, woraufhin Marianne über die mangelnde Begeisterung ihrer Tochter enttäuscht schien.

»Du bist so außerordentlich begabt«, hatte die Mutter ihre Wahl gerechtfertigt. »Ein normaler Name würde gar nicht zu dir passen.« Das war ja gut und schön, doch Gott sei Dank hatten sie für Lucy einen herkömmlichen Namen gewählt. Das sensible Kind war auch so schon genug gehänselt worden.

Marianne, die am Rand der Nische saß, gab Asia einen Kuss auf die Wange. »Wie geht's dir? Hast du heute ein paar Milliönchen gemacht?«

Ich habe noch nicht mal mein Bett gemacht. Asia umarmte ihre Mutter und beugte sich über den Tisch, um ihrem Vater kurz den Arm um die Schultern zu legen.

Obwohl er nur mittelgroß war, hatte sie ihn als Kind für stattlich gehalten. Sie konnte sich noch entsinnen, wie er einmal, als sie noch sehr klein war, mit seinem schweren Stiefel eine Spinne für sie zertreten hatte. Erleichtert hatte Asia damals gedacht, dass ihr starker Dad jeden Bösewicht besiegen konnte. Er würde sie vor allem beschützen, was im Dunkeln auf sie lauerte. Mittlerweile wirkten ihre Eltern kleiner und zerbrechlicher, wofür nicht zuletzt Asias Erkrankung mit den beiden Operationen und diversen Komplikationen verantwortlich war. Unter ihrem Make-up, ohne das kein Außenstehender sie je zu Gesicht bekam, war Marianne in den letzten zwei Jahren um zehn Jahre gealtert.

Ich kann nicht. Asias mühsam gesammelter Mut schmolz dahin. *Ich kann es ihnen nicht sagen.*

Sie räusperte sich. »Wo sind denn Lucy und Michael?«

Zu den seltenen Gelegenheiten, bei denen die Familie gemeinsam ausging, erschien Lucy immer öfter in Michaels Begleitung.

Michael hatte ihnen erzählt, dass er erst ein einziges Mal, in dem Sommer nach seinem Highschool-Abschluss, in Irland gewesen sei. Doch sein Vater, der Mitinhaber einer Pferdezucht in Kentucky, war im County Kildare geboren.

Bis auf den ältesten Bruder, der das Händchen für Pferde geerbt hatte, waren mittlerweile alle fünf O'Malley-Geschwister über den Südosten der Vereinigten Staaten verstreut und jagten jeder für sich ihren unterschiedlichen Träumen nach. Asia war froh, dass sie und Lucy immer nahe beieinander gelebt hatten.

Auch wenn Asia sich davor fürchtete, ihrer Familie die grauenvolle Nachricht zu überbringen, so wusste sie doch, dass Lucy die Einzige war, die ihr jetzt beistehen konnte. Mit ihrer Lebensfreude und ihrem ansteckenden Lächeln machte sie ihren Mitmenschen ganz nebenbei das Leben leichter.

George Swenson lachte. »Hast du nach all den Jahren wirklich damit gerechnet, dass deine Schwester pünktlich ist? Wenn Lucy sich weniger als eine Viertelstunde verspätet, ist das noch früh.«

Asia lächelte gezwungen, während sie sich setzte. Das war bei Lucy keine böse Absicht, sie war einfach nur völlig unorganisiert. Für sie war es schon mit einem riesigen Aufwand verbunden, bis sie endlich im Wagen saß und losfahren konnte. Erst bemerkte sie, dass sie ihr Portemonnaie vergessen hatte, dann konnte sie ihre Sonnenbrille nicht finden, oder es stellte sich heraus, dass die Autobatterie leer war, weil sie das Licht angelassen hatte. Wenigstens besaß das kleine Haus, das Lucy gemietet hatte, nur einen Carport und keine Garage. Marianne Swensons ehemaliger Ford Kombi hatte nur ein einziges Mal eine Beule abbekommen. Damals wollte Lucy zu einer Probe ihres Chores mit Sängern aus dem gesamten Staatsgebiet fahren. Da sie wie immer spät dran war, legte sie schwungvoll den Rückwärtsgang ein und fuhr los, ohne vorher das automatische Garagentor hochzufahren. Seitdem war es bei Urlaubstreffen und Familienfeiern ein Running Gag, Lucy zu fragen, ob sie nicht mal eben einen Wagen wegsetzen oder rasch noch ein bisschen Eis holen könnte. Doch Lucy nahm es mit Humor. Meist lachte sie am lautesten, wenn sich die anderen über sie lustig machten. Doch heute würde selbst Lucy die Stimmung kaum retten können, wenn Asia erst ihre Bombe platzen ließ.

»Schatz?« Marianne, die ihr gegenübersaß, lächelte nicht mehr. »Ist alles in Ordnung mit dir?«

Um ja zu sagen, hätte Asia lügen müssen. »Ich bin ein bisschen durcheinander. Ich muss mit euch reden und wollte nur warten, bis …«

»Wir sind da!« Lucys fröhliche Stimme schallte durch den hohen Raum und übertönte das Besteckgeklapper an den anderen Tischen. Mit den Worten »Tut mir leid, dass wir zu spät sind« kam sie die Treppe heraufgestürmt.

»Wieso zu spät?« Mit übertriebener Geste schaute ihr Vater auf seine vergoldete Uhr, ein Geschenk zur Pensionierung. »Ich habe euch in frühestens zehn Minuten erwartet. Mir scheint, du hast einen guten Einfluss auf sie, Michael.«

»Nett von dir«, erwiderte Michael höflich. »Ich warte nur darauf, dass alle merken, dass ich diese Frau überhaupt nicht verdient habe.«

Bei jedem anderen hätte das geklungen, als wolle er sich einschmeicheln, doch Michaels indigoblaue Augen blickten offen und ehrlich.

Gut so, dachte Asia mit grimmiger Genugtuung. Ihre

Schwester war ein besonderer Mensch, den man einfach lieben musste.

»Ich bin am Verhungern«, erklärte Lucy, als sie sich neben Asia auf die Bank schob. Sie griff nach einer Speisekarte, schlug sie jedoch nicht auf. »Ich bin für Shrimps arrabbiata.«

»Meeresfrüchte wären gut«, pflichtete Marianne ihr bei. »Dein Vater liebt Shrimps.«

Lucy grinste. »Ich auch. Aber vor allem sage ich so gerne ›arrabbiata‹«. Sie rollte die Rs mit Hingabe.

Sie haben dem falschen Kind den ausgefallenen Namen gegeben, dachte Asia plötzlich. Sie selbst trug formelle Kostüme und war mit ihrer Arbeit verheiratet, während Lucy mit ihrem sonnigen Gemüt selbst an die alltäglichsten Aufgaben heranging, als seien sie der reinste Spaß. Asia schossen Tränen in die Augen. Warum konnte sie nicht auch so sein? Etwas mehr als ein halbes Jahr lang hatte sie nur gearbeitet und sich einzureden versucht, sie wäre wieder gesund. Warum hatte sie die Zeit nicht genutzt und aufregende Abenteuer unternommen? Eine Kreuzfahrt, ein Trip als Rucksacktouristin kreuz und quer durch Europa, ein Flug nach New York, nur um sich ein Stück am Broadway anzusehen.

Sie war mit Lucy in einem Musical im Fox Theatre in Atlanta gewesen, falls das überhaupt zählte. Im Übrigen *liebte* Asia ihren Job. Für sie war es schon schön und aufregend genug gewesen, aus dem Krankenhaus herauszukommen und in ihr tägliches Leben zurückkehren zu dürfen.

»Hey!« Lucy stupste unter dem Tisch gegen Asias Knie. »Alles in Ordnung?«

»Sie wollte uns gerade etwas mitteilen«, sagte Marianne

im gleichen Augenblick, als der Kellner kam. Er war noch ziemlich neu, hatte sie jedoch schon einmal bedient. Roberto, oder war es Romero?

Michael, der zu Lucys anderer Seite saß, räusperte sich. So nervös hatte Asia ihn noch nie gesehen. »Wir haben euch auch etwas zu sagen. Lucy war schon so kribbelig, dass ich dachte, sie würde euch von unterwegs anrufen. Roberto, welchen Champagner können Sie uns empfehlen?«

George betrachtete seine jüngere Tochter aufmerksam und erkundigte sich nach ihrer Arbeit. Zur freudigen Überraschung ihrer Eltern war Lucys befristete Stelle letztes Jahr in eine feste Anstellung auf der unteren Führungsebene umgewandelt worden.

Dad muss verrückt sein. Aufmerksam musterte Asia ihre Schwester. Weder eine Gehaltserhöhung noch eine Beförderung waren der Grund, dass Lucys hübsches rundes Gesicht so rosig glühte, sondern ganz allein die Liebe. Doch das war ja nichts Neues, es sei denn …

Um Himmels willen! »Er hat ihr einen Antrag gemacht«, flüsterte Asia tonlos. Nicht ausgerechnet heute. Das konnten die beiden doch nicht machen.

Nur Lucy hörte die geflüsterten Worte ihrer Schwester. Sie nickte bestätigend und lächelte, während in ihren grünen Augen Tränen glitzerten. Mit feierlicher Stimme verkündete sie in die Runde: »Mom, Dad. Roberto. Michael und ich werden heiraten!«

2

Vermutlich hätte sie es ihrer Familie ein wenig stilvoller mitteilen sollen, dachte Lucy. Immer musste sie mit allem so herausplatzen.

Dennoch war sie froh darüber, dass alle da waren, um sich mit ihr zu freuen. Aufgeregt drückte sie Asias Hand. »Du wirst meine Erste Brautjungfer! Bitte, sag Ja! Du bist die Einzige auf der ganzen Welt, die ich dafür haben möchte.«

Asias Finger waren kalt, und sie wirkte beinahe … bestürzt. So überraschend kam die Neuigkeit doch nun auch wieder nicht, da Michael und sie schon seit dem letzten Sommer miteinander ausgingen. Und im darauffolgenden Frühling war dann etwas Ernstes daraus geworden. Damals schien es, als hätte jemand einen Schalter umgelegt. Asia hatte gerade die letzte vorsorgliche Chemotherapie beendet, als man Lucy die feste Stelle anbot und sie Michael kennenlernte. Von da an war es stetig aufwärtsgegangen, aus der dunklen Verzweiflung heraus zum Gipfel des Glücks. Lucy musste innerlich über den Vergleich grinsen. Hatten sie sich nicht immer gegenseitig versichert, dass die Swenson-Schwestern selbst den Mount Everest bezwingen könnten, wenn sie es sich in den Kopf setzten? Dennoch war Lucy insgeheim immer der Meinung gewesen, dass ihre Schwester viel eher einen Berg erklimmen – ja sogar Berge *versetzen* – könnte. Erst nach einigen Monaten hatte Lucy zu hoffen gewagt, dass ihr Glückstreffer mit Michael nicht nur ein vorübergehender Irrtum des Schicksals war. Asia war diejenige, die schon die Hochzeitsglocken läuten hörte, als Lucy sich noch fragte, ob dieser gut aussehende Anwalt nicht doch beizeiten zu saftigeren – und schlankeren – Weiden abwandern würde.

Warum wirkte Asia jetzt nicht glücklicher?

Lucy blickte ihrer Schwester in die Augen. Asia hatte Michael doch immer gemocht. Und außerdem war sie sehr selbstbewusst und keine von diesen Frauen, die ihrer kleinen Schwester das Glück nicht gönnten, nur weil sie selbst mit über dreißig noch keinen Mann gefunden hatten. Nachdem Asia nach einigen Sekunden noch immer schwieg, verstummten die freudigen Glückwünsche ihrer Eltern. Sie schauten ihre Tochter fragend an.

»Schwesterchen?« Lucys Stimme klang schrill und gepresst.

»Alles in Ordnung«, brachte Asia heraus, wobei ihr Blick fahrig von einem zum anderen huschte. »Ich freue mich so riesig für euch beide, dass es mir einfach die Sprache verschlagen hat.«

Die gewollt fröhlichen Worte hatten einen hysterischen Unterton. Selbst Roberto, der soeben mit einer Flasche und Champagnergläsern zurückkam, schaute sie besorgt an.

Entweder war Mrs. Swenson eine schlechtere Beobachterin als der Kellner mit der olivfarbenen Haut, oder sie wollte es einfach nicht wahrhaben. »Das ist wirklich eine nette Überraschung, nicht wahr?«, rief sie. »Allerdings hätten wir wohl ...«

»Asia.« In der tiefen Stimme ihres Vaters lagen Zuneigung und Sorge. »Du hast vorhin gesagt, du wolltest uns etwas mitteilen.«

»Ein andermal.« Asia griff nach ihrem Glas. »Dieser Abend gehört Lucy und Michael. Meine Neuigkeit kann warten.«

Wirklich? Lucy spürte, wie sie anfing zu zittern, als ihr Unterbewusstsein die Wahrheit erahnte, die ihr Verstand zu verdrängen versuchte. Bruchstückhafte Erinnerungen an Vorfälle während der vergangenen Wochen fügten sich auf einmal zu einem vollständigen Bild zusammen.

Asia hatte in letzter Zeit immer müde gewirkt, und in ihren haselnussbraunen Augen lag der Schatten der Erschöpfung. Hatte sie etwa auch Schmerzen? Asia hatte Lucys Anrufe nicht so prompt wie sonst beantwortet, doch in ihrer Verliebtheit hatte Lucy sich keine Gedanken darüber gemacht. Sie hatte vermutet, dass Asia einfach ihre Freiheit genoss, jetzt, da sie wieder ... gesund und nicht ständig von Menschen umgeben war. Aber war Asia ihrer Familie stattdessen aus dem Weg gegangen, um sie nicht zu belasten?

War der Krebs wieder da?

Nein. Das durfte nicht sein! Nach allem, was sie durchgemacht hatte, wäre es einfach zu grausam, wenn ...

»Lucy? Schatz!« Michael hielt ihr ein Glas hin.

Sie achtete nicht auf ihn, sondern blickte ihre Schwester eindringlich und fragend an. Einen Augenblick lang schien es, als würde Asia die Augen abwenden, doch dann stieß sie einen leisen Fluch aus und nickte fast unmerklich.

In diesem Moment hatte Lucy das Gefühl, als presste ihr jemand die Luft aus den Lungen und füllte sie mit dem Gift der Angst, bis sie nicht mehr atmen konnte. Heiße Tränen stiegen ihr in die Augen. War sie wirklich ein solcher Schwächling, dass sie sich gehen ließ, während Asia, die schließlich die Leidtragende war, bleich, aber gefasst dasaß?

Sie ist nicht die Einzige, die darunter leiden muss, flüsterte eine selbstsüchtige innere Stimme.

Asia hatte fraglos am meisten gelitten, auf eine Art und Weise, die Lucy sich weder vorstellen konnte noch wollte. Doch der Krebs hatte ihnen allen derart zugesetzt, dass selbst fröhliche Anlässe wie Weihnachten einen bitteren Beigeschmack bekommen hatten. Es fiel schwer, die Zimmer zu schmücken, wenn man fürchten musste, dass einer von ihnen die Weihnachtszeit nicht bis zum Ende durchstehen würde. Nicht dass sie darüber gesprochen hätten. Sie alle hatten sich an Asias Tapferkeit ein Beispiel genommen, brachten jedoch ihre innere Kraft und Stärke nicht auf. Seit Asia krank geworden war, klammerte sich Marianne in fast kindlicher Weise immer stärker an ihre ältere Tochter und suchte in allem ihren Rat, als könne sie Asia auf diese Weise festhalten.

Lucy gab sich einen Ruck, schluckte einmal und blickte verstohlen zu Marianne hinüber. Ihre Mutter wirkte ein wenig verwirrt, aber noch nicht richtig beunruhigt. Ihre arthritischen Finger spielten mit dem schmalen goldenen Kreuz an ihrer Halskette.

George Swenson hingegen schaute seine Töchter an. Er wusste Bescheid. Lucy hatte gesehen, wie ihm plötzlich die Wahrheit dämmerte, worauf er rasch den Blick auf die Speisekarte senkte. Offenbar hatte er nicht die Absicht, das Thema anzuschneiden.

Weil er und Asia mir nicht den Abend verderben wollen. Trotz ihrer Verzweiflung hätte Lucy beinahe laut herausgelacht. Ihr Vater war immer ihr Beschützer gewesen, doch schließlich ging es heute nicht darum, einem Jungen auf den Zahn zu fühlen, der mit Lucy ausgehen wollte, oder sie beim Autokauf zu beraten.

George räusperte sich. »Ich glaube, wir könnten alle ein bisschen was von diesem Prickelwasser vertragen, nicht?«

»Unbedingt«, erwiderte Michael. Außer Lucy hatte wahrscheinlich niemand sein winziges Zögern bemerkt. »Hier bestellt man doch eine oder zwei Vorspeisen für alle gemeinsam, stimmt's? Was könnt ihr denn empfehlen?«

»Ach, einfach alles!«, rief Marianne, bevor sie ihre Lieblingspastagerichte und die Anlässe, die sie hier schon gefeiert hatten, herunterrasselte: Lucys Highschool-Abschluss, Georges Pensionierung nach einem langen Berufsleben als Flugzeugmechaniker, Asias dreißigsten Geburtstag.

Unter dem Tisch drückten Lucy und ihre Schwester einander so fest die Hand, dass es fast wehtat. *Bitte, lieber Gott, lass sie noch Dutzende von Geburtstagen feiern.* Lucy konnte nicht länger verhindern, dass ihr die Tränen über die Wangen liefen.

»Nun aber raus mit der Sprache. Was ist eigentlich los?« Ihre Mutter hörte auf, in Erinnerungen zu schwelgen, und blickte sie finster an.

Lucy wischte sich mit einem Finger die Tränen weg und schniefte. »Ihr kennt mich doch. Schon beim kleinsten Anlass fange ich an zu flennen wie ein Baby. Ich glaube, ich entschuldige mich mal kurz und …«

»Ist schon gut.« Asia drückte die Hand ihrer Schwester noch einmal, dann ließ sie sie los. »Mom, Dad, ich fürchte, ich muss euch etwas sagen. Ich wünschte, ich hätte eine ebenso gute Nachricht wie Lucy. Ich wünschte auch, ich könnte es euch ein andermal erzählen, und am liebsten wäre mir, es gäbe überhaupt nichts zu erzählen.«

George legte den Arm um seine Frau und zog sie an sich, als wolle er sie vor dem drohenden Schlag schützen. Mariannes Atem ging ganz flach, ihr verzweifelter Blick verriet, wie sehr sie sich gegen das Bevorstehende wappnete.

»Der Krebs ist wieder da und hat metastasiert«, erklärte Asia kurz und bündig.

Ein schriller Klagelaut entfuhr Marianne, bevor sie die Hände auf den Mund presste.

Michael sprach als Erster. »Es tut mir so leid. Wir alle möchten dir helfen. Sag uns einfach, was wir tun können.«

Ich liebe diesen Mann so sehr, dachte Lucy. Sein ruhiger, entschlossener Ton war wie Balsam für ihre wunde Seele.

Asia nickte. »Danke. Ich werde dich beim Wort nehmen.«

Die Tränen strömten über Mariannes runzlige Wangen, doch ihre Stimme klang erstaunlich gefasst. »Erklär mir noch mal, was ›metastasieren‹ genau bedeutet.«

»Es heißt, der Krebs hat sich über die ursprüngliche Stelle hinaus ausgebreitet. In meinem Fall in die Knochen. Aber Dr. Klamm sagt, wir haben verschiedene Möglichkeiten. Eine gezielte Therapie, ganzheitliche Behandlung, vielleicht eine Hormontherapie …«

»Und andere Leute haben es doch schließlich auch geschafft, nicht?« George Swenson hörte sich an wie ein Footballtrainer, der seinem Team beim Stand von null zu zwanzig einreden will, dass das Match noch zu gewinnen sei. »Welche Statistiken hat der Doktor dir genannt?«

»Über Zahlen reden Dr. Klamm und ich nicht«, erwiderte Asia. »Wenn jemand statistisch gesehen schlechte Chancen hat und trotzdem ein Jahr überlebt, ist die Statistik für ihn ohne Bedeutung. Wenn dagegen nur einer von einer Million stirbt, dann ist das für diesen einen auch kein Trost.«

Lucy wusste, dass ihre Schwester recht hatte, doch sie selbst würde an Asias Stelle der Versuchung nicht widerstehen können, das Internet zu durchforsten. Sie würde wissen wollen, wie ihre Chancen stünden, und Trost und Gewissheit in den magischen Zahlen suchen. *Vergiss den ganzen Statistikkram. Asia hat den Krebs einmal besiegt und sie wird es wieder schaffen.*

Andererseits … Sie hatte ihn ja nie wirklich besiegt.

Genau in diesem Augenblick erschien Roberto mit gezücktem Block und Stift, um ihre Bestellungen aufzunehmen. Fünf Augenpaare starrten ihn ausdruckslos an.

Lächelnd blickte der Kellner auf die Champagnerflasche und sagte in das drückende Schweigen hinein: »Sie sind ja vor lauter Feiern gar nicht zum Aussuchen gekommen! Das ist heute ein freudiger Anlass, nicht wahr?«

Lucy wurde das Herz schwer. *Nein*, dachte sie.

Schade, dass es nichts brachte, Flüche in den nächtlichen Himmel hinaufzubrüllen, denn sie hätte da ein paar Prachtexemplare auf Lager gehabt. Großer Gott! Ausgerechnet am Abend der *Verlobung* ihrer Schwester. Schon die ganze Zeit, seit sie nach Hause gekommen war und sich umgezogen hatte, tigerte Asia in ihrer Wohnung hin und her und quälte sich mit den Gedanken an die verunglückte Feier.

Von Unruhe getrieben war sie auf den Balkon hinausgetreten – mit dem einzigen Ergebnis, dass sie jetzt noch weniger Platz zum Hin- und Herlaufen hatte.

Warum hat sie mich bloß gestern Abend nicht angerufen? Obwohl Asia in der kühlen Brise fröstelte, kochte sie innerlich vor Wut, wenn sie daran dachte, wie Lucys und Michaels aufblühendes Glück nach ihren Worten dahingewelkt war. Lucy konnte sonst nie ein Geheimnis für sich behalten, zumindest nicht ihrer Schwester gegenüber. Warum musste es dann ausgerechnet dieses eine Mal klappen, wenn Asia eine Vorwarnung verdammt gut hätte gebrauchen können? Was zum Teufel machte sie hier eigentlich?

Asia holte tief Luft, während sie mit beiden Händen das Balkongeländer umklammerte und zu den Sternen aufblickte, die hier, mitten in der Stadt, kaum zu sehen waren. Wenn jemand das Recht hatte, sauer zu sein, dann doch wohl Lucy. Schließlich hätte es ein wunderschöner, denkwürdiger Abend für sie werden sollen.

Sie wird wenigstens weiterleben, meldete sich eine zynische innere Stimme. *Und du?*

Asia ging durch die Glastür zurück in ihr Wohnzimmer, das in warmen Erdfarben gehalten war. Ihre Eltern hatten vorgeschlagen, sie nach Hause zu bringen oder sie in ihrem ehemaligen Zimmer übernachten zu lassen, doch Asia wollte allein sein. Der unverhohlenen Qual ihrer Mutter und den Fragen ihres Vaters fühlte sie sich nicht gewachsen. Doch jetzt war sie einsam – eine Seltenheit für jemanden, der das Alleinsein so genoss wie sie. Wie sehr hatte sie sich vor genau einem Jahr nach ein wenig Einsamkeit gesehnt, auch wenn sie den Ärzten und Schwestern, die ihr das Leben gerettet hatten, ebenso dankbar gewesen war wie ihren Kollegen, die ihre Arbeit mit übernommen und ihr das Gefühl gegeben hatten, noch immer zum Team zu gehören. Ganz zu schweigen von ihrer Familie, die sie am liebsten rund um die Uhr bemuttert hätte.

Andererseits war die Situation jetzt ganz anders als vor einem Jahr. Oder, und das war im Grunde noch viel schlimmer, sie war noch genau dieselbe. Abermals war sie die Krebspatientin, die auf die Hilfe fremder Menschen angewiesen war, damit ihre eigenen Körperzellen sie nicht umbrachten.

Die verbitterte Wut, mit der sie den ganzen Tag lang gerungen hatte, erschien ihr fast wie eine zweite Krankheit, die wuchs und immer weiter um sich griff. Im Restaurant hatte sie weder die Cannelloni noch das Hühnchen-Saltimbocca angerührt. Sie hatte sich zwingen müssen, nicht um sich zu schlagen, doch blinde Wut half auch nicht weiter. *Beruhige dich.* So viel Kontrolle über ihren Körper besaß sie doch wohl noch.

Wie bei einer Yogaübung atmete sie ein paarmal tief ein und aus, bevor sie sich auf dem weichen Plüsch ihrer kakaobraunen Sitzgarnitur niederließ. Dieses Möbelstück hatte sich als wahrer Glücksgriff erwiesen. Die beiden äußeren

Elemente der Garnitur ließen sich zu Ruhesesseln umfunktionieren, in denen man auch recht bequem schlafen konnte. Während der schlimmsten Phasen ihrer Behandlung war es ihr leichter gefallen, in einem dieser Sessel zu liegen, als in das schmale, hohe Doppelbett mit dem pseudoantiken Rahmen zu klettern. Marianne hatte die Couchgarnitur nie gemocht. Sie war ihr zu dunkel und klobig, zu wenig feminin.

»Wie wär's mit ein paar hübschen Spitzengardinen, Liebes?«, hatte ihre Mutter vorgeschlagen. »Oder wenigstens ein bisschen mehr Farbe.«

Der auffallendste Farbtupfer im Zimmer war der gerahmte Druck von Georgia O'Keeffe, den Lucy ihrer Schwester zum Einzug geschenkt hatte. *Red Canna*. Nicht unbedingt Asias Geschmack, doch da sie ihre Schwester nicht kränken wollte, bekam das Bild einen Ehrenplatz im Wohnzimmer. Asia musste zugeben, dass es sich neben den dunklen Möbeln, dem cremefarbenen Teppich und den Stoffen in Schokoladen- und Karamelltönen bemerkenswert gut machte. Lucy nannte die Wohnung liebevoll Asias Höhle.

Asia ihrerseits hatte Verständnis für Lucys Bemühungen, mit wenig Geld ihr Haus zu verschönern, indem sie über ihre Secondhandmöbel, die schon bessere Tage gesehen hatten, leuchtend bunte Überwürfe drapierte. Doch wenn Asia dort hätte wohnen müssen, hätte sie wahrscheinlich den ganzen Tag über eine Sonnenbrille getragen. Auch die Rüschengardinen und der allgegenwärtige Nippes, mit denen Marianne ihr Heim ausstaffiert hatte, waren nicht nach Asias Geschmack. Als die Töchter größer wurden und keine Gefahr mehr bestand, dass sie beim Toben die Samm-

lerstücke aus Kristall herunterrissen, hatte Marianne Eck-
vitrinen und Regale mit zarten, funkelnden Figürchen voll-
gestellt. *Sie waren wie Mom.*

Der Gedanke erschreckte Asia. Er mochte ungehörig
sein, traf jedoch die Sache. Marianne war in einer liebevol-
len Unterschichtfamilie aufgewachsen und hatte immer davon geträumt, sich mit schönen Dingen umgeben zu können. George hingegen war der einzige Sohn einer Familie,
die ihre Wurzeln bis zu den Generälen der Konföderierten
in ihren Herrenhäusern aus der Zeit vor dem Bürgerkrieg
zurückverfolgen konnte. Seine Schwester, Asias Tante
Ginny, war noch eine richtige Debütantin gewesen. Aus
ihrer eigenen Kindheit konnte sich Asia entsinnen, wie verzweifelt ihre Mutter versucht hatte, Eindruck auf Großmutter Swenson zu machen. Doch Mariannes Freude an
bunten, glitzernden Dingen entsprach nun einmal nicht
dem Sinn ihrer Schwiegermutter für gediegene Eleganz.
Dafür war Marianne, im Gegensatz zur strengen Großmutter Swenson, immer sehr lieb und ausgesprochen hilfs-
bereit zu ihren Töchtern gewesen.

Plötzlich fiel Asia ein, dass ihre Mutter ihr schon seit
Monaten nicht mehr ihre Hilfe angeboten hatte. *Sie hat
mich mit Samthandschuhen angefasst, obwohl sie glaubte, ich
wäre wieder gesund.* Auf einmal vermisste Asia Mariannes
fürsorgliches Getue darum, dass die Tochter ihrer Meinung
nach zu selten einen Rock trug und zu dünn wurde.

Nach der neuesten Diagnose würde ihre Familie nun
wahrscheinlich gar nicht mehr wissen, wie sie mit der
Kranken umgehen sollte. Und was war mit ihren Freunden
und Kollegen? Seit sie am Morgen eine Voicemail-Mittei-

lung hinterlassen hatte, dass sie an diesem Tag nicht ins Büro kommen würde, hatte Asia jeden Gedanken an die Arbeit verdrängt. Wider besseres Wissen hoffte sie, es ihren Mitarbeitern und Kunden noch eine Weile verheimlichen zu können. Doch die Chemo war nun einmal eine geballte Ladung Gift, das beim zweiten Mal mitunter noch schlimmer wirkte. Außerdem würden die Behandlungen ihren ganzen Terminkalender durcheinanderbringen.

Die Leute würden mitbekommen, dass sie krank war – dieselben Leute, die sie noch bis vor Kurzem angesehen hatten, als wollten sie ihr ein gutes Börsengeschäft vorschlagen, und die später im Fahrstuhl von ihr abgerückt waren, als hätten sie Angst, sich bei ihr anzustecken. Es war erstaunlich, wie dämlich sich gebildete, beruflich erfolgreiche Erwachsene zuweilen benahmen, doch Krebs löste tief sitzende Ängste aus, denen mit Logik nicht beizukommen war.

Das war auch der Grund, warum sich Asia heute noch nicht bei ihrer Internetgruppe gemeldet hatte. Im vergangenen Jahr war sie bei ihren Recherchen über Mastektomie auf den Blog einer Krebspatientin gestoßen. Nun war Asia nicht der Typ, der ein Tagebuch führte – und das auch noch öffentlich –, doch was die unbekannte Frau dort im Web schilderte, war Asia geradezu unheimlich vertraut vorgekommen. Also schrieb sie einen Kommentar, und bald hatten sich fünf Frauen zum Chatten zusammengefunden, die sich alle in vergleichbaren Stadien einer Brustkrebsbehandlung befanden.

Der ungezwungene Austausch mit diesen Menschen, die sie nie persönlich kennengelernt hatte, war für Asia hilfreicher gewesen als eine echte Gesprächsrunde. Alle fünf

Frauen hatten ihre Behandlung ungefähr zur gleichen Zeit abgeschlossen und, soweit Asia wusste, die Krankheit bisher erfolgreich in Schach halten können – alle außer ihr. Anfangs hatten sie sich wöchentlich über die aktuelle Entwicklung ausgetauscht, dann nur noch einmal im Monat. Dabei war der Ton zwar immer noch freundlich, doch zunehmend unpersönlich geworden – wie bei Urlaubskarten, die sich die ehemaligen Mitglieder einer nicht übermäßig geschätzten Studentenverbindung schickten.

Je besser die Frauen sich fühlten und je mehr sie wieder am Leben teilnahmen, desto spärlicher flossen die Nachrichten. Nur einmal war die alte Aktivität erneut aufgeflackert, als eine von ihnen wieder geheiratet hatte.

Vielleicht würden sie ja am besten nachempfinden können, wie Asia jetzt zumute war, und sie könnte mit einem Klick die alte Verbundenheit wiederherstellen, die ihr schon einmal so sehr geholfen hatte. Doch möglicherweise würde Asias Mitteilung ihnen nur das Leben schwermachen und ihre Angst vor einem Rückfall schüren. Und nicht zuletzt hatte Asia ganz einfach die Befürchtung, dass die alte Vertrautheit nicht wiederkehren könnte.

Die E-Mails konnten also warten, bis sie selbst besser mit der veränderten Situation zurechtkam. Jetzt musste sie sich erst einmal um ihre Arbeit kümmern. Sie nahm sich vor, morgen früh hoch erhobenen Hauptes ins Büro ihres Chefs zu marschieren, ihm die nackten Tatsachen mitzuteilen und ihm zu versichern, dass sie ihre Arbeit so gut wie immer erledigen würde, solange sie körperlich dazu in der Lage wäre. Wenn sie ihre Angst verbergen konnte, würden die anderen sich vielleicht auch nichts anmerken lassen. Sie kuschelte sich in ihr Sweatshirt und war schon ganz erschöpft bei dem bloßen Gedanken, dass sie wieder einmal die Tapfere spielen musste. Sie hatte einfach keine Lust mehr, immer alle bei Laune halten zu müssen. Sie wünschte sich, dass jemand sie in den Arm nahm und »Alles wird wieder gut« zu ihr sagte.

Die Liebe ihrer Familie und die Anerkennung ihrer Kollegen waren ihr immer sicher gewesen, doch heute Abend sehnte sie sich nach einem großen, starken Mann wie Michael. Oder lieber doch nicht. Vielleicht hätte sie einem Liebhaber gegenüber auch das Gefühl, sich rechtfertigen zu müssen. Und dann würde sie ihn dafür hassen.

Als Lucy im Restaurant die Wahrheit erraten hatte, war Asia zunächst erleichtert gewesen. Sie hatte nämlich nicht gewusst, wie sie es den anderen beibringen sollte. Doch sogleich war die Erleichterung dem Wunsch gewichen, Lucy zu trösten. Sie hätte ihre Schwester gerne in den Arm genommen, ihr einen Kuss auf die Stirn gegeben, wie es ihre Mutter früher immer getan hatte, und ihr gesagt, sie solle nicht weinen. Sie wollte ihr versichern, dass alles in Ordnung sei, und sich dafür entschuldigen, dass sie ihr und Michael den Abend verdorben hatte. Doch gleich darauf stieg wieder der altbekannte Ärger in Asia auf. Schließlich war *sie* das Opfer. Sie würde sich die Seele aus dem Leib kotzen, während die anderen mit den Hochzeitsvorbereitungen beschäftigt waren.

Du bist nur dann ein Opfer, wenn du es zulässt.

Auf die Krankheit hatte sie keinen Einfluss, doch wie sie die kommenden Monate bewältigte, lag an ihr. Asia Jane Swenson würde ihre kostbare Zeit nicht mit Selbstmitleid vergeuden oder mit unterschwelligem, eigensüchtigem Groll gegen die anderen, die gesund waren. Lucy verdiente es, glücklich zu werden, und sollte eine Bilderbuchhochzeit bekommen. Als große Schwester und Erste Brautjungfer war es Asias Aufgabe, dafür zu sorgen … womit sie sich hoffentlich auch ein wenig von ihren Problemen ablenken konnte.

Morgen wollte sie mit Lucy reden, und – zum Teufel mit dem Krebs! – sie nahm sich vor, die beste Erste Brautjungfer aller Zeiten zu werden.

3

Du weißt, ich bleibe gerne bei dir, oder ich lasse dich in Ruhe. Ich kann dich auch zu deinen Eltern bringen.« Michael umschlang sie von hinten mit den Armen. »Was immer du heute Abend brauchst.«

Lucy stand in der Küche vor der Arbeitsplatte und starrte auf das Gewürzbord, das ein wenig schief an der Wand hing. Sie wusste beim besten Willen nicht mehr, was sie hier wollte. Vielleicht sich etwas Warmes zu trinken machen? Erst heute Morgen – vor einer Ewigkeit, wie ihr schien – hatte sie gesagt, dass es zu warm für den Frühherbst sei. Doch nun war sie regelrecht durchgefroren.

Sie lehnte sich mit dem Rücken gegen Michael. »Bleib hier. Unbedingt.«

Mit einem Anflug von schlechtem Gewissen dachte sie daran, wie übereilt sie sich verabschiedet hatte und mit Michael gegangen war. Sie wollte ihrer Mutter keine Gelegenheit geben, sie zu bitten, dass sie mit ihnen nach Hause kam. *Sie hat schließlich Dad. Und ich wüsste sowieso nicht, was ich ihr sagen sollte.* Zu Asia wäre sie bereitwillig mitgegangen, doch ihre Schwester wollte das nicht. Sie musste alleine damit fertig werden, während Lucy Trost bei Michael fand. Es war einfach ungerecht. Alles.

Er streichelte ihr beruhigend den Oberarm. »Ich könnte dir einen Irish Coffee machen.«

»Keinen Kaffee. Aber den Whisky nehme ich gern.« Als er ging, um zwei saubere Gläser zu holen, ließ sie sich in der Essecke mit den zusammengewürfelten Möbeln auf ein grellbuntes Stuhlkissen fallen. Gleich darauf war Michael wieder da, zog sich einen Stuhl heran und setzte sich neben sie. »Möchtest du darüber sprechen?«

»Nein!« Im Laufe der nächsten Wochen würden sie noch so viel reden.

Als Asia zum ersten Mal krank geworden war, hatten sie und Michael sich noch nicht besonders gut gekannt. Daher hatte er nur eine undeutliche Vorstellung davon, was ihnen bevorstand und wie sehr die Krankheit ihrer aller Leben beeinflussen würde. Lucy dachte daran, wie sie und ihre Eltern sich darin abgewechselt hatten, Asia zum Klinikzentrum und zur Radiologie zu bringen und wieder abzuholen. An den Tagen, an denen es ihr so schlecht ging, dass sie nicht nach Hause durfte, hatten sie sie im Krankenhaus besucht.

Angesichts dieser Erinnerungen bekam Lucy plötzlich Angst vor der Zukunft. Doch heute Abend wollte sie nicht darüber reden. Nur eines musste sie noch sagen.

»Michael? Wir sind ja heute nicht dazu gekommen, meiner Familie von unseren Plänen zu erzählen, aber wir wollten unsere Hochzeit nächstes Jahr doch ziemlich groß feiern.« Dazwischen lag noch Weihnachten.

Von Michaels Familie kannte sie bisher nur seine Eltern

näher. Einige Monate nachdem sich Lucy und Michael kennengelernt hatten, waren sie mit ihnen einmal in Atlanta essen gegangen. Und einen von Michaels Brüdern hatten sie getroffen, als er sich wegen einer längeren Zwischenlandung in Hartsfield aufhielt. Die O'Malleys waren eine vielköpfige Familie, daher würde es zwangsläufig eine große Feier werden. Darüber hinaus hegte Lucy mit ihren achtundzwanzig Jahren noch immer den Kleinmädchentraum von einer richtigen Märchenhochzeit. *Prinzessin für einen Tag.*

Auf einmal erschien ihr das alles unwichtig und oberflächlich.

»Meinst du, wir müssen unsere Pläne ändern?«, fragte Michael leise.

»Ich weiß noch nicht. Vielleicht.«

Wenn sie die Hochzeit verschieben würden, hätte Asia genügend Zeit, sich von ihrer Therapie zu erholen, und könnte die Feier vielleicht mehr genießen. Andererseits wären die Hochzeitsvorbereitungen für alle eine willkommene Ablenkung. Zudem war die Situation äußerst ernst, wenn eine Krebserkrankung schon nach so kurzer Zeit erneut ausbrach. Wenn sie daher die Feier um mehr als ein Jahr verschoben, würde Asia vielleicht ... Lucy kippte einen großen Schluck Whisky hinunter. Er brannte ihr derart in der Kehle, dass sie nach Luft schnappen musste, doch wärmer war ihr immer noch nicht.

»Ach Lucy. Für mich ist einzig und allein wichtig, mit dir vor den Altar zu treten und dich zur Frau zu nehmen. Alles andere überlasse ich dir, mein Schatz.«

Sie lehnte sich an ihn und legte den Kopf auf seine

Schulter. Sein vertrauter Duft tröstete sie weit mehr als der Alkohol. Vielleicht konnte sie bei ihm die traurige Wirklichkeit eine Weile vergessen. Sie bedeckte sein Kinn mit kleinen Küssen und flüsterte: »Was immer ich heute Abend brauche, hast du gesagt?«

»Was du willst.« Seine Stimme klang belegt. Offensichtlich war er hin- und hergerissen zwischen seinem Wunsch zu helfen und der Enttäuschung darüber, dass er nicht mehr tun konnte. Diesen Zwiespalt der Gefühle kannte Lucy nur allzu gut.

»Ich brauche dich, Michael. Ich möchte dich in mir spüren.« Sie vergrub die Finger in seinem dunklen seidigen Haar und küsste ihn leidenschaftlich. Als sie spürte, wie ihr Körper auf die Berührung reagierte, hätte sie am liebsten vor Erleichterung geweint. Michael war wie ein warmer Wind, der sie aus der eisigen Erstarrung der Furcht befreite.

Sie küssten einander so hungrig, als hätten sie sich monatelang nicht gesehen und sich nicht erst in der vergangenen Nacht ausgiebig geliebt.

Nach romantischer Liebe war Lucy jetzt nicht zumute. Ihre Muskeln waren angespannt, und ihr ganzer Körper sehnte sich nach der Befriedigung durch einen leidenschaftlichen Paarungsakt, damit sie im Anschluss erschöpft in einen traumlosen Schlaf sinken konnte. Sie zerrte Michael das Hemd über den Kopf. Irgendwann, ohne dass sie es richtig gemerkt hatte, waren sie aufgestanden und lehnten nun an der Wand zwischen Küche und Eingangstür. Fahrig vor Ungeduld machte sie sich am Reißverschluss seiner Hose zu schaffen, während er geschickter zu Werke ging. Im Nu hatte er ihre Bluse aufgeknöpft und das Häkchen an ihrem spitzenbesetzten BH geöffnet.

Früher war es ihr peinlich gewesen, dass sie, im Gegensatz zu den schlanken Frauen in ihrer Familie, mit üppigen Formen ausgestattet war, doch Michael gab ihr mit seinen Zärtlichkeiten das Gefühl, eine lüsterne Erdgöttin zu sein, die sich nicht im Geringsten für ihren drallen Körper schämen musste. Während er sie weiterküsste, drängte er sich an sie, und seine Erektion entzündete lauter kleine Funken der Lust in ihrem Körper. Dann neigte er den Kopf und fuhr mit der Zungenspitze über ihre Brust, wobei er gleichzeitig mit dem Daumen Kreise um die Brustwarze beschrieb. Kleine Wellen der Erregung durchfluteten ihren Körper. Als sie seinen Atem auf ihrer Brust spürte, geriet sie vor Verlangen fast außer sich. In solchen Augenblicken war sie heilfroh, dass sie kurvenreich war und nicht so flachbrüstig wie A –

Rasch schob sie den Gedanken beiseite und klammerte sich fest an die sinnliche Vorfreude. *Berühr mich berühr mich berühr mich.* Als er daraufhin ihren Nippel in einer zarten, doch besitzergreifenden Geste drückte, zog sich ihr Unterleib vor Erregung zusammen. Gleichzeitig mit der Wonne überkam sie ein Gefühl der Scham. Schuldbewusst hörte Lucy den Widerhall ihres eigenen wollüstigen Stöhnens im Ohr. So ein herrliches Gefühl hatte sie heute einfach nicht verdient.

Asia bereitete sich auf den schwersten Kampf ihres Lebens vor, und was tat ihre Schwester? Sie hatte wilden Sex im Stehen.

Um sich von diesem Gedanken abzulenken, umfasste sie

Michaels Gesicht mit beiden Händen und gab ihm noch einen leidenschaftlichen Kuss, doch es hatte keinen Zweck. Ihre Verzweiflung wuchs. Sie schob seine Hände, mit denen er ihre Brüste umfasst hielt, fort und schluchzte: »Es ... es tut mir leid. Ich ...« Die Tränen, die ihr über die Wangen liefen, benetzten auch Michaels Gesicht. Sie raffte ihre offene Bluse über der Brust zusammen.

»Ist schon okay.« Er nahm sie fest in die Arme und ließ sich zusammen mit ihr zu Boden sinken, weil sie so von Schluchzern geschüttelt wurde, dass sie sich nicht mehr auf den Beinen halten konnte.

»Nein. N-nein, ich ...« Ihre Stimme versagte. Aber was sollte sie auch sagen? Womit hätte er sie trösten können? Wie hätte selbst ein wortgewandter Anwalt wie er erklären sollen, warum ausgerechnet Asia diese Krankheit nun schon zum zweiten Mal durchmachen musste?

Als Kind war Asia für Lucy nicht nur die Schwester gewesen, sondern auch ihre Beschützerin. Asia hatte jeden, der Lucy ärgern wollte, so lange drohend angestarrt, bis er von der Kleineren abließ. Bei Gewitter war sie des Nachts zu Lucy ins Bett gekrabbelt und hatte ihr vorgelesen, bis das letzte Donnergrollen in der Ferne verklang. In Asias Gegenwart hatte sie sich immer viel tapferer gefühlt, doch jetzt presste die eisige Furcht davor, ihre Schwester zu verlieren, Lucy das Herz zusammen.

»Lucy, Liebling.« Michael strich ihr übers Haar und wiegte sie in den Armen. »Lass es raus. Lass einfach alles raus.«

Wenn es bloß so einfach wäre.

Im Büro der Monroe Capital Group roch es angenehm nach Macht und Reichtum. Das Ambiente war klassisch und von zurückhaltender, doch kostspieliger Eleganz. Generaldirektor James Monroe III., der sich schon halb aus dem Amt zurückgezogen hatte, sagte immer, die Umgebung sei ein Zugeständnis an ihre konservativere Klientel, während sein Mitarbeiterstab auf die jungen Investoren zugeschnitten war. Er bestand im Wesentlichen aus dynamischen Leuten zwischen dreißig und vierzig. Daneben gab es noch ein paar Wunderkinder von Mitte zwanzig und einige ältere Angestellte in Schlüsselpositionen. Mit der Philosophie der Firma konnten sich Kunden jeden Alters und unterschiedlicher Herkunft identifizieren. MCG hatte vielen Menschen zu Wohlstand verholfen, ein Erfolg, zu dem Asia nicht unerheblich beigetragen hatte.

Als sie zum ersten Mal krank geworden war, hatten ihre Vorgesetzten ihr zugesichert, sie zu unterstützen, indem sie ihr gleitende Arbeitszeit und ein paar Extratage bezahlten Urlaub zur Erholung gewährten. Sie wollten auf keinen Fall eine ihrer tüchtigsten Angestellten verlieren, denn Asia hatte einen besonders guten Riecher für den Job.

Eben jener untrügliche Instinkt sagte ihr jetzt, da sie kerzengerade in einem blutroten Sessel saß, dass es diesmal anders ablaufen würde.

Morris Grigg, ein intelligenter Mann mit hervortretender Nase und zurückweichendem Haaransatz, runzelte besorgt die Stirn, doch angesichts des scharfen Blickes, den er ihr gleichzeitig zuwarf, fragte sich Asia, ob er sich wirklich um sie Gedanken machte oder darum, wie ihre Kunden reagieren würden, wenn sie erfuhren, dass ihre Anlagebe-raterin schwer erkrankt war.

»Ich kann gar nicht sagen, wie leid mir das tut, Asia.« Morris' Züge wurden weicher, was ihn menschlicher und weniger berechnend erscheinen ließ. Seine Worte klangen aufrichtig.

Nicht halb so leid wie mir. »Danke.«

»Ist die Mitteilung vertraulich oder haben Sie vor, offen über Ihren Rückfall zu sprechen?«

Sollte sie vielleicht eine Anzeige in die Tageszeitung set-zen? »Das hängt auch von Ihnen ab. Noch braucht es nicht jeder zu wissen, doch ich werde Arzttermine wahrnehmen müssen und hin und wieder nicht ins Büro kommen kön-nen.«

»Weil Sie zu krank zum Arbeiten sind.«

»Möglich. Jeder Patient reagiert anders auf eine Chemo-therapie. Allerdings gibt es Mittel, die die Nebenwirkun-gen, wie zum Beispiel Übelkeit, lindern.« Dolasetron, Lorazepam. Hatte es wirklich einmal eine Zeit gegeben, als sie außer Ibuprofen und Penicillin keinerlei Medikamente kannte? Mittlerweile hätte sie das Vorwort zur »Roten Liste« schreiben können.

Morris erhob sich, wandte ihr den Rücken zu und schau-te aus dem Fenster auf das Grün des nahe gelegenen Golf-platzes. Vermutlich musste er die Neuigkeit erst einmal verdauen. Auf jeden Fall war es so besser, als wenn sie ein-ander, um Worte verlegen, angestarrt hätten. Schließlich drehte er sich um und blickte sie resigniert an. Wo war sein mitreißender Optimismus geblieben? Sein »Sie schaffen das!« und »Wir stehen alle hinter Ihnen!«?

»Asia, es tut mir aufrichtig leid, und ich kann mir vorstellen, wie Ihnen zumute ist. Aber, so hart es sich anhören mag, James hat mich eingestellt, damit ich ihm helfe, die Firma zu leiten. Diese Tatsache darf ich niemals aus den Augen verlieren, denn das Wohl Hunderter Mitarbeiter und Kunden hängt davon ab.«

»Ich verstehe.« Sie faltete die Hände im Schoß und hoffte, er bemerkte nicht, wie sie die Finger ineinander verkrampfte. Er würde sie nicht feuern. Dazu war er denn doch zu anständig – abgesehen davon, dass sie als Kranke gesetzlichen Schutz genoss. Doch das hieß nicht, dass sie auch ihre alte Stelle behalten würde, für die sie so hart gearbeitet hatte.

»Sie wissen ja selbst, wie viel Routinearbeit in einer Firma wie dieser anfällt«, fuhr Morris fort. »Der ganze Papierkram, Computerarbeit, Telefonate, das sind alles Dinge, die man fast ebenso gut von zu Hause wie vom Büro aus erledigen kann. Wir würden Ihnen gerne entgegenkommen, doch immerhin sind Sie für eine Reihe wichtiger Kunden zuständig, die Woche für Woche beträchtliche Summen für zusätzliche Arbeitsstunden bezahlen. Im Laufe der kommenden Monate werden Sie wahrscheinlich nicht in der Lage sein, an Konferenzen und Geschäftsessen teilzunehmen.«

Er ließ unerwähnt, dass gewisse Kunden an den sonnenbrandähnlichen Ausschlägen, die als Folge der Bestrahlungen auftraten, Anstoß nehmen könnten. Ebenso wie an ihrer Kahlköpfigkeit und den zeitweiligen Entstellungen, die häufig mit einer Behandlung mit Steroiden einhergingen.

»Nein, wahrscheinlich nicht. Da haben Sie recht«, räumte Asia ein.

Er nahm wieder Platz, offensichtlich erleichtert, dass sie so einsichtig war, und legte die Fingerspitzen unter seinem Kinn wie zu einem Dach aneinander. »Wir werden Ihre Stunden ein wenig kürzen, Ihnen jedoch dasselbe Gehalt wie bisher zahlen.«

Sie hätte eigentlich dankbar sein sollen. Stattdessen war sie wütend.

»Sie sind zwar ganz ohne Frage eine meiner besten Anlageberaterinnen, Asia, doch diese Firma verfügt auch noch über weitere Spitzenkräfte. Brandon Peters zum Beispiel.«

Da ihr diese Tatsache nicht neu war, brachte sie es fertig, nicht die Lippen zusammenzupressen. Aber nur mit knapper Not.

Sie hatte nichts gegen Brandon, einen charmanten (*aalglatten*, fügte sie unwillkürlich hinzu) Sonnyboy etwa in ihrem Alter, der es sehr genoss, sich in aller Freundschaft mit ihr zu messen. Doch Asia betrachtete ihre Arbeit hier nicht als Sport, sondern als hart erkämpftes Vorrecht, das man ihr soeben entzog. Vielleicht hätte ihr Scharmützel mit dem Tod ihrem Leben eine andere Wertigkeit geben und ihren Beruf in den Hintergrund treten lassen sollen. Doch aus irgendeinem Grund war der Erfolg sogar noch wichtiger für sie geworden. Sie hatte beweisen wollen, dass sie stark war und alle Schicksalsschläge überstehen konnte.

Brandon war wirklich verdammt gut in seinem Job. Asia sah durchaus, wie vorteilhaft das für die Firma war, und versuchte, ihm den Erfolg nicht zu missgönnen. Dennoch war ihr, als müsste sie wieder ganz von vorn anfangen.

Schon während der vergangenen Monate hatte sie sich widerwillig eingestehen müssen, dass sie rascher ermüdete als vor der Operation und der Chemotherapie. Es fiel ihr schwerer, sich zu konzentrieren, und ihr Kurzzeitgedächtnis kam ihr manchmal vor wie ein mottenzerfressener Pullover. So fand sie es zum Beispiel oft schwierig, nach einem Telefongespräch die unterbrochene Arbeit wieder aufzunehmen.

Verdammt noch mal. Natürlich hatte Morris vollkommen recht. Brandon musste ihre wichtigsten Kunden übernehmen. Sie hatten ein Anrecht auf sein Fingerspitzengefühl und seine unschlagbare Tüchtigkeit. Trotzdem kam es ihr so vor, als würde man ihr einen Tritt versetzen, während sie schon am Boden lag.

»Vielleicht sollten wir beide uns heute Nachmittag mal mit Brandon zusammensetzen«, schlug Morris vor. »Bis dahin können Sie sich überlegen, wen Sie informieren wollen. Ihre Assistentin zum Beispiel.«

Asia nickte. Sie wusste, dass Fern, eine ihrer engsten Mitarbeiterinnen, die Nachricht schlecht aufnehmen würde. Sie hätte es ihr beinahe schon am Morgen noch vor dem Gespräch mit Morris erzählt, hatte es sich dann jedoch anders überlegt, weil es mit Sicherheit Tränen gegeben hätte.

Sie zwang sich zu einem Lächeln. Was war das nur für eine merkwürdige Lebenseinstellung – dass alles wieder gut werden würde, wenn man nur lange genug Fröhlichkeit und Zuversicht heuchelte. »Wissen Sie, etwas weniger Arbeit kommt mir ganz gelegen. Meine Schwester will heiraten, und so habe ich mehr Zeit, ihr bei den Vorbereitungen zu helfen. Eine Erste Brautjungfer hat viel zu tun.«

Morris' Augenbrauen schossen nach oben. Vielleicht hielt er sie ja für verrückt, aber was sollte sie denn tun? Den Kopf hängen lassen?

»Na dann herzlichen Glückwunsch an Ihre Schwester. Ich bin froh, dass die ganze Sache doch noch etwas ... Gutes für Sie hat.«

So zu tun, als habe eine Krebserkrankung auch Vorteile, war schon etwas sonderbar, aber auf diese Art war sie wenigstens sicher vor Mitleidsbekundungen. Haltung bewahren, sagte sie sich, als sie Morris verließ und in ihr eigenes, viel kleineres Büro zurückkehrte. Superhelden, von Buffy, der Vampirjägerin, bis zu James Bond, stellten sich der tödlichen Gefahr grundsätzlich mit einem überlegenen Lächeln.

Eine Superheldin kann ich auch sein.

Asia Jane gegen den Krebs des Grauens.

Ich bin eine Spionin, dachte Lucy. Sie kaufte nicht einfach ein, sondern hatte einen Auftrag zu erfüllen. Während ihre Blicke durch den Laden schweiften, ging sie in Gedanken die einzelnen Punkte auf dem Fragebogen ihres Kunden durch. Sauberer Boden, in Ordnung. Die Blumen in Herbstfarben waren gefällig dekoriert, und nirgends standen unbenutzte Einkaufswagen oder leere Gemüsekartons herum.

Ein Bursche, der aussah, als ginge er noch zur Schule, kam auf sie zu. »Kann ich Ihnen helfen, Miss?«

Gut gemacht ... Mit einem Blick auf seine dunkelgrüne Schürze entdeckte sie das Namensschildchen genau an der richtigen Stelle: KEV. *Gut gemacht, Kev.* Sie sprachen kurz miteinander, wobei sich Lucy im Geiste Notizen für ihren

Bericht machte. Ihre ersten Aufträge als anonyme Testkäuferin hatte Lucy übernommen, um sich ab und an etwas hinzuzuverdienen, weil ihre Mitbewohnerin, eine Stewardess, aus dem kleinen Häuschen ausgezogen war. Damals hatte sie gewisse Zweifel gehegt, ob sie überhaupt für eine regelmäßige Arbeit taugte, denn sie war nicht gerade übermäßig gewissenhaft.

Doch sie hatte ihre Sache erstaunlich gut gemacht, und bald saß sie in einem Firmenbüro und nahm die Berichte anderer Testkäufer entgegen. Mittlerweile unterstand ihr die Berichtsabteilung. Das war zwar eine untergeordnete Stellung im Vergleich zu den Leitern der Qualitätskontrolle, der Personalabteilung oder des Verkaufs, aber nicht schlecht für ein Mädchen, das nie besonders gut in der Schule gewesen war und dreimal das Hauptfach gewechselt hatte, bevor es das Studium schließlich ganz schmiss.

Einmal hatte sie zu Michael gesagt: »Wieso weiß ich noch, dass die Bedienung im Schnellrestaurant mich letzte Woche gefragt hat, ob ich ein größeres Getränk möchte, wo ich doch ständig die Fernbedienung verlege?«

»Das kommt daher, weil du dich für Menschen interessierst«, hatte er lächelnd erwidert. »Sie sind dir wirklich wichtig. Es kann passieren, dass du den Autoschlüssel im Wagen liegen lässt, doch Namen und Gesichter vergisst du nicht. Du erkundigst dich regelmäßig bei deiner Nachbarin Mrs. McCleary nach ihren Enkelkindern, und beim Weihnachtseinkauf erinnerst du dich noch genau, welcher Schal deiner Mutter gefallen hat. Ich würde nicht sagen, dass du nicht gewissenhaft bist, mein Schatz. Dir sind bloß andere Dinge wichtig als anderen Leuten.«

Kein Wunder, dass sie bis über beide Ohren in ihn verliebt war, dachte Lucy, als sie sich von der Kassiererin das Kleingeld aushändigen ließ und den Laden verließ. »Kasse« war ein gesonderter Punkt auf dem Fragebogen, den Lucy später ausfüllen würde. Dabei würde die Kassiererin schlechter wegkommen als Kev. Da die Frau kein Namensschild trug, würde Lucy sie beschreiben und erwähnen, dass sie während der Arbeit mit dem Handy telefoniert und mit dem Anrufer darüber debattiert hatte, wann der neueste Horrorfilm in die Kinos kam.

Wäre es bei dem Anruf dagegen um eine dringende Familienangelegenheit gegangen, hätte die weichherzige Lucy darüber hinweggesehen. Das erinnerte sie wieder an den vergangenen Abend. Den Autoschlüssel schon im Schloss, blieb sie wie erstarrt stehen und blinzelte. *Hör endlich auf, es vor dir herzuschieben, und sprich mit deiner Schwester.*

Was sollte sie ihr sagen?

Hallo Asia, ich bin's, Lucy! Ich wollte dir nur sagen, dass ich dich liebe. Und übrigens, Krebs ist echt zum Kotzen.

Hallo, ich bin's. Ich weiß nicht mehr genau, was ich damals bei der ersten Diagnose zu dir gesagt habe, aber geh mal davon aus, dass ich jetzt wieder das Gleiche meine. Nur diesmal bin ich noch sicherer, dass du's schaffst.

Asia würde es schaffen. Das tat sie immer. Ohne viel Getue, einfach durch ihre unbeirrbare Entschlossenheit.

Als Lucy noch zur Schule ging, hänselten die anderen Kinder sie manchmal, weil sie pummelig und unbeholfen war. Doch sobald Asia Wind davon bekam, machte sie der Sache sofort ein Ende. Als Teenager sparte Asia genügend Geld, um sich ein Auto zu kaufen, wogegen Lucy ihr Taschengeld oft bis zum letzten Cent für Modezeitschriften ausgab, in denen nicht eines der Models ihre Kleidergröße hatte. Auf dem College organisierte Asia des Öfteren Studentenkundgebungen und Unterschriftensammlungen. Lokalpolitiker würdigten sie als einen jungen Menschen mit ausgeprägtem Gemeinschaftssinn, dem eine große Zukunft bevorstand. Nach ihrem Abschluss arbeitete Asia dann bei einem der größten Unternehmen des Landes, wo sie ebenfalls durch ihre guten Leistungen auffiel.

Lucy hatte oft gespöttelt: »Wenn du nicht meine Schwester wärst, müsste ich dich hassen.«

»Luce, du könntest nichts und niemanden hassen«, hatte Asia dann immer lachend erwidert.

Scheiße. Was ihre Schwester hatte durchmachen müssen und was ihr jetzt erneut bevorstand, hasste Lucy weiß Gott. Sie hasste es, dass ihr die Worte fehlten und dass sie hier auf diesem fast leeren Supermarktparkplatz stand und schluchzend eine Tüte Kiwis an die Brust drückte.

Der arme Michael. Er konnte ja nicht ahnen, was er gestern Abend mit seinem Rat »alles rauszulassen« angerichtet hatte. Damit waren nämlich ganz offiziell die Schleusen geöffnet worden. Am Morgen schniefte Lucy beim Kaffee noch immer vor sich hin, und später in der Mittagspause gab es dann kein Halten mehr. Es war geradezu ein Witz, dachte sie, dass sie ausgerechnet im Pausenraum pausenlos heulen musste. Gott sei Dank hatten ihre Kollegen den Verlobungsring entdeckt und angenommen, es seien Freudentränen.

Um den Irrtum nicht aufklären zu müssen, hatte Lucy die selten gewordene Gelegenheit genutzt, wieder einmal selbst einen Testkauf durchzuführen. Im Auftrag verschiedener Unternehmen gingen die Mitarbeiter ihrer Firma regelmäßig in den Geschäften der Auftraggeber einkaufen oder gaben sich als Gäste in ihren Restaurants oder Hotels aus. Nach vorgegebenen Kriterien wurde dann die Kundenfreundlichkeit der Angestellten beurteilt. Die angenehmsten Aufträge, zum Beispiel in einem netten Restaurant, im Zoo oder an ähnlichen Orten, bekamen die fest angestellten Mitarbeiter wie Lucy zugeschanzt. Es kam auch vor, dass ein Tester sich krankmeldete oder kündigte, weil er eine feste Stelle gefunden hatte, und dann musste Lucy ebenfalls einspringen. Die Arbeit als Testkäufer brachte den freien Mitarbeitern ein bisschen Extrageld und ein paar Gratis-Lebensmittel oder -Jeans, doch mit einer geregelten, mit Sozialleistungen verbundenen Anstellung war sie nicht zu vergleichen.

Es war Lucy sehr recht gewesen, dass einer der Testkäufer am Morgen abgesagt hatte. So kam sie aus dem Büro heraus und hatte Zeit, sich in Ruhe wieder zu fangen. *Du weißt genau, dass es dir nicht besser gehen wird, bis du nicht mit ihr geredet hast.* Sie stieg ins Auto und kramte ihr Handy aus der Tasche. Während sie mit einer Hand die Nummer eintippte, wischte sie mit einem Finger der anderen an der verschmierten Wimperntusche unter ihren Augen herum.

Sie erschrak, als ihre Schwester, die sonst immer in einer Besprechung war oder auf der anderen Leitung sprach, beim ersten Klingeln ans Telefon ging. »Asia Swenson.«

Ob andere Leute auch den angespannten Unterton in ihrer Stimme hörten? Oder bildete Lucy sich das bloß ein? »Hallo, ich bin's.«

»Gott sei Dank. Ich dachte, es wäre schon wieder Mom.«

»Wie oft?«

»Acht Mal. Beim letzten Mal haben sie und meine Assistentin sich gegenseitig hochgeschaukelt. Fern ist immer noch im Pausenraum und heult. So aufgewühlt war sie nicht mehr, seit sie aus dem Mutterschaftsurlaub zurückgekehrt ist.«

Jetzt musste Asia schon andere Leute wegen ihrer Krankheit trösten. »Ich schätze, nicht jeder geht mit einer schwierigen Situation so souverän um wie du.« Lucy starrte durch die Windschutzscheibe auf eine Papiertüte, die zwischen zwei Judasbäumen, die den gepflasterten Parkplatz optisch auflockern sollten, hin- und hergeweht wurde. *Irgendwie muss ich damit fertigwerden.*

Asia seufzte. »Glaub mir, ich bin auch nicht besonders gut darin. Mir geht's scheußlich.« Lucy konnte sich ihre Schwester nur stark und überlegen vorstellen. »Wenn es *dir* schon scheußlich geht, was sollen wir Normalsterblichen denn dann sagen? Du bist doch geradezu eine ... eine Superheldin.«

»Das ist komisch. Gerade heute Morgen habe ich mir Superkräfte gewünscht.«

Um den Krebs zu besiegen? *So Gott will.* »Wenn es einer schafft, dann du«, sagte Lucy. »Kannst du noch Unterstützung gebrauchen? Im Kämpfen bin ich ja nicht besonders gut, aber ich kann rumstehen und dich anfeuern.«

»Von wegen, du bist auf deine Art auch eine Heldin«, erwiderte Asia spöttisch. »Weißt du noch, als ich in der letzten Klasse war, wie dieser Ringer aus der Schulmannschaft hinter meinem Rücken mit einem Mädchen aus der Musik-kapelle ausging? Du warst gerade mal elf, wolltest dich aber im Dunkeln hinausschleichen und seinen Garten mit Klo-papier verunstalten, um mich zu rächen.«

»Ja, aber ich hab's vermasselt. Ich bin aus dem Fenster gefallen, mitten in Moms Rosenbüsche.« Lucy erinnerte sich noch lebhaft an den harten Aufprall, die pikenden Dornen, die Standpauke ihrer Mutter und die drei Wochen Hausarrest. Mit Freuden würde sie das wieder auf sich neh-men, wenn sie Asia damit helfen könnte.

»Du hast ein goldenes Herz, Lucy Ann. Das ist auch sehr heldenhaft.«

Ohne auf den Kloß in ihrer Kehle zu achten, erwiderte Lucy leichthin: »Also gut, wir sind beide Superfrauen. Weißt du was? Wir waren nur deswegen noch nicht auf dem Mount Everest, weil das für uns gar keine Herausfor-derung wäre.«

»Genau.« Asia schwieg kurz, und als sie wieder sprach, war ihre Stimme nicht mehr ganz so fest. »Mit einer Hel-dentat könntest du mir allerdings helfen, falls du morgen ein paar Stunden früher Feierabend machen kannst. Mom begleitet mich zu Dr. Klamm. Es wäre mir lieb, wenn du auch mitkämst.«

»Aber sicher.« Auch wenn sich Lucy am Abend zuvor noch davor gefürchtet hatte, wieder in die Welt der Krebs-behandlungen mit hineingezogen zu werden, war sie jetzt froh, helfen zu können.

Sie konnte diese Schlacht nicht für ihre Schwester schla-gen, doch sie konnte Asia moralisch unterstützen und für ein wenig Ablenkung sorgen. Gemessen an Superkräften war das nicht viel, doch man musste eben mit den Waffen kämpfen, die Gott einem mitgegeben hatte.

»Falls eine von den Damen noch Fragen hat, beantworte ich sie gerne jetzt gleich oder später telefonisch«, sagte Dr. Klamm. »Häufig merken die Leute erst hinterher, dass sie etwas vergessen haben zu fragen.«

Asia wusste, dass Familienmitglieder häufig auch Fragen hatten, die sie nur ungern in Anwesenheit des Patienten stellten. Sie warf einen Seitenblick auf ihre Mutter und Schwester. Gut, dass sie es so gedeichselt hatte, dass Lucy in der Mitte saß. Zwischen den beiden hätte sie Platzangst bekommen. Sie musste jedoch zugeben, dass Lucy und Mom sich gut gehalten hatten, während Dr. Klamm die systemische Therapie erläuterte, die in Kombination mit einer lokalen Behandlung durchgeführt werden sollte. Und sofern Asias Fall dafür geeignet war, sollte sie darüber hinaus mit einigen Medikamenten behandelt werden, die sich noch im Versuchsstadium befanden. Marianne lauschte den Ausführungen des Arztes so ungewöhnlich schweigsam, dass Lucy leise witzelte, Moms Frühstück habe wohl aus einer dicken Valiumtablette bestanden.

Asia wurde mulmig bei dem Gedanken, dass sie nächste Woche um diese Zeit schon zahlreiche Bestrahlungen hinter sich haben würde. Beim letzten Mal waren vor Beginn der Therapie viel mehr Untersuchungen gemacht und verschiedene Behandlungsmethoden erörtert worden. *Bei Rückfallpatienten wollen sie wohl nicht so lange warten.* Die Bestrahlung war nicht allzu schlimm, und Asia brannte darauf, den Kampf endlich aufzunehmen.

Dr. Klamm erhob sich, kam um den Schreibtisch herum und schüttelte allen drei Frauen die Hand. Er deutete mit einem Nicken auf die Broschüren, die er Asia gegeben hatte. »Falls Sie noch Fragen haben, rufen Sie bitte im Büro an. Ich hoffe, die Lektüre trägt ein wenig zu Ihrer Beruhigung bei.«

Ach ja, noch mehr Literatur für ihre wachsende Bibliothek zum Thema »Der Krebs und du«.

Keiner von ihnen redete viel, als sie hinausgingen. Sie hatten sich bei einem Restaurant in der Nähe getroffen und waren dann, um Sprit zu sparen, zusammen in Lucys Wagen hergekommen. Im Anschluss an das Gespräch wollten sie in dem Restaurant etwas essen. Es regnete schon den ganzen Tag und entsprechend trübe war auch der Nachmittag.

»Ich mochte diesen Dr. Klamm schon immer gut leiden«, erklärte Marianne, als sie vor Lucys gelbem VW New Beetle standen. »Er macht einen fähigen Eindruck. Und sieht auch noch gut aus, findet ihr nicht auch?«

Asia nickte beiläufig. Hoffentlich redete ihre Mutter nur so daher und hatte nicht die Absicht, sie zu verkuppeln. *Asia Klamm? Großer Gott!* Das klang ja wie ein Meeresfrüchteteller im Chinarestaurant. Außerdem war sie ziemlich sicher, dass Ärzte nicht mit ihren Patientinnen ausgehen durften. Sie hatte nichts gegen den Mann, aber wenn das hier vorüber war, wollte sie nichts mehr von ihm hören oder sehen.

Wenn es vorüber war, würde sich dann überhaupt noch ein Mann gerne mit ihr treffen? Vielleicht hatte sie sich ja auch den ganzen Sommer über in ihrem Schneckenhaus verkrochen, weil sie sich davor gefürchtet hatte, jemanden kennenzulernen. Aber im Moment machte das ohnehin keinen Unterschied. Sie würde den Sprung wagen, wenn es so weit war.

Asia überließ ihrer Mutter den Beifahrersitz, kletterte nach hinten und blätterte in einer Broschüre, die metastasierende Erkrankungen zum Thema hatte. Als ihr Blick auf einen hervorgehobenen Satz unten auf der Seite fiel, entfuhr Asia ein Stöhnen. Sofort drehte Marianne sich zu ihr um; ihre grünen Augen waren groß vor Sorge.

»Ist alles in Ordnung, Liebes? Hast du Schmerzen oder vielleicht nur Hunger?«

»Mir geht's gut, Mom. Ehrlich. Ich habe in dem Blättchen hier nur was gefunden: ›Einige Patienten leben jahrzehntelang mit ihren Metastasen.‹ Das finde ich nicht gerade tröstlich.«

»Keine Angst«, meldete sich Lucy vom Fahrersitz. »Du wirst bestimmt nicht so lange damit leben.«

»Lucy Ann!«, rief ihre Mutter entsetzt.

»So … so habe ich es nicht gemeint«, stammelte Lucy. »Asia, du weißt doch, dass ich es nicht so gemeint habe, oder? Ich wollte damit nicht sagen, dass du nicht noch ein paar Jahrzehnte leben wirst, sondern nur, dass du bald wieder gesund sein wirst. Wenn überhaupt jemand …«

»Ich weiß, wie du es gemeint hast«, unterbrach sie Asia.

»Okay«, sagte Lucy.

Doch das Gesicht ihrer Mutter im Rückspiegel verriet Asia, dass Marianne sich noch immer nicht völlig beruhigt hatte. Es erinnerte Asia daran, wie bestürzt Morris Grigg sie gestern Nachmittag angesehen hatte. Sie war zusammen mit Brandon Peters in Morris' Büro gewesen.

Mit knappen Worten hatte Morris Asias Lage geschildert und Brandon ihre besten Kunden in einem Ton angeboten, als sei Brandon schuld an der ganzen Misere. Als habe ihm die Firma soeben einen riesigen Gefallen getan, für den er bis in alle Ewigkeit dankbar sein müsste.

Doch der Mann mit dem sandfarbenen Haar hatte Asia nur verschmitzt angelächelt, wobei sich in einer Wange ein Grübchen zeigte. »Ich warne dich«, sagte er. »Wenn du wieder voll einsatzfähig bist, erwarte nicht, dass ich dir deine Kunden auf dem Silbertablett zurückgebe. Vielleicht versuche ich ja, sie zu behalten. Und womöglich gelingt mir das auch. Jeder, der mich besser kennt, bleibt nämlich mit Freuden bei mir.« Er unterstrich seine Worte mit einem Zwinkern, bei dem die Personalchefin nach Luft geschnappt und Faltblätter über sexuelle Belästigung am Arbeitsplatz verteilt hätte.

»Brandon!« Morris war empört. »Angesichts der gesundheitlichen Situation Ihrer Kollegin ist das wohl kaum eine angemessene Bemerkung!«

»Schon gut.« Asia konnte sich gerade noch ein Grinsen verkneifen, als sie die Miene ihres Chefs bemerkte. »Ich weiß, dass er nur Spaß gemacht hat.«

Hab ich nicht, formten Brandons Lippen die lautlose Antwort. Dabei lag noch immer dieses freche Funkeln in seinen graublauen Augen.

Natürlich hatte er sie einerseits necken wollen, doch in gewisser Weise forderte er sie allen Ernstes auf, mit ihm um die Topkunden zu wetteifern. Seltsamerweise hatte ihr das gefallen. Asia musste wieder lächeln, als sie an seine Unverfrorenheit dachte.

Plötzlich bemerkte sie, dass sie schon an dem Restaurant angelangt waren, wo ihre Autos standen.

»Möchtest du auch wirklich essen gehen?«, erkundigte sich Marianne besorgt.

»Ja, mir geht's gut«, sagte Asia noch einmal. Was streng genommen nicht stimmte, doch sie würde das in nächster Zeit mit Sicherheit noch tausendmal beteuern müssen.

Obgleich es Freitag war, bekamen sie sofort einen Platz, da der abendliche Ansturm noch nicht eingesetzt hatte. Während Marianne zur Toilette ging, rutschte Asia auf den Platz neben Lucy.

Die blickte ihre Schwester mit ernster Miene an. »Du weißt doch wirklich, wie ich das vorhin im Auto gemeint habe, nicht? Es war bestimmt kein Freud'scher Versprecher oder so was. Mom hat es einfach falsch verstanden.«

»Beruhige dich, Luce. Ich fand Moms Reaktion eigentlich ganz lustig.«

Lucy schaute sie einen Augenblick lang zweifelnd an, dann sagte sie: »Okay, aber sag ihr das nicht.«

»Machst du Witze? Ich bin doch keine Selbstmörderin.«

Aus irgendeinem Grund fanden sie beide die Bemerkung so komisch, dass sie zu kichern anfingen – vielleicht weil ihnen einfach danach zumute war, miteinander zu lachen. Es war fast wie das leicht hysterische Kichern, wenn man übermüdet ist.

»Hören wir lieber auf, bevor Mom zurückkommt und wissen will, worüber wir lachen«, sagte Lucy.

»Die Arme. Bestimmt fragt sie sich, womit sie zwei Töchter mit einem so schrägen Sinn für Humor verdient hat.«

»Wahrscheinlich gab es unter unseren Vorfahren auch ein paar Verrückte«, erwiderte Lucy. »Davon hat doch jede Südstaatenfamilie welche aufzuweisen, oder nicht?«

»Scheint eine Art Naturgesetz zu sein. Aber mal im Ernst, Luce. Ich möchte dir etwas sagen, bevor Mom wieder da ist.«

Lucy wurde schlagartig ernst, als machte sie sich auf das Schlimmste gefasst. »Okay.«

»Ich weiß nicht mal mehr, ob ich euch beiden überhaupt zur Verlobung gratuliert habe. Du und Michael, ihr passt hervorragend zusammen, und ich freue mich schrecklich für euch.« Als sie den verräterischen Glanz in den Augen ihrer Schwester sah, setzte sie rasch hinzu: »Kein Geflenne jetzt! Wenn du damit anfängst, muss ich auch heulen, und was wird Mom dazu sagen?«

Lucy schnüffelte. »Ich weiß gar nicht, wovon du redest. Ich muss gar nicht weinen.«

»Gut. Also, was ich sagen wollte: Zufällig ergibt es sich, dass ich auf der Arbeit ein bisschen kürzertreten werde. Daher habe ich mehr Zeit, um Einkäufe mit dir zu machen, eine ausschweifende Brautparty zu planen und so weiter. Ich möchte, dass du viel Spaß hast und dass es eine Traumhochzeit wird. Und es tut mir so leid, dass ich dir die Freude verdorben habe.«

»Oh Asia, nein! Du darfst dich doch dafür nicht entschuldigen. Mir tut es leid, dass du ... dass du ... Verdammt.«

Asia schluckte die Tränen hinunter. Zum letzten Mal hatte sie geweint, als Dr. Klamm ihr seinerzeit die Diagnose mitgeteilt hatte. Vielleicht würde es ihr besser gehen, wenn sie ihren Tränen freien Lauf ließ. Aber nicht jetzt und hier.

Als ein größerer und stärkerer Klassenkamerad der achtjährigen Lucy »vorgeschlagen« hatte, sie solle ihm jeden Tag ihren Nachtisch überlassen, war Asia eingeschritten. Später dann war Lucy eines Morgens mit einem Knutschfleck am Frühstückstisch erschienen. Ihre Schwester, die gerade in den Semesterferien zu Hause war, hatte sie darauf aufmerksam gemacht und die Eltern so lange abgelenkt, bis Lucy sich etwas angezogen hatte, das den Fleck bedeckte. Diese Beschützerrolle legte man nicht von heute auf morgen ab.

»Ich möchte nicht über den Krebs reden, Lucy. An manchen Tagen wird es sich nicht vermeiden lassen, aber wir wollen nicht unnötig davon anfangen. Beschäftigen wir uns lieber mit der Hochzeit.«

Lucy blickte ein wenig skeptisch, doch dann nickte sie. »Gut, wenn du das so willst.«

Auf einmal war sich Asia gar nicht mehr so sicher. Sie fragte sich, wen sie mit diesem spontanen Entschluss in Wirklichkeit schonen wollte.

4

Das ist das Beste, was ich seit Monaten gehört habe!« Die rotblonde Camelia Cameron, die als Camelia Barnerfield im zweiten Studienjahr ein Zimmer mit Lucy geteilt hatte, lehnte sich in ihrem Plüschsessel zurück, in dem eine zierlichere Frau förmlich versunken wäre.

Aufgeregt schwenkte Cam ihren halb ausgetrunkenen Caffè Latte. Hier Geschäftsführerin zu sein hatte den Vorteil, dass man bis zum Abwinken Kaffee trinken konnte. Cam machte einen zufriedenen Eindruck, auch wenn es ursprünglich vielleicht nicht ihr Traum gewesen war, nach ihrem Bachelor-Abschluss in Kunst und Design einen kleinen Coffeeshop zu führen. »Michael ist einfach ein Traum, und es ist ganz eindeutig mein Verdienst, dass du ihn kennengelernt hast.«

Lucy lachte. »Im Grunde genommen war es ja Dave, der mir seine Eintrittskarte überließ, weil er sich erkältet hatte.«

»Sein schwaches Immunsystem ist also für den größten Glücksfall deines Lebens verantwortlich?«

Immunsystem. Krankheit. Lucys Miene verdüsterte sich. Schon war alles wieder da, was ständig unter der Oberfläche ihres Bewusstseins lauerte. Seit dem Abend, an dem sie ihre Verlobung bekannt gegeben hatten, verspürte sie immerzu leise Gewissensbisse. Sie waren wie ein unterschwelliges Summen, das niemand außer ihr hören konnte und das niemals ganz verstummte. *Meine Schwester will, dass ich glücklich bin. Ich brauche kein schlechtes Gewissen zu haben, weil in meinem Leben alles gut läuft.* Dennoch war ihr nicht wohl dabei, die gute Nachricht überall herumzuposaunen.

Cam setzte den Becher ab und löste die übergeschlagenen, unwahrscheinlich langen Beine voneinander. Für ihre Figur hatte es Wunder gewirkt, dass sie sich in den Mitarbeiter eines Fitnessstudios verliebt hatte. Sie war schon immer eine groß gewachsene Frau mit einem hübschen Gesicht gewesen, doch seit sie im Sommer vor einem Jahr Dave Cameron geheiratet hatte, war sie einfach atemberaubend. Man hatte sie sogar gebeten, in einem örtlichen Kunststudio als Aktmodell zu posieren, doch sie hatte abgelehnt, nachdem Dave fast der Schlag getroffen hatte, als sie ihm davon erzählte.

»Ist alles in Ordnung?«, fragte Cam jetzt. »Für einen Augenblick sah es so aus, als wärst du vor Freude nicht gerade außer dir.«

»Du machst wohl Witze! Ich bin schrecklich glücklich über die Verlobung.« Zum wiederholten Mal warf sie einen bewundernden Blick auf ihren Ring, an dem ein Diamant im Princess-Schliff so strahlend funkelte, wie sie jetzt eigentlich hätte lächeln sollen. »Keine Frau auf der Welt kann sich glücklicher schätzen als ich. Womit ich nichts gegen Dave gesagt haben will.«

»Ist schon klar.«

»Ich wollte dir übrigens nicht nur Bescheid sagen, sondern dich auch um einen Gefallen bitten. Würdest du eine meiner Brautjungfern sein?« Michaels Schwester hatte am Telefon schon begeistert zugesagt, und Lucy hatte erst Cam fragen wollen, bevor sie sich an ihre Cousinen wandte. Tante Ginny würde es ihr nie verzeihen, wenn Reva und Rae nicht dabei sein durften. (Der Groll dieser Frau konnte gewaltige Ausmaße annehmen und wie eine Schlingpflanze alles überwuchern.) Allerdings waren die blonden vierundzwanzigjährigen Zwillinge und Lucy nie dicke Freundinnen geworden, obwohl sie zahlreiche Ferien miteinander verbracht hatten.

Mit breitem Lächeln klatschte Camelia in die Hände. »Ich wäre tödlich beleidigt gewesen, wenn du mich nicht gefragt hättest! Ich habe große Lust, mal wieder eine Hochzeit zu feiern, sofern ich mich nicht um die Organisation kümmern muss. Und weil ich das ja alles schon hinter mir habe, kann ich mit jeder Menge guter Ratschläge dienen. Aber wenn du nicht willst, halte ich mich da raus. Ich bin sicher, dass deine Mutter und Schwester dir eine große Hilfe sein werden.«

»Ja. Asia wird meine Erste Brautjungfer.«

»Versteht sich. Wie geht es ihr übrigens? Eine von den Mädchen hier wird bei einem Wohltätigkeitslauf mitmachen, und als ich mich in die Spendenliste eintrug, musste ich an Asia denken.«

Lucys Lippen zuckten, als wüsste sie nicht, ob sie lächeln oder weinen sollte. »Sie ... Der Krebs ist wieder da. Und hat auch noch gestreut.«

»Oh.«

»Aber wir haben schon mit den Ärzten gesprochen, und

ihr Onkologe meint, dass es noch viele Behandlungsmöglichkeiten gibt. Er hat betont, wie kräftig sie ist.« Und noch ziemlich jung und immer bemerkenswert gesund. *Bis auf den Krebs natürlich.* »Asia ist wie du. Sie achtet sehr auf sich.«

Cam gelang es, ihr neckisch zuzuzwinkern. »Na, das ist ja auch keine Kunst, wenn man mit einem Personal Trainer verheiratet ist. Schließlich will ich wenigstens so gut aussehen wie die Püppchen, die er jeden Tag im Fitnessstudio zu sehen kriegt. Aber was Asia angeht, hast du recht. Ich kenne keinen, der so … Wenn es einer schafft …«

»Ja.« Trotz der unausgesprochenen Worte wusste Lucy, dass ihre Freundin dasselbe dachte wie sie.

Cam räusperte sich, bevor sie auf das ursprüngliche Thema zurückkam. »Habt ihr denn schon einen Hochzeitstermin festgesetzt?«

»Eigentlich nicht. Mom wartet noch auf den Bescheid, wann die Kirche frei ist, aber wir dachten uns, irgendwann im Januar. Besser kann man das neue Jahr doch gar nicht beginnen, oder?«

»Mensch, schon nächsten Januar? Das sind ja nur noch dreieinhalb Monate. Habt ihr denn da genug Zeit für die Vorbereitungen?«

Hatte man jemals für irgendetwas genug Zeit? »Na ja, ich will eben schnell heiraten, bevor Michael es sich anders überlegt.«

Ihre Freundin blickte sie tadelnd an. »Du solltest dich selbst nicht so kleinmachen.«

»Ich hab das nicht ernst gemeint.« Rasch sprach Lucy weiter: »Um was, meinst du, soll ich mich zuerst kümmern? Das Kleid?«

»Ja, und um die Räumlichkeiten.«

»Da meine Eltern schon lange Gemeindemitglieder sind, dürfte es wegen der Kirche keine Probleme geben.«

»Und was ist mit dem Empfang? Wo soll der stattfinden?«

Gute Frage. Es gab so viel zu bedenken: die Einzelheiten der Hochzeitsfeier, Asias Situation und die Suche nach einem Haus, die Michael und sie in Angriff nehmen wollten. Lucy freute sich auf ein eigenes Haus, doch die bevorstehenden Veränderungen überwältigten sie geradezu.

Sie langte über den Tisch und drückte Cam die Hand. »Ich bin so froh, dass du mir helfen willst! Mom hat ja schon vor Jahrzehnten geheiratet, und die letzte Hochzeit, an der Asia teilgenommen hat, war eure.« Ganz zu schweigen davon, dass Asia voll und ganz mit ihrer Therapie beschäftigt sein würde.

Schon wieder meldete sich ihr Gewissen, und Lucy dachte schnell an etwas Schönes. Nächstes Jahr um diese Zeit wäre sie eine verheiratete Frau und Asia wieder gesund.

Als sie sich vom Schreibtisch ihrer Assistentin wegdrehte, erstarb Asias Lächeln, mit dem sie Ferns scherzhafte Bemerkung quittiert hatte, wie sehr diese die Wirkung des Koffeins auf ihren Körper genoss, jetzt, da das Baby auf der Welt war. In vier Wochen, wenn die Bestrahlungen beendet waren, würde man Asia den Portkatheter legen, mit dem sie schon einmal so lange gelebt hatte, und ihr alle möglichen Mittel in den Körper pumpen. Und mit dieser ersten Chemo gegen den Krebs kamen gleichzeitig weitere Mittel gegen die Nebenwirkungen der Chemo. Es war wie in dem

Kinderreim »Der Herr, der schickt den Jockel aus«, wo auch eines zum anderen kam. Asia erinnerte sich nicht mehr, wie das Gedicht ausging.

Eines der Mittel bei der Chemo war eine rote Flüssigkeit, die eine Schwester immer den »Hammer« genannt hatte. Wahrscheinlich sollte es nicht allzu bedrohlich klingen, doch ein Hammer war es in der Tat. Manche Patienten hatten weniger harmlose Namen dafür. »Roter Teufel« nannten sie es, oder auch »Roter Tod«.

Asia stieß einen zittrigen Seufzer aus, während sie um die Ecke bog und dabei ganz in Gedanken der großen Zimmerpflanze auswich, die dort in ihrem Messingkübel stand. Prompt rannte sie in Brandon Peters hinein, der ebenfalls auf dem Weg in ihr Büro war. Erschrocken stützte sie sich am Türpfosten ab.

»Entschuldige bitte«, sagte er und trat einen Schritt zurück. Dabei musterte er sie mit einem raschen Blick, als wollte er sich vergewissern, dass sie sich nicht wehgetan hatte.

»Nein, ich hätte besser aufpassen müssen.« Man sollte sich nicht für Dinge entschuldigen, für die man nichts konnte. Sie bedachte die Pflanze mit einem bösen Blick und sagte: »Das Ding da ist eine öffentliche Gefahr. Warum können wir die Natur eigentlich nicht draußen lassen?«

Er lachte. »Also bedanke ich mich besser nicht mit einer Pflanze, wenn du mir ein paar Fragen zu den Kunden beantwortest?«

»Himmel, nein! Vor allem keine Blumen.« Die Worte waren ihr so herausgerutscht. Sie würde Blumenduft für alle Zeiten mit Krankheit in Verbindung bringen. Die Leute hatten es nur gut gemeint, wenn sie ihr Blumen schenkten, doch am liebsten hätte sie nie wieder Schleierkraut gesehen.

Um ihren schroffen Ton abzumildern, lächelte sie. »Du hast es erfasst. Ich bin nicht so für Blumen, obwohl mich eine Zimmerpflanze hier und da nicht stört, solange es nicht so ein Monstrum wie die hier ist. Ich habe zu Hause eine Aloe vera.«

Sie hatte sie von Charlotte bekommen, einer Patientin mit fortgeschrittenen Metastasen, die Asia nach ihrer ersten, brusterhaltenden OP kennengelernt hatte. Das war zu der Zeit gewesen, als sich herausstellte, dass Asias Krebs schlimmer war als zuerst angenommen und man ihr zumindest die rechte Brust vollständig würde entfernen müssen. Vor ihrer zweiten Operation bekam sie von Char die Aloe vera, der sie den Spitznamen Al gegeben hatte, und ein rosa T-Shirt, auf dem »Busen wird überschätzt« stand. Char hatte bis zum bitteren Ende gekämpft und eine Therapie nach der anderen über sich ergehen lassen. Doch schließlich war sie an den Folgen eines Lungenkollapses gestorben. Danach war Asia nie wieder zu der Selbsthilfegruppe gegangen.

Natürlich gab es viele Menschen, die eine Krebserkrankung überlebten. Sie selbst hoffte, dass ihre Krankheit zum Stillstand kam und ihr noch dreißig Jahre blieben. Doch es stärkte die ohnehin erschütterte Kampfmoral nicht gerade, wenn die Menschen, zu denen man eine Beziehung aufgebaut hatte, sich geschlagen geben mussten. Wie Soldaten, gefallen im Kampf gegen die Krankheit.

Und irgendwie hatte man immer Schuldgefühle, wenn

die Behandlung bei einem selbst anschlug und bei anderen nicht.

Es gab Zeiten, da wollte Asia am liebsten nichts mehr mit Krebspatienten zu tun haben. Zu schmerzhaft war es, in ihnen wie in einem Spiegel die eigene Leidensgeschichte zu sehen. Sie wollte sich lieber vorstellen, wie es war, wieder gesund zu sein und ein Leben jenseits von Infusionen und Bestrahlungen zu führen. Doch als sie erst einmal das richtige Maß an Distanz gefunden hatte, fiel ihr die unverbindliche Freundlichkeit anderen Patienten gegenüber erstaunlich leicht.

Asia war bei Gleichaltrigen und Kollegen immer beliebt gewesen. Sie schaffte es, respektiert und geschätzt zu werden, ohne sich in Beziehungen zu verstricken, die sie nur von ihren Zielen abgelenkt hätten. Es hatte den einen oder anderen Freund gegeben, und ihre Familie war ihr wichtig, doch alles in allem ... Sie holte tief Luft. War es ein Nachteil, dass sie gelernt hatte, andere Menschen auf Abstand zu halten, oder eine besondere Begabung, dass man sie dennoch nicht für kalt hielt?

»Asia?« Unter Brandons besorgtem Blick fühlte sie sich unangenehm verletzlich, und daher wechselte sie rasch das Thema: »Du sagtest, du hättest noch ein paar Fragen zu Kunden?«

Er nickte und gab mit einem Schritt zur Seite den Weg in ihr Büro frei. »Ich treffe mich am Freitag mit einem deiner ehemaligen Kunden und würde gerne vorher noch ein paar Dinge mit dir durchsprechen.«

Ihre ehemaligen Kunden. So konnte man es auch nennen. »Ich habe ziemlich umfassende Unterlagen. Da findest du alles«, erwiderte sie, während sie an ihrem Schreibtisch Platz nahm. »Aber natürlich beantworte ich auch gerne deine Fragen.«

»In Dateien steht nicht alles. Ich wüsste gerne mehr über seine persönlichen Eigenarten und sein Gesprächsverhalten.« Er übersah geflissentlich die beiden Sitzgelegenheiten und ließ sich stattdessen auf der Kante ihres Schreibtisches nieder.

Sie zog eine Augenbraue hoch. »Stimmt was nicht mit den Sesseln?«

Er warf einen flüchtigen Blick über seine Schulter, dann schaute er sie grinsend an. »Nicht dass ich wüsste.«

»Ich bin wirklich sicher, dass du alle Informationen in den Unterlagen findest.«

Jetzt war es an ihm, eine Augenbraue hochzuziehen. Sie wusste beim besten Willen nicht, ob es Zufall war oder er sie nur ärgern wollte. »Stellst du dich quer, weil es dir nicht passt, dass du deine Kunden abgeben musstest?«

»*Vorübergehend* abgeben. Und ich stelle mich nicht quer. Meine Zeit ist nur äußerst knapp bemessen.« Die Bestrahlung selbst dauerte nicht lange, doch alleine durch die Fahrerei würde sie mehrere Arbeitsstunden verlieren.

»Ich glaube, wir haben es falsch angefangen.« Seine Stimme klang entschuldigend.

Komm mir jetzt nicht auf die sanfte Tour, Peters. »Das liegt wahrscheinlich daran, dass du unausstehlich bist. Einzelkind?«, vermutete sie.

»Ich habe noch eine ältere Schwester, aber ihr Mann wurde nach Deutschland versetzt. Deshalb kann sie mich nicht mehr an die Kandare nehmen.« Er strahlte sie an.

»Betrachte diese Eigenschaft doch einfach als eine Facette meines vielseitigen Charmes.«

»Wenn du auch so charmant mit den Kunden umgehst, wozu brauchst du dann überhaupt meine Informationen?«

Er beugte sich zu ihr, als wollte er ihr ein Geheimnis anvertrauen. »Es kommt zwar äußerst selten vor, aber hin und wieder ist so ein Blödmann immun gegen meinen Charme.«

Da musste sie schallend und sehr undamenhaft lachen. Sie hatte einmal gehört, dass die Menschen im Mittelalter glaubten, beim Niesen fahre ein Dämon aus dem Körper aus. Eine ähnliche Wirkung hatte das Lachen auf sie. Heute Abend in ihrer einsamen Wohnung lauerten ihre ganz persönlichen Dämonen nur auf einen Augenblick der Schwäche, um sich auf sie zu stürzen. Doch fürs Erste hatte Brandons frecher, bodenständiger Sinn für Humor die bösen Geister vertrieben.

Lucy würde er gefallen. Der Gedanke war verrückt und kam ihr ohne jeden Zusammenhang. »Also gut. Du hast zwanzig Minuten für deine Fragen. Dann schmeiße ich dich raus, damit ich meine echte Arbeit noch erledigt kriege.«

»Siehst du? Mein Charme ist wirklich unwiderstehlich.«

Vielleicht stimmte das sogar. Für einen Mann, der seinem Gefühl mehr vertraute als der Marktforschung, pubertäre Witze riss und ihr die Kunden wegnahm, war er erstaunlich sympathisch.

»Am zweiten Samstag im Januar?« Ein Glück, dass Lucy sich schon an den Kirschholzesstisch ihrer Mutter gesetzt hatte, auf den nun die Nachmittagssonne durch die Spitzengardinen schien.

Zwar wollte sie die Hochzeit so bald wie möglich feiern, doch jetzt, da das offizielle Datum feststand, bekam sie doch weiche Knie. Sie wünschte, Michael wäre da. Er wusste noch gar nicht, dass er am Nachmittag des zweiten Januarsamstags schon ein verheirateter Mann sein würde. Doch er war noch in der Kanzlei, weil er für die kommende Woche einen Schlichtungstermin für die Klage eines Arbeitnehmers vorbereiten musste. Lucy und Marianne waren allein im Haus der Swensons. George wollte vor seinem anstehenden Bowling-Wettkampf noch ein wenig trainieren, und Asia würde nach ihrer Bestrahlung kommen und Pizza mitbringen. Eine Woche Behandlung hatte sie hinter sich; blieben noch drei Wochen bis zum Beginn der Chemo.

»Soll ich dich wirklich nicht hinbringen?«, hatte Lucy sie am Abend zuvor am Telefon gefragt.

»Schau mal, im Laufe der nächsten Wochen werde ich bestimmt manchmal nicht selbst fahren können. Dann kannst du mich immer noch chauffieren.«

»Wie du willst. Aber ich habe dich aus einem ganz und gar egoistischen Grund gefragt. Wenn wir uns nicht langsam überlegen, was die Brautjungfern tragen sollen, kriegst du am Ende noch ein Kleid verpasst, das sogar Scarlett O'Hara zu rüschig gewesen wäre.«

Asia hatte gelacht. »Wage es nicht, Blondie! Ich möchte ungern die Braut auf ihrer eigenen Hochzeit zusammenstauchen.«

Meine eigene Hochzeit.

Schon wieder schossen Lucy die Tränen in die Augen. Sie hätte sich über ihre alberne Gefühlsduselei geärgert, wenn sie nicht so schrecklich glücklich gewesen wäre. Am Valentinstag würde sie schon eine Ehefrau sein! Mrs. Michael O'Malley. Lucy O'Malley. Cam hatte gefragt, ob Lucy, wie mehrere ihrer Bekannten, einen Doppelnamen führen wollte. Lieber nicht. Swenson-O'Malley war vielleicht ein guter Name für einen Pub, aber ansonsten …

Marianne, die gerade aus der Küche kam, stellte das Tablett mit zwei Gläsern Eistee und einem noch ofenwarmen Zucchinibrot ab und setzte sich.

»Ja, das hat zumindest Doreen gesagt.« Doreen, die in der Kirchengemeinde als Teilzeitsekretärin arbeitete, war für die Vergabe der Hochzeitstermine und die Trauungsproben zuständig und überwachte am großen Tag selbst den Ablauf der Zeremonie. »Am zweiten Samstag um vier. Sie war heilfroh, dass sie euch noch unterbringen konnte. Nun müssen wir nur noch ein Lokal für den Empfang suchen.«

»Jetzt habe ich ja den genauen Termin und kann einige Hotels anrufen und fragen, ob sie einen freien Saal haben«, erwiderte Lucy. Cam hatte zum Spaß vorgeschlagen, dass sie in ihrem Café eine ganz außergewöhnliche Feier machen könnten, wenn alle Stricke reißen sollten. Auf jeden Fall hatten sie die Kirche schon mal reserviert. Das war das Wichtigste. *Immer einen Schritt nach dem anderen.* »Es bedeutet mir sehr viel, dass wir kirchlich heiraten«, sagte Lucy.

Pastor Bob, der sie als junger Pfarrer konfirmiert hatte, würde jetzt auch die Trauung vornehmen.

Marianne tätschelte ihrer Tochter die Hand. »Ich habe immer gehofft, dass ihr Mädchen beide dort heiraten würdet.«

Marianne klang so wehmütig, dass Lucy sich auf die Lippen biss. Sie wusste nicht, was sie ihrer Mutter antworten sollte.

»Soll ich dir eine Scheibe Brot abschneiden?«, fragte Marianne.

Bald würden sie Pizza bekommen, und außerdem war Lucy nicht gerade unterernährt, doch zu dem fantastischen Zucchinibrot ihrer Mama konnte sie nie Nein sagen. Während sie aßen, schmiedeten die beiden Frauen Pläne. Morgen wollten sie sich auf die Suche nach dem perfekten Brautkleid machen.

»Wie wär's mit einem Motto? Für die Hochzeit, meine ich«, fragte Marianne.

»Irgendwas außer ›Mann und Frau werden‹?«

»Ich meine so etwas wie ›Weiße Weihnachten‹. Den Film habe ich immer geliebt.«

»Aber Weihnachten ist doch im Dezember und dann schon seit ein paar Wochen vorbei.«

Marianne blickte sie ungehalten an. »Seit wann bist du so schwer von Begriff? Doch nichts mit Weihnachten, sondern etwas Romantisches, was zu dem festlichen Tag passt. Weiß und Silber und glitzernder Schnee. Fröhlichkeit. Das kann die Familie gebrauchen«, fügte sie hinzu, bevor sie sich in weiteren Vorschlägen erging.

Lucy seufzte. Sie wollte ja nicht melodramatisch werden, aber eine Eheschließung war doch etwas Heiliges. Sie neigte zwar gelegentlich ein bisschen zur Albernheit, aber in diesem Fall ging es doch um einen sehr offiziellen Anlass. Bei Mariannes Worten hatte Lucy unwillkürlich das Bild eines Highschool-Balls in einer Turnhalle vor Augen, die mit Schneeflocken aus Styropor geschmückt war.

»Hallo, alle miteinander!«, rief Asia, als sie eine halbe Stunde später eintraf. »Ich habe die Pizza mitgebracht.«

»Lucy, hilf mal deiner Schwester«, befahl Marianne. »Ich hole die Teller.«

Richtige Teller wohlgemerkt. Einmal hatte Lucy ihrer Mutter und Schwester Pizza auf Papptellern serviert, und Marianne war ganz entrüstet gewesen. *Michael und ich werden ein Porzellanservice mit auf die Geschenkeliste setzen müssen.* Lucy schmunzelte, während sie in die Küche ging. Es waren noch so viele Entscheidungen zu treffen, bevor ihr gemeinsames Leben begann. Sie konnte noch immer kaum glauben, dass dieser Mann sie wirklich liebte. Im vorderen Wohnzimmer kam ihr Asia mit zwei großen Pappschachteln entgegen, die das Logo ihrer Lieblingspizzeria trugen.

»Hallo, Erde an Lucy!«, sagte Asia, woraufhin Lucy sich mit einem Kopfschütteln wieder in die Wirklichkeit zurückrief. »Habe ich dich beim Tagträumen gestört?«

»Ich habe mir gerade vorgestellt, wie ich Silberbesteck und Porzellan kaufe.«

Ihre Schwester verzog in gespielter Enttäuschung das Gesicht. »Und ich dachte immer, mein Leben wäre langweilig.«

Lucy lachte. »Na ja, Michael kam auch in dem Traum vor. In dem schöneren Teil. Soll ich dir eine Schachtel abnehmen?«

Als sie die Hand danach ausstreckte, hörte sie im Geiste die Stimme ihrer Mutter, als sei sie wieder neun Jahre alt. *Sei vorsichtig damit, Schatz.* Doch die Ermahnungen hatten alle nichts genützt, sondern Lucy meist so verunsichert, dass sie häufig etwas fallen ließ. Doch mittlerweile war Lucy eine erwachsene Frau, auch wenn ihre Mutter sie noch immer nicht wie eine gleichberechtigte Person behandelte, wie sie es mit Asia tat. Marianne fragte ihre ältere Tochter häufig um Rat, wogegen es Lucy gelegentlich schwerfiel, ihre eigene Meinung zu äußern.

Sie blickte verstohlen über die Schulter auf Marianne, die gerade Salat und Dressing aus dem Kühlschrank holte. »Asia, kann ich dich was fragen?«, flüsterte sie.

Asia neigte sich näher zu ihr. »Klingt nach was Ernstem.«

»Nein, eigentlich nicht. Findest du, dass ich ein Motto brauche?«

Asia runzelte die Stirn. »Habe ich was verpasst?«

»Mom möchte, dass ich ein Motto wähle, wie zum Beispiel Schnee. Oder alles Mögliche in Grün, weil Michaels Familie doch aus Irland stammt. Ich hatte schon Angst, sie würde einen Brautstrauß aus Kleeblättern vorschlagen. Stattdessen ist sie auf den Einfall gekommen, dass ich zu meinem weißen Brautkleid einen Topf mit roten Weihnachtssternen tragen soll und die Brautjungfern leuchtend rote Kleider und weiße Weihnachtssterne.«

»Ich bin nicht sicher, ob eine Braut überhaupt einen Topf mit irgendwas darin tragen sollte. Klingt nicht sehr elegant, was?«

Lucy seufzte erleichtert. »Dann hilfst du mir also, ihr das auszureden? Sie hält große Stücke auf deine Meinung.«

Wer denn nicht? Asia hatte einen unfehlbaren Geschmack.

»Mädchen?«, rief Marianne. »Kommt, setzt euch hin, bevor die Pizza kalt wird.«

»Wir kommen schon!«, antworteten sie im Chor.

Lucy musste sich in Erinnerung rufen, dass sie beruflich einer geschätzten und verantwortungsvollen Arbeit nachging. Warum nur fühlte sie sich im Heim ihrer Eltern immer wie ein Kind? Dieses zweistöckige Haus mit seiner von weißen Säulen eingefassten Veranda, den altehrwürdigen Couchtischen und Bücherregalen und den Läufern aus Dalton (der »Teppichhauptstadt der Welt« in North Georgia) steckte für sie voller Kindheitserinnerungen. Es schien, als könne man an diesem Ort einfach nicht älter werden, wo noch immer das Kichern zweier junger Mädchen durch die Stille hallte und es für alle Zeiten nach frisch gebackenem Apfel- und Gewürzkuchen duftete.

»Du träumst ja schon wieder«, bemerkte Asia.

»Ach wo, es ist nur …« Lucy konnte ihre wehmütigen Erinnerungen nicht in Worte fassen. »Also, zurück zur Hochzeitsplanung!«

»Ich gebe ja gerne meinen Senf dazu, wenn es was nützt. Dafür ist eine Erste Brautjungfer schließlich da. Aber, Lucy …« Asia verstummte und ließ den Blick zu den Familienfotos an der Wohnzimmerwand schweifen. Babybilder, Urlaubsfotos, Schulurkunden – in jedem Rahmen ein Stück ihres Lebens.

»Ja?«

»Ach, nichts. Wenn du mich brauchst, bin ich für dich da.«

Lucy folgte dem Blick ihrer Schwester. Das Foto zeigte

eine dunkelhaarige Sechsjährige in einem fleckenlosen Ostersonntagskleid. Sie saß auf einer Decke unter einer Eiche und hielt ein sabberndes Baby auf dem Schoß. »Das warst du doch schon immer.«

5

Asia sah zu, wie ihre Mutter einige festliche Hüte auf einem Ständer begutachtete. Darunter befand sich auch ein hellrosa Exemplar mit einer langen, elegant nach unten gebogenen weißen Feder, die mit Strasssteinen befestigt war.

Marianne grinste. »Ein bisschen zu auffällig für die Mutter der Braut, schätze ich.«

»Ein bisschen«, stimmte Asia ihr zu.

»Schade. Er gefällt mir ganz gut.« Marianne wandte sich von den Hüten ab. »Ich bin so froh, dass du heute frei hast und Lucys Kleid mit uns aussuchen kannst.«

Asia schaute zu der geschlossenen Tür der Umkleidekabine hinüber. »Das bin ich auch, obwohl Lucy ebenso gut ohne meine Hilfe etwas Schönes finden würde.«

So wie Marianne Asia in allem und jedem nach ihrer Meinung fragte, hätte man meinen können, Asia sei die Braut. Vielleicht versuchte sie nur etwas zu angestrengt, ihre Tochter miteinzubeziehen, damit sie nicht an … andere Dinge dachte. Doch mit dieser unbewussten Bevorzugung erreichte Marianne nur, dass sich beide Töchter unbehaglich fühlten. Jedes Mal, wenn ihre Mutter Lucy eine Bemerkung wie »Wenn du dich gerade hältst, wirkst du gleich schlanker« zuraunte, senkte Lucy leicht verlegen den Kopf. Asia ihrerseits war ein wenig ... nun ja, neidisch.

Als Asia elf war, ließ sich ein Ehepaar von der anderen Straßenseite als erstes Paar in der gesamten Nachbarschaft scheiden. »Sie haben sich ab und zu gestritten, aber das hatte nichts zu bedeuten«, erzählte die Tochter der beiden Asia im Schulbus. »Wie schlimm es wirklich stand, wurde mir erst klar, als sie mir erlaubten, mit Make-up in die Schule zu gehen, und mir nicht mehr ständig in den Ohren lagen, dass ich mehr lernen sollte.«

Die Inhaberin der Boutique trat aus dem Ankleideraum. »Hier kommt die Braut!«

Lucy erschien und war derart in ein Kleid mit einem Brokatmieder und Reifrock eingeschnürt, dass es in mehr als einer Hinsicht *atemberaubend* war.

»Na?« Lucy blickte zu Asia hinüber, doch ihre Stimme verriet, dass sie sich bereits gegen das elfenbeinfarbene Kleid entschieden hatte.

Marianne beäugte staunend das enorme Dekolleté. »Meine Güte, dein Vater und ich werden aus der Kirche ausgeschlossen, wenn du so dort auftauchst.«

»Ich weiß nicht«, neckte Asia. »Man soll zeigen, was man hat, finde ich. Immerhin sind die Nippel noch nicht zu sehen.«

»Asia!«

»Nippel auf der Hochzeitsfeier gehen nun wirklich nicht«, pflichtete Lucy ihrer Schwester grinsend bei. »In der Hochzeits*nacht* allerdings ...«

»Lucy Ann!«

Asia lachte. »Aber Mom, was glaubst du denn, was die in ihren Flitterwochen machen?«

Ihre Mutter deutete verstohlen auf die Boutiquebesitzerin, die sich das Lächeln verkneifen musste. »Ich weiß einfach nicht, was mit euch beiden los ist. Ich habe meinen Töchtern jedenfalls nicht beigebracht, sich vor Fremden über derartige Themen zu unterhalten.«

»Entschuldige«, sagte Asia folgsam. So vergnügt war sie den ganzen Tag noch nicht gewesen.

Marianne murmelte etwas Unverständliches, doch Asia amüsierte sich über die Entrüstung ihrer Mutter. Wie in alten Zeiten.

Mehrere Stunden – und Läden – später hatten sie noch immer nichts gefunden, was Lucy gefiel, und mittlerweile ließen Asias Kräfte nach.

»Vielleicht sollten wir für heute Schluss machen«, schlug Marianne vor, als sie ein Brautmodengeschäft im Einkaufszentrum verließen.

Asia fing den besorgten Blick auf, den ihre Mutter und Schwester wechselten. »Mir geht's gut«, sagte sie. »Darf ich euch daran erinnern, dass Lucy nicht mehr allzu viel Zeit hat, um ein Kleid zu finden?« Keiner von ihnen hatte zur Sprache gebracht, warum Lucy unbedingt schon in ein paar Monaten heiraten wollte, doch Asia wusste, dass ihr Wunsch, so schnell wie möglich Mrs. Michael O'Malley zu werden, nicht der einzige Grund war.

»Dann lasst uns wenigstens eine Pause machen«, sagte Lucy. »Wir setzen uns in ein Restaurant, trinken was und blättern ein paar von diesen Zeitschriften durch, die ich mir geholt habe. Wir haben noch gar nicht darüber gesprochen, was du anziehen willst, Asia.«

Da die Hochzeit im Winter stattfand, brauchte sich Asia keine Gedanken darüber zu machen, dass ihre Narben zu sehen sein würden und die kleinen Blumenmädchen sich davor erschrecken könnten. Doch der Portkatheter musste natürlich verdeckt werden. Trotz ihrer Witzeleien war Lucy im Grunde nie für tief ausgeschnittene Kleider zu begeistern gewesen. »Sag mir nur, was du dir vorgestellt hast«, erwiderte Asia, »und schon komme ich mit meinem Kunstbusen und probiere alles an, was du willst.«

Lucy schaute sich nach einem freien Tisch um. »Wir kommen nicht besonders gut voran, was? Wenn ich daran denke, was wir noch alles erledigen müssen, schwirrt mir der Kopf – Blumen, Empfang, Speisen, Musik.« Dann blickte sie ihre Mutter und Schwester zerknirscht an. Lucy hatte viele Talente, doch ein Pokerface war ihr nicht gegeben. »Tut mir leid. Ich weiß, hier geht's ja schließlich nicht um Leben und Tod.«

Beim dem Wort *Tod* erbleichte Marianne.

»Ich sollte nicht rumjammern, wo es doch ein schöner Anlass ist und ich so glücklich bin«, fügte Lucy kläglich hinzu.

»Jede Braut ist gestresst, Luce«, sagte Asia. »Das gehört einfach dazu.«

Wäre Lucy mit Cam oder einer ihrer *gesunden* Freundinnen hier gewesen, hätten sie über die lange Aufgabenliste gestöhnt, und Lucy wäre es nie eingefallen, sich zu entschuldigen. Vor einigen Wochen hatte Asia vorgeschlagen, dass sie sich die Hochzeitsvorbereitungen nicht mit Gesprächen über Krebs verderben sollten, doch unterschwellig stand die Krankheit immer im Raum.

»Bin ich zu spät?«, fragte Lucy, als sie sich neben Michael in die Schlange vor dem Schalter ihres Lieblingskinos schob. Es war eine rein rhetorische Frage – natürlich war sie zu spät.

Er lächelte auf sie herab; seine dunkelblauen Augen funkelten belustigt im Licht der Außenbeleuchtung. »Auf dich lohnt es sich zu warten. Wie war dein Tag? Hattest du Erfolg bei der Kleidersuche?«

»Nicht die Bohne.« Sie zog die Nase kraus. »Ob es deiner Familie wohl etwas ausmacht, wenn die Braut einfach ihre alten Lieblingsjeans trägt?« Michaels Familie hatte die Nachricht von der Verlobung mit Begeisterung aufgenommen, und seine Eltern wollten im nächsten Monat vorbeikommen und dem glücklichen Paar persönlich gratulieren.

Er lachte. »Jeans? Das würde die O'Malleys wahrscheinlich wenig stören. Schließlich sind wir alle praktisch im Pferdestall großgeworden. Aber mit deiner Vorstellung von einer Traumhochzeit lässt es sich wohl kaum vereinbaren.«

»Das war, bevor ich mich in einem Brautkleid im Meerjungfrauenstil gesehen habe.« Sie schauderte.

»Also nichts mit Meerjungfrauen. Bleiben noch Einhörner, Phönixe, Nymphen ...«

Sie knuffte ihn leicht gegen den Arm, während die Schlange ein wenig vorrückte. Es war ein klarer, kühler Herbstabend. Nach einem ganzen Tag in geschlossenen Räumen bedauerte sie es, dass sie nicht noch ein wenig draußen bleiben konnten, statt sich in das überfüllte Kino zu drängen, um sich das neueste, von der Kritik hochgelobte Filmdrama anzusehen. Früher hatte sie sich mit leichten romantischen Komödien begnügt, in denen es etwas zu lachen gab, bevor sich die beiden Hauptdarsteller am Ende kriegten. Bei einem ihrer frühen Dates mit Michael hatte sie dann zum ersten Mal einen ausländischen Film mit Untertiteln gesehen. Später kamen abstrakte Thriller hinzu, bei denen sie nicht nur rätselte, wer der Täter war, sondern worum es überhaupt ging. Michael hatte ihren Horizont erweitert, doch er nahm sich selbst nicht so ernst, dass er nicht hin und wieder einen dummen Witz reißen würde.

»Du bist noch schlimmer als Mom«, schimpfte sie. »Sag ihr bloß nichts davon, sonst müssen wir uns alle als Fabelwesen verkleiden, und der Pfarrer liest statt der Trauformel eine griechische Sage vor. Meine Hochzeit ...«

Er hob eine Augenbraue.

»*Unsere* Hochzeit«, verbesserte sie sich, »soll eine ernsthafte Angelegenheit werden.«

»Weil wir ja so gesetzte und würdige Menschen sind.«

»Ich rede nicht mehr mit dir«, erwiderte sie und bemühte sich, ernst zu bleiben. »Du bist einfach unmöglich.«

»Ich werde dich schon zum Lachen bringen.«

Und das tat er auch. Wie konzentriert er auch bei seiner Arbeit sein mochte, so hatte er doch ganz eindeutig auch eine verspielte Seite. Witzig, erfolgreich, bescheiden. *Und küssen konnte er wie kein Zweiter.* Manchmal schien er ihr so vollkommen, dass sie fast damit rechnete, dass etwas schiefging.

Er nahm sie fest in die Arme. »Hast du Lust, eine unanständig große Portion fettes, gebuttertes Popcorn mit mir zu teilen?«

»Vergiss es.« Sie hatte noch lebhaft vor Augen, wie sie in einigen der engen Brautkleider ausgesehen hatte, die ihren Bauch und Po unvorteilhaft betonten. »Ich würde bis zur Hochzeit gerne noch ein bisschen abnehmen.«

Er schien etwas erwidern zu wollen, überlegte es sich dann aber anders. Doch sie hatte seinen unwilligen Ausdruck schon bemerkt, bevor er die Augen niederschlug. Er war der Meinung, dass sie sich selbst gegenüber zu kritisch war. Vielleicht hatte er recht damit, vielleicht auch nicht. Auf jeden Fall wog sie mindestens fünf Kilo mehr, als ihr Arzt für gut hielt. Immer wieder fasste Lucy gute Vorsätze, doch dann ging der Tag wieder so schnell vorbei, dass ihr erst kurz vor dem Schlafengehen einfiel, dass sie weder Cams Angebot, umsonst ins Fitnessstudio zu gehen, angenommen noch ein wenig Gymnastik zu Hause gemacht hatte. Vielleicht war die Hochzeit ja die Gelegenheit, ihre Pläne endlich mal in die Tat umzusetzen.

Das Leben war manchmal wirklich verrückt. Asia hatte immer Sport getrieben und sich vernünftig ernährt. Schon als Kind brachte sie es fertig, sich am Halloweenabend nur eine einzige Leckerei zu gönnen, den Rest für später aufzuheben und sich brav hinterher die Zähne zu putzen. *Einfach unnatürlich*. Und doch war sie es jetzt, die Jahre später …

Entschlossen drängte Lucy den Gedanken wieder in ihr Unterbewusstsein zurück. Derartige Überlegungen halfen niemandem und verdarben ihr nur die Stimmung.

Sie hätte sich an diesem Abend wirklich besser alleine zu Hause eine Komödie auf Video ansehen sollen, denn drei

Stunden später saß sie heulend auf dem Beifahrersitz und putzte sich die Nase mit der Serviette eines Fastfood-Restaurants, während Michael sich in weitschweifigen Entschuldigungen erging. »Ich wusste nur, dass die Schauspieler und das Drehbuch hervorragende Kritiken bekommen haben. Du weißt ja, eigentlich will ich nicht im Voraus wissen, wie ein Film ausgeht, aber in diesem Fall … Es heißt, der Regisseur hätte beste Chancen auf den Oscar und den Golden Globe.«

»Der Regisseur ist ein sadistisches Ekel!«, schluchzte Lucy, während ihr eine einsame Träne übers Kinn in den Ausschnitt rann. »Warum muss ich mir lang und breit eine Liebesgeschichte ansehen und mit den beiden mitfiebern, und dann wird einer von ihnen in der letzten Viertelstunde umgebracht?«

»Vielleicht ging es um das alte Thema ›Nutze die Zeit‹ oder darum, dass Liebe trotz allem unvergänglich ist. Hast du denn *Titanic* nicht gesehen?«

»Das war eine rhetorische Frage.« Sie funkelte ihn aus verheulten Augen an. »Und *Titanic* fand ich scheußlich.«

»Tut mir wirklich leid, Schatz. Nächstes Mal, wenn ich einen Film aussuche, frage ich vorher jemanden, der ihn schon gesehen hat, ob das Ende was für Lucy ist.« Das bedeutete, dass weder Kinder noch Tiere ernstlich zu Schaden kommen durften und es für die Hauptpersonen ein Happy End geben musste.

»Nächstes Mal? Von nun an suchst du keine Filme mehr aus. Was hast du eigentlich gegen Komödien? Und damit meine ich nicht Dick und Doof.«

Er musste lachen. »Es tut mir ehrlich leid. Wenn ich gewusst hätte …« Er schaute auf die gelben Serviettenfetzchen auf ihrem Shirt und schüttelte zerknirscht den Kopf. »Kann ich es wiedergutmachen? Komm, wir fahren zur Cheesecake Factory.«

Hmm. In dem kleinen In-Lokal war es zwar immer ziemlich voll, doch die Desserts dort waren einfach eine Wucht. »Und hinterher noch eine kleine Rückenmassage?«, schlug sie mit einem letzten ausdrucksvollen Schniefer vor.

Abermals lachte er. »Du holst raus, was rauszuholen ist, stimmt's?«

»Aber klar doch. Das geschieht dir ganz recht, nachdem du mir diesen Film zugemutet hast. Selbst wenn Drehbuch und Schauspieler gut waren.« Das musste sie wirklich zugeben.

Michael warf ihr einen schwer zu deutenden Blick zu, während er vom Parkplatz fuhr und auf die Hauptstraße einbog.

»Was ist?« Sie widerstand der Versuchung, die Sonnenblende herunterzuklappen und sich im Spiegel zu betrachten. Verheult, wie sie war, wirkte sie bestimmt wie aus einem Horrorfilm entsprungen.

»Ich möchte nicht, dass du mich für ein herzloses Ungeheuer hältst, weil ich über solche Filme anders denke«, erklärte er. »Fiktionale Tragödien können eine befreiende Wirkung haben. Und sehr tröstlich sein.«

Ihre Augenbrauen schossen in die Höhe. »Und was fand mein zukünftiger Ehemann so tröstlich daran, dass zwei Liebende durch den Tod getrennt wurden?«

»Dass man am Ende des Films wusste, dass doch noch alles gut wird. Nicht heute oder morgen, aber irgendwann. Dass Menschen mit allem fertigwerden können.«

Angesichts seiner Worte und des Tons, mit dem er sie aussprach, musste sie schlucken. Er würde seine Gefühle nie so offen zeigen wie sie, dennoch war er ein sensibler Mann. Lucy war sich durchaus im Klaren, dass Menschen Schicksalsschläge verkraften konnten, wenn es sein musste. Sie fand es nur schrecklich gemein, dass das so oft nötig war.

Obwohl die Eingangshalle mit dicken Teppichen ausgelegt war und Asia zu den Designerjeans und dem Rollkragen-pullover ihre Leinenschuhe mit den weichen Sohlen trug, war es im MCG-Gebäude derart still, dass sie glaubte, ihre Schritte zu hören. Alle Angestellten, die auf der Karriere-leiter so weit nach oben geklettert waren, dass sie über ein eigenes Büro verfügten, besaßen auch einen Schlüssel zum Haupteingang, doch nur wenige kamen am Wochenende hierher. Wenn jemand Überstunden machen musste, so tat er es in der Regel von zu Hause aus, per Laptop und firmen-eigenem Handy.

Asia wollte lieber hier arbeiten. In diesem Gebäude fühl-te sie sich ihrer Arbeit stärker verbunden. Hier gehörte sie dazu. Sie hatte Karriere gemacht, anderen Leuten gehol-fen, Geld zu verdienen, und sich die Anerkennung ihrer Kollegen erworben. Selbst wenn sie vordergründig herge-kommen war, um etwas in ihren Unterlagen nachzusehen, ging es doch vor allem um ihr Selbstwertgefühl.

Auch gut.

Der Korridor, durch den sie gerade ging, lag im Halb-dunkel und wurde nur spärlich erhellt vom Sonnenlicht, das durch die Lamellenvorhänge drang. Erstaunt stellte sie fest, dass in Brandons Büro Licht brannte. Sie blieb vor der halb geöffneten Tür stehen und klopfte an die Wand neben seinem schwarz-goldenen Namensschild, um sich bemerkbar zu machen.

Er blickte vom Laptop auf. In seinem sportlichen Pullover mit dem Aufdruck eines Baseballteams wirkte er jungenhaft. Auch seine Frisur sah heute anders aus, dachte sie. Normalerweise bändigte er sein kurzes Haar mit Gel, doch jetzt war es sympathisch zerzaust, ohne unordentlich zu wirken.

»Hallo, Asia.«

Sie musste über seinen Anblick grinsen. Wenn sie ihn so schon früher gesehen hätte, wäre es ihm nicht gelungen, ihr im Wettstreit um Kunden so viel Respekt einzuflößen. Ihr Lächeln erstarb, als ihr einfiel, dass er jetzt sowieso die meisten ihrer Kunden übernommen hatte. *Nur vorübergehend.* Wenn sie erst ihre Therapie hinter sich hatte und wieder ganz gesund wäre, würde sie Brandon schon Beine machen – auch wenn er an diesem Sonntagnachmittag noch so schnuckelig aussah.

»Ich hätte nicht gedacht, dass jemand am Wochenende herkommt«, sagte sie, ohne darauf einzugehen, dass sie selbst ja auch da war.

»Manchmal arbeite ich von zu Hause aus, aber hier ist es besser.« Er strahlte sie an. »Hier gibt es keinen Großbildfernseher mit Sportsendungen. Ich muss noch was aufarbeiten, und so bin ich wenigstens ungestört.«

Asia hatte nur daran gedacht, was es für sie selbst bedeutete, dass er ihre Hauptkunden übernahm, doch seine Arbeitsbelastung hatte dadurch enorm zugenommen. »Ich wollte dich nicht aufhalten, sondern nur mal eben Hallo sagen.«

»Das ist nett. Ganz alleine ist es hier ein bisschen unheimlich und so still wie in einer Uni-Bibliothek.«

An den Türrahmen gelehnt schwelgte Asia in Erinnerungen. »Auf dem College habe ich so gerne in der Bibliothek gelernt. Nicht im Hauptsaal, wo ganze Gruppen von Erstsemestern an ihren Projekten gearbeitet haben, sondern hinten, zwischen den Regalen, wo man ganz allein war, umgeben vom geballten Wissen der Jahrhunderte.«

»Ehrlich gesagt war mir das Alleinsein immer ziemlich zuwider«, sagte Brandon. »Während des Studiums habe ich die meiste Zeit im Haus meiner Studentenverbindung rumgehangen, Pizza verdrückt und mir überlegt, wie ich eine scharfe Braut dazu kriegen könnte, die nächste Hausarbeit mit mir zusammen zu schreiben.«

»Das sieht dir ähnlich«, erwiderte Asia und verdrehte die Augen.

»Zu meiner Verteidigung kann ich sagen, dass ich dem Pizzaboten immer ein anständiges Trinkgeld gegeben habe. Und meinen Anteil an den Hausarbeiten habe ich auch erledigt.«

Das sah ihm auch ähnlich. Während sie durch den Flur ging, überlegte Asia, ob Brandon einfach ausgeglichener war als sie. Er war erfolgreich und ehrgeizig und schaffte es trotzdem noch, sich zu amüsieren.

Ich amüsiere mich auch. Ihr fiel gerade kein Beispiel ein, aber was wollte das schon heißen? Sie hatte schließlich andere Dinge im Kopf.

Und außerdem hatte sie im Augenblick zu viel zu tun.

Das Amüsement musste also warten. Sie schloss ihr Büro auf und drückte auf den Lichtschalter. Vielleicht war Brandons Leben gar nicht so abwechslungsreich, wie sie gedacht hatte. Schließlich lagen seine Studententage schon eine Weile zurück, und an diesem schönen Sonntag hockte er, genau wie sie, hier im Büro.

Kaum hatte sie an ihrem Schreibtisch Platz genommen, machte sie wieder einmal die angenehme Erfahrung, dass ihre Gedanken sich plötzlich blitzschnell und präzise ineinanderfügten. Sie notierte sich, welche Anrufe sie nächste Woche erledigen und welche Vorschläge sie ihren Kunden unterbreiten wollte. Entweder würde sie selbst anrufen oder Brandon die Notizen geben. Erfreut hatte sie registriert, dass er ihre Ideen sehr schätzte.

Der Nachmittag verging wie im Flug, und als Brandons Stimme sie beim Verfassen einer E-Mail aus ihren Gedanken riss, war sie überrascht, dass es draußen bereits dunkel wurde.

»Vielleicht hätte ich nicht stören sollen«, sagte er ein wenig zerknirscht. »Du warst ja ganz versunken.«

»Macht nichts.« Jetzt, da sie aus ihrem tranceähnlichen Zustand erwacht war, merkte sie erst, dass ihr alles wehtat. Ein paar Yogaübungen wären jetzt genau das Richtige, aber nicht vor Publikum. »Ich habe gar nicht gemerkt, wie spät es ist.«

Er nickte. »Wahrscheinlich hätte ich auch immer weitergemacht, wenn mein Magen nicht angefangen hätte zu knurren. Ich hatte eigentlich vor, irgendwo in einer Sportbar eine Kleinigkeit zu essen. Wenn ich schon das Spiel verpasst habe, will ich mir wenigstens die Ergebnisse ansehen.«

Asia fragte sich, ob er wohl Football oder Baseball meinte. Sie hatte schon öfter einem Kunden Eintrittskarten für ein Spiel geschenkt und gelegentlich sogar einen potenziellen Kunden zu einer Sportveranstaltung begleitet. Dennoch konnte sie den meisten Arten von Mannschaftssport nicht viel abgewinnen. Die Olympischen Spiele dagegen liebte sie.

»Du kannst gerne mitkommen, wenn du möchtest«, fügte Brandon hinzu.

»Wohin?«

»Zum Essen. Ich wollte was essen gehen und dachte mir, wenn du vielleicht auch Hunger hast …«

»Oh.« Sie wusste auch nicht, warum die Einladung sie so aus der Fassung brachte, denn sie ging ständig zu Geschäftsessen. Wenn sie ein formelles Kostüm angehabt hätte, hätte sie keine Sekunde gezögert, doch heute fehlte ihr dieser Schutzpanzer. Vielleicht war es ja dumm von ihr, sich so viele Gedanken um ihre Kleidung zu machen, doch nach allem, was mit ihrem Körper geschehen war, wollte sie sich um keinen Preis … *entblößen*, fuhr es ihr durch den Kopf – ein Begriff, den sie niemals bewusst gewählt hätte. »Danke, aber mein Abendessen ist schon gesichert.«

Da Brandon ein wenig skeptisch schaute, fuhr sie fort: »Die Gebetsgruppe meiner Mutter will mir immer helfen. Diese Woche haben sie mir zweimal Auflauf nach Hause gebracht. Wenn das so weitergeht, versinke ich bald bis über die Ohren in Nudelgerichten, die nicht mehr in meinen kleinen Kühlschrank passen.«

Er lachte. »Zu viel selbst gekochtes Essen. Dieses Problem hätten die meisten Junggesellen auch gerne.«

»Ich kann dir für morgen Mittag ein paar Reste mitbringen.«

»Nichts dagegen«, erwiderte er, während er sich zum Gehen wandte. »Ich bin der Typ mit der Gabel und dem gierigen Blick.«

Brandon war gar nicht klar, dass er ihr einen Gefallen tat, dachte sie, als die Fahrstuhltüren sich mit einem leisen »Pling« öffneten und er einstieg. Wenn Frauen in den Südstaaten mit Leid und Unglück konfrontiert wurden, dann kochten sie etwas. Doch kleine Portionen bekamen sie offenbar nie hin. Von den Damen, die ihr damals nach der Operation Gebäck und ganze Mahlzeiten vorbeigebracht hatten, hatte keine daran gedacht, dass sie mit Al alleine war, und der brauchte nur ein wenig Dünger. Doch so konnte sie zumindest immer etwas anbieten, wenn Lucy oder ihre Eltern zu Besuch kamen. Wenn man bedachte, wie viele Freunde, Kollegen und ehemalige Schulkameraden sie nach mehr als dreißig Jahren in dieser Stadt kannte, war es erstaunlich, dass nicht mehr Leute sie besucht hatten. Doch sie hatte sich die Leute sehr genau ausgesucht, die sie in ihrem geschwächten Zustand sehen durften. Sie war zu erschöpft gewesen, um eine gute Gastgeberin zu sein, und hatte außerdem den anderen das peinliche Schweigen oder eine höfliche Lüge über ihr Aussehen ersparen wollen.

Es war zwar durchaus logisch, dass sie während ihrer Krankheit kaum jemanden eingeladen hatte, dachte sie jetzt. Aber ... warum hatte sie nicht öfter Gäste gehabt, als sie wieder gesund war? Nun ja, sie würde es eben mit auf die Liste setzen und es in Angriff nehmen, nachdem sie den

Krebs besiegt hatte, die beste Erste Brautjungfer der Welt gewesen war und ein bisschen Spaß in ihr Leben gebracht hatte. Für Asia Jane, die Superheldin, sollte das doch ein Kinderspiel sein.

»Für den Empfang würden wir natürlich den ganzen Raum öffnen«, erklärte Mr. French, der hoch aufgeschossene Geschäftsführer. Im Augenblick war der Festsaal des Hotels durch eine Trennwand geteilt, und auf der anderen Seite fand irgendeine Veranstaltung statt.

Während Mr. French zum wiederholten Male die Kosten mit ihren Eltern erörterte, spazierte Lucy durch den Raum. Ihre hohen Absätze klickten auf dem Laminatboden, der wie Holz aussah. Mr. French hatte die Festbeleuchtung eingeschaltet, doch sie konnte sich gut vorstellen, wie der Saal bei gedämpftem Licht wirkte. Vor ihrem inneren Auge sah sie hinten in der Ecke den DJ, den Cam ihr empfohlen hatte, und am Büfett plauderten ihre und Michaels Verwandte miteinander, während Lucy lachend darauf bestand, dass ihr frischgebackener Ehemann mit ihr tanzte. Er tanzte nicht gern in der Öffentlichkeit. Dafür nahm er sie in ihrem Haus oder seiner Wohnung immer dann zu einem Tänzchen in die Arme, wenn ihr ein Stück im Radio gefiel. Na ja, eher in seiner Wohnung, da man bei ihr wahrscheinlich über einen Korb Wäsche oder einen Stapel mit Berichten gefallen wäre, die griffbereit neben der Couch lagen.

Ihr Handy piepste, und noch bevor sie die Nummer des Anrufers erkannte, wusste sie schon, wer es war. »Hallo. Ich habe gerade an dich gedacht.«

Michael stieß ein kleines verlegenes Lachen aus. »Hast du mich schon in Gedanken heruntergeputzt, weil ich wieder mal zu spät komme?« Sie hatten sich verabredet, um die Papiere für das Standesamt zusammenzustellen und dann essen zu gehen, doch er war nicht rechtzeitig aus dem Büro weggekommen und dann auch noch in den Berufsverkehr geraten.

»Ist schon gut. Ich weiß doch, wie wichtig diese Schlichtungstermine für dich sind.«

»Nicht nur für mich, sondern für die ganze Firma.« Er klang jetzt ganz aufgeregt, immer schneller kamen seine Worte. »Ich glaube, ich konnte wirklich was erreichen, Luce. Wir tragen dazu bei, dass die Verfahrensweise … Entschuldige. Erst versetze ich dich und dann quassel ich auch noch ewig über die Arbeit.«

Sie grinste. »Es sei Ihnen verziehen, Herr Anwalt.«

»Ich finde, du hast mehr verdient als eine schnöde Entschuldigung am Telefon. Ich würde dir ja Rosen kaufen, weil du die so gerne hast, doch dann komme ich noch später. Seid so gut und regelt schon mal alles ohne mich. Ich habe volles Vertrauen zu dir und deinen Eltern. Sind sie sauer, dass ich noch nicht da bin?«

»Nein.« Sie warf einen Blick über die Schulter. »Dad ist froh, dass ich einen guten Ernährer heirate, und Mom mobilisiert beim Feilschen um das Menü und den Saal ihre geballten hausfraulichen Fähigkeiten. Der Geschäftsführer will mit dem Preis für den Saal nicht runtergehen, aber er hat uns einen Rabatt angeboten, wenn wir nach dem Empfang in ihrer Flitterwochen-Suite übernachten. Das solltest du sehen – ein Whirlpool, in dem man eine Party feiern könnte, und dazu ein riesiges, traumhaftes Bett. Das bringt mich übrigens auf eine Idee, wie du deine Verspätung wiedergutmachen könntest.« Ihre Badewanne konnte zwar mit der im Hotel nicht mithalten, doch mit ein paar geschickt platzierten Kerzen und einem Schaumbad ließ sich trotzdem eine sinnliche Atmosphäre schaffen.

»Jetzt sei lieber vorsichtig, was du sagst«, raunte Michael mit heiserer Stimme. »Dann stelle ich mir dich nämlich nackt vor. Und ich muss doch fahren.«

Ihr Lachen hallte durch den Saal, und während sie einen Blick zu ihren Eltern und dem Hotelmanager hinüberwarf, fühlte sie sich herrlich unanständig. »Also dann konzentrier dich aufs Fahren. Über das andere unterhalten wir uns später.«

»Ja, heute Abend«, erwiderte er mit zärtlicher Stimme. »Mann, da komme ich zu spät, und statt eine Standpauke von meiner Verlobten zu bekommen, stellt sie mir sogar Sex in Aussicht. Ich bin der größte Glückspilz in ganz Georgia.«

»Du wusstest doch, dass ich nicht böse sein würde«, sagte sie. »Versuche nur pünktlich zu sein, wenn wir uns mit dem Immobilienmakler treffen.«

»Da werde ich sogar fünf Minuten zu früh kommen«, versprach er. »Nichts ist mir wichtiger als unser gemeinsames Heim.«

Wenn er so etwas sagte, war sie immer ganz hin und weg. Als sie noch zur Schule ging, hatte ein Berufsberater sie einmal nach ihren Zukunftsplänen gefragt. Zukunft – das war etwas Großes, Geheimnisvolles gewesen, von dem sie noch keine Vorstellung hatte. Jetzt war es gleichbedeutend mit Michael und den vielen schönen Erfahrungen, die sie gemeinsam machen würden. Keine Fahrt ins Ungewisse mehr, sondern eine wundervolles Reise.

»Lucy?«, fragte Marianne, als ihre Tochter das Handy einsteckte. »Wir müssen noch in Mr. Frenchs Büro zum Unterschreiben. Bist du bereit?«

»Selbstverständlich.« *Die Zukunft konnte kommen.*

6

Asia schlüpfte ins Bett. Sie war so erschöpft, dass sie sich nicht einmal ausgezogen hatte. Es hatte beinahe ihre ganze, ohnehin schon geringe Kraft gekostet, sich an der Tür die Schuhe abzustreifen.

Als Brandon heute an ihrem Büro vorbeigeschaut hatte – was er in letzter Zeit häufiger tat –, hatte er sie dabei ertappt, wie sie Löcher in die Luft starrte.

»Alles in Ordnung, Swenson?«

»Ja, alles klar.« Die stereotype Antwort erforderte wenigstens keine geistige Anstrengung.

»Lügnerin«, höhnte er. Doch er ging nicht weiter darauf ein, sondern sprach mit ihr über eine anstehende Firmenfusion.

Wenn sie nachmittags nicht den Bestrahlungstermin gehabt hätte, wäre sie am liebsten vorzeitig nach Hause gegangen und hätte sich ausgeruht. Doch jetzt lag sie endlich im Bett. Auch wenn die Bestrahlung bei Weitem nicht so belastend war wie andere Krebstherapien, so tat ihr trotzdem alles weh. *Ruh dich aus. Morgen geht's dir wieder besser.*

Ihr klang noch Brandons Antwort im Ohr: *Lügnerin.* Morgen war der nächste Bestrahlungstermin, und wieder würde jemand fragen, wie es ihr ging. *Nun hör endlich auf zu jammern und sprich mit Leuten, die dich wirklich verstehen.*

Mit einem Seufzer setzte Asia sich auf. Sie holte ihren Laptop ins Bett, um herauszufinden, ob die Freundinnen, die sie so lange vernachlässigt hatte, sie wieder mit offenen Armen aufnehmen würden.

Von: »Asia Swenson«
An: [BaldBitchinWarriorWomen]
Betreff: Neuigkeiten
Hallo die Damen,
eine ganze Weile hat schon keiner mehr was an die Gruppe geschrieben. Ich hoffe, der Grund dafür ist, dass es euch allen fantastisch geht und ihr unheimlich beschäftigt seid. Vor allem natürlich diejenigen, deren Kinder jetzt wieder zur Schule müssen. Leider habe ich schlechte Neuigkeiten.

Sie hielt inne. Schlechte Neuigkeiten? Ja, und die globale Erwärmung ist nur ein bisschen *zu* schönes Wetter. Ein Rückfall war ein Rückfall. Es hatte doch keinen Sinn, um den heißen Brei herumzureden. Was sollte sie also schreiben? *Es ist eine Katastrophe, Mädels!*

Quatsch! Dr. Klamms Diagnose hätte noch viel schlimmer ausfallen können. Viele Leute verunglückten oder starben plötzlich ohne jede Vorwarnung, und manch ein Patient hatte nicht die geringste Aussicht auf Heilung.

Seufzend machte sie sich wieder an ihre E-Mail. Vielleicht half ihr die Schwarz-Weiß-Malerei, ihre Situation richtig einzuschätzen. Oder sie ging sich selbst damit so sehr auf die Nerven, dass es ihren alten Kampfgeist weckte.

Die letzten Untersuchungen haben ergeben, dass der Krebs wieder da ist. Er hat auf die Knochen übergegriffen, aber ich habe schon mit der Bestrahlung angefangen und werde bald eine Chemo machen. Ich versuche zuversichtlich zu sein.

Komisch, eigentlich hatte sie schreiben wollen: *Die Ärzte und ich sind zuversichtlich.*

Ich hoffe, meine Nachricht erschreckt oder deprimiert euch nicht, aber ich musste es jemandem erzählen, der es versteht.
Drückt mir die Daumen!
Asia

Die erste Antwort tauchte etwa zwei Minuten später auf dem Bildschirm auf. Es überraschte Asia nicht, dass sie von Deborah kam, der standfesten, über fünfzigjährigen Gruppenmoderatorin. Deb war die Älteste in der Gruppe und hatte das Ergebnis der Mammografie genau in der Woche bekommen, als sie Großmutter geworden war. Sie hatte umgehend den Entschluss gefasst, dass der Krebs sie nicht kriegen würde, denn sie wollte noch viele Jahre lang ihre Enkelin verwöhnen. Ihre offenherzigen Blog-Posts hatten Asia seinerzeit bewogen, einen Kommentar zu schreiben. Und es war auch Deb gewesen, die schließlich die E-Mail-Gruppe ins Leben gerufen und ihr einen Namen gegeben hatte. Karin, eine frisch geschiedene allein erziehende Mutter, die ebenfalls an diesem Blog beteiligt war, hatte Thayer, der Freundin einer Freundin, von der wachsenden Gruppe erzählt. Es gab immer wieder Leute, die einen mit Leidensgefährten in Kontakt bringen wollten, sobald sie hörten, dass man Krebs hatte. Es war fast wie eine verrückte Art von Blind Dates.

Oh, du solltest dich unbedingt mal mit der Mitbewohnerin der Cousine meines Mannes treffen. Sie leidet an Eierstockkrebs. Ihr beide habt so viel gemeinsam!

Wie bei echten Verabredungen fühlte man sich auch dabei zuweilen scheußlich unbehaglich und machte, dass man wegkam, kaum dass das Dessert verspeist war. Manchmal hingegen führten solche Kontakte zu langen Gesprächen, bei denen die Beteiligten ganz vergaßen, dass sie sich gerade erst kennengelernt hatten.

Auch Thayer wurde ein Mitglied der Gruppe und führte als Letzte Liz ein, die ungefähr in Asias Alter war und ein kleines Kind hatte. Liz bezeichnete sich selbst als »jämmerlichen Schwächling«, nachdem sie innerhalb von knapp zwei Jahren einen Kaiserschnitt, eine mehrere Monate dauernde Wochenbettdepression und schließlich die Brustkrebsdiagnose erlitten hatte. Thayer und Liz hatten einander über Nachrichten an einem Schwarzen Brett kennengelernt, wo Patienten sich über ihre Erfahrungen mit Therapien und Medikamenten austauschten.

Es war erstaunlich, wie wichtig diese relativ fremden Menschen füreinander geworden waren. Asia hatte sich für die anderen vier gefreut, wenn deren Blutbild frei von Krebszellen war, und vor einigen Monaten hatten sie für

Karin eine virtuelle Brautparty gefeiert, mit E-Mails und Bildern von lustigen Spaßgeschenken. Das einzig Gute an Karins Erkrankung war gewesen, dass sie und ihr Exmann plötzlich besser miteinander auskamen als jemals zuvor, was dazu führte, dass sie sich eine zweite Chance geben und noch einmal ein gemeinsames Leben wagen wollten.

Wer wusste den Wert einer zweiten Chance mehr zu schätzen als eine Frau, die dem Tod – oder zumindest der Todesgefahr – ins Auge geblickt hatte?

Von: »Deborah Gene«
An: [BaldBitchinWarriorWomen]
Betreff: Re: Neuigkeiten
Ach Schätzchen, halte dich tapfer und lass uns wissen, wenn wir was für dich tun können!
D.

Deborah war immer so stark gewesen; vielleicht gab es Asia deshalb schon Kraft, nur ihren Namen auf dem Bildschirm zu lesen. Asia fühlte sich, als treibe sie schwerelos inmitten der kalten Sterne durchs All, ganz allein mit ihren Gedanken. Und plötzlich kam ein Funkspruch, der ihr sagte, dass sie nicht alleine im Universum war. Asia raffte sich auf und machte sich ein wenig Suppe warm, bevor sie tatsächlich noch etwas im Internet über die Fusion las, die Brandon erwähnt hatte. Da traf schon die nächste Nachricht ein.

Von: »Thayer, R.«
An: [BaldBitchinWarriorWomen]
Betreff: Re: Neuigkeiten

Asia,

es tut mir so leid, das zu hören. Aber selbstverständlich hast du das Recht, darüber zu reden! Ich kann mir nur in etwa vorstellen, was du jetzt durchmachst. Vor sechs Wochen habe ich mich auch verrückt gemacht – unnötigerweise, wie sich herausstellte. Doch die ganze Zeit, während ich auf die Untersuchungsergebnisse wartete, versuchte ich mich darauf einzustellen, dass ich alles noch einmal durchmachen müsste. Ich weiß, dass du es schaffst. Du warst immer so stark – und wenn du dich einmal nicht so stark fühlst, sind wir für dich da!

Alles Liebe,

Thayer

Im Laufe des Abends trafen noch zwei E-Mails von Liz ein, geschrieben im Abstand von fünf Minuten.

Von: »MommyLiz«

An: [BaldBitchinWarriorWomen]

Betreff: Re: Neuigkeiten

Asia, ich bin so traurig über diese neue Entwicklung und werde ein Gebet für dich sprechen.

Liz

Von: »MommyLiz«

An: [BaldBitchinWarriorWomen]

Betreff: Ich verlasse die Gruppe

Ich fühle mich schrecklich, weil ich diese Zeilen schreiben muss, aber ich möchte es zumindest offen und ehrlich sagen und nicht einfach abtauchen. Jeder Tag mit

Johnny und unserem Baby ist ein Geschenk, das weiß ich, aber eines mit Ecken und Kanten. Denn jeden Tag frage ich mich, ob und wann der Krebs wiederkommt. Beim geringsten Schmerz habe ich Angst, da könnte ein Tumor irgendwo in meinem Körper sein. Dann stellt sich mir die bange Frage, ob meine Hannah ohne ihre Mutter aufwachsen muss. Bisher haben mir die Ärzte versichert, dass der Krebs weg ist. Ich wünschte nur, ich könnte auch die Angst loswerden. Es tut mir so schrecklich leid, Asia, aber ich kann nicht mehr für dich da sein. Dafür, dass du mir in der schlimmsten Zeit meines Lebens beigestanden hast, bin ich dir dankbarer, als ich sagen kann. Und ich hasse mich selbst, weil ich dir deine Hilfe so übel vergelte. Es war ein schwerer Kampf, nicht nur körperlich, sondern auch seelisch, und ich habe mich mit Zähnen und Klauen durchgeschlagen. Noch einmal würde ich es nicht schaffen. Deshalb darf ich mich nicht wieder herunterziehen lassen. So gerne ich euch alle habe, doch Hannah braucht mich mehr als ihr. Und ich möchte nie wieder so viel weinen, dass sie Angst hat, in meine Nähe zu kommen. Sobald ich diese Nachricht abgeschickt habe, melde ich mich aus der E-Mail-Gruppe ab. Du brauchst mir also nicht zu antworten, doch du sollst wissen, dass ich dich in alle meine Gebete einschließen und immer in meinem Herzen tragen werde …
Liz Bennett

Auf diese Mail antwortete niemand. Asia war versucht, Liz privat eine E-Mail zu schicken und ihr zu sagen, dass es in Ordnung war, dass sie sie verstand. So weh diese Zurückweisung auch tat, war Asia nicht aus denselben Gründen der Selbsthilfegruppe ferngeblieben, nachdem Char gestorben war? Zwischen Möglichkeit und Wirklichkeit bestand ein feiner Unterschied. Zwischen dem, was einem anderen zustieß, und dem, wovor man sich selbst fürchtete.

Es gab so viel, womit man fertig werden musste; da hatte man auch das Recht, Nein zu sagen. Wenn es Liz auf ihrem Weg zur Heilung half, dass sie den Kontakt zu Asia abbrach, durfte man es ihr nicht verübeln. *Wenigstens habe ich noch Deb und Thayer.* Karin Dawb meldete sich nicht.

Eine Woche später erfuhr Asia auch den Grund.

Von: »Thayer, R.«
An: [BaldBitchinWarriorWomen]
Betreff: Re: Karin
Mädels, ich fürchte, heute Abend habe ich schlechte Nachrichten. Nachdem sich Asia letzte Woche gemeldet hat, fiel mir erst auf, wie lange ich schon nichts mehr von Karin gehört habe. Ich nahm an, als Neuvermählte sei sie jetzt viel mit Paul und ihrem Sohn Jess beschäftigt. Doch weil es mich immer gewurmt hat, dass ich euch alle nach meinen positiven Befunden so vernachlässigt habe, schrieb ich ihr eine Mail. Gestern kam die Antwort von Paul. Bei Karin brach der Krebs wieder aus, wuchs rasch und bildete Metastasen im Gehirn. Paul sagte, es sei dann so schnell gegangen, dass sie kaum leiden musste. Ich weiß, dass wir sie alle gern hatten und vermissen werden, und ihre lebensbejahende Art wird mir immer ein Vorbild bleiben. Paul sagte auch, dass er und Jess immer dankbar dafür sein würden, dass ihre Familie vor dem

Ende wieder zueinandergefunden hat und ein paar kost-
bare glückliche Monate miteinander verbringen durfte.
Darüber sollten wir uns freuen.
Thayer

Asia klappte den Deckel ihres Laptops zu und schluckte
schwer. Dann sprach sie ein stummes Gebet für Karin. Der
erste Soldat war gefallen.

7

Lucy wechselte einen verzweifelten Blick mit ihrer Schwester, doch die Servicemitarbeiterin schien es nicht zu bemerken und telefonierte ungerührt weiter. Sie hatte sie weitgehend ignoriert, seit die beiden Frauen das Geschäft betreten hatten. Dabei benötigten sie noch nicht einmal die Hilfe der Angestellten, da sie alle für Lucys Hochzeitsliste erforderlichen Daten bereits in einen Computer eingegeben hatten. Jetzt brauchten sie nur noch einen Scanner, um die Artikel zu speichern, die auf die Liste sollten.

Lucy und Michael waren zuvor schon in einem teuren Kaufhaus gewesen und hatten sich dort Geschirr, langstielige Gläser und Bettwäsche ausgesucht. Eine Frau mit glänzendem glatten Haar in einem roten Kostüm hatte sie begleitet und sich jeden Posten notiert. Doch Lucy wollte auch noch eine Hochzeitsliste mit praktischeren Geschenken in einem weniger exklusiven Geschäft anlegen lassen. Nachdem sie Asia zu ihrem letzten Bestrahlungstermin in dieser Woche gefahren hatte, wollten sich die beiden nun Badezimmergarnituren, erschwingliche Mixer, die man auch als Eis-Crusher für Daiquiris benutzen konnte, und allerlei andere Haushaltsartikel ansehen. Bevor er Lucy kennenlernte, hatte Michael mehr Zeit im Büro als zu Hause verbracht, und Lucy hatte seit ihrem Auszug aus dem Elternhaus praktisch immer mit Mitbewohnerinnen zusammengelebt und ihre Küchenutensilien mit ihnen geteilt. Daher musste sich das Brautpaar nun einiges anschaffen.

Lucy räusperte sich. Liebend gerne hätte sie sich hier als Testkäuferin betätigt.

Die bebrillte Rothaarige hinter dem Ladentisch bedachte sie mit einem gereizten Blick. *Eine Minute noch* sollte ihr erhobener Zeigefinger ausdrücken.

»Weißt du was?«, flüsterte Lucy ihrer Schwester zu. »Wenn sie nicht innerhalb von dreißig Sekunden auflegt, gehen wir wegen der Liste woandershin.«

Asia grinste. »Huch, du wirst doch wohl nicht zu einer dieser zickigen Monsterbräute mutieren, oder? Das würde mich, ehrlich gesagt, sehr wundern.«

»Zickige Monsterbraut – das hört sich im Augenblick ziemlich verlockend an. Aber im Ernst, in der Zeit, die sie mittlerweile telefoniert, hätte ich meine Hochzeitsliste schon fertig haben können. Ich könnte bereits verheiratet sein.«

»Eine Erste Brautjungfer hat doch die Pflicht, der Braut das Leben leichter zu machen, stimmt's?« Asia trat an den Ladentisch.

»Entschuldigen Sie bitte, ist der Geschäftsführer wohl zu sprechen?«

Die Frau legte den Hörer auf und sagte schmallippig: »Kann ich Ihnen irgendwie helfen?«

»Na ja, wir würden gern eine Geschenkeliste anlegen«, erwiderte Asia mit einem vielsagenden Blick auf das Schild *Geschenkelisten*.

»Zur Hochzeit oder …« Über den Rand ihrer Brille hinweg ließ die Frau ihren Blick langsam über das weite Tunikatop gleiten, das Lucy über der Hose trug. »… zur Geburt?«

»Hochzeit«, sagte Asia. »Und jetzt geben Sie uns bitte so eine Pistole.«

Lucy musste sich das Lachen verkneifen. So etwas konnte nur von ihrer großen Schwester kommen. Aber falls diese Frau andeuten wollte, dass Lucy schwanger aussah, verdiente sie es wirklich, dass man auf sie schoss – mindestens mit einem Wasserwerfer.

»Ich werde was an meinem Gewicht tun«, sagte Lucy entschlossen zu Asia, als sie den Gang ganz links außen in Angriff nahmen.

»Und was?«, fragte Asia.

»Na, abnehmen.«

Mit einem leichten Lächeln schüttelte Asia den Kopf. »Das habe ich mir schon gedacht, Blondie. Aber wie? Diät, Sport, Fitnessstudio? Nimm bloß nicht solche komischen Pillen, mit denen man angeblich zehn Pfund in drei Tagen verliert.«

»Ich habe noch keine richtige Idee, aber ich dachte, wo wir einmal hier sind, könnte ich mir gleich eine Waage fürs Bad kaufen. Wir könnten auch mal fragen, was ein Laufband kostet. Am Mittwoch hatte meine Chefin Geburtstag und ist mit einigen von uns essen gegangen. Da habe ich keinen Kuchen genommen.« Genau, mit dieser eisernen Disziplin würde sie in null Komma nichts in Größe achtunddreißig passen.

»Mit irgendwas muss man ja anfangen«, sagte Asia

lächelnd und ließ den Scanner wie ein Westernheld um den Finger wirbeln. »Apropos anfangen, hast du hier schon irgendwas Schönes gesehen?«

Lucy zog die Nase kraus. »Eher nicht.« Sie hoffte, dass Michael gefiel, was sie aussuchte. Nach einem Jahr kannte sie seinen Geschmack in etwa. Er war gerne mitgegangen, als es um die größeren Anschaffungen ging, doch wie bei den meisten Männern war damit seine Kauflust auch schon erschöpft.

»Am besten gehen wir den Gang noch ganz durch«, sagte Asia. »Dann haben wir wenigstens nichts übersehen. Und die Bewegung kannst du deinem heutigen Trainingskonto gutschreiben.«

Mehrere Gänge später hatte Asia einen Tretmülleimer aus Edelstahl und ein Paar hübsche Seifenschalen eingescannt, bevor sie Lucy den Scanner überließ und damit unbewusst einem Verhaltensmuster folgte, das Marianne ihnen ihr ganzes Leben lang eingeschärft hatte.

Plötzlich standen sie vor Regalen voller Windeln, Gitterbettchen zur Selbstmontage und Kinderwagenzubehör. Lucy kicherte nervös. »So ein Zeug brauche ich noch nicht.«

»Bist du sicher?«

»Was soll denn *die* Frage? Natürlich bin ich sicher!« Verdammt noch mal, hielt sie heute denn *jeder* für schwanger?

»Schon gut. Es kam mir nur so vor … als ob du mir etwas sagen wolltest und nicht wüsstest wie.«

»Sei doch nicht albern. Dir kann ich alles sagen.«

Asia blieb stehen. Ihre Körperhaltung und ihre Miene verrieten, dass sie noch immer nicht ganz überzeugt war.

»Und warum machst du dann so ein Gesicht, wenn du den ganzen Babykram siehst?«

»Was für ein Gesicht denn?«

»Ein bisschen so wie auf dem Gemälde *Der Schrei*, nur dass du die Hände nicht an die Wangen gepresst hast.«

Lucy zielte mit dem Scanner auf ihre Schwester und ahmte die Geräusche einer Laserpistole nach. »Vielleicht hab ich wirklich ein klein wenig besorgt ausgesehen, aber *so* schlimm war es nun auch wieder nicht.«

»Besorgt wegen Kindern? Michael drängt doch wohl noch nicht darauf, eine Familie zu gründen, oder?«

»Ach nein, überhaupt nicht. Ich weiß zwar, dass er sich Kinder wünscht – das tun wir beide –, aber so eilig hat er es damit nicht.«

Lucy fiel auf, dass die Haltung ihrer Schwester sich unwillkürlich ein wenig entspannte. »Gut«, sagte Asia. »Schließlich seid ihr beide noch nicht mal dreißig. Da habt ihr noch jede Menge Zeit.«

Genug Zeit, um erwachsen zu werden?

An manchen Tagen fiel es Lucy schon schwer, für sich selbst die Verantwortung zu übernehmen, geschweige denn für einen anderen Menschen. Sicher, sie kam immer pünktlich zur Arbeit und lebte in einer festen Beziehung … aber andererseits hatte sie manchmal noch Lust, den ganzen Samstag im Schlafanzug herumzulaufen. Oder die Küche kalt zu lassen und einfach eine Packung Schokokekse zum Abendessen aufzumachen. Sie musste wohl irgendwo eine kleine genetische Macke haben. Asia war schon als Kleinkind vernünftig gewesen, während Marianne grundsätzlich nichts gegen eine Mahlzeit aus Schokokeksen und Milch einzuwenden gehabt hätte, solange sie nur auf Porzellantellern und in einem ihrer hübschen Glaskrüge serviert worden wäre.

»Ich wäre bestimmt keine gute Mutter«, sagte Lucy. Wahrscheinlich würde sie die Autoschlüssel zusammen mit ihrer kleinen Tochter im Auto lassen oder aus Versehen ein rotes Söckchen in einer Maschine mit hellblauen Stramplern mitwaschen, sodass ihr Sohn dann mädchenhaftes Lila tragen musste.

Asia zog überrascht die Augenbrauen hoch. »Machst du Witze? Du bist ein so warmherziger, liebevoller Mensch. Ich habe schon immer gedacht, dass du eine großartige Mutter abgeben würdest.«

»Tatsächlich? Danke. Weißt du, vor einiger Zeit hat Mom das Gleiche von dir behauptet.«

Lucy wusste selbst nicht, warum sie das gesagt hatte, ausgerechnet jetzt, wo der Gedanke an eine Mutterschaft das Letzte war, was Asia beschäftigte. Wahrscheinlich weil Lob Lucy immer ein wenig aus der Fassung brachte und sie es abzuschwächen versuchte, indem sie das Kompliment zurückgab.

»Ich weiß nicht.« Asia strich mit der Hand über eine zartgelbe flauschige Decke. »Ich neige ein bisschen zum Perfektionismus.«

»Auch das habe ich immer an dir bewundert.«

»Aber *du* hast keine Angst, dich lächerlich zu machen.«

Lucy war das Doppeldeutige dieser Bemerkung nicht entgangen. »Muss ich dich noch mal mit dem Scanner erschießen?«, fragte sie stirnrunzelnd.

»Kinder wollen auch manchmal mit den Erwachsenen

herumalbern. Sie müssen Fehler machen dürfen. Luce, findest du, dass ich zu … zu steif bin?«

»Mit all dem Yoga, das du machst? Ich kenne keinen, der so gelenkig ist wie du.«

»Lucy.«

»Entschuldige.« Die Frage hatte Lucy auf dem falschen Fuß erwischt. Asia war immer so zielgerichtet und selbstsicher. »An dir gibt es nichts auszusetzen. Alle – mich eingeschlossen – bewundern dich. Deine Ärzte und die Schwestern schwärmen davon, was für eine Musterpatientin du bist, und unsere Eltern und Lehrer haben sich immer gewünscht, ich wäre mehr wie du.«

»Siehst du, und deswegen wirst du mal eine gute Mutter. Weil du den anderen so etwas übel nehmen könntest, aber viel zu großherzig dafür bist.«

Lucy grinste breit. »Wer sagt, dass ich es dir nicht übel nehme? Ich bin stinksauer auf dich, du elender Streber.«

Asia kicherte, und zu Lucys Erleichterung war der unbehagliche Augenblick vorüber.

»Komm, lass uns aus dieser Abteilung verschwinden«, sagte Lucy. Plötzlich hatte sie es eilig, von den ganzen Babylöffelchen und Schnullern wegzukommen, bevor das Gespräch wieder so eine merkwürdige Wendung nahm. Am Ende würde sie noch in Tränen ausbrechen und sich als Leihmutter für das Kind ihrer Schwester zur Verfügung stellen.

Also wirklich, ich darf mir vor dem Schlafengehen nicht mehr all diese Fernsehschnulzen ansehen.

Auf dem Weg zum Küchenzubehör blieb Lucy vor einem Duschvorhang in zartem Orange stehen. Er zeigte eine

Cartoon-Figur: eine alte Frau mit Seifenschaum auf dem Kopf, die sich in eine Ecke des Vorhangs zu wickeln schien und »Können Sie nicht anklopfen?« keifte.

»Igitt! Das Ding willst du doch wohl nicht auf die Liste setzen!«

Lucy grinste. Die übertrieben zänkische Miene der Frau hatte es ihr irgendwie angetan. »Vielleicht.«

»Du machst doch hoffentlich nur Spaß.« Asia warf noch einen Blick auf die runzlige Figur. »Warum muss man sich so eine Scheußlichkeit antun?«

»Es ist witzig«, widersprach Lucy. Dabei kam ihr jedoch der leise Verdacht, dass ihr Mann die Ehe annullieren lassen würde, wenn sie anfing, das Haus derartig auszustaffieren. Dagegen war ein Poster mit pokernden Hunden ja geradezu edel. »Hast du dir nicht eben überlegt, dass du ein bisschen lockerer werden müsstest?«

Asia schürzte die Lippen und dachte nach. »Du hast mir gezeigt, dass ich mich geirrt habe. Guter Geschmack ist mir wichtiger. Und außerdem hat jeder Mensch ein paar tief verwurzelte Eigenheiten, die sich nicht mehr ändern lassen.«

Mitte Oktober erschien es Asia, als sei ihr Leben ein Film auf einem beschädigten Videoband, das manchmal plötzlich losraste, um dann wieder beinahe stillzustehen. Die Tage, an denen sie sich wohlfühlte, flogen nur so dahin in einem Wirbel aus Arbeit, Gesprächen mit Dr. Klamm, Shopping mit Lucy, die noch immer nach dem perfekten Kleid suchte, einem Geburtstagsessen für Fern, Ratschlägen für die Hochzeitseinladungen und Zahnarztterminen, bevor die Chemo begann. Andere Tage wiederum zogen sich unerträglich hin. Dann gingen selbst die einfachsten Aufgaben über ihre Kräfte, und die Depressionen legten sich wie Fangarme um sie und drohten, sie in die Tiefe zu ziehen, sosehr sie sich auch dagegen wehrte. Sie erledigte noch immer regelmäßig ihre Arbeit, wenn auch nicht mehr in dem gewohnten Ausmaß, ging jedoch abends immer sofort zu Bett, nachdem sie sich den jeweiligen Auflauf warm gemacht und gegessen hatte.

Ihre Gefühle gegenüber der gerade begonnenen Chemotherapie waren zwiespältig. Einerseits fürchtete sie sich davor, sie noch einmal über sich ergehen zu lassen, andererseits war die Chemo eine weitere Waffe im Kampf gegen den Krebs, ein Gradmesser für ihren persönlichen Erfolg. An diesem Donnerstag hatte ihr neuer wöchentlicher Therapiezyklus begonnen.

Freitag wäre ihr lieber gewesen, doch da es Dutzende von Patienten gab, die das Wochenende nutzen wollten, um wieder zu Kräften zu kommen, hatte die Klinik ihr den gewünschten Termin nicht geben können. Asia gestand sich nur sehr ungern ein, dass es so wahrscheinlich sogar besser war, denn je länger die Behandlung dauerte, desto länger brauchte ihr Körper, um sich zu erholen. Sie konnte am Freitag von zu Hause aus arbeiten, sich übers Wochenende ausruhen und wäre am Montag wieder fit für die Arbeit.

In Zukunft würde Marianne sie zu den meisten Behandlungsterminen begleiten, damit Lucy sich nicht so oft freinehmen brauchte, doch heute hatte ihre Schwester unbedingt mitkommen wollen. Den ganzen Nachmittag über hatte sie auf einem Stuhl neben Asias blassviolettem Liegesessel ausgeharrt, mit den Schwestern und den anderen Patientinnen gescherzt und Hochzeitsmagazine durchgeblättert. Sie hatte beschlossen, bei der Hochzeit Seidenblumen statt frischer Sträuße zu verwenden.

»Seide ist billiger und vielseitiger, und eine von den Kirchendamen hilft mir bei der Dekoration«, hatte Lucy gesagt und mit einem fast scheuen Lächeln hinzugefügt: »Außerdem kann ich so meinen Brautstrauß für immer behalten.«

Asia war vor allem erleichtert gewesen, dass es dann nicht so überwältigend süßlich nach frischen Blumen riechen würde.

»Geht's dir gut?«, fragte Lucy später und blickte besorgt zu Asia hinüber, die auf dem Beifahrersitz saß.

»Ja. Ich habe dir doch gesagt, dass mir nicht sofort schlecht wird. Vielleicht auch gar nicht, weil ich doch ein Mittel dagegen bekommen habe.« Zumindest hoffte sie, dass es nicht so schlimm werden würde.

»Gut, ich frage ja nur. Du bist so ruhig. Müde?«

»Nein, ich habe einfach nichts zu erzählen.« Es war ja nett von Lucy, dass sie ihre Schwester durch ihr ständiges Geplauder aufmuntern wollte, aber Asia sehnte sich nach ein wenig Ruhe und Frieden. »Jetzt, wo du es sagst, fällt mir auf, dass ich wirklich müde bin. Vielleicht mache ich ein bisschen die Augen zu.«

Lucy hatte den Wink verstanden. »Tu das! Ich bin auch mucksmäuschenstill.«

Gott sei Dank. Jetzt musste Asia nur noch ihre eigenen Gedanken zur Ruhe zu bringen, die wie Betrunkene in ihrem Kopf herumtorkelten, gegen die Wände stießen und unvermutet in eine andere Richtung davontaumelten.

Brandon war die letzten paar Tage nicht im Büro gewesen. Er war auf einer Geschäftsreise in Texas, wo er einen lukrativen Vertrag mit einem Kunden unter Dach und Fach bringen wollte. Heute sollte er zurückkommen, und Asia fragte sich, wie es wohl gelaufen war. Halloween stand vor der Tür. Ob sie bis dahin so schaurig aussah, dass sie kein Kostüm brauchte? In den vergangenen Wochen hatte sie zunehmend den Appetit verloren, auch wenn die Bestrahlung keine Übelkeit verursachte. Doch sie hatte sich gezwungen, regelmäßig zu essen, weil sie wusste, wie wichtig das gerade jetzt war. Außerdem hatte sie keine Lust, sich eine Standpauke von Dr. Klamm anzuhören.

»Asia?«

Sie zuckte zusammen und stellte verwundert fest, dass sie schon vor ihrem Haus hielten. »Ich bin wach.«

»Du hast so friedlich gewirkt, dass ich schon überlegt habe, ob ich nicht einfach noch ein paar Runden um den Block drehe«, sagte Lucy. Dann grinste sie ein wenig betreten. »Aber du kennst mich ja … Ich tanke immer auf den letzten Drücker. Deshalb war ich nicht sicher, ob ich noch genug Benzin für eine Ehrenrunde hätte.«

»Na, für die Umwelt ist es so auch besser, mal abgesehen davon, dass ich es in meinem Bett bequemer habe.«

Lucys Hand verharrte über dem Schalthebel. »Soll ich mit reinkommen? Mache ich gerne, aber ich dachte … vielleicht hast du für heute genug von meiner Gesellschaft.«

Jetzt schämte sich Asia für ihren Wunsch, ihre Schwester möge den Mund halten. »War ich irgendwie schnippisch?«

»Nein, überhaupt nicht. Ich wollte damit nur sagen, dass

ich gerne bei dir bleibe, aber ich bin auch nicht beleidigt, wenn du lieber alleine wärst.«

»Danke, Luce. Eine Schwester wie dich habe ich gar nicht verdient.«

»Dann hat das wahrscheinlich alles mit Karma zu tun. Ich bin nämlich davon überzeugt, dass ich einen Mann wie Michael nicht verdiene.«

»Quatsch! Ihr seid doch füreinander geschaffen.«

Lucy lächelte skeptisch. »Wollen wir hoffen, dass seine Eltern das auch so sehen.«

Die O'Malleys wollten am folgenden Abend anreisen und das ganze Wochenende bleiben. Sie hatten vor, sich das Georgia Aquarium und den Stone Mountain anzusehen. Am nächsten Morgen stand dann das Margaret-Mitchell-Haus auf dem Programm. Nach eigener Aussage hatte Michaels Mutter das Buch *Vom Winde verweht* schon so oft gelesen, dass sich die Seiten aus der Bindung lösten. Doch sie weigerte sich standhaft, die alte Ausgabe wegzuwerfen, obwohl ihre Kinder ihr einmal zum Muttertag ein neues Exemplar geschenkt hatten. Am Sonntagnachmittag waren Lucys zukünftige Schwiegereltern dann bei Marianne und George zu einem späten Mittagessen eingeladen.

»Du hast doch keinen Grund, nervös zu sein«, sagte Asia. »Ich dachte, ihr hättet euch beim ersten Treffen gut verstanden.«

»Das war doch nur ein Essen im Restaurant. Letzten Sommer war es zwischen Michael und mir noch nicht so ernst gewesen, dass ich seine Eltern bei ihm zu Hause getroffen hätte. Und es ist schließlich ein Unterschied, ob man sich mit der Bekannten seines Sohnes beim Essen nett

121

unterhält oder sich mit dem Gedanken anfreunden soll, dass er mit dieser Frau den Rest seines Lebens verbringen wird.«

»Du machst dich selbst verrückt. Wer dich nicht mag, muss schon ein Ekelpaket sein, das auch kleine Hunde tritt. Und da sie einen so netten Kerl wie Michael aufgezogen haben, können wir mal davon ausgehen, dass sie keine Ungeheuer sind.«

»Du hast recht, wie immer. Ich bin bloß nervös.« Lucy stieß pustend den Atem aus. »Sehen wir uns Sonntag?«

»Auf jeden Fall.« Als Asia die Wagentür öffnete, hoffte sie nur, dass sie in zweiundsiebzig Stunden nicht mit dem Kopf über einem Plastikeimer hängen und die voreilige Zusage bereuen würde.

Am nächsten Tag gegen Mittag fühlte sie sich immer noch einigermaßen gut. Müde und zerschlagen, aber nicht viel schlimmer als manchmal kurz vor ihrer Periode. Die hatte erst ungefähr einen Monat vor dem Rückfall wieder regelmäßig eingesetzt. Durch eine Krebsbehandlung konnte es zu einer künstlichen Menopause kommen, doch bei Frauen, die noch so jung waren wie sie, setzte nach Abschluss der Therapie der Zyklus in der Regel wieder ein. Komisch, dass sie sich heute kein bisschen jung fühlte.

Du kannst es schaffen, sagte sie zu sich selbst, während sie eine Flasche Wasser aus dem Kühlschrank nahm. Auf den säurereduzierten Orangensaft verzichtete sie lieber. *Und du wirst es auch schaffen*. Das war ihr schon einmal gelungen, und es würde ihr wieder gelingen; so oft es eben sein musste. Langsam gingen ihr jedoch die aufmunternden Sprüche aus. Sie fand die Vorstellung einer endlosen Chemotherapie nicht besonders motivierend.

Daher war sie erleichtert, als das Telefon in der Küche klingelte und sie Brandons Handynummer auf dem Display erkannte. Sie musste selbst darüber grinsen, wie sehr sie sich freute, seine Stimme zu hören. Sie hatte ihr Versprechen wahr gemacht und brachte ihm seit einigen Wochen häufig etwas zu essen mit ins Büro. Seitdem war es für sie beide fast schon zu einer Gewohnheit geworden, die leckersten hausgemachten Aufläufe der Südstaaten in der Mikrowelle aufzuwärmen und sie dann gemeinsam im Büro zu verzehren. Dabei unterhielten sie sich über das beste Vorgehen bei der Kundenbetreuung.

»Hallo, Peters«, sagte sie in den Hörer. »Lass mich raten. Du weißt ohne mich nicht weiter und brauchst meinen Rat.«

»Für jemanden, der heute blaugemacht hat, haust du ganz schön auf den Putz.« Sie konnte sein Lächeln geradezu hören.

»Ich haue auf den Putz? Du willst mich nur wieder ärgern.«

»Schade, dass du nicht hier bist, um mich mit einem deiner patentierten Asia-Swenson-Blicke zu strafen.«

»Er ist erst zum Patent angemeldet«, erwiderte sie schnippisch. »Gestern hatte ich einen Chemo-Termin.«

»Also hast du gestern auch schon blaugemacht, du Drückeberger.«

»Du weißt ja, der Handy-Empfang ist immer ziemlich schlecht. Könnte sein, dass die Verbindung gleich abbricht.« Doch das war nur eine leere Drohung. Wenn sie schon nicht mit ihm zusammen im Büro sein konnte, wollte sie wenigstens mit ihm telefonieren.

»Na gut, aber dann wirst du auch nicht erfahren, wie es in Dallas gelaufen ist. Und wir wissen doch beide, wie sehr du darauf brennst zu erfahren, ob MCG den Howzer-Auftrag bekommen hat.«

»Als ob das nicht schon klar gewesen wäre. Du rufst doch bloß an, um dich damit zu brüsten. Wenn dir das Geschäft durch die Lappen gegangen wäre, hättest du bestimmt nichts von dir hören lassen.«

»Das hat nichts mit Prahlerei zu tun. Ich wollte den Erfolg nur mit einer Teamkollegin feiern. Du solltest dir mehr Sport ansehen, Swenson.«

Sie schnaubte. »Ich werde es mit auf meine Liste setzen.«

»Was steht für heute sonst noch auf dieser Liste?«

»Ich muss ein paar Anrufe erledigen.« Und wenn sie ganz besonders ehrgeizig sein sollte, würde sie sich statt dem Frotteebademantel noch etwas Richtiges anziehen. Immer diese Entscheidungen!

»Dann will ich nicht länger deine Leitung blockieren. Ich wollte nur noch fragen, ob in deinem Terminkalender noch Platz für eine kleine Siegesfeier in Form eines Abendessens ist. Ich würde dich ja zum Lunch einladen, aber ich bin gerade auf dem Weg zu einer Sitzung.«

Abendessen? Das war jetzt das zweite Mal, dass er sie dazu eingeladen hatte. »Ich glaube eher nicht.« Sie aß gerne mit ihm zu Mittag, aber das war im Büro und nicht so … *persönlich? Verpflichtend? Bedrohlich?*

Sein Schweigen gab ihr das Gefühl, als schulde sie ihm eine Erklärung. Und dazu hatte sie nicht die geringste Lust.

Falls er nur mit ihr ausgehen wollte – eine schmeichelhafte, wenn auch ziemlich abwegige Vorstellung –, dann war der Grund für ihre Absage doch wohl klar. Außerdem bestand die Gefahr, dass sich die Nebenwirkungen der Chemo bis zum Abend noch verschlimmern würden.

Um das zuzugeben, war sie jedoch zu stolz. »Ich …«

»Ist gar kein Problem«, versicherte er in demselben gut gelaunten Ton. Falls er wegen ihrer Zurückweisung enttäuscht oder verletzt war, ließ er es sich zumindest nicht anmerken. Vielleicht war er ja sogar ganz froh, dass er nicht seinen Freitagabend für sie opfern musste.

Der Gedanke wurmte sie, und sie starrte finster vor sich hin, bis ihr klar wurde, wie albern sie sich benahm. Sie musste unwillkürlich auflachen. Mein Gott, war sie daneben – dreißig verschiedene Stimmungen in dreißig Sekunden.

»Asia, lachst du über mich?«

»Eigentlich nicht.« *Keine Sorge, ich habe nur einen Nervenzusammenbruch.* »Gratuliere, dass du den Kunden an Land gezogen hast.«

»Könntest du mir zur Belohnung am Montag noch was zu essen mitbringen? Die Damen aus der Gebetsgruppe deiner Mama können verdammt gut kochen.«

»Ich werde es ihnen ausrichten, aber vielleicht lieber ohne das ›verdammt‹. Ich wünsche dir ein schönes Wochenende, Brandon.«

»Ich dir auch.«

Als sie auflegte, musste sie zugeben, dass ihr nach seinem Anruf das Wochenende schon nicht mehr ganz so schrecklich vorkam.

»Es stimmt wirklich, was über die Gastfreundschaft in Georgia gesagt wird. Es war einfach ein wunderbares Wochenende«, sagte Bridget O'Malley, die neben Lucy auf dem Rücksitz von Michaels Wagen saß. Das Auto war schon fast zehn Jahre alt, doch mittlerweile abbezahlt und hervorragend gepflegt. Michael ließ niemals einen Ölwechsel oder eine Inspektion aus und tankte nur das hochwertigste Benzin.

Sie kamen vom Margaret-Mitchell-Haus und waren auf dem Weg zu Lucys Eltern. Bridget beugte sich nach vorne. »Nett von euch Jungs, dass ihr mit mir zum *Dump* gefahren seid«, sagte sie. *Dump* – diesen Spitznamen hatte Margaret Mitchell selbst ihrem Anwesen gegeben, wie der Fremdenführer erklärt hatte. Während der Führung hatte Bridget jede Einzelheit wie ein Schwamm aufgesogen, besonders wenn es um Rhett Butler ging.

Über die »Jungs« musste Lucy grinsen. Shaun O'Malley war mehrere Jahre älter als seine zierliche Frau, und selbst Michael, der nicht besonders groß war, überragte seine Mutter, die nach eigener Aussage ohne Schuhe und Strümpfe einen Meter achtundfünfzig maß, beträchtlich.

»Ich würde mir gerne mit meiner Familie mindestens einmal im Jahr *Vom Winde verweht* ansehen, doch ihnen fällt jedes Mal eine neue Ausrede ein«, erklärte Bridget.

»Wir können dich eben nicht weinen sehen«, erwiderte Michael. »Am Ende bist du doch immer in Tränen aufgelöst.«

Shaun grunzte zustimmend. »Ja, sie hat wirklich nahe am Wasser gebaut.«

»Aber es ist doch auch so traurig. Erst Bonnie, dann die

arme Mellie … Ohje, hat jemand ein Taschentuch?« Bridget schniefte.

Mit gesenktem Kopf, um ein Lächeln zu verbergen, kramte Lucy in ihrer Handtasche. Vielleicht hatte sie in der weichherzigen Bridget O'Malley ja eine verwandte Seele gefunden. »Nein, tut mir leid. Aber ich habe eine Neuigkeit, die dich vielleicht aufheitert …« Sie verstummte und wechselte im Rückspiegel einen Blick mit Michael.

Er zog die Augenbrauen hoch.

Mit einem leichten Nicken deutete sie auf das Ausfahrtschild, an dem sie soeben vorbeifuhren.

»Es steht doch noch nichts fest«, sagte er.

Richtig. Am Freitagabend hatten sie über ihren Makler ein Kaufangebot für ein Haus gemacht, doch die Antwort der Besitzer stand noch aus. *Michael will unser Glück nicht beschreien, indem er voreilig darüber redet.* Auch wenn das kaum einer von einem gewitzten Anwalt denken würde, so hatte er doch einen sympathischen Hang zum Aberglauben. Er hätte es niemals zugegeben, doch ihr war aufgefallen, dass er bei seinen seltenen Gerichtsterminen stets dieselbe blau gestreifte Seidenkrawatte trug. Erst wenn sie den Zuschlag erhielten, wollte er seinen Eltern das Haus zeigen.

Doch Lucy fand es schade, nicht hinzufahren, wo sie doch gerade in der Nähe und Michaels Eltern so selten in Atlanta waren. Außerdem konnte man es ja auch so sehen, dass eine Sache umso sicherer eintrat, je öfter man darüber redete. Die Macht des positiven Denkens sozusagen.

»Es ist doch nicht weit«, versuchte Lucy ihn zu beschwatzen.

»Was denn?«, wollte Bridget wissen.

Michael seufzte. »Das Haus, das Lucy und ich kaufen wollen. Es ist allerdings noch nichts Festes.«

»Aber bald«, erwiderte Lucy vergnügt.

Er schüttelte den Kopf, doch Lucy konnte im Rückspiegel sehen, dass er lächelte. Kurz darauf hielten sie vor einem schlichten Haus mit versetzten Ebenen. Hier würde sie ihre Einkäufe aus der tiefer gelegenen Garage über ein paar Treppen bis in die Küche tragen müssen, doch ein bisschen Bewegung konnte ihr nur guttun. Lucy versuchte, das kleine Haus durch die Augen der O'Malleys zu sehen. Ob sie wohl verstehen konnten, wie sehr sie sich in die von Rosensträuchern gesäumte Eingangstreppe verliebt hatte? Und konnten sie die Begeisterung nachempfinden, mit der sie in Gedanken schon jedes Zimmer in ein eigenes kleines Reich für sich und Michael verwandelte?

Als sie und Bridget ausstiegen, blies der Wind einige zarte gelbe Blätter aus dem Nachbargarten über den Zaun und verteilte sie auf der Einfahrt, sodass es Lucy so vorkam, als streute ihnen jemand Blumen aus. Die Idee war vielleicht ein bisschen weit hergeholt, doch dieses Haus regte ihre Fantasie ungeheuer an. Wie zum Beispiel das kleine Zimmer gegenüber dem Wohnraum, das als Gästezimmer fast zu klein war. Es gäbe ein nettes Büro ab … oder ein Kinderzimmer. Als sie in diesem kleinen Raum gestanden und durch das Fenster auf den hübschen Garten hinausgeblickt hatte, hatte sie sich unwillkürlich vorgestellt, sie hielte Michaels Baby im Arm.

Sie schluckte.

»Liebes?« Mit fragend hochgezogenen Brauen blickte Bridget sie eindringlich an.

Lucy lächelte. »Ich hätte dieses Haus so liebend gerne.«

Shaun drehte sich zu ihnen um und sagte mit gutmütigem Spott: »Lass sie nicht die Verhandlungen führen, Michael. Sonst bringt sie dich noch an den Bettelstab.«

Michael, der vor dem Auto auf sie wartete, nahm ihre Hand. »Das stimmt, ein Pokerface hat Lucy wirklich nicht, aber dafür viele andere gute Eigenschaften«, sagte er.

Langsam gingen sie über den Weg zum Haus. Dabei erkundigten sich Michaels Eltern nach dem Alter und Zustand des Gebäudes. Da die Besitzer aus beruflichen Gründen hatten umziehen müssen, stand das Haus leer. So kamen die vier zwar nicht hinein, konnten jedoch ungeniert einen Blick durch die Fenster werfen.

»Von hier aus kann man es nicht richtig sehen, aber das Wohnzimmer ist riesig«, erklärte Lucy. Es gab weder ein Esszimmer noch einen zweiten Wohnraum, den man als »gute Stube« hätte benutzen können – ein Mangel, den Marianne vermutlich beklagen würde –, doch dafür waren die Küche und das Wohnzimmer mit seiner hohen Decke und dem romantischen Kamin besonders geräumig. Als Lucy Michael vorgeschwärmt hatte, wie sie beide im Winter vor einem prasselnden Feuer kuscheln könnten, hatte er sie daran erinnert, dass die Temperaturen im Dezember in Georgia ebenso gut fünfzehn wie dreiundzwanzig Grad betragen konnten. »Wenn's ums Kuscheln geht, darf das keine Rolle spielen«, hatte sie ihn scherzhaft ermahnt.

»Eine ganze Längswand des Wohnzimmers besteht aus einem eingebauten Bücherregal«, erklärte er soeben seinen Eltern.

»Da kannst du dann deine Gesetzbücher reinstellen«, sagte Lucy.

»Und du deine Liebesromane«, erwiderte er und gab ihr einen Schubs mit der Schulter.

Sie gingen zur Rückseite des Hauses.

»Was für ein schöner Garten für Kinder«, sagte Bridget. »Sicher eingezäunt und gerade groß genug, dass sie hier draußen herumtoben können und dich im Haus nicht verrückt machen, Lucy.«

Lucy lächelte, froh darüber, dass jemand die gleichen Träume hatte wie sie. Das hier war *ihr* Haus, das wusste sie einfach. Der positive Bescheid der Verkäufer war praktisch nur noch eine Formsache.

Doch hier durchs Fenster zu schauen brachte wahrscheinlich genauso viel, als würde man einen Topf anstarren, damit das Wasser schneller kochte. Außerdem warteten Lucys Eltern auf sie. Als Michael daher einen bedeutungsvollen Blick auf die Uhr warf, nickte sie.

»Wir sollten jetzt wirklich gehen. Aber danke, dass du hergefahren bist«, sagte sie und reckte sich, um ihm einen Kuss aufs Kinn zu geben.

»Es war eine gute Idee von dir«, erwiderte er und blickte sich um. »Schön zu wissen, dass mir das Haus nach wie vor gefällt und es nicht nur eine vorübergehende Laune war.«

Auf dem Weg zum Haus der Swensons gratulierte Shaun ihnen zu ihrer Wahl und bot sich an, die Einzelheiten des Kaufvertrages mit ihnen durchzugehen. Auf dem Rücksitz stellte Bridget Lucy Fragen über deren Familie.

»Und deine Schwester heißt ... Asia?«, vergewisserte sie sich.

»Ja. Sie ist sechs Jahre älter als ich.«

»Ungewöhnlicher Name«, sagte Shaun.

»Das sagt ein Mann, der seine Tochter Fionnuala nennen wollte«, neckte ihn Michael.

Lucy fand, Fionnuala hatte etwas sehr Poetisches. Doch als sie im Kindergarten lernen musste, ihren Namen zu buchstabieren, war Michaels Schwester bestimmt froh gewesen, dass man sie Gail getauft hatte.

Bridget räusperte sich. »Michael hat uns von der Krankheit deiner Schwester erzählt, Liebes. Es tut uns so leid.«

Lucys Lächeln gefror. Sie fand es richtig, dass Michaels Eltern Bescheid wussten, falls Asia heute nach der Chemo nicht kommen konnte, hatte jedoch noch keine geeignete Gelegenheit gefunden, das Thema anzuschneiden. Daher war sie ganz froh, dass Michael ihr diese Aufgabe abgenommen hatte. Außerdem – je mehr Leute davon wussten, desto mehr positive Energie würde Asia bekommen.

»Danke«, sagte Lucy nur. »Ich freue mich über alle Gebete und guten Wünsche.«

»Sicher, sicher«, murmelte Bridget.

Lucys Sorge, Asia könnte sich zu elend zum Essen fühlen, erwies sich als unbegründet. Bei ihrer Ankunft stand sie in der Küche und schnitt hart gekochte Eier für den Spinat-Speck-Salat, den ihre Mutter mit Zwiebeldressing servieren wollte. Michael übernahm die gegenseitigen Vorstellungen, und George hatte bei Shaun sofort einen Stein im Brett, als er ihm eine Flasche Ale anbot.

Während des Essens, das aus Brathühnchen mit Maisbrotfüllung und Salat aus dreierlei Bohnen bestand, überboten sich beide Mütter mit Anekdoten aus der Zeit, als ihre Kinder noch klein waren. Der Hauptunterschied zwischen den beiden Frauen bestand darin, dass Bridget fünf Kinder hatte, von deren diversen Missgeschicken sie erzählen konnte, Marianne dagegen nur zwei. Und von diesen beiden war es nicht Asias Name, der immer dann fiel, wenn es um kindliche Streiche und Dummheiten ging.

»Zu schade, dass Sie schon so bald wieder fahren müssen«, sagte Marianne zu Bridget. »Es wäre doch schön, wenn Sie das Kleid für Lucy mit aussuchen könnten.«

»Drückt uns von Kentucky aus die Daumen«, sagte Lucy ironisch. »Unsere letzten Shoppingtouren waren nicht von Erfolg gekrönt.«

Marianne schnalzte mit der Zunge. »Und dabei müssen wir für deinen großen Tag unbedingt etwas finden, was dir auch wirklich steht. Manche Frauen tun sich da schwer.«

Als Lucy die Augen senkte, stellte sie fest, dass ihr ein wenig Salatsauce auf die Brust getropft war. Herrgott! Da wollte sie unbedingt einen guten Eindruck auf Michaels Eltern machen und dann bekleckerte sie sich wie ein kleines Kind. Das Blöde an der Sache war, dass alles an ihrem üppigen Vorbau hängen blieb, bevor es ganz harmlos auf der Serviette auf ihrem Schoß landen konnte.

Sie hoffte immer noch, bis zur Hochzeit ein paar Pfund abzunehmen, und hatte es mit einer Runde Walking morgens vor der Arbeit versucht – außer wenn es windig war oder kalt oder wenn ihr ein komischer Traum so viel Angst eingejagt hatte, dass sie sich nicht mehr traute, vor Tagesanbruch draußen herumzulaufen. Ein paarmal hatte sie sich ein »Light«-Dessert gekauft. Doch das Zeug schmeckte so widerlich, dass sie es immer kurzerhand in den Mülleimer geworfen und sich lieber ein vollfettes Produkt gegönnt hatte. Dank ihrer guten Vorsätze hatte sie auf diese Weise ein Kilo zugelegt – und zweihundertfünfzig Gramm. Zum Teufel mit dieser blöden Digitalwaage!

»Und, hat Ihnen das Margaret-Mitchell-Haus gefallen?«, fragte Asia. Sie war ihr Leben lang schlank gewesen, und dennoch verstand sie Lucys Gefühle besser als Marianne mit ihren zweihundert Rezepten für die Fritteuse.

»Es war faszinierend«, erwiderte Bridget und gab noch einmal die Höhepunkte der Besichtigungstour zum Besten.

Als sie verstummte, sagte George spöttisch: »Sie können froh sein, dass Michael Sie gefahren hat, sonst wären Sie nie angekommen. Unsere Lucy hat ihr ganzes Leben hier verbracht und verfährt sich immer noch bei jeder Fahrt in die Stadt.«

»Nicht jedes Mal«, widersprach Lucy lachend, »aber meistens. Das liegt an diesen verflixten Einbahnstraßen. Ich weiß schon, wo ich hin will, biege aber nie richtig ab. Und müssen überhaupt so viele Straßen irgendwas mit *Peachtree* heißen? Das sieht ja fast so aus, als wollte so ein sadistischer Stadtplaner die Leute mit Absicht in die Irre führen.«

»Es war ursprünglich ein Kunstgriff, um das Gewerbe anzukurbeln«, erklärte Asia mit trockenem Humor. »Die Touristen, die in die Stadt kamen, fanden nicht wieder hinaus und waren gezwungen, hier in Atlanta ein Geschäft aufzumachen.«

Das hätte Lucy kein bisschen gewundert.

»Ach, Mrs. Swenson«, sagte Shaun und tätschelte sich zufrieden den Bauch.

»Ach, sagt doch bitte Marianne, ihr beiden.«

Er nickte. »Du bist wirklich eine ausgezeichnete Köchin. Da hat Lucy nicht zu viel versprochen.«

»Danke, ich hoffe, ihr habt noch Platz für das Dessert.«

Aus der Runde kam allgemeine Zustimmung, nur Lucy, die an die bevorstehende Kleidersuche am Wochenende dachte, sagte: »Ich glaube, ich muss passen.«

»Sei doch nicht albern! Ich habe eines deiner Lieblingsdesserts gemacht«, erwiderte Marianne. Ihre Miene erhellte sich, als sie sich an die Gäste wandte: »Da muss ich gerade an eine lustige Geschichte denken. Bei einem Wohltätigkeitsfest unserer Kirche hat Lucy mal an einem Wettbewerb im Kuchenessen teilgenommen.«

Lucys Wangen brannten, als sie an die Pointe der Geschichte dachte. »Weißt du was, Mama? Ich räume vor dem Nachtisch schon mal den Tisch ab.« Sie stand auf und stellte Asias Teller auf den ihren.

Beim Abräumen musste sie daran denken, dass Michael während des Essens kaum ein Wort gesagt hatte. Fehlte ihm etwas? War er mit den Gedanken bei seiner Arbeit? Machte es ihn traurig, dass seine Eltern schon so bald wieder fahren mussten? Lucy hatte ihre Familie gerne nahe bei sich und fragte sich oft, ob es ihn störte, dass seine Verwandten über die ganzen Vereinigten Staaten und Irland verstreut lebten.

Als sie seinen Teller nahm, neigte sie sich zu ihm und fragte leise: »Alles in Ordnung, Schatz?«

»Ja, klar.« Die einsilbige Antwort sah ihm überhaupt nicht ähnlich, doch falls er etwas auf dem Herzen hatte, über das er in dieser großen Runde nicht sprechen wollte, würde sie ihn bestimmt nicht bedrängen.

Wenn es wichtig war, würde er es ihr später schon erzählen.

»Okay, Ladys, hier ist es.« Asia öffnete die Tür zu einer kleinen, aber feinen Brautboutique, die ein wenig versteckt in Kennesaw lag. Angesichts der drei Schaufensterpuppen, die verschiedene hübsche Modelle präsentierten, hob sich ihre Laune. Sie war nicht sicher gewesen, ob ihr nach der allwöchentlichen Chemo nach einem Einkaufsbummel zumute sein würde, doch sie fühlte sich erstaunlich wohl. Es war fast so wie die Morgenübelkeit, von der Fern während ihrer Schwangerschaft berichtet hatte. Wenn Asia ein bisschen wartete und eventuell noch eine Kleinigkeit aß, ging es ihr nach einer Weile besser. Im Moment war sie froh, dass sie an diesem angenehm frischen und kühlen Vormittag nicht abgesagt und Lucy allein mit ihrer Mutter und Cam gelassen hatte. Als sie sich am vergangenen Wochenende mit den O'Malleys über die Hochzeitsvorbereitungen unterhalten hatten, war Asia aufgefallen, wie wenig sie bisher als Erste Brautjungfer geleistet hatte.

Cam fasste Asias Hoffnungen in Worte, als die vier Frauen das Geschäft betraten: »Heute ist der große Tag. Der ›Tag des perfekten Kleides‹.«

»Hoffentlich«, murmelte Lucy. »Uns gehen langsam die Wochenenden aus. Und ich muss mir sowieso schon oft genug frei …« Sie verstummte und errötete, wodurch Asia klar wurde, dass ihre Schwester so oft auf der Arbeit fehlte, weil sie ihre Schwester zu den Behandlungsterminen begleitete. Sie nahm sich vor, statt Lucy öfter ihre Mutter einzuspannen. Marianne hatte während ihrer Ehe verschiedene Teilzeitstellen gehabt, war jedoch mittlerweile offiziell in Rente und hatte daher mehr Zeit. Allerdings machte sie auch mehr Getue und riss weniger Witze als Lucy.

Als Asia Marianne einen verstohlenen Seitenblick zuwarf, regte sich ihr Gewissen. Sie hatte kein Recht, so genervt von ihrer Mutter zu sein. Hilflos dem Leiden ihres Kindes zuzusehen, war für Eltern bestimmt die Hölle.

Asia beschloss, das nicht zu vergessen, wenn die Schwester sie am nächsten Donnerstag wieder an den Gifttropf anschließen würde. Asia kämpfte nicht für sich allein, sondern für ihre gesamte Familie.

»Kann ich den Damen helfen?« Auf das leise Klingeln des Glockenspiels über der Tür hin erschien eine hübsche Frau mit rundem Gesicht, die einen pastellfarbenen Hosenanzug trug. Da es noch früh am Tag war, waren sie die einzigen Kunden.

»Ja, bitte«, antwortete Lucy. »Ich heirate im Januar und habe noch immer nicht das passende Kleid gefunden.«

»Januar? Na, dann dürfen wir aber keine Zeit mehr verlieren, nicht wahr?« Die Frau steckte sich eine blonde Locke hinters Ohr und ging ihnen voraus, wobei ein leichter Patschuliduft hinter ihr herwehte.

Der dicke champagnerfarbene Teppich dämpfte ihre Schritte, als sie an einem Ständer mit eingepackten Kleidern vorübergingen, die »Reserviert«-Zettel trugen. Sie schritten durch den Bereich mit den Sonderangeboten und Auslaufmodellen und eine Abteilung, in der es ganz entzückende Spitzenkleidchen in Gelb, Elfenbeinweiß und Rosa für Blumenmädchen gab.

Die Verkäuferin platzierte Lucy vor einem dreiteiligen

Spiegel und betrachtete sie von oben bis unten. »Gehen Sie doch schon mal in den Ankleideraum, während ich mein Maßband hole. Bei einigen dieser Kleider kommt es auf einen perfekten Sitz an.«

Asia konnte an Lucys Miene erkennen, dass ihre Schwester sich nicht ums Maßnehmen riss, aber zumindest hatte die Verkäuferin ähnliche Proportionen wie Lucy. Es war bestimmt nicht angenehm, wenn man sich von jemandem mit Größe sechsunddreißig ein Kleid in Größe vierzig bringen lassen musste. Asias Probleme waren genau gegenteiliger Natur. Während der laufenden Behandlung hatte sie bereits ein paar Pfund verloren, und wenn das so weiterging, konnte sie an Halloween ohne Kostüm als Skelett gehen.

Die Verkäuferin brachte Lucy zu einem Umkleideraum und zog den Vorhang zu. Dann raschelte Stoff und ein Reißverschluss wurde geöffnet.

»Ich glaube, ich habe genau das richtige Kleid für Sie, meine Liebe«, sagte die Frau.

Asia wechselte einen Blick mit ihrer Mutter. So etwas hatten sie schon öfter gehört, doch es war stets ein leeres Versprechen gewesen. Aber irgendwann mussten sie ja auch mal Glück haben. Vor einigen Tagen hatte Lucy ganz außer sich vor Freude angerufen, weil Michael und sie den Zuschlag für das Haus bekommen hatten. Da sollte es doch wohl auch möglich sein, ein geeignetes Kleid zu finden.

Die Verkäuferin eilte an ihnen vorbei und war im Handumdrehen mit einem Kleid wieder zurück. Als sie Asias prüfenden Blick bemerkte, lächelte sie. »Warten Sie nur, bis Sie das hier an ihr sehen. Es ist wunderschön. Gerade erst Anfang der Woche hat sich eine Kundin hoffnungslos in dieses Kleid verguckt, aber leider … na ja, sie hat es nicht so richtig ausgefüllt.«

»Es ist doch nicht zu weit ausgeschnitten?«, fragte Asia. »Lucy ist nicht so für ein tiefes Dekolleté.«

»Vertrauen Sie mir«, sagte die Frau nur und verschwand im Umkleideraum.

»Drückt mir die Daumen!«, rief ihnen Lucy von drinnen zu.

Dann hörten sie nur noch Stimmengemurmel, bis die Verkäuferin sagte: »Na also! Hatte ich nicht recht?« Dann war Stille.

Die Stille dauerte so lange, dass Asia schon nervös von einem Bein aufs andere trat.

Endlich riss Lucy den Vorhang auf und verkündete überglücklich: »Wir haben es geschafft! Wir haben mein Kleid gefunden. Warum bin ich nicht schon vor Wochen hergekommen?« Sie schenkte der Verkäuferin ein dankbares Lächeln. »Ich würde Sie am liebsten umarmen, aber ich will mir mein Kleid nicht ruinieren.«

Das Brautkleid stand ihr ausgezeichnet. Es schmeichelte ihren Körperformen, lag aber nicht so eng an, dass es ordinär wirkte. Der Rock besaß eine weite, jugendliche Glockenform, ohne an die rüschigen Reifröcke vergangener Zeiten zu erinnern. Der Stoff war so weiß, wie es sich jede Südstaatenmama nur wünschen konnte, blendete jedoch nicht in den Augen, wie es bei einigen Satinkleidern der Fall war.

»Oh, du siehst hinreißend aus!«, sagte Cam.

Genau das war es, dachte Asia. Lucys Freundin hatte es auf den Punkt gebracht. Bei allen früheren Versuchen hatten sie nur die Kleider gesehen, jetzt dagegen sahen sie Lucy, so strahlend und glücklich, eben genau so, wie eine Braut aussehen sollte.

Asia wusste, dass das Kleid genau das Richtige war, ohne sich später noch an alle Einzelheiten erinnern zu können. Doch das Lächeln auf dem Gesicht ihrer Schwester würde sie nie vergessen.

Die Verkäuferin führte Lucy einige Stufen hoch zu einem Podest vor einer Spiegelwand. »Sie müssen sich doch auch von hinten sehen«, sagte sie.

Der Rock lief in einer winzigen Spitzenschleppe aus, die beim Gang zum Altar eine schöne Wirkung erzielen würde.

»Es ist einfach perfekt«, sagte Asia entschieden, als sie im Spiegel Lucys funkelnde Augen sah.

Jetzt, wo sie ein Kleid gefunden hatte, konnte sich Lucy auch den Gesamteindruck schon besser vorstellen und bat die Verkäuferin, ihnen noch Kleider für die Brautjungfern zu zeigen. Die Frau war der Ansicht, dass Braut und Brautjungfern nicht wie geklont wirken durften. Daher sollten die Kleider der Brautjungfern dem Brautkleid nicht zu sehr ähneln. Cam zuckte innerlich zusammen, da ihre Brautjungfern – ebenso wie sie selbst – wadenlange Kleider mit kurzen Ärmeln und einem herzförmigen Ausschnitt getragen hatten.

»Kommt, jetzt suchen wir was Schönes für euch aus«, sagte Lucy. »Ich glaube, Michaels Schwester liegt in der Größe und Statur so ungefähr zwischen euch beiden, und sie hat rotes Haar. Ein Kleid, was dir steht, Cam, sieht auch bestimmt gut an Gail aus. Reva und Rae müssen sich eben der Mehrheit anschließen.«

Marianne seufzte. »Die beiden Mädchen sehen einfach in allem fantastisch aus.«

Asia und Lucy wechselten einen Blick und verdrehten die Augen. Reva und Rae konnten wirklich alles tragen ... und sorgten auch dafür, dass diese Tatsache keinem entging.

Während Marianne und Asia mit der Verkäuferin sprachen, dachte Lucy über Farben und Stoffe nach. Schließlich stießen Cam und Asia auf ein gerade geschnittenes dunkelgrünes Modell, das so hochgeschlossen war, dass es die meisten von Asias Narben und Markierungen unauffällig verbarg. Gerade als die beiden Frauen mit ihren Kleidern in den Kabinen verschwanden, klingelte die Türglocke. Die Verkäuferin entschuldigte sich, versprach jedoch, ihnen gleich noch passende Schals zu bringen, die sie bei kühlerem Wetter dazu tragen konnten.

Asia zog das Kleid über und begutachtete sich im Spiegel. Zwar fand sie ihren Körper zurzeit nicht besonders ansehnlich, doch das Kleid gefiel ihr trotzdem. Dass ihre Augen eingesunken wirkten, ließ sich nicht ändern, doch sie holte einen getönten Pflegestift aus ihrer Handtasche und fuhr sich damit über die Lippen. Dann strich sie sich mit den Fingern durchs Haar. Ganze Strähnen blieben zwischen ihren Fingern hängen. Damit hatte sie schon die ganze Zeit gerechnet, wenn sie sich die Haare bürstete, trotzdem zitterten ihr jetzt die Knie. Plötzlich wurde ihr so schwindlig, dass sich der kleine Raum um sie drehte. Doch nach zwei tiefen Atemzügen hatte sie sich wieder im Griff. Es war ja nicht so, dass sie heute alle ihre Haare auf einmal verlieren würde, und außerdem kam es nicht unerwartet.

»Na, wie ist es?«, ertönte Lucys freudig erregte Stimme von draußen. »Zeigt euch mal, damit ich die Kleider auch begutachten kann.«

»Augenblick noch.« Asia prüfte mit raschem Blick, ob ihre Hände auch nicht mehr zitterten, bevor sie nach dem Vorhang griff. »Ich bin fertig.«

»Perfektes Timing. Sie bringt gerade die Schals«, sagte Lucy. »Wenn euch beiden die Kleider gefallen, können wir uns nach Accessoires umsehen.«

Gute Idee, dachte Asia. Sie konnte die Verkäuferin ja mal fragen, ob in dieser Saison Hüte wieder in Mode waren.

8

Asia kam sich blöd vor, wie sie so in dem abgestellten Wagen saß. Aber nicht blöd genug, um auszusteigen. Ohne etwas wahrzunehmen starrte sie über das Deck des Firmenparkhauses, das zu dieser frühen Stunde fast leer war. Mein Gott, was war sie müde. Vergangene Nacht hatte sie sich so lange schlaflos herumgewälzt, bis sie vor lauter Wut ins Kissen geboxt hatte.

Na komm schon, redete sie sich selbst gut zu. *Heute ist doch dein letzter richtiger Arbeitstag für diese Woche, und du hast noch so viel zu tun.*

Am Donnerstag bekam sie immer die Chemo, und freitags arbeitete sie von zu Hause aus, wenn ihre Verfassung es zuließ. Die letzten beiden Freitage waren nicht allzu schlimm gewesen, doch am letzten Samstag war sie von starker Übelkeit geplagt worden, worauf sie am Sonntag eine strikte Diät eingehalten hatte. Doch jetzt war auch das überstanden.

Sie gurgelte mit Backnatron gegen die wunden Stellen im Mund und hatte von ihrem Zahnarzt eine spezielle Zahnbürste und ein Fläschchen Fluorid zur schonenden Zahnpflege bekommen. Gestern Nachmittag hatte sie dann vorsorglich das Problem ihres Haarausfalls in die Hand genommen, da ihr bei jedem Duschen unübersehbare Büschel ausfielen. Dabei duschte sie nur noch kurz und lauwarm, damit ihre Haut, die sie stets gewissenhaft eincremte, nicht austrocknete.

Asia fuhr sich mit der Hand über den Bürstenhaarschnitt, der das Ergebnis ihres gestrigen Friseurbesuchs war, und überlegte, ob sie sich deswegen nicht entschließen konnte hineinzugehen. Bis zu Lucys Hochzeit würde sie eine Perücke brauchen – wenn es richtig kalt wurde, war das bestimmt ganz angenehm. Doch so weit war es noch nicht. Stattdessen hatte sie sich spontan diesen Radikalschnitt verpassen lassen, der ihr den Übergang zur vollständigen Kahlköpfigkeit erleichtern sollte. Die Friseurin hatte ihr versichert, dass sie einen »wohlgeformten Schädel« besaß, und außerdem waren Asia ein paar Schauspielerinnen eingefallen, die aus dieser radikalen »Frisur« Kapital geschlagen hatten: Sigourney Weaver in den Alien-Fortsetzungen und Demi Moore in diesem Militärfilm aus den Neunzigern. Beide waren starke, attraktive Frauen.

Eigentlich gab es nichts, womit Asia nicht fertig werden konnte: die Übelkeit, die Haare, die trockene Haut. Damit sollte sie doch wohl klarkommen – sie musste es einfach. Sie fluchte vor sich hin, als ihr alles vor den Augen verschwamm. Sie verlor langsam die Geduld mit dieser Frau, die es noch nicht einmal schaffte, aus ihrem Auto auszusteigen. *Du hast heute noch was zu tun.* Sie musste ein paar Zahlen für Brandon zusammenstellen, am Computer eine Einladungskarte zur Brautparty entwerfen und jede Menge Wasser trinken, bevor morgen wieder die Chemo begann.

Ihr Magen zog sich vor Angst zusammen, und plötzlich konnte sie sich vorstellen, wie sich ein Sicherheitsgurt bei einem Frontalzusammenstoß anfühlte. Dieses Ding, das eigentlich eine Schutzfunktion haben sollte, würde einem erbarmungslos ins Fleisch schneiden. Die Chemo sollte ihr auch helfen, doch wenn sie an morgen dachte ... *Verdammt noch mal!* All die Tränen, die sie seit September unterdrückt hatte, brannten ihr in der Kehle.

Nein, es gab nicht eine Kleinigkeit, mit der sie nicht fertig werden konnte. Es war das Ganze. Der Krebs. Krank zu sein. Sich hässlich zu fühlen. Dieses Bedürfnis, jeden Tag einen Mittagsschlaf halten zu wollen wie ein Vorschulkind. Ihren Kollegen zu hohen Prämien gratulieren zu müssen, während man sie in die zweite Reihe abgeschoben hatte. Die Tatsache, dass sie immer wieder vergaß, dass schon November war. Dass der ganze Oktober irgendwie verflogen war – verlorene Zeit. Dass sie auf das leere E-Mail-Formular starrte und nicht mehr wusste, wem sie eigentlich schreiben wollte. Allerdings spielte das auch keine Rolle, wenn sie sowieso vergessen hatte, *was* sie schreiben wollte. Dass sie sich die Achselhöhlen nicht rasieren durfte, weil sie sich dabei schneiden und eine Infektion bekommen konnte. Wobei sich dieses Problem bald von selbst lösen würde, wenn ihr weiterhin die Haare am ganzen Körper ausgingen. Sie fühlte sich wie ein glotzäugiger, zitternder kleiner Chihuahua.

Sie fühlte sich schwach.

Plötzlich drang ein scheußliches, kratzendes Geräusch an ihre Ohren, und mit dem heiseren Schluchzen kam ein Sturzbach heißer, salziger Tränen, die mit Sicherheit Gift für ihre Haut waren. Als sie nach Luft schnappte, hätte sie sich beinahe verschluckt. Erschöpft lehnte sie schließlich den Kopf an die Nackenstütze und schlug mit der geballten Faust gegen das Lenkrad.

Bei dem lauten Hupton fuhr sie derart in die Höhe, dass sie sich fast den frisch geschorenen Kopf an der Decke gestoßen hätte. Vor Schreck versiegten ihre Tränen, und sie stieß ein kleines hysterisches Lachen aus. Dann saß sie leise schniefend da, bis jemand zu ihrem neuerlichen Schreck auf der Beifahrerseite an die Scheibe klopfte.

Mit besorgter Miene spähte Brandon Peters herein. *Klar.* Er kannte sich natürlich besser mit Marktschwankungen aus als mit Weinkrämpfen im Parkhaus.

Sie holte tief Luft und drehte den Zündschlüssel, um den elektrischen Fensterheber bedienen zu können.

»Ha-hallo.«

»Hallo. Ist alles …« Er verstummte.

Sie musste ihm zugutehalten, dass er sich die Frage »Ist alles in Ordnung?« verkniffen hatte. Die Antwort konnte er sich auch selbst geben. Gar nichts war in Ordnung. Sie schämte sich und hatte Durst. Außerdem musste sie die Nase hochziehen, weil ihre Kleenexpackung im Handschuhfach leer war und sie kein Taschentuch dabeihatte.

»Darf ich reinkommen?«, fragte er.

Sie löste die automatische Türverriegelung. Trotz der peinlichen Situation war ihr seine Gesellschaft nicht unwillkommen. Vielleicht würde sie sich dann schneller wieder fangen. Allerdings wusste sie nicht, wie sie ein Gespräch zustande bringen sollte. Unzusammenhängende

Wörter schossen ihr durch den Kopf und wollten sich einfach nicht zu Sätzen formen.

Als Brandon auf den Beifahrersitz rutschte und seine langen Beine sortierte, fiel ihr auf, dass er größer war, als sie früher einmal gedacht hatte. Aber vielleicht war ihre Wahrnehmung heute auch irgendwie verschoben. Er erwiderte ihren abschätzenden Blick und deutete mit dem Kinn in ihre Richtung. »Die neue Frisur gefällt mir.«

Und sie hatte immer angenommen, Männer würden so etwas wie neue Schuhe oder einen neuen Haarschnitt gar nicht bemerken. Ihr Lachen klang mehr wie ein Krächzen.

Seine blauen Augen blickten ungewohnt ernst.

»Wenn ich dir ein Glas Wasser hole und du noch ein paar Minuten wartest, kannst du dann wohl fahren? Meiner bescheidenen Meinung nach solltest du heute nicht zur Arbeit gehen.«

»Gibst du jetzt schon medizinische Ratschläge?« Ihre zittrige, belegte Stimme gab ihm recht.

»Stimmt, ich bin kein Arzt. Ich spiele nur einen im Fernsehen. Könnte ich zumindest. Glaubst du nicht auch, ich wäre ein fantastischer Hauptdarsteller in einer dieser Arztserien? Einer von denen, die in ihrem weißen Kittel immer so seriös und sexy wirken.«

Innerlich lächelte sie, auch wenn ihre Gesichtsmuskeln dieser Aufgabe noch nicht gewachsen waren.

Er gab den scherzhaften Ton auf. »Du solltest wirklich nach Hause fahren.«

»Ich weiß.« Sie gab ihm nur ungern recht, aber es war tatsächlich besser, sich freizunehmen, bevor noch weitere ihrer geschätzten Kollegen sie in diesem Zustand sahen.

»Kannst du alleine fahren?«

»Nach Hause zu kommen ist kein Problem. Aber da rumzuhängen macht mir Angst.« Bei dem bloßen Gedanken krampfte sich ihr Magen zusammen. »Kannst du dir vorstellen, wie öde es ist, den Tag im Bett zu verbringen?«

»Dann tu es doch nicht. Weißt du was, ich habe eine Idee. Als dein Serienarzt verordne ich dir frische Luft.«

»Du meinst, ich sollte mich auf den Balkon legen?« Dann musste sie sich vorher mit Sonnencreme einschmieren und den Sonnenschirm öffnen, auch wenn es heute nicht besonders warm werden sollte. Der Herbst hatte endgültig Einzug gehalten, was sich vor allem daran zeigte, dass es mit jedem Tag ein klein wenig früher dunkel wurde.

»Nein, meine Idee ist viel besser«, erwiderte er.

»Natürlich. Also, Doc, spann mich nicht auf die Folter und lass mich deine Diagnose hören.«

»Es ist eine Überraschung.« Er verschränkte die Arme über der breiten Brust. »Fahr nach Hause und spar deine Energie, bis ich dich heute Mittag gegen eins abhole.«

»Aber … du musst doch arbeiten.« Ebenso wie ich, dachte Asia. Doch sie beide wussten, dass sie heute nichts Gescheites zustande bringen würde. Selbst wenn sie sich darauf beschränkte, Akten abzuheften, würde in einem halben Jahr wahrscheinlich eine verblüffte Sekretärin die vermisste Karlin-Akte aus dem Fach N-P ziehen.

»Hey, wer hat hier zu bestimmen?«, gab Brandon zurück.

Sie zog eine Augenbraue hoch.

»Ja, gut, es ist dein Wagen und deine Gesundheit«, musste er zugeben. »Aber es ist *mein* gutes Recht, an einem wunderschönen Herbstnachmittag blauzumachen.«

Als er abermals lächelte, zeigte sich wieder dieses Grübchen neben seinem Mundwinkel. »Ich weiß genau, wie unentbehrlich ich bin, das kannst du mir glauben. Aber bei MCG wird nicht gleich alles zusammenbrechen, wenn sie mal ein paar Stunden ohne uns auskommen müssen.«

Wider Willen war Asia gespannt. Was immer Brandon geplant hatte, es war auf jeden Fall interessanter, als einen ganzen einsamen Nachmittag lang in Gesellschaft einer Aloe vera in Selbstmitleid zu schwelgen.

Marianne wartete mit laufendem Motor, als Lucy aus dem Haupteingang kam.

Sie öffnete die Wagentür. »Hallo, Mom.«

»Nett, siehst du heute aus.« Marianne bedachte Lucys weichen hellen Pullover und den Rock mit dem Blumenmuster mit einem anerkennenden Blick.

Lucy war froh, dass der Sommer mit seinen Temperaturen weit über dreißig Grad vorüber war, doch im Grunde genommen war sie kein Herbsttyp. Sie mochte den Frühling, wenn alles grünte und blühte und Blumenduft in der Luft lag. Vielleicht hatte sie am Morgen unbewusst den Rock gewählt, weil sie sich nach diesem Gefühl sehnte.

Sie überlegte, ob es wohl an den kürzeren, dunkleren Tagen lag, dass sie in letzter Zeit ein wenig niedergeschlagen war. Gleich nach den Feiertagen sollte ihre Hochzeit sein, da hätte sie eigentlich vor Freude jubilieren müssen.

Stattdessen dachte sie mit zunehmender Unruhe an das Haus. In den Wochen bis dahin konnte noch so viel schiefgehen. *Anscheinend ist Michael nicht der Einzige mit einer abergläubischen Ader.* Und überhaupt war da auch noch die

Sache mit Michael. Nicht dass er lieblos oder zänkisch gewesen wäre, sie waren einander einfach nicht mehr so … nahe wie früher. Bekam er langsam kalte Füße? Sie traute sich nicht, ihn zu fragen. Was war, wenn er sie für verrückt hielt oder – noch schlimmer – zugab, dass sie recht hatte?

Genau der richtige Tag, um den Blumenschmuck auszusuchen.

»Treffen wir uns dort mit Enid?«, fragte Lucy, und als ihre Mutter nickte, fügte sie hinzu: »Das ist wirklich nett von ihr.«

Die Witwe Enid Norcott gehörte schon seit Langem derselben Kirchengemeinde an wie die Swensons. Ihr Mann, der zu einer Zeit mit dem Rauchen angefangen hatte, als noch angebliche Ärzte in der Zigarettenreklame zu Wort kamen, war an Lungenkrebs gestorben. Enid besaß früher ein gut gehendes Blumengeschäft, doch als Stan so krank wurde, hatte sie es verkauft.

Lucy fragte sich, ob Enid, die jetzt schon seit einigen Jahren alleine war, sich nicht manchmal wünschte, sie hätte ihren Laden noch, um sich die Zeit zu vertreiben. Da sie ein Händchen für Blumen hatte – egal ob echte oder künstliche –, verdiente sie sich hin und wieder etwas dazu, indem sie Brautpaare bei der Auswahl des Blumenschmucks beriet. Sie hatte Lucy angeboten, ihr Blumen zu Händlerrabatten zu beschaffen und die Arrangements praktisch umsonst für sie anzufertigen. Lucy nahm an, dass es wegen Asia war. Alle wollten so gerne helfen, doch im Grunde genommen konnten sie nur hoffen und beten, dass Asia die Behandlung gut überstand. Daher war jeder froh, wenn er die Familie konkret unterstützen konnte.

»Soll ich irgendwo halten, damit du was essen kannst? Es ist nicht gesund, eine Mahlzeit auszulassen«, sagte Marianne.

»Ich habe auf der Arbeit einen Proteindrink getrunken.« *Und eine ganze Tüte Salz-und-Essig-Chips gegessen.* Sie konnte sich einfach besser konzentrieren, wenn es zwischen den Zähnen so schön krachte. *Dann geh mal langsam zu Selleriestangen über, sonst muss Michael dich in der Hochzeitsnacht mit der Rettungsschere aus dem Brautkleid schneiden.*

Sie seufzte, als sie daran dachte, wie merkwürdig reserviert Michael in letzter Zeit war.

»Alles in Ordnung, Lucy?«

»Tut mir leid. Ich bin im Augenblick keine amüsante Gesellschaft. Seit ein paar Tagen stehe ich irgendwie neben mir.«

»Das geht vielen jungen Bräuten so.«

»Danke, Mama. Ich bin glücklich, ehrlich. Aber das Glück kommt mir manchmal vor wie ein großer, pelziger Bär. Gerade noch hast du dich an das weiche Fell gekuschelt, und im nächsten Augenblick hat er sich schon zum Winterschlaf verkrochen. Er ist zwar noch irgendwo, aber ich kann ihn einfach nicht aufwecken.«

Marianne lachte. »Mit deiner Fantasie hättest du Kinderbücher schreiben können.«

Lucy blinzelte etwas überrascht. Sie wusste nicht, ob die Bemerkung als Lob gemeint war oder als Einleitung zu der üblichen Litanei, was sie alles hätte erreichen können, wenn sie sich nur Mühe gegeben hätte.

»Asia hat uns in der Hinsicht ja nie Probleme gemacht«, fuhr Marianne fort. »Aber du hast mir ein paarmal ganz schön dicke Lügen aufgetischt, wenn du dich aus einer Sache rausreden wolltest. Manchmal waren die Geschichten so lustig, dass ich mir das Lachen verkneifen musste.« Sie blickte ihre Tochter liebevoll an. »Aber eines muss ich dir lassen, du hast nie versucht, die Schuld auf Asia abzuwälzen.«

»Wer hätte mir das denn auch geglaubt? Asia war immer fehlerlos.«

»Das stimmt, sie hat wirklich selten etwas angestellt. Aber du hast ein gutes Herz, Lucy. Ich bin froh, dass du einen Mann gefunden hast, der das zu schätzen weiß.«

»Ich auch.« Als sie auf den Parkplatz fuhren, fühlte sie sich schon besser.

Hier wollten sie sich also mit Enid treffen. Es war eine dieser riesigen schmucklosen Hallen mit Betonfußboden, die bis zu den bloßen Dachträgern mit allen nur vorstellbaren Dekorationsartikeln gefüllt waren. Als Lucy hinter ihrer Mutter durch die endlos langen Gänge zur Blumenabteilung ging, war sie verblüfft, wie Marianne sich hier nur ohne GPS und einheimischen Führer zurechtfinden konnte.

»Lily!«, ertönte in diesem Augenblick Enid Norcotts unverwechselbar raue Stimme. »Da ist ja die schöne Braut!«

Lucy trat verlegen von einem Fuß auf den anderen. »Ich, äh, eigentlich heiße ich Lucy, Madam.«

»Aber sicher, natürlich.« Die winzige Frau tätschelte Lucy mit ihren knotigen, doch immer noch beweglichen Fingern die Schulter. »Schätze, ich habe nur noch Blumen im Kopf. Sollen wir uns mal ansehen, was ich mir für dich überlegt habe?«

Es wäre vermutlich normal gewesen, die Braut zu fragen, was *sie* sich vorgestellt hatte, doch Lucy war froh über die fachkundige Hilfe. Hauptsache, es wurde eine schöne Hochzeit. Als Enid nun rasch einige Blumen aussuchte und zu einem Probestrauß zusammenhielt, zeigte sich ihre Begabung. Das Brautbukett sollte aus cremefarbenen Callas bestehen, umgeben von roten und weißen Nelken und Moosröschen. Das Ganze wurde noch von einer Organzaschleife mit winzigen Perlen und Stephanotisranken geschmückt. Für die Brautjungfern hatte Enid kleinere Sträuße aus Rosen und Nelken mit Bändern in der Farbe ihrer Kleider vorgesehen.

Lucy schwelgte gerade in der Vorstellung, wie Michael in seinem Smoking mit einer Callablüte am Revers aussehen würde, als Enids Stimme sie aus ihren Gedanken riss: »Deine Schwester soll bei der Trauung also richtig mitmachen und nicht nur in der Kirchenbank sitzen?«

»Natürlich«, erwiderte Lucy. »Ich meine, natürlich wird sie mit vorne am Altar sein.«

»Kommt mir ein bisschen egoistisch vor, wenn du mich fragst«, erwiderte Enid sachlich, ungeachtet der Tatsache, dass niemand sie wirklich gefragt hatte. »Als mein Stan so krank war, hätte ich nie im Leben gewollt, dass er die ganze Zeit stehen muss, und noch dazu in einem Raum voller Leute, die es mitgekriegt hätten, wenn ihm schwindlig oder schlecht geworden wäre.«

Egoistisch? Wieso bildeten sich diese Südstaatenmatronen eigentlich ein, dass sie einem alles an den Kopf werfen durften? Lucy blickte Hilfe suchend zu ihrer Mutter, doch Marianne hatte nichts mitbekommen. Sie betrachtete gerade die bunten Netze, mit denen die Seifenblasenfläschchen verziert wurden. »Sie meinen es sicher gut, Mrs. Norcott, aber so krank ist Asia nicht.«

Enids nachgezogene Brauen gingen in die Höhe.

»Na ja, immerhin …« Schließlich war Stan *gestorben*, auch wenn es herzlos gewesen wäre, sie daran zu erinnern. »Das war doch etwas ganz anderes.« Asia würde nicht sterben. Sie war doch erst knapp über dreißig. Die Medizin hatte Fortschritte gemacht. Sie würde wieder gesund werden.

»Wenn du meinst, meine Liebe.«

»Ja, das meine ich!« Lucys Stimme klang ihr selbst schrill in den Ohren, und sie musste lauter als beabsichtigt gesprochen haben, denn Marianne drehte sich zu ihnen um. »Meine Schwester ist nicht so krank. Es geht ihr bald wieder besser.« *Jedenfalls wenn sie erst einmal die Chemo hinter sich hat.*

»Das haben wir bei meinem Stan auch gedacht. Aber man weiß ja nie.« Wieder wollte Enid Lucy tätscheln, doch sie wich der Berührung der älteren Frau aus.

Warum, zum Geier, merkte diese Frau nicht, wie fehl am Platz ihre Bemerkungen waren? Es war ja sehr traurig, dass sie ihren Mann verloren hatte, aber das gab ihr noch lange nicht das Recht, auf den Gefühlen anderer herumzutrampeln. Lucy wollte ihr gerade sagen, sie solle doch endlich aufhören, Asia mit ihrem toten Mann zu vergleichen, doch da stand Marianne plötzlich neben ihr.

»Das war wirklich ganz reizend von dir, Enid«, sagte sie, »aber jetzt muss ich Lucy wieder zur Arbeit bringen. Ich rufe dich später an, ja?«

Als die beiden Swenson-Frauen wieder im Auto saßen,

fragte Marianne: »Habe ich was nicht mitbekommen? Sie hat uns ja sehr nett bei den Blumen beraten, aber zum Schluss hast du dich doch über irgendetwas aufgeregt, oder nicht?«

Lucy biss sich unauffällig auf die Lippen. Wenn Marianne bei ihren Töchtern etwas hasste, dann war es Undankbarkeit. Außerdem war sich Lucy nicht sicher, wie ihre Mutter es aufnehmen würde, wenn sie jetzt wieder mit Asias Krankheit anfing. Also antwortete sie nur: »Nein, ist schon gut. Und die Blumen waren wirklich sehr hübsch.«

Auf dem Rückweg versuchte sich Lucy selbst aufzumuntern, indem sie sich die fertigen Sträuße vorstellte. Doch alles, was ihr in den Sinn kam, waren die Kränze und Gestecke bei Opa Swensons Beisetzung. Die waren auch sehr schön gewesen.

Brandon lehnte lässig in der Tür zu Asias Wohnung, so als würde er sie jeden Tag abholen. »Bist du fertig?«

»Woher soll ich das wissen?«, erwiderte sie, die Hände in die Hüften gestützt. »Du sagst mir ja nicht, wo wir hinfahren?«

Er grinste. »Magst du keine Überraschungen?«

»Nein.«

»Weil es so viele böse gegeben hat?«, fragte er leise.

Sie dachte darüber nach. »Nein, eigentlich nicht.« Die Krebsdiagnose war ein entsetzlicher Schock gewesen, und dass sie jetzt noch einmal alles durchmachen musste, erschien ihr, als müsse sie sich durch die Fortsetzung eines Films quälen, den sie schon beim ersten Mal verabscheut hatte. Doch abgesehen von der Krankheit war ihr Leben erfreulich verlaufen. Verabredungen mit gut aussehenden Jungs auf der Highschool, erstklassige Noten auf dem College, gute Jobs, eine intakte Familie, die sie liebte. »Ich bin nur jemand, der gern …«

»Alles unter Kontrolle hat?« Da war wieder dieses Grübchen in seiner Wange.

»Gut vorbereitet ist, wollte ich sagen.« Genau das gefiel ihren Kunden so an ihr. Wenn man anderer Leute Geld investierte, musste man zuverlässig sein. »Und, bin ich's nun? Gut vorbereitet, meine ich. Soll ich lieber einen Rock anziehen oder einen Schirm mitnehmen oder vielleicht eine Armbrust?«

Als er seinen Blick beiläufig über ihr Baumwolltop und die Kakihose gleiten ließ, stellte sie mit Schrecken fest, dass sie rot wurde. Vielleicht war das ja eine Hitzewelle, ausgelöst durch die Chemo. Ihre Augen trafen sich. *Vielleicht doch keine Hitzewelle.* Sie spürte ein ganz und gar nicht unangenehmes Flattern in der Magengrube.

»Alles prima, vor allem vernünftige Schuhe«, sagte er schließlich. »In der Aufmachung wird dich keiner vom Platz jagen.«

»Von welchem Platz?«

»Ich habe Fern gesagt, ich wäre heute Nachmittag nicht im Büro, weil ich Golf spielen gehe.«

Das war eine gute Entschuldigung. Schließlich wurden viele Geschäfte auf dem Golfplatz getätigt. Das hatte Asia sich zumindest sagen lassen. »Hab ich noch nie ausprobiert.«

»Du hast noch nie Golf gespielt?«

»Nein, mein Sport war Tennis.« *Ist* Tennis, verbesserte

sie sich selbst. Nur weil sie im Augenblick nicht gerade in Topform war, hieß das noch lange nicht, dass sie es nie wieder sein würde. Wie kam dieser Mann überhaupt auf die Idee, sie auf einen Achtzehn-Loch-Platz mitzuschleppen, wo sie am Morgen noch nicht einmal aus dem Auto gekommen war?

Seine Miene wurde sanfter, doch das schelmische Lächeln blieb. »Vertrau mir, Swenson.«

9

Asia hatte nie darüber nachgedacht, was für einen Wagen Brandon fuhr, doch der rote Sportwagen, der am Straßenrand stand, passte haargenau zu ihm. Sie konnte sich gerade noch beherrschen, nicht die Augen zu verdrehen.

»Das hätte ich mir ja denken können«, sagte sie.

»Steig einfach ein«, erwiderte er. »Du wirst deine Meinung ändern, wenn du erst siehst, wie er sich fährt.«

Während sie den Sicherheitsgurt anlegte, entgegnete sie: »Um zu sehen, wie er sich fährt, müsstest du mich schon ans Steuer lassen.«

»Aber du kennst den Weg doch gar nicht«, sagte er. Es gab eine ganze Reihe guter Golfplätze in Georgia, doch sie war noch auf keinem gewesen. »Ich kann gar nicht glauben, dass du noch nie mit einem Kunden Golf spielen warst. Oder mit einem unserer Chefs«, sagte Brandon.

»Ich kann auch nicht glauben, was ich alles noch nicht getan habe«, murmelte sie. Für Golf hatte sie sich nie interessiert, doch es gab andere Dinge, die sie immer schon hatte tun oder lernen wollen …

»Hm?« Brandon drehte sich zu ihr um. »Was sagtest du?«

Sie presste die Lippen zusammen und überlegte, wie viel sie von sich preisgeben wollte. Aber vielleicht gehörte ein wenig mehr Offenheit ja zu den Dingen, die sie noch lernen konnte.

»Mein Leben rast nur so an mir vorüber«, sagte sie. »Ich fasse ein Ziel ins Auge und dann arbeite ich stur darauf hin, ohne nach links und rechts zu sehen. Und wenn ich es dann erreicht habe, sollte ich eigentlich glücklich sein. Aber dann schaue ich mich um und … Das College habe ich zum Beispiel immer als Stufe auf dem Weg zum Erfolg betrachtet. Und dann war es auf einmal vorbei wie nichts.« Sie schnippte mit den Fingern. »Ich frage mich manchmal, ob ich nicht öfter mal auf eine Party hätte gehen oder ein paar Kurse belegen sollen, weil sie mich interessierten und nicht nur, weil sie sich gut im Lebenslauf machten.«

»Du kannst doch immer noch Aufbaukurse besuchen«, schlug er vor.

Asia musste lächeln. Jetzt verstand sie, was Lucy damit meinte, dass Frauen einfach zuhörten, wogegen Männer immer glaubten, sie müssten konkrete Lösungen parat haben. »Ich weiß, aber es geht mir nicht nur ums College. Das war nur ein Beispiel.« Für die Jahre, die an ihr vorübergerauscht waren. Vielleicht sollte sie dieses Wiederauftreten ihrer Krankheit zum Anlass nehmen, alles langsamer angehen zu lassen, sich mehr mit anderen Menschen zu beschäftigen und das Leben zu genießen.

Nachdem sie einige Minuten gefahren waren, fragte Brandon: »Was genau würdest du denn gerne tun? Und komm mir jetzt nicht mit lauter vernünftigem Zeug. Denk dir eine Liste mit ganz verrückten Sachen aus.«

Sie lachte. »Na, da wäre schon mal der Everest.«

»Meinst du den Mount Everest?«

»Ja. Das ist ein Familienscherz. Als Lucy noch klein war, habe ich ihr manchmal abends oder wenn Mom in Ruhe kochen wollte, etwas vorgelesen. Am liebsten mochte sie Dr. Seuss. Als sie dann auf die Highschool kam, kaufte ich ihr dieses Buch, *Wie schön, so viel wirst du sehen!*, mit dem gereimten Text und den bunten Bildern. Aber es war eher ein Mutmachbuch als eine richtige Geschichte. Am Schluss hieß es, jeder sollte sich seinen Berg suchen.«

»Ist es das, was ihr Intellektuellen eine Metapher nennt?«

»Ja.« Jeder musste seinen eigenen Weg gehen, und dabei sowohl Triumphe als auch Fehlschläge erleben. Man konnte anderen zwar helfen, doch man konnte ihnen die Reise nicht abnehmen. »Lucy war wegen des Schulwechsels schrecklich nervös. Sie sagte, sie würde es bestimmt nicht mal auf einen Maulwurfshügel schaffen. Und da habe ich …« Asia verstummte, ein wenig peinlich berührt. Das konnte nicht jeder verstehen, ebenso wenig war nicht jeder dazu in der Lage, sie zum Lachen zu bringen oder sie als Superheldin darzustellen.

»Du hast ihr gesagt, sie könnte auch den Mount Everest bezwingen, wenn sie nur wollte«, ergänzte Brandon. »Schließlich habe ich auch eine ältere Schwester.«

»Die in Deutschland«, sagte Asia.

Er nickte gedankenverloren. »Nach Moms Tod hat sie Dad überredet, zu ihnen zu ziehen. So kann er mehr Zeit mit seinen Enkelkindern verbringen und die Golfplätze in Europa ausprobieren. Bis wir davon sprachen, war mir gar nicht richtig klar, wie selten ich sie sehe und wie sehr ich meine große Schwester vermisse.«

Asia mochte sich gar nicht ausmalen, wie Lucy und sie einander fehlen würden. Sie räusperte sich. »Der Mount Everest wäre also schon mal ein Punkt auf meiner verrückten Liste. Aber ernsthaft – reisen wäre toll. Heißt es nicht immer, die Möglichkeit zu reisen wäre ein Privileg junger, gut verdienender Singles? Ich hoffe, dein Dad lässt es sich da drüben auf den Golfplätzen gut gehen. Ich war noch nie im Ausland, ja, noch nicht mal auf Hawaii, und dafür braucht man gar keinen Pass. Ich habe immer gehört, Hawaii soll wunderschön sein.« Vielleicht hätte sie das Buch damals selbst behalten sollen, statt es Lucy zu schenken.

»Na ja, bis ins Ausland schaffen wir es heute nicht mehr, aber ich hoffe, das hier ist auch eine Abwechslung. Warst du schon mal hier?«

Als er auf den Parkplatz bog, entdeckte sie das Schild am Eingang.

»Minigolf?« Sie lachte vergnügt. »Du lässt die Arbeit sausen, um Minigolf zu spielen, und sagst deiner Sekretärin, es wäre eine geschäftliche Verabredung? Du bist wirklich unmöglich.«

»Aber ich habe einen hervorragenden Abschlag.« Brandon öffnete die Tür. »Ich habe dir doch gesagt, frische Luft würde dir guttun.«

Da hatte er wohl recht, dachte sie, als sie auf ein lindgrün gestrichenes Betonhäuschen zugingen. Hinter dem Schalter saß ein fülliger Mann auf einem Hocker, blätterte in einer Zeitschrift und fuhr sich von Zeit zu Zeit mit fleischigen Fingern durch sein dichtes, welliges Haar, dessen Anblick Asia einen kleinen neidischen Stich versetzte.

Brandon räusperte sich.

»Kann ich was für euch tun?«, fragte der Mann feixend, nachdem er flüchtig Brandons anthrazitfarbenes Button-Down-Hemd und die Bürohose gemustert hatte.

»Geben Sie uns bitte ein paar Schläger und Bälle – alles, was man für eine Runde Golf eben so braucht«, erwiderte Brandon freundlich.

Asia hatte schon Angst, die Schläger wären alle so kurz, dass sie sich zum Schlagen hinhocken müsste, doch anscheinend kamen auch viele Teenagerpärchen und Eltern mit ihren Kindern hierher. Sie bekamen also normal große Schläger, und nachdem Brandon für achtzehn Löcher bezahlt hatte, schlugen sie einen Weg aus künstlichem Kopfsteinpflaster ein, dessen Ränder knallbunte, fröhlich winkende Gartenzwerge säumten.

»Minigolf hast du doch wohl schon gespielt, zumindest als Kind?«, fragte Brandon.

»Kann sein. Ich entsinne mich dunkel.«

»Ich werde dich schonen, weil ich nämlich einfach göttlich spiele«, spottete er. »Bei Geschäftsabschlüssen hat sich das als sehr nützlich erwiesen.«

»Wirklich?« Sie zog eine Augenbraue hoch. »Ist doch traurig, dass du zu solchen Machotricks greifen musst. *Ich* verlasse mich da lieber auf meine überragenden Fachkenntnisse und meine bewundernswerte Arbeitsmoral.«

Er bedachte sie mit einem gespielt finsteren Blick. »Du bist nur neidisch, weil dir nie jemand Golf beigebracht hat.

Eines Tages werde ich dich in die Finessen des Hardcore-Golfs einführen. Holz, Eisen, Stellungen, Griffe, Kopf und Schaft, die richtigen Stellen …«

»Kannte Freud dieses Spiel eigentlich?« Wenn sie die meisten der Begriffe nicht schon einmal gehört hätte, hätte sie geglaubt, er wolle sie auf den Arm nehmen.

Er musste grinsen. »Wie auch immer. So schlimm wird's wohl heute nicht werden.«

Sie betrachtete das erste Hindernis. »Na, rosa Gorillas, die an Miniwolkenkratzern hochklettern, sind doch wohl schlimm genug.«

Soweit sie erkennen konnte, versperrten bei jedem Hindernis kleine Figuren aus Cartoons oder Filmen den Weg zum Loch, um es den Spielern schwerer zu machen. Selbst wenn man also mit genau dem richtigen Schwung aus dem richtigen Winkel abschlug und es schaffte, dass der Ball nicht von der Bahn hüpfte, kollidierte er womöglich mit der bösen Hexe auf ihrem Besen, die über dem Loch hin und her baumelte.

Brandon deutete mit dem Kinn auf die schwarze Gummimatte, die als Abschlag diente. »Willst du zuerst, oder soll ich dir zeigen, wie's geht?«

»Geh lieber zur Seite, bevor ich dich noch mit dem Schläger treffe.«

»Also, das Loch hier ist als Par drei angegeben. Wenn du es mit vier Schlägen triffst, ist das eins über Par, bei zwei Schlägen eins unter Par.«

»Ich brauche sowieso nur einen Schlag.«

»Na dann mal los, du Golf-Ass!«, feixte er.

Sie versetzte dem Ball einen so kräftigen Schlag, dass er

gleich bis zur vierten Bahn flog. »Schätze, das war wohl daneben, was?«

»Du hast es erfasst.«

»Ich war schon immer schnell von Begriff.« Sie holte sich den leuchtend roten Ball wieder, froh darüber, dass an diesem kühlen Mittwochnachmittag so wenig los war. Nicht dass sie sich wegen ihres Spiels geschämt hätte. Sie wollte nur nicht, dass jemand ihren Ball an den Kopf bekam.

Beim dritten Loch hatte sie langsam den Bogen raus. Es war ein herrliches Gefühl, den ganzen Körper anzuspannen und sich voll und ganz auf ein Ziel zu konzentrieren. Diesmal schaffte sie es in zwei Schlägen.

Brandon lochte seinen eigenen purpurroten Ball ein. »Ich bin beeindruckt«, sagte er.

»Dazu hast du auch allen Grund. Das war ein Treffer unter Par!«

Er lachte. »Es heißt ein Schlag unter Par. Treffer ist das mit der Flinte.«

Grinsend schlenderte sie zum nächsten Loch, wo man den Ball durch den aufgerissenen Rachen eines großen weißen Hais schlagen musste. »Hier brauchen wir wohl einen größeren Schläger«, witzelte sie. Als sie sich bückte, um den Ball zurechtzulegen, spürte ihr weiblicher Radar plötzlich ganz deutlich, dass sie gemustert wurde. Sie unterdrückte den Impuls, sich sofort wieder aufzurichten, und schaute stattdessen unauffällig über die Schulter. Tatsächlich! Brandon schaute auf ihr, äh, Hinterteil.

Das heißt Arsch, Asia. Als sie spürte, wie sie rot wurde, fügte sie im Stillen hinzu: *Und du benimmst dich wie einer.* Brandon hatte ihr also auf den Hintern geguckt. Na und?

Es war doch nur ein flüchtiger Blick gewesen, wenn überhaupt. Vielleicht hatte er ja nur die Bahn taxiert und ihr Hintern war zufällig im Weg gewesen.

Sie war eine intelligente, erfahrene Frau von vierunddreißig Jahren. Warum benahm sie sich dann wie ein pickeliges Schulmädchen, das zum ersten Mal in einen Jungen verschossen war? Möglicherweise lag es an dem jugendlichen Ambiente des Minigolfplatzes. Vielleicht hatte sie sich aber auch schon lange nicht mehr wie eine richtige Frau gefühlt. Die einzigen Männer, für die sie sich in letzter Zeit ausgezogen hatte, trugen einen weißen Kittel und ein Stethoskop. Da vergaß sie leicht, dass ihr Körper noch mehr war als nur ein Schlachtfeld im Kampf gegen die Krankheit und ein Gefäß, in das man Adriamycin hineinpumpte.

Sie richtete sich zum Abschlag auf. Durch die Bewegung an der frischen Luft fühlte sie sich auf einmal gesund und voller Energie. Ob Brandon ihr Anblick nun gefallen hatte oder nicht, das kleine prickelnde Gefühl hatte sie an schöne Nächte ihrer Vergangenheit erinnert und gab ihr Hoffnung für die Zukunft.

Entschlossen schlug sie ab und lochte so ein, dass sie in Führung ging. »Erzähl mir jetzt nicht, dass derjenige mit den meisten Schlägen gewinnt«, sagte sie zu Brandon. »Ich bin nämlich nicht von gestern.«

»Ein paar Zufallstreffer und schon wird sie frech. Das hier ist ein Marathon und kein Sprint, Swenson. Ich kann noch jederzeit aufholen.«

Diese geradezu Zen-artige Gelassenheit sah dem ehrgeizigen Kollegen so gar nicht ähnlich. Vermutlich würde er anders klingen, wenn er in Führung läge. Oder sie kannte ihn einfach nicht so gut, wie sie gedacht hatte. Heute zumindest hatte er sie überrascht.

Am neunten Loch kauften sie sich an der Bude etwas Kaltes zu trinken und setzten sich damit an einen schmiedeeisernen Tisch unter einen Sonnenschirm. Als Asia daran dachte, wie sie und Lucy sich immer knallbunte Getränke geholt und einander dann die verfärbten Zungen herausgestreckt hatten, hätte sie sich am liebsten ein blaues Brombeer-Heidelbeergetränk gekauft. Doch sie widerstand der Versuchung und entschied sich für Wasser. Obwohl es heute nicht warm war, wurde ihre Haut nach dieser Zeit im Freien bestimmt schon rissig, und außerdem sollte sie vor der anstehenden Chemotherapie möglichst viel trinken.

Kurz darauf schraubte sie den Deckel wieder auf die leere Plastikflasche und warf sie schwungvoll in den nächsten Mülleimer. Dann sagte sie lächelnd: »Danke, dass du mich hierhergebracht hast.«

»Machst du Witze? Glaubst du vielleicht, ich würde an so einem Nachmittag lieber am Schreibtisch sitzen? Ich wollte nur mal an die frische Luft, bevor es richtig kalt wird.« Er zögerte und fügte dann aufrichtig hinzu: »Ich bin froh, dass es dir gefällt.«

Sie musste wieder daran denken, wie sie am Morgen als zitterndes Häufchen Elend in ihrem Auto gesessen hatte. Es ging ihr gewaltig gegen den Strich, dass jemand sie so gesehen hatte, besonders ein Kollege, dessen berufliche Anerkennung ihr wichtig war. Und was noch schlimmer war, ein gut aussehender Kollege, unter dessen Blicken sie sich vor einigen Minuten noch wie eine attraktive Frau gefühlt hatte. Mein Gott, diesen Gedanken musste sie sich unbedingt aus dem Kopf schlagen. Wahrscheinlich hatte er sie nur deswegen so prüfend angesehen, weil er befürchtete, sie würde schon wieder zusammenklappen.

Ohne ein weiteres Wort stand sie auf und marschierte zum nächsten Loch. Ihr Schlag ging völlig daneben, was ihre Laune nicht gerade hob. Beim zwölften Loch war sie hinter Brandon zurückgefallen und quittierte seine Bemerkungen nur noch mit einem verkniffenen Lächeln.

Bei der Dreizehn mussten sie um eine kleine Freiheitsstatue herumschlagen, die wie in dem Film *Planet der Affen* halb im Boden steckte. Ihr Ball prallte von der Fackel ab. Nachdem Brandon an der Reihe gewesen war, versuchte sie es noch einmal, wieder ohne Erfolg.

»Soll ich dir helfen?«, bot er an.

Sie packte den Schläger fester. »Ich brauche keine Hilfe.«

Als sie ein drittes Mal danebenschlug, sagte er: »Irgendwas brauchst du aber.«

Beim nächsten Loch mit Motiven aus *Yellow Submarine* konnte er es offenbar nicht mehr mit ansehen. Gerade wollte sie mit dem Schläger ausholen, da spürte sie seine Körperwärme und erstarrte, als er ihr eine Hand um die Taille legte und mit der anderen ihren Arm umfasste.

Ihr stockte der Atem. »Schleich dich doch nicht so an! Ich hätte dich ja treffen können.«

»Wenn ich erst gefragt hätte, hättest du meine Hilfe doch wieder abgelehnt«, erwiderte er in einem so sachlichen Ton, dass sie sich ein wenig ärgerte.

Was war denn so falsch daran, wenn sie etwas alleine machen wollte? Wenn sie keinen brauchte, der sie nach

Hause fuhr, ihr einen feuchten Waschlappen brachte oder sich neben sie setzte, wenn sie im Auto heulen musste.

»Ich kann das alleine.« Erst als er erstarrte, merkte sie, wie schroff sie geklungen hatte. »Warte, Brandon …«

»Vergiss es. Ich will sowieso lieber gewinnen. Allerdings ziehe ich normalerweise einen ebenbürtigen Gegner vor. Also los, schlag schon.«

Sie sah förmlich rot, als sie die Finger um den Schläger krallte. Fast hätte sie wie wild auf den Ball eingedroschen, doch sie bremste sich im letzten Moment. Brandon hatte ihre Wut nicht verdient, und es hätte auch überhaupt nichts gebracht. Sie wollte nur … Asia holte tief Luft und starrte auf den kleinen grünen Hügel vor sich. Auf der Spitze saß ein U-Boot. Wenn man den Ball durch das rechte Bullauge schlug, traf er hinter dem Hügel ins Loch. Sie musste also alle anderen Gedanken aus ihrem Kopf verbannen und sich auf diese kleine Öffnung konzentrieren, auf dieses Loch in einem Plastikboot, das nicht das Geringste bedeutete und es überhaupt nicht wert war, dass sie deswegen Tränen der Wut und Enttäuschung vergoss.

Sie stellte sich vor, wie der Ball geradewegs durch die Öffnung flog, den Hügel hinab- und ins Loch rollte. Dann spannte sie die Muskeln an und atmete aus, während sie schlug. *Treffer!* Der Ball war tatsächlich durch das Loch geflogen. Sie und Brandon gingen um das Hindernis herum und sahen zu, wie er geradewegs den Hügel hinabrollte und mit einem kleinen Plumps im Loch verschwand. Ihr erster Treffer mit einem einzigen Schlag!

Sie jubelte triumphierend, wirbelte herum und fiel ihm um den Hals.

»Du hattest recht, du brauchst mich wirklich nicht«, murmelte er.

Sie atmete seinen Duft ein, eine Mischung aus unaufdringlichem Eau de Cologne und der frischen Herbstluft, und sah, wie das Sonnenlicht in seinen Augen glitzerte. Und plötzlich bekam sie Angst, er könnte unrecht haben. Brauchte sie ihn womöglich doch, oder zumindest das Gefühl, das er ihr in einem Augenblick wie diesem gab? Und wäre das wirklich so schlimm?

Ihre eigene Reaktion und die Gedanken, die ihr durch den Kopf schossen, verwirrten sie so sehr, dass sie reglos in seiner Umarmung verharrte. Doch das schien Brandon nichts auszumachen. Im Gegenteil, er lehnte sich sogar noch ein klein wenig mehr an sie. Sie fühlte sich, als säße sie in einem Lastwagen mit defekten Bremsen, doch sie wollte sich keine Blöße geben und wie ein albernes kleines Mädchen kreischend davonrennen. Stattdessen zwang sie sich zu lächeln – wie schon so oft in letzter Zeit.

In einem Versuch, den peinlichen Augenblick mit Galgenhumor zu überbrücken, sagte sie: »Wenn ich meine Haare und Titten noch hätte und es nicht besser wüsste, könnte ich glatt auf die Idee kommen, du wolltest mich küssen.«

Er ließ die Arme fallen, dass sie hörbar gegen seine Seiten klatschten, und spannte den Kiefer an. »Wenn du nicht diesen Chip da an der Schulter hättest, hätte ich es vielleicht getan.«

Der Chip ihres Portkatheters? Was bildete sich dieser Kerl eigentlich ein? »Ich habe immerhin Krebs.«

Er starrte sie an und sagte langsam und deutlich: »Ist das

vielleicht ein Grund, andere Menschen vor den Kopf zu stoßen?«

Sie wurde wütend. Schließlich war Krebs nicht irgendeine Ausrede, mit der man eine Einladung zum Essen abwimmelte. Wie konnte dieser arrogante Idiot es wagen, so über ihre Angst und Schmerzen hinwegzugehen? Normalerweise brachte Asia immer zu Ende, was sie angefangen hatte, aber sie wollte verdammt sein, wenn sie mit dem Kerl noch vier weitere Löcher spielen würde.

»Ich glaube, wir hören jetzt besser auf«, sagte sie und stolzierte in die Richtung davon, aus der sie gekommen waren. Fast augenblicklich merkte sie, dass der Parcours als Schleife angelegt war und sie schneller zum Eingang gekommen wäre, wenn sie nicht zurück-, sondern weitergegangen wäre. *Dreh um, sei kein Blödmann*, sagte sie sich selbst. Doch ihr Gesicht war mittlerweile feuerrot, ihr Atem ging in kurzen, heftigen Stößen, und sie wäre um nichts in der Welt jetzt umgekehrt.

Brandon sagte nichts und folgte ihr auch nicht. Schließlich stand sie wieder am Kassenhäuschen, wo der dicke Mann mit den buschigen Augenbrauen saß und von ihr zu Brandon blickte, der bereits auf sie wartete. Während des kurzen Fußmarsches war ihre Wut verraucht und hatte einer Mischung aus Traurigkeit und Missmut Platz gemacht. Doch sie wusste weder, was ihr nun lieber war, noch, über wen sie sich eigentlich am meisten ärgerte.

So kurz und angenehm ihr die Hinfahrt zum Minigolfplatz erschienen war, so endlos kam ihr der Rückweg vor. Asia hätte gedacht, dass man schon monatelang zusammen sein müsste, um ein derart angespanntes Schweigen voller unausgesprochener Vorwürfe zustande zu bringen, und sie war mit diesem Typ noch nicht einmal essen gegangen.

Andere Frauen hätten sich vermutlich darum gerissen, mit Brandon auszugehen. Und trotz allem, was er übers Blaumachen gesagt hatte, wusste Asia, dass er ganz in seiner Arbeit aufging. Er liebte es, das Geld seiner Kunden zu investieren und seine Erfolge zu beobachten. Warum hatte er dann den Nachmittag mit ihr verbracht? Warum die Anrufe, um sich nach ihrem Befinden zu erkundigen, die Mittagspausen im Büro, bei denen sie berufliche Angelegenheiten wie Partner erörterten, nachdem sie einander jahrelang eher aus dem Weg gegangen waren?

Theorie eins: Er hatte ein schlechtes Gewissen, weil ihm ohne sein Zutun ihre Kunden in den Schoß gefallen waren.

Theorie zwei: Er hatte Mitleid mit ihr, besonders nach dem jämmerlichen Schauspiel am Morgen.

Das war doch auch normal, oder? Angesichts einer derart abgrundtiefen Verzweiflung würde wohl jeder Mitleid empfinden, sie selbst nicht ausgenommen. Trotzdem war sie ihm noch immer böse.

Was ihr an Brandons Verhalten in den vergangenen Monaten besonders gefallen hatte, war sein ungezwungener Umgang mit ihrer Krankheit. Er versuchte nicht, die Tatsachen totzuschweigen, und fragte Asia auch zuweilen nach ihrem Befinden, ohne jedoch darauf herumzureiten. Manchmal riss er sogar Witze darüber. Hatte er das alles ihr zuliebe nur gespielt?

Was sollte er denn deiner Meinung nach tun?

Sie betüddeln wie ihre Eltern oder Fern? Oder sich überhaupt nicht um sie kümmern? Dann hätte sie ihn wenigstens als gefühlloses Ekel abtun und ihn anstelle ihrer eigenen Schwäche hassen können.

Sie war so müde, dass sie keinen klaren Gedanken mehr fassen konnte. Als sie bei ihr zu Hause angelangt waren, wünschte sie nur noch, er würde sich nach Alaska versetzen lassen, damit sie einander nie mehr zu sehen brauchten. Was war nur heute mit ihr los? Warum kam es ihr so vor, als hätte man ihre Gefühle durch den schicken Mixer gejagt, der auf Lucys Hochzeitsliste stand? Aber eigentlich war ihr das jetzt alles egal. Sie wollte nur noch weg und tastete nach dem Türgriff.

»Asia, warte!«

Sie zuckte zusammen und wünschte, er wäre bei »Swenson« geblieben.

»Es war nett von dir, dass du dir freigenommen hast, damit ich an die frische Luft komme«, sagte sie. Es hörte sich erbärmlich an. Als ob sie ein Hund wäre, mit dem man Gassi gehen musste. »Aber …«

»Ich wollte mit dir zusammen sein.« Wenn er doch bloß den Mund hielte! Seine Stimme klang viel zu ernst und erwachsen. »Ich bin nämlich gerne mit dir zusammen, meistens jedenfalls. Allerdings bist du nicht immer ganz unkompliziert und …«

»Ach ja? Vielleicht hast du es noch nicht bemerkt, Brandon, aber ich bin im Augenblick mit anderen Dingen beschäftigt. Zum Beispiel damit, am Leben zu bleiben. Da kann ich mich nicht mit dem Ego eines Mannes befassen oder mit irgendwelchen Beziehungskisten, vor allem, wenn es da noch nicht einmal eine Beziehung gibt.« Sie merkte, wie ihr die Situation entglitt und sie immer biestiger wurde. Aber sie hatte jetzt wirklich genug.

»Na gut.« Er hielt sie nicht auf, half ihr jedoch auch nicht, als sie unbeholfen aus dem Auto kletterte. Erst als sie die Tür zuschlagen wollte, sagte er: »Asia? Versprich mir, eine Sache nicht zu vergessen: Der Krebs ist etwas, was du hast, nicht etwas, was du bist.«

»Kann ich reinkommen?«

Ja, sicher, wollte Lucy sagen, doch da hatte sich ihre Schwester schon an ihr vorbei in den Flur gedrängt. »Hallo, das ist ja eine Überraschung«, sagte sie stattdessen.

Asia drehte sich auf dem Absatz ihrer Leinentennisschuhe um. »Weil ich in letzter Zeit so selten irgendwohin komme?«

»Weil du grundsätzlich selten vorbeikommst, ohne vorher anzurufen«, sagte Lucy. Asia hatte viele wunderbare Eigenschaften, doch Spontaneität gehörte nicht dazu. Das bewahrte sie allerdings auch davor, im Supermarkt unbedacht nach der roten Haartönung zu greifen und sich drei Stunden später über das leuchtend orangefarbene Ergebnis zu ärgern.

Apropos … »Du warst beim Friseur.«

Asia nickte. »Gefällt's dir?«

»Ja, sieht toll aus. Du kannst das wirklich tragen.« Für die meisten anderen Frauen wäre der Schnitt vermutlich zu streng gewesen, doch der starken und dennoch feminin wirkenden Asia mit ihrer exotischen Schönheit stand er gut.

In der Swenson-Familie gab es sonst keine Spur von Exotik. Selbst die hübschen blonden Zwillinge Reva und

Rae waren ganz gewöhnliche Südstaatenschönheiten. Hatten ihre Eltern Asia diesen ausgefallenen Namen gegeben, weil sie ahnten, dass sie etwas Besonderes war, oder war Asia einfach mit der Zeit in den Namen hineingewachsen?

»Du kommst also von der Arbeit?«, fragte Lucy.

»Nein.« Um Asias Mund zuckte es. »Ich weiß nicht, woher ich eigentlich komme. Oder wohin ich gehe.«

Das war ja mal etwas ganz Neues. Eine Asia, die in Rätseln sprach und gereizt, ja sogar unsicher wirkte. Mit leichten Gewissensbissen musste sich Lucy eingestehen, dass ihr die neue Asia gar nicht schlecht gefiel. »Komm rein und sprich dich aus. Soll ich dir was zu trinken holen?«

»Wasser, bitte. Zimmerwarm, wenn es geht.« Asia ließ sich auf dem Zweiersofa aus grünem Velours nieder und rief ihrer Schwester nach: »Halte ich dich vom Kochen ab, oder kommt Michael gleich?«

»Nö. Ich weiß noch gar nicht, was es zum Abendessen geben soll.« Auf dem Heimweg hatte Lucy beschlossen, sich mit einem weiteren Proteindrink zu begnügen, doch dann war ihr der eingefrorene Nusskuchen wieder eingefallen. Er war ursprünglich als Bestandteil eines Abendessens eingeplant gewesen, das sie für Michael kochen wollte. Doch dann hatte sie dummerweise vergessen, die beiden wichtigsten Zutaten für das Hauptgericht zu kaufen, und sie waren ins Restaurant gegangen. Seitdem lag der Kuchen in der Kühltruhe.

Nur gut, dachte sie seufzend, dass sie keine so gute Köchin wie ihre Mutter war. Marianne machte einen geradezu sündhaft leckeren Schoko-Whisky-Nusskuchen.

»Ich muss immerzu ans Essen denken«, sagte Lucy laut.

Doch offensichtlich begriff Asia nicht, dass es sich um ein Dauerproblem und nicht nur um einen momentanen Zustand handelte. »Wir können uns doch was bestellen«, schlug sie vor. »Ob wohl irgendein Restaurants Steaks liefert?«

»Du hast Lust auf rotes Fleisch?«

»Ja.« Asia schien selbst überrascht. »Heute habe ich richtiggehend Appetit, oder mein Körper braucht Eisen. Warum auch nicht? Ich muss zusehen, dass das Hämoglobin nicht absackt.«

»Ich habe noch ein paar Kartoffeln da. Wenn du sie wäschst und in den Ofen schiebst, laufe ich rasch zum Laden um die Ecke und hole uns ein paar Steaks. Auf dem kleinen Elektrogrill, den Dad mir zu Weihnachten geschenkt hat, sind sie im Nu fertig.«

George war bekannt für seine praktischen Geschenke, wie kleine Haushaltsgeräte, eine Mitgliedschaft im Automobilclub oder eine vier Kilo schwere Taschenlampe, die man im Notfall auch als Verteidigungswaffe benutzen konnte. Und einmal hatte er Lucy zum Geburtstag ein rosafarbenes Werkzeugset geschenkt, weil es »doch so gut zu ihr passte«.

»Das hört sich wunderbar an, Luce. Danke, dass du mich verpflegst.«

»So sind wir Südstaatenfrauen nun mal.« Lucy war schon auf halbem Weg zum Geschäft, als ihr einfiel, dass sie noch immer nicht den Grund für Asias Besuch kannte. Nicht dass sie etwas gegen Gesellschaft einzuwenden hatte, doch Asias Gereiztheit deutete darauf hin, dass etwas nicht stimmte. *Lag es wirklich nur an den Nebenwirkungen der*

Medikamente und der Aussicht auf die neue Runde Chemo morgen? Vielleicht schon. Die Aussicht auf diesen Stress konnte jeden aus dem Gleichgewicht bringen.

Doch Lucys Gefühl sagte ihr, dass das nicht alles war.

Als sie mit zwei Plastiktüten voller Steaks und Wasserflaschen zur Haustür hereinkam, rief Asia ihr aus der Küche zu: »Vor einer Minute hat Michael angerufen. Er wollte sich nur mal melden, aber wir sollen uns nicht stören lassen. Du brauchst nicht zurückzurufen.«

»Oh.« Lucy hätte gerne gewusst, ob Michael gemerkt hatte, dass sie ihm aus dem Weg ging. Wobei »aus dem Weg gehen« vielleicht etwas zu viel gesagt war.

»Alles in Ordnung mit euch beiden?«, fragte Asia.

»Ja, klar.« Lucy stöpselte den Elektrogrill ein. »Ich meine, wir kaufen uns ein Haus und wollen heiraten. Seine Eltern mögen mich. Was will ich denn noch mehr?«

Asia schwieg. Sie sah aus, als würde sie das Für und Wider verschiedener Antworten abwägen, so wie Lucy bei ihrem Brautkleid.

Lucy zog es vor, das Thema zu wechseln. »Hat dein Besuch einen besonderen Grund?«

»Außer dass ich dich liebe und du meine absolute Lieblingsschwester bist?« Als Lucy lediglich die Arme über der Brust verschränkte, stieß Asia einen Seufzer aus. »Das war ein verrückter Tag heute. Ich könnte deinen Rat brauchen. Vielleicht will ich aber auch nur Dampf ablassen.«

»Ach ja?« Lucy richtete sich erwartungsvoll auf.

Als Lucy im ersten Jahr auf der Highschool war, hatte Asia sie eines Nachmittags aus dem College angerufen. Zunächst plauderten sie über Belanglosigkeiten, doch schließlich rückte Asia mit der Sprache heraus. Sie hatte mit ihrem Freund Schluss gemacht, weil ihr die Beziehung zu anstrengend wurde und sie bei ihrem Studium störte. Doch immerhin war ihr die Trennung so nahegegangen, dass sie mit jemandem reden wollte. Lucy fühlte sich damals geschmeichelt, dass ihre erfahrene ältere Schwester sie und nicht eine ihrer eigenen klugen Freundinnen am College angerufen hatte.

»Es hat doch wohl nichts mit einem Mann zu tun, oder?«, fragte Lucy in Erinnerung an diesen Vorfall.

Asia zögerte, ihre Wangen wurden feuerrot.

»*Tatsächlich*? Das ist doch nicht dein Ernst!«

»Nur im weitesten Sinne. Es ist keine … romantische Sache. Ich habe den Nachmittag heute mit einem meiner Kollegen verbracht.« Asia schob die Pfeffermühle auf der Arbeitsplatte zu ihrer Schwester hinüber und sah zu, wie Lucy das Fleisch würzte. »Brandon Peters. Ich habe ihn schon mal erwähnt.«

»Ein paarmal.« Einmal, als Asia ihn gerade erst kennengelernt hatte, hatte sie ihn als »intelligent, aber überheblich« beschrieben. Ein anderes Mal hatte sie erzählt, wie er sie bei einer Büroparty mit einer völlig übertriebenen Karaokedarbietung, zu der Asia selbst sich niemals herabgelassen hätte, zum Lachen gebracht hatte. Und vor Kurzem hatte sie erwähnt, dass Brandon ihre besten Kunden übernommen hatte. Lucy hatte eigentlich damit gerechnet, dass ihre Schwester schlechter damit fertigwürde, doch kurz darauf hörte sie Brandons Namen erneut, als Asia ihrer Mutter erzählte, wie sehr er Susannah Grahams Makkaroni-Soufflé mit weißem Cheddar gelobt hatte.

Wenn sie den Typ durchfüttert, wird sie ihm wohl kaum böse sein.

»Ich habe also den Tag mit ihm verbracht«, fuhr Asia zögernd fort. »Aber nicht im Büro. Er ... er hat sich für mich freigenommen.«

»Also war es ein privates und kein berufliches Treffen?« *Die Sache wurde ja immer interessanter.* Lucy lehnte sich gegen die Arbeitsplatte.

»Ich habe keine Ahnung, was es eigentlich war. Alles was ich ... Weißt du, wie viele Filme er mir heute vermiest hat? Ich habe nie wieder Lust, mir *King Kong* anzusehen.«

Von der Vorliebe ihrer Schwester für diesen Film hatte Lucy bislang gar nichts gewusst.

»Und den *Zauberer von Oz* auch nicht oder *Krieg der Sterne*, den *Weißen Hai* oder *Vom Winde verweht* ...«

»Wo um Himmels willen seid ihr bloß gewesen? Ich dachte, das Planet Hollywood in der Stadt hätte zugemacht.«

»Wir haben bloß Golf gespielt. Was sage ich – *bloß?*« Asia starrte vor sich hin, dann schüttelte sie den Kopf. »Ich will nicht mehr darüber reden.«

»Gut. Soll ich aus Rache seinen Garten mit Klopapier verunstalten?«

Asia grinste. »Ich komme auf das Angebot zurück. Aber jetzt genug von mir. Haben Mom und du heute nicht Blumen ausgesucht? Ich hoffe, du hast genau das Richtige gefunden.«

Lucy dachte an die Callas, dann sah sie wieder Enid Norcotts knotige Hände vor sich und hörte ihre skeptische Stimme: *Wenn du meinst.* »Ja, habe ich. Aber im Augenblick reicht es mir mit der Hochzeit ein bisschen. Lass uns auch davon nicht mehr reden.«

»Das kann ja ein schweigsames Essen werden.«

»Sollen wir uns dabei einen Film ansehen?« Ein kleiner Tisch an der Wand diente Lucy als Essplatz, doch oft servierte sie das Essen auf den Klapptischchen aus Walnussholz, die sie hinter der Couch verstaute. Sie ging zu dem gelben Schränkchen, das sie aus dem Sperrmüll gerettet hatte, und schaute ein paar DVDs durch.

Schließlich zog sie *Während du schliefst* heraus, eine ihrer Lieblingskomödien, doch in der Hülle war *Frühstück bei Tiffany*. So ein Pech. Lucy hatte die Angewohnheit, ganz in Gedanken die DVD, die sie sich gerade angesehen hatte, in die Hülle der nächsten zu stecken. Michael nannte ihr System die »Überraschungsablage«.

»Möchtest du was Bestimmtes sehen?«, fragte Lucy über die Schulter.

»Alles außer *Yellow Submarine*«, erwiderte Asia mit grimmiger Entschlossenheit, was umso erstaunlicher war, als Lucy diesen Film gar nicht besaß.

Was zum Teufel hatte Brandon Peters bloß getan? Und was empfand Asia für ihn?

Asia blickte Marianne nach, die vor lauter Erleichterung fast aus dem Raum rannte, als ihre Tochter sie bat, einige Besorgungen für sie zu erledigen. Deswegen hätte Marianne kein schlechtes Gewissen zu haben brauchen, denn auch Asia war froh darüber, dass ihre Mutter sie für eine Weile alleine ließ.

Sie war Marianne dankbar, dass sie sie zur Chemo chauffierte, doch sie hatte die Erfahrung gemacht, dass ihre Mutter während der Behandlung nicht gerne die ganze Zeit neben ihr saß. Zu Beginn ihrer Therapie hatte Asia ein Zimmer für sich gehabt. Dort konnte Marianne bei ihrer Tochter sitzen und schwatzen, als handelte es sich nur um einen Termin bei der Maniküre. Doch nun saßen sie in einem größeren Raum, in dem sich noch weitere Patienten aufhielten … Im Gegensatz zu Lucy hatte Marianne nicht die Nerven, sich scherzhaft mit Asia zu kabbeln oder mit den Schwestern zu plaudern.

Stattdessen huschten ihre Blicke durch den ganzen Raum. Asia konnte förmlich hören, wie ihre Mutter im Stillen einschätzte, welche der Patienten auf den Liegesesseln wieder ganz gesund werden würden und welche … nicht. Denn es war ja nun einmal eine Tatsache, dass einige einen Rückfall erleiden, andere dagegen gut auf die Chemo ansprechen würden. Und wieder andere würden sterben. Ohne jemandem etwas Böses zu wünschen, hoffte man doch, dass es nicht gerade den eigenen Angehörigen traf. Oder einen selbst.

Nein, nein, nein. Das hier war doch kein Konkurrenzkampf, sagte sich Asia. Wenn ihr Zustand sich besserte, hieß das doch nicht, dass es jemand anderem schlechter ging oder umgekehrt.

Auf was für merkwürdige Gedanken einen der Krebs brachte, oder die harten Medikamente. Die ganze Woche über war sie schon völlig daneben gewesen. Ihre Gefühle waren sprunghaft und unberechenbar wie ein kleiner Gummiball, der im nächsten Augenblick wer weiß wo landen konnte.

Jetzt musste sie zum Beispiel gerade daran denken, wie ihr Kollege sie gestern hatte küssen wollen. Energisch schob Asia die Erinnerung beiseite. Vielleicht hätte sie ihre Mutter doch nicht fortschicken sollen. Dann hätte sie sich mit ihr unterhalten und sich dadurch ablenken können.

Asias Blick begegnete dem einer zierlichen Frau Anfang dreißig, die sich ein hübsches gelb-blaues Tuch um den kahlen Kopf geschlungen hatte. Noch kurz zuvor hatte ein gut aussehender Mann neben ihr gesessen und die ganze Zeit über fahrig mit seiner Sonnenbrille und dem Schlüsselbund gespielt.

»Entschuldigen Sie«, sagte Asia. »Ich wollte Sie nicht so anstarren. Ich habe nur so vor mich hin geschaut.«

»Das Gefühl kenne ich.« Die Frau lächelte müde. »Keine Sorge, wenn ich für mich bleiben wollte, könnte ich ja den Vorhang zuziehen. Es ist ganz nett, wenn man sich mit jemandem unterhalten kann. Jedenfalls solange einen dieser Jemand nicht wahnsinnig macht«, fügte sie mit einem vielsagenden Blick auf den leeren Stuhl neben ihr hinzu.

Asia lachte. »Freund oder Verwandter?«

»Mein Mann. Das hier dauert nun schon Monate, und ich kann Ihnen sagen, er kommt immer schlechter damit zurecht. Am Anfang war er absolut siegessicher. ›Wir schaffen das, Steph! Den verdammten Krebs machen wir fertig!‹ Ich glaube, er war sich gar nicht im Klaren darüber, wie es in Wirklichkeit werden würde.«

Asia kamen Brandons Worte in den Sinn. Sie hatten sich zwar auf das Minigolfspiel bezogen, doch hier passten sie genauso gut: *Das hier ist ein Marathon und kein Sprint.*

Da Asia immer noch keine Lust hatte, über ihre Gefühle

nachzudenken, nahm sie die Unterhaltung wieder auf. »Hübsches Tuch.«

»Danke.« Steph lächelte und deutete mit dem Kinn auf den dunklen Flaum auf Asias Kopf. »Hübsche Haare.«

»Danke ebenfalls, aber die werden bald wieder weg sein.« Asia machte sich da nichts vor. Sie hatte Lucy schon gebeten, sie beim Kauf einer Perücke zu beraten.

»Wieder? Ist das nicht Ihre erste Chemo?«, fragte die Frau.

»Nein.« Asia ging nicht näher darauf ein. Sie redete sich selbst ein, dass sie das Thema mied, um die andere Patientin nicht mit Geschichten über Rückfälle zu ängstigen. Dabei mochte sie sich nur nicht eingestehen, dass sie ihre Metastasen als persönliches Versagen empfand. »Und Sie?«

»Zum ersten und hoffentlich einzigen Mal!« Kaum waren ihr die Worte herausgerutscht, entschuldigte sich Steph auch schon: »Tut mir leid. Das war nicht besonders feinfühlig.«

»Aber nicht doch. Ist doch verständlich, dass Sie so etwas nicht noch einmal durchmachen wollen. So scharf ist schließlich keiner auf das Zeug, das sie uns hier eintrichtern.« Asia wäre aus diesem Club jedenfalls bereitwillig für immer ausgetreten.

»Haben wir uns schon einmal gesehen?«, fragte Steph.

»Nicht dass ich wüsste. Aber wenn wir beide immer donnerstags kommen, sind wir uns vielleicht schon einmal über den Weg gelaufen.«

»Kann sein, dass Sie mir deshalb so bekannt vorkommen. Vielleicht habe ich Sie ja auch in einer der Selbsthilfegruppen gesehen.«

Asia erschauerte unwillkürlich. »Ich gehe zu keiner.«

»Ich auch nicht. Ich stand schon ein paarmal vor der Tür, aber dann habe ich immer wieder gekniffen.«

»Warum haben Sie Angst davor hinzugehen?«

Steph drehte sich in ihrem Sessel ein wenig um und sah Asia direkt in die Augen. »Weil ich in so was nicht besonders gut bin. Ich könnte nie ein Buch darüber schreiben, was für eine bedeutende Erfahrung der Krebs für mich war, und das Honorar dann der Krebsforschungsgesellschaft spenden. Ich bin nicht der Typ, der von einem Tag auf den anderen sein ganzes Leben umkrempelt und sich zum Beispiel aufs Fallschirmspringen verlegt.«

»Dagegen hätte Ihr Arzt wohl auch etwas einzuwenden.«

»Sie verstehen doch, was ich meine, nicht? Ich wäre so gerne einer von diesen klugen, tapferen Menschen, die an Gruppen teilnehmen und anderen Mut machen. Aber ich fürchte, ich würde alle nur mit runterziehen, weil mir das alles so schrecklich auf den Geist geht. Meinen kleinen Söhnen muss ich weismachen, dass alles wieder gut wird und Gott schon weiß, was er tut, aber ich habe es langsam satt. Ich würde ja gerne positiv denken, aber da ist immer diese innere Stimme, die sagt: ›Das ist alles ein einziger großer Mist‹.«

»Na ja«, erwiderte Asia mit unbewegter Miene, »dass das alles Mist ist, wissen wir doch jedenfalls sehr genau. Das ist schon mal was Positives.«

Stephs Lachen erregte die Aufmerksamkeit der anderen Patienten. Einige Schwestern, die gerade über den Flur gingen, schauten erfreut herüber.

»Ich heiße übrigens Asia Swenson.«

»Stephanie Holland. Steph und ›du‹, wenn das okay ist.«

Die Frau musste abermals lachen. »Asia und Holland – bei den Namen könnten wir beide ja ein internationales Bündnis eingehen.«

»Oder zumindest eine Gruppe der Gruppenverweigerer bilden.«

»Darf ich fragen, warum du in keiner bist?«

»Ich komme nicht so gut mit Menschen zurecht«, erwiderte Asia aufs Geratewohl.

»Ich glaube, da bist du zu streng mit dir selbst«, sagte Steph, die es als praktisch Fremde ja wissen musste. »Ich finde dich jedenfalls sehr freundlich.«

Asia bemerkte, dass Stephs Mann zurückkam, und lächelte nur unverbindlich.

Es hatte nichts mit Freundlichkeit zu tun. Sie mochte Menschen durchaus, und Marianne hatte ihr gute Umgangsformen beigebracht. Doch Asia tat sich schwer damit, andere nahe an sich heranzulassen. Lucy hatte nur ein paar Semester auf dem College verbracht, doch jedes Mal nach den Semesterferien war sie gespannt, wer mit ihr das Zimmer teilen würde. Sie freute sich darauf, neue Leute kennenzulernen und sie in ihren Bekanntenkreis aufzunehmen. Eine von ihnen war Cam, die jetzt eine von Lucys Brautjungfern sein sollte. Seit dem Ende ihrer Studienzeit hatte Asia dagegen praktisch keinen Kontakt mehr zu einer ihrer Mitbewohnerinnen gehabt.

Auch nach der Ausbildung hatte Lucy ihre Wohnung immer mit einer Mitbewohnerin geteilt, weil ihr die Mieten in Atlanta einfach zu hoch waren. Asia hatte lieber Überstunden gemacht, um die Miete aufzubringen.

Lag es wirklich am Krebs, dass sie sich so isoliert vorkam,

oder hatte sie sich unmerklich zu einem abweisenden Menschen entwickelt?

Wieder kam ihr Brandons kalter, zorniger Blick in den Sinn, mit der er ihre höhnische Bemerkung quittiert hatte. Doch als er sie küssen wollte, war ihr einfach nichts anderes eingefallen. Konnte er sich denn nicht vorstellen, wie lange es her war, dass ein Mann sie *berührt* hatte?

Lucy und Marianne hatten schon immer gerne Leute umarmt, Asia nicht. Doch während des vergangenen Jahres war sie froh gewesen über die ständige Bereitschaft, sie tröstend in den Arm zu nehmen, zumal einige ihrer Bekannten ihr ausgewichen waren. Als ob es nicht schon schlimm genug war, dass sie an Erbrechen, Müdigkeit und Hautproblemen litt, auch ohne dass einige Leute es peinlich vermieden, ihr in die Augen zu sehen oder sie zu berühren, sodass sie sich nur noch abstoßender fühlte.

Asia hatte nicht wahrhaben wollen, wie sehr dieses Verhalten sie verletzt hatte. Doch selbst nachdem ihr Haar wieder gewachsen war und ihre Haut dank reichlicher Nährstoffe, Wasser und Sport wieder den alten Schimmer aufwies, kam sie sich unterschwellig noch immer wie eine Aussätzige vor. Deshalb war sie wohl derart ausgeflippt, als Brandon Peters sie berührte. Sie hatte ihn nicht einfach nur zurückgewiesen, wie es ihr selbst so oft geschehen war, sondern ihre Krankheit zum Vorwand genommen, eine unüberwindliche Mauer zwischen ihnen zu errichten. Als Reaktion darauf hatte er den Chip ihres Portkatheters erwähnt. Je länger sie darüber nachdachte, desto besser konnte sie seine Haltung verstehen. *Ach, Scheiße!* Sollte sie sich etwa bei ihm entschuldigen?

Nein, er hatte kein Recht, so mit dir zu reden. Chip an der Schulter – also wirklich!

Andererseits … Ihr hatte an ihm immer besonders gefallen, dass er nicht viel Getue um ihre Krankheit machte. War es dann nicht Heuchelei, wenn sie sich wegen dieses einen Wortes so aufregte?

Verdammt, wie sie es hasste, im Unrecht zu sein!

10

Asia stand an Ferns Schreibtisch und nickte in regelmäßigen Abständen, um anzudeuten, dass sie noch immer aufmerksam zuhörte, während ihre Assistentin putzige Geschichten über den kleinen Tommy zum Besten gab. Dabei lauschte Asia mit einem Ohr auf die Glocke des Fahrstuhls und wartete auf Brandons festen Schritt und seine Stimme, mit der er die Kollegen begrüßte.

»Alles in Ordnung?«, fragte Fern.

»Was? Ja, mir geht's gut.« Die Übelkeit und Erschöpfung, die Asia am Wochenende geplagt hatten, waren überstanden, und heute Morgen fühlte sie sich sogar richtig ausgeruht. Das war auch kein Wunder, schließlich war sie schon gegen sieben Uhr zu Bett gegangen.

»Du wirkst so … kribbelig.« Fern wurde rot. »Du willst bestimmt arbeiten, nicht? Ich habe mir fest vorgenommen, niemals so eine Nervensäge von Mutter zu werden, die jedem mit Berichten darüber auf den Geist geht, wie ihr Sprössling sich umgedreht oder in die Kamera gelächelt hat.«

»Du bist keine Nervensäge, und ich höre gerne Geschichten über Tommy«, erwiderte Asia. Sie schaute sich auch gerne seine Fotos an, obwohl ihr der Anblick des pausbäckigen Gesichtchens mit den unschuldigen Augen immer einen Stich ins Herz versetzte. Würde sie jemals ihrem eigenen Baby in die Augen sehen?

Da Chemotherapie und Bestrahlung das Fortpflanzungssystem einer Frau beträchtlich durcheinanderbringen konnten, hatte sich Asia entschieden, sich vor der allerersten Behandlung Eizellen entnehmen und sie einfrieren zu lassen. Und abgesehen von einer künstlichen Befruchtung kam ja auch noch eine Adoption infrage. Außerdem würde sie eine coole Tante für die niedlichen Kinder von Lucy und Michael abgeben. Das war vielleicht noch besser, denn dann konnte sie die Kinder wieder abliefern, wenn sie von all den Süßigkeiten ganz high waren und Asia ein bisschen Ruhe und Frieden brauchte.

Fern seufzte und warf ihr mit schief gelegtem Kopf einen mitleidigen Blick zu. Offensichtlich konnte sie Asias Gedankengänge nachvollziehen. »Ich weiß nicht, ob ich es dir überhaupt schon gesagt habe, aber dieses superkurze Haar sieht richtig gut aus. Bringt deine Augen zur Geltung. Du hast nämlich tolle Augen.« In Klammern: *Dass deine Eierstöcke nicht mehr funktionieren, tut mir leid.*

»Danke, Fern, lieb von dir.« Asia fand es wirklich nett. Gerade weil die Leute mitunter nicht wussten, was sie sagen sollten, musste man ihnen den Versuch hoch anrechnen.

Das leise ›Pling‹ des Fahrstuhls beschleunigte ihren Pulsschlag; dennoch widerstand Asia der Versuchung, sich umzudrehen, um zu sehen, wer da gekommen war. Das brauchte sie auch gar nicht, denn einen Augenblick später hörte sie, wie Brandon der Empfangsdame einen guten

Morgen wünschte. Um sich zu beruhigen, atmete Asia tief durch. Der Mann selbst machte sie überhaupt nicht nervös, versuchte sie sich einzureden. Es hatte sie nur aus der Fassung gebracht, dass er sie so unheimlich leicht durchschaute. Aber nachdem sich jetzt bei ihr die Wogen wieder geglättet hatten, wollte sie sich gerne mit ihm aussöhnen.

Er kam näher, ihn umwehte der Duft von frischem Kaffee. Diesen Geruch hatte Asia früher sehr geliebt, doch jetzt drehte sich ihr dabei leider der Magen um. Sie atmete noch einmal tief durch, bis sich das flaue Gefühl legte.

»Hast du da ein neues Bild von Tommy, Fern?«, fragte Brandon, als er hinter ihnen stand. Er warf Asia nur einen flüchtigen Blick zu, während er an seinem Kaffee nippte und sich vorbeugte, um sich das Foto näher anzusehen, das Fern ihm hinhielt. »Gut aussehendes Kind. Kommt ganz eindeutig auf seine Mama. Nur damit du Bescheid weißt, ich habe heute Morgen eine Telefonkonferenz. Alle anderen Anrufe werden also für mindestens eine Stunde auf meine Voicemail umgeleitet. Wenn es wirklich wichtig ist oder es jemand besonders eilig hat, wird er sich schon bei dir melden.«

»Kein Problem«, sagte Fern vergnügt.

»Asia.« Endlich ließ er sich dazu herab, ihr zuzunicken, doch sein Hallo war gleichzeitig ein Auf Wiedersehen.

Er hätte genauso gut *Aloha* sagen können oder *Ciao*, dachte sie, während sie ihm nachblickte. Ihr Name war wirklich universell einsetzbar – zur Begrüßung und zum Abschied.

Dann würde sie ihn eben später erwischen. Sie musste

sich ohnehin noch zurechtlegen, was sie ihm sagen wollte. Ferns Schreibtisch war sowieso nicht der richtige Ort für eine Aussprache.

Asia nutzte ihr gutes Befinden, um sich in die Arbeit zu stürzen. Sie war so vertieft, dass sie gar nicht merkte, wie die Zeit verging. Erst als das Telefon klingelte, warf sie einen Blick auf die Kristalluhr auf ihrem Schreibtisch und stellte fest, dass es schon beinahe Mittag war.

»Asia Swenson.«

»Hallo, Asia. Hier ist Cam. Ich rufe wegen der Brautparty an. Du bist ja immer perfekt organisiert und hast bestimmt alles im Griff. Trotzdem wollte ich fragen, ob du noch Hilfe gebrauchen kannst.«

»Im Augenblick fällt mir nichts ein, aber du machst doch sowieso schon so viel. Ich wüsste gar nicht, was ich ohne dich täte.« Die Party sollte am Sonntag in acht Tagen bei Asia zu Hause stattfinden. Cam und Marianne brachten den Großteil des Essens mit, und Cam hatte versprochen, einige Fotos aus Lucys Collegetagen herauszusuchen und sich ein paar Spiele zu überlegen, die bei ihrer eigenen Brautparty gut angekommen waren.

»Alle, die auf der Einladungsliste stehen, haben sich schon gemeldet«, sagte Asia. »Zwölf kommen, fünf haben abgesagt. Das heißt, mit Lucy und mir sind wir vierzehn. Ich habe Tischtücher, Servietten, Geschirr und so weiter besorgt. Michaels Schwester kommt auch, aber sie muss Samstag noch arbeiten. Daher holt Lucy sie Sonntag vom Flughafen ab und kommt mit ihr direkt zu mir. Ich freue mich schon darauf, sie kennenzulernen.«

»Ich bin noch viel gespannter auf die berüchtigten Zwillinge Reva und Rae. Sind sie wirklich so hübsch, wie Lucy sagt?«

»Man ist geradezu geblendet bei ihrem Anblick«, erwiderte Asia.

Durch die Glastür ihres Büros sah sie Brandon, der zum Aufzug ging. Wenn sie sich beeilte, konnten sie zusammen nach unten fahren. »Kann ich dich später zurückrufen, Cam? Ich habe jetzt noch ein dringendes Gespräch.«

»Klar, kein Problem. Wenn es vorher nicht mehr klappt, können wir uns ja auf der Party unterhalten.«

Rasch, doch ohne sich allzu auffällig zu beeilen, verließ Asia ihr Büro. Aber als sie zum Aufzug kam, hatte Brandon bereits auf den Abwärts-Knopf gedrückt. »Brandon, warte!«, rief sie.

Er tat, als habe er nichts gehört, doch sie hätte schwören können, dass sich ihre Augen kurz trafen, bevor die Fahrstuhltüren zugingen. War er immer noch böse auf sie oder wusste er einfach nicht, was er sagen sollte? Vielleicht war er ja auch zum Lunch verabredet und hatte es nur eilig.

Doch als er am Nachmittag in der Herrentoilette verschwand, sobald er sie mit einer Flasche Wasser vom Getränkeautomaten kommen sah, war sie sicher, dass er ihr aus dem Weg ging. Es ärgerte sie besonders, dass sie sich mühsam zu einer Entschuldigung durchgerungen hatte und er ihr jetzt keine Gelegenheit dazu gab.

Wutentbrannt setzte sie sich an ihren Computer und klickte auf »E-Mail schreiben«.

Von: »Asia Swenson«
An: »Brandon Peters«
Betreff: Du weichst mir aus
Hör auf damit. Ich will mit dir reden.

Das war's eigentlich schon. Sie drückte auf »Versenden«
und hoffte nur, dass sie sich nicht lächerlich machte. Doch
da sie eine erwachsene Frau und kein Schulmädchen mehr
war, schlug sie sich jeden Gedanken an ihn aus dem Kopf
und konzentrierte sich wieder auf ihre Arbeit. Dennoch
warf sie hin und wieder einen Blick auf den Bildschirm, ob
schon eine Antwort eingetroffen war.

Zumindest ließ er sie nicht lange warten.

Von: »Brandon Peters«
An: »Asia Swenson«
Betreff: Reden?
Bist du sicher? Du bist dir doch wohl im Klaren darüber,
dass man sich dann mit Leuten auseinandersetzen muss.
Vielleicht muss man sogar jemanden an sich heranlassen.

Mit zusammengebissenen Zähnen tippte sie die Antwort
ein.

Ich bin sicher. Komm in mein Büro, wann immer es dir
passt. Dein hohes Ross kannst du aber draußen lassen.

Eine Sekunde später klingelte das Telefon. »Asia Swenson.«

»Willst du nun reden oder Beleidigungen austauschen?«
Man konnte geradezu hören, dass er lächelte.

Als sich ihre Muskeln entspannten, merkte sie erst, wie sehr sie sich verkrampft hatte. »Spricht was dagegen, dass wir beides tun?«

»Du bist ein komischer Vogel, Swenson.«

»Kauz, um genau zu sein. In meiner Familie sagt man immer ›komischer Kauz‹. Aber bevor wir uns noch mehr tierische Namen an den Kopf werfen, möchte ich dir sagen, dass es mir leidtut, wie die Dinge nach unserem Golfspiel gelaufen sind.« Die Entschuldigung war ihr leichter gefallen als erwartet, vermutlich, weil sie ins Telefon sprach und nicht in seine himmelblauen Augen blicken musste. Entschuldigungen am Telefon waren ganz entschieden ein guter Einstieg in die Materie. »Aber du musst doch zugeben, dass du dich ziemlich blöd benommen hast.«

Er schwieg, vermutlich weil er wünschte, er hätte sich nicht auf dieses Gespräch eingelassen. »Ja, irgendwie schon. Ich war eben wütend. Als du das über deine Haare und Brü … na, du weißt schon was, gesagt hast, da kam ich mir wie ein oberflächlicher Schwachkopf vor. Klar, ich fahre ein rotes Auto und tauche zur Weihnachtsfeier immer mit einer hübschen Puppe auf, aber …«

»Ich habe dich nie für oberflächlich gehalten.« Jedenfalls nicht, seit sie ihn näher kannte. »Darum ging es auch gar nicht. Es ging überhaupt nicht um dich.«

»Ich weiß.«

Das hatten sie also geklärt. Jetzt hing nur noch dieses ungemütliche Schweigen über ihnen wie ein alter, nutzloser Kronleuchter, der nur als Staubfänger taugte und jeden Augenblick herunterkrachen konnte. Aber das war immerhin schon ein Fortschritt.

»Du willst jetzt bestimmt weiterarbeiten«, sagte sie.

»Ja.«

Doch noch immer legte keiner von ihnen auf. Asia musste wieder daran denken, wie sie während der Behandlung am Donnerstag Steph erklärt hatte, dass sie nicht gut mit Menschen zurechtkam. Sie fragte sich, wann ihr aktives, erfolgreiches Leben so einsam geworden war. »Brandon? Willst du nächstes Wochenende vorbeikommen? Ich dachte an ein zwangloses Treffen, keine Party oder so. Nur ein frühes Abendessen und vielleicht ein paar Gesellschaftsspiele.«

»Klingt gut. Danke für die Einladung.«

Asia hatte die Luft angehalten. Jetzt atmete sie aus und versprach Brandon, ihm wegen der näheren Einzelheiten noch Bescheid zu geben. Dann legte sie auf.

Gesellschaftsspiele? Besaß sie überhaupt welche? Darüber hatte sie bei ihrer spontanen Einladung gar nicht nachgedacht. Ebenso wenig wie über die Zeit. Normalerweise war sie sonntags von der Chemo noch immer ziemlich geschafft. Lucys Party hatten sie nur deshalb auf einen Sonntag gelegt, weil es allen – einschließlich der Braut – besser passte. Was hatte sie sich nur dabei gedacht, zwei Sonntage hintereinander zu verplanen?

Auch wenn sie sich mitunter über Brandon ärgerte, musste sie zugeben, dass er sie die Krankheit manchmal einfach vergessen ließ. Das war eindeutig ein schöner Zug an dem Typ.

Lucy war heilfroh, als ihre große Schwester klingelte. So wie der Abend lief, hätte sie sich sogar über einen Staubsaugervertreter gefreut.

Ihre Mutter und Michael waren schon da und strapazierten ihre Nerven. Selbst Michael, normalerweise die Vollkommenheit in Person, hatte heute schlechte Laune. Ihm war irgendeine Laus über die Leber gelaufen, auch wenn er es nicht zugeben wollte. Musste sie in Zukunft ihr Leben mit einem Mann verbringen, der nicht über seine Gefühle sprechen konnte? Dabei war er heute eigentlich als moralische Unterstützung gekommen.

Die drei Frauen wollten die Einladungen zur Hochzeit schreiben. Da Schönschreiben kein Bestandteil des Jurastudiums gewesen war, durfte Michael nicht mitmachen. Doch er behauptete, er hätte ein schlechtes Gewissen, wenn er zu Hause sitzen und sich eine Sportsendung ansehen würde, während sich Lucy für die Hochzeit abrackerte. Immerhin hatte er sich schon nach einem Smoking umgesehen und wollte noch jemanden auftreiben, der die Hochzeitsfeier auf Video aufnahm. Lucy hatte sich gefreut, als er freiwillig anbot, für die drei Frauen zu kochen, doch mittlerweile hätte sie es vorgezogen, wenn er zu Hause vor dem Fernseher hocken würde oder mit ihrem Vater zum Bowling gegangen wäre.

Marianne Swenson hatte den Abend mit Bemerkungen darüber eröffnet, was für eine schlechte Handschrift Lucy als Kind gehabt und wie sie die Wände mit Buntstiften beschmiert hatte. Lucy nickte nur lächelnd. Wenn sie ihr das jetzt übel nähme, würde ihre Mutter aus allen Wolken fallen.

»Aber das ist doch schon lange her, Schatz. Und du warst so niedlich«, würde sie protestieren.

Niedlich. Ein ungezogenes Gör mit einer Sauklaue, aber immerhin niedlich.

Asia war niemals niedlich gewesen, sondern hübsch. Und sie konnte schon in der dritten Klasse wie gestochen schreiben.

Na und?, fragte sich Lucy, während sie die Tür aufmachte. *Musst du ausgerechnet jetzt einen Anfall von Geschwisterrivalität bekommen?* Nein, bestimmt nicht. Lucy hatte ihre Fehler – da brauchte man nur Marianne zu fragen –, aber kleinlich war sie nicht. Und hatte sie vielleicht einen Grund, neidisch zu sein? Schließlich würde sie heiraten und Asia … nicht.

Jedenfalls noch nicht, verbesserte sich Lucy und setzte ein munteres Lächeln auf. »Hallo, Schwesterchen.«

»Hier bin ich und schleppe mich mit den selbstklebenden Briefmarken ab.«

»Da kommst du ja gerade richtig.« Lucy machte die Tür weit auf und fügte mit gedämpfter Stimme hinzu: »Du musst mich retten. Michael ist knurrig, weil er sich überflüssig vorkommt, und Mom ist … na, eben wie immer.«

Asia grinste, dann warf sie einen gespielt besorgten Blick über die Schulter. »Weißt du, ich glaube, ich habe was Wichtiges im Auto vergessen.«

»Wenn du mich jetzt im Stich lässt, ändere ich dein Brautjungfernkleid so, dass du es nicht wiedererkennst. Mir schwebt da Goldlamé und Polyester vor. Es gibt doch auch Pailletten in Neonpink, oder?«

»Bist du das, Asia, mein Schatz?«, ließ sich Marianne aus dem Wohnzimmer vernehmen. Um mehr Platz zu haben, hatten sie Lucys kleinen Esstisch hinübergetragen und an den Couchtisch geschoben. Außerdem war Marianne der Meinung gewesen, dass Asia auf dem zweisitzigen Sofa bequemer säße als auf einem der Stühle mit den geraden Rückenlehnen. Asia beklagte sich selten, doch manchmal taten ihr nach der Therapie – abgesehen von der allgemeinen Abgeschlagenheit – die Gelenke sehr weh. »Sie soll ins Warme kommen, Lucy. Und mach um Himmels willen die Tür zu. Die Motten kommen rein.«

Asia wackelte mit den Augenbrauen, wie sie es früher getan hatte, wenn Lucy für irgendetwas ausgeschimpft wurde. Und wie früher brachte sie Lucy damit zum Lachen. Dieses Herumalbern, der kurze Augenblick, in dem sich die Schwestern ohne Worte verstanden, zeigte Lucy, dass sie nicht die Einzige war, die manchmal im Stillen aufbegehrte.

Nachdem Lucy ihre Stimme wieder unter Kontrolle hatte, warf sie ihrer Schwester einen strengen Blick zu und rief: »Ja, Ma'am. Wir kommen schon.«

Doch als sie ins Wohnzimmer traten, funkelten ihre Augen noch immer vor Übermut.

Marianne setzte sich gerade hin und verschränkte die Arme vor der Brust. »Was ist?«

»Nichts«, antworteten sie im Chor wie zwei vorwitzige Teenager.

»Manchmal weiß ich wirklich nicht …« Ihre Mutter kniff sich mit Daumen und Zeigefinger in den Nasenrücken. Ihre Stimme übertönte beinahe Michaels lahmes Hallo aus der Küche, wo er das Abendessen vorbereitete. »Ich frage mich, ob ich mit euch Mädchen nicht etwas falsch gemacht habe, und zwar gründlich.«

»Überhaupt nicht«, beruhigte Asia sie. »Du warst immer eine wunderbare Mutter, und deswegen hast du auch zwei erfolgreiche Töchter und, nicht zu vergessen, einen zukünftigen Schwiegersohn. Also Leute, dann zeigt mir jetzt mal, was ich machen soll, damit wir loslegen können.«

Als sie ein wenig später eine Pause einlegten, um Pasta mit Zucchini und Hühnchen zu verspeisen, bemerkte Lucy, dass Asia ihren Blick suchte. Während der Schreiberei hatten sie nicht viel gesprochen, weil Lucy die fatale Neigung hatte, irgendwelche Wörter aus dem Gespräch versehentlich in die Adressen einzufügen.

Alles in Ordnung?, flüsterte sie Asia tonlos zu, während sie gleichzeitig ihrer Mutter das Salz reichte.

Als Asia nickte, fiel Lucy ein Stein vom Herzen. Jedenfalls war nicht schon wieder eine medizinische Hiobsbotschaft zu befürchten.

Asia räusperte sich. »Luce, Michael, habt ihr … äh … am Sonntagabend schon was vor?«

Lucy wechselte einen fragenden Blick mit Michael, dann sagte sie: »Nicht dass ich wüsste. Sollen wir was für dich erledigen?«

»Ich habe … ein paar Leute eingeladen und würde mich wirklich sehr freuen, wenn ihr auch kommen könntet.«

»Gerne«, erwiderte Lucy. »Ich meine, wenn es dir recht ist, Schatz.«

»Sicher«, sagte Michael nur.

»Was für Leute denn?«, wollte Marianne wissen.

»Nur ein paar Freunde. Von der Arbeit und vielleicht noch welche, die ich von der Chemo kenne.«

»Soll das so was wie eine Selbsthilfegruppe werden?«, erkundigte sich Lucy vorsichtig.

»Nein, nichts dergleichen«, versicherte Asia. Ihr graute

schon bei dem bloßen Gedanken. »Wir wollen einfach nur zusammensitzen.«

Doch Lucy ahnte, dass mehr dahintersteckte. Aber sie wusste auch, dass Asia sie umbringen würde, wenn sie in Gegenwart ihrer Mutter noch weiterfragte.

»Wir kommen gerne.«

Als Michael aufstand, um den Tisch abzuräumen, legte Lucy ihm die Hand auf den Arm. »Ich mache das schon, mein Schatz. Du hast gekocht, dann räume ich auf. Leistest du mir in der Küche Gesellschaft, Asia? Enid hat mir ein paar Bilder von Brautsträußen gemalt. Sie liegen auf der Arbeitsplatte.«

Kaum waren die beiden Schwestern allein, fragte Lucy eifrig: »Nun erzähl schon. Was soll das am Sonntag werden?«

»Nichts Besonderes. Ich dachte, wir könnten eine Kleinigkeit essen und vielleicht ein paar Spiele machen. Du hast doch sicher irgendwelche Gesellschaftsspiele, die du mir leihen kannst.«

»Wer ist ›wir‹?«

»Na ja, vielleicht diese Frau namens Stephanie, die ich von der Chemo kenne, und ihr Mann. Ich könnte mir vorstellen, dass ihnen eine Abwechslung guttun würde; sie müssen nur einen Babysitter finden. Und dann du und Michael natürlich. Und Brandon.«

»Peters?«, fragte Lucy ungläubig. »Das Letzte, was ich gehört habe, war, dass er ein Blödmann ist, der dir den Spaß an Filmen verdorben hat. Was läuft da zwischen euch beiden?«

»Gar nichts. Er versucht einfach, nett zu sein, und ich

bin ihm dankbar dafür. Ich könnte ein paar Freunde gebrauchen.« Sie senkte den Blick. »Ich bin ja schließlich nicht so beliebt wie du.«

Dieses Geständnis verschlug Lucy die Sprache. Beliebt? Ihre elegante, selbstbewusste Schwester, die sogar dann noch schick aussah, wenn sie die Haare verlor, hielt sie für beliebt? »Du hast wohl vergessen, wie du immer dazwischengehen musstest, wenn ich von anderen Kindern schikaniert wurde.«

Asia winkte den Einwand beiseite. »Das ist doch lange her. Heute lieben dich alle. Erinnerst du dich an deine ganzen Zeitarbeitsstellen? Überall wollten sie, dass du bleibst. Du bringst die Leute zum Lachen.«

Lucy, der Hofnarr. »Aber Asia, diese ganzen Stellen gab es doch überhaupt nur, weil ich nicht wusste, was ich mit mir anfangen sollte. Ich hatte einfach keinen Plan.«

»Vielleicht ist das auch gar nicht so wichtig. Jetzt hast du jedenfalls eine leitende Stellung und stehst kurz vor deiner Hochzeit. Also musst du doch wohl irgendwas richtig gemacht haben.«

Lucy blinzelte. »Wir kommen vom Thema ab. Du wolltest mir von Brandon erzählen.«

Asia lächelte. »Meinst du?«

»Falls du dich bei meiner reichen Auswahl an Brettspielen bedienen möchtest, musst du schon was dafür tun. Ich habe übrigens auch ein paar erstklassige interaktive Quizspiele auf DVD.«

»Da gibt's nichts zu erzählen, ehrlich. Ich habe mich blöd benommen und ihn vor den Kopf gestoßen, als wir Minigolf spielen waren. Daraufhin ist er mir aus dem Weg gegangen, bis ich mich bei ihm entschuldigt habe. Jetzt ist alles wieder im Lot.«

»Und deshalb also die Verabredung?«

Asia warf einen raschen Blick zum Wohnzimmer hinüber, um zu sehen, ob ihre Mutter das Wort *Verabredung* aufgeschnappt hatte. »Darum geht es doch gar nicht. Wir treffen uns nur zu sechst, um etwas zu essen und uns einen schönen Abend zu machen.«

Dann war es wirklich keine Verabredung, dachte Lucy. Bis sie Michael traf, war sie bei Verabredungen immer viel zu nervös zum Essen gewesen. Ständig hatte sie sich Gedanken gemacht, ob der Mann ihre Witze auch verstand oder ob sie zu dick auftrug und ob er sie noch am selben Abend küssen würde oder nicht. Das waren noch Zeiten.

Trotzdem hatte Lucy doch noch ihren Märchenprinzen gefunden, und Asia hatte weiß Gott eine nette Abwechslung verdient. Lucy konnte es gar nicht erwarten, Brandon Peters kennenzulernen.

Als es an der Tür klopfte, schoss Lucy hoch wie von der Tarantel gestochen.

»Soll ich die Tür öffnen gehen, Asia?«

Sehr clever, Schwesterchen. »Danke, aber ich bin doch die Gastgeberin.« Asia erhob sich, wobei sie der Versuchung widerstand, ihr Kopftuch zurechtzuzupfen. Ursprünglich hatte sie sich einen hübschen Seidenschal um den Kopf gebunden, doch das verdammte Ding war immerzu verrutscht, was sie ganz nervös machte. An einem der folgenden Tage wollten sie und Lucy sich nach Feierabend treffen, um sich in zwei Spezialgeschäften Perücken anzusehen.

Michael nahm Lucy bei der Hand und zog sie sanft wieder aufs Sofa. »Sie will unbedingt diesen Brandon kennenlernen«, flüsterte er Asia deutlich vernehmbar zu.

Asia lächelte ihn an. »Da wäre ich nie drauf gekommen.«

»Er ist doch wohl noch nicht da, oder?«, hatte Lucy gleich bei der Begrüßung gefragt.

»Wieso sollte er schon hier sein? Schließlich sind wir doch eine Stunde zu früh«, erwiderte Michael, noch bevor Asia etwas sagen konnte.

Nun war Brandon immer noch nicht gekommen. Als Asia die Tür öffnete, standen Rob und Stephanie Holland davor. Sie hielten sich so dicht beieinander, dass ein unbeteiligter Zuschauer sie für ein verliebtes Pärchen halten konnte. Das mochte durchaus stimmen, doch Asias scharfem Blick entging nicht, dass Steph sich gegen ihren Mann lehnte.

»Ich bin so froh, dass ihr kommen konntet«, begrüßte Asia die beiden, wobei sie besonders Steph freundlich zulächelte. Die junge Frau wirkte blass, aber entschlossen, den Abend zu genießen. »Kommt rein und setzt euch irgendwo hin.«

»Danke. Und vielen Dank noch mal für die Einladung«, antwortete Stephanie.

Als Asia sie am Donnerstag während der Behandlung eingeladen hatte, hatte Steph gelacht. »Ich dachte, du wärst so ungesellig. Und jetzt gibst du eine Party?«

Es sei keine Party, sondern nur eine kleine gesellige Runde, erklärte Asia.

»Geselligkeit – da war doch mal was«, erwiderte Steph mit wehmütiger Miene. »Ich werde sehen, ob Robs

Schwester auf die Kinder aufpassen kann. Wieder mal. Ich glaube, die arme Frau verbringt mittlerweile mehr Zeit bei uns als bei sich zu Hause. Sollen wir was mitbringen?«

»Auf gar keinen Fall«, entgegnete Asia. »Und wenn du dich am Sonntag nicht wohlfühlst, brauchst du dich nicht dafür zu entschuldigen.« Ihrer Meinung nach hatten Krebspatienten das Recht, sich jederzeit auszuklinken, wenn es ihnen nicht gut ging, ohne sich rechtfertigen zu müssen.

Doch es sah so aus, als hätten die beiden das Wochenende einigermaßen gut überstanden. Asia selbst hatte es mit Schonkost, einem Medikamentencocktail aus ihrem reichhaltigen Vorrat und schierer Willenskraft hinter sich gebracht. Doch sie fühlte sich noch immer ziemlich schwach und war froh, dass ihre Schwester früher gekommen war und ein paar Tabletts mit Sandwiches mitgebracht hatte. Früher pflegte Asia bei derartigen Gelegenheiten eine Lasagne vorzubereiten, die sie in den Ofen schob, bevor sie sich fertig machte. Doch mittlerweile vertrug sie die säuerliche Tomatensauce und den Geschmack von Knoblauch nicht mehr.

»Stephanie, Rob, das sind meine Schwester Lucy und ihr Verlobter, Michael O'Malley. Leute, darf ich euch Rob und Stephanie Holland vorstellen?« An Steph gewandt fügte sie hinzu: »Brandon ist noch nicht da, und Al ist in der Küche.«

»Al?«, fragte Rob.

»Ihre Aloe vera«, erklärte Stephanie. »Du hattest ja so recht, Asia. Ich habe immer dieses Zeug aus der Tube benutzt, aber der Saft direkt von der Pflanze wirkt viel besser.«

Viele Aloe-vera-Produkte enthielten Alkohol, der die Haut noch mehr austrocknete.

»Freut mich«, sagte Asia und dachte kurz an die verstorbene Freundin, die ihr die Pflanze geschenkt hatte.

Rob half seiner Frau beim Hinsetzen, als es erneut klopfte. Asia drehte sich um, darauf gefasst, ihre Schwester schon zur Tür rennen zu sehen. Aber Michael hatte Lucy offenbar einen Wink gegeben, denn sie blieb ruhig sitzen.

Bildete Asia es sich nur ein oder ging ihr Puls wirklich ein kleines bisschen schneller? Dafür gab es absolut keinen Grund. Sie war mit Brandon nur befreundet, genau wie mit Steph.

Na ja, vielleicht war es doch nicht ganz dasselbe.

Brandons Begrüßungslächeln raubte ihr fast den Atem. Wie gut sein dunkelblaues Hemd die Farbe seiner Augen zur Geltung brachte, dachte sie, bevor sie die große Tasche registrierte, die er bei sich trug.

»Was ist denn da drin?«, platzte sie heraus und hätte sich im nächsten Augenblick selbst ohrfeigen können. Hatte sie überhaupt Guten Abend gesagt? Für diesen Patzer würde ihre Mutter sie verstoßen.

Er lachte. »Du überraschst mich wirklich. Früher hätte ich gesagt, dass du zu den Menschen gehörst, die ein Geschenk sorgfältig auspacken und die Schleife aufbewahren. Doch jetzt könnte ich mir sogar vorstellen, dass du vor lauter Neugier das Papier zerfetzt.«

Ihr wurde ganz heiß. »Ich wollte nicht unhöflich sein. So ungeduldig bin ich normalerweise nicht.«

»Du brauchst dich nicht zu entschuldigen. Ich bin ja froh, dass es mir gelungen ist, dein Interesse zu wecken.«

Sein Grinsen wurde so breit, dass sich das Grübchen zeigte. »Lass mich rein, dann verrate ich dir vielleicht, was ich in der Tasche habe.«

Die perfekte Gastgeberin war sie wirklich nicht. »Aber sicher, komm doch rein.«

Als er hinter ihr das Wohnzimmer betrat, blieb er vor dem O'Keeffe-Druck stehen und blickte sie erstaunt an. »Nicht unbedingt das, was ich erwartet hätte. Jetzt bin ich gerade mal anderthalb Minuten hier und habe schon eine Menge Neues über dich erfahren.«

»Es war ein Geschenk von Lucy.« Sie nickte zu Michael und Lucy hinüber. »Meine Schwester und ihr Verlobter Michael.«

Brandon stellte die Tasche neben der Couchgarnitur ab und schüttelte den beiden die Hand. »Nett, euch kennenzulernen. Und herzlichen Glückwunsch.«

Als er sich zu Steph und ihrem Mann umdrehte, formten Lucys Lippen hinter seinem Rücken ein lautloses *Wow*. Asia verdrehte die Augen über Lucys Versuch, ihr eine Romanze anzudichten, doch im Stillen musste sie ihrer Schwester recht geben. Brandon rangierte ziemlich weit oben auf der *Wow*-Skala. Warum hatte sie das eigentlich nicht früher bemerkt?

Kaum hatten sich alle vorgestellt, da fragte Lucy auch schon: »Und was ist in der Tasche da? Ich bin nämlich von Natur aus neugierig und habe beklagenswert wenig Selbstbeherrschung.«

Brandon lachte. »Dann könnten Sie ja vielleicht für mich eintreten, falls ich unsere Gastgeberin vor den Kopf stoßen sollte. Als ich an diesem Laden mit Partybedarf vorbeikam, ging ich ohne lange zu überlegen hinein. Aber mittlerweile bin ich mir nicht mehr so sicher, ob ich mir nicht etwas angemaßt habe, was mir nicht zusteht.«

Lucys Augen leuchteten auf. »Asia hat bestimmt nichts dagegen, dass Sie ein paar Sachen mitgebracht haben.«

»Ein paar?«, fragte Asia. »In der Tasche da könnte man ein ganzes Fass verstauen.«

Brandon zog einige hawaiianische Blumenketten aus Plastik aus der Tasche, gab eine davon Lucy und legte Steph eine weitere um den Hals.

»Ich habe mir sagen lassen, dass auf Hawaii auch ein Begrüßungskuss dazugehört«, sagte er zu Steph. »Doch wenn ich mir diesen großen Burschen da neben Ihnen anschaue, verzichte ich lieber darauf.«

»Ist auch besser so«, antwortete Rob scherzhaft.

Mit einer Girlande aus purpurroten Orchideen kam Brandon auf Asia zu. Neben ihr saß niemand, und einen Augenblick lang schaute er sie an, als überlege er, ob er ihr einen kleinen Kuss auf die Wange geben sollte. Doch dann legte er ihr nur den Kranz um den Hals und trat zurück. Das konnte sie ihm auch nicht verdenken, nach allem, was beim letzten Mal passiert war, als er versucht hatte, sie zu küssen.

Er warf einen Blick in die Tasche. »Dann habe ich hier noch solche kleinen Cocktailschirmchen aus Papier, eine Tischfackel aus Bambus mit Kerze und eine CD *Blue Hawaii* von Elvis. Sonst gab's nur noch Hawaiimusik von Don Ho. Außerdem bin ich klasse als Elvis-Imitator«, fügte er hinzu, wobei er die Oberlippe kräuselte und seine Stimme eine halbe Oktave tiefer rutschen ließ.

Als er seine Worte mit einem Hüftschwung unterstrich, lachte Lucy und verkündete, ohne sich direkt an jemanden zu wenden: »Ich mag ihn.«

Mit einem kleinen wehmütigen Lächeln sagte Steph: »Rob und ich haben unsere Hochzeitsreise nach Hawaii gemacht. Ich hätte mir nicht träumen lassen, dass wir heute Abend noch einmal in Erinnerungen schwelgen würden. Vielen Dank, Brandon.«

»Gern geschehen.« Er wandte sich an Asia: »Ist es dir auch recht, dass ich so einfach einen Hawaiiabend aus deiner Party gemacht habe? Was soll's?, dachte ich mir. So ein bisschen Hula-Feeling mitten in Atlanta ist nicht verkehrt.«

Asia musste schlucken, als ihr klar wurde, dass er sich an ihre beiläufigen Worte vor einigen Tagen erinnert hatte. Damals hatte sie beklagt, dass sie zu selten etwas Interessantes erlebte und vielleicht nicht mehr viel Gelegenheit dazu haben würde. »Du steckst voller Überraschungen, Peters.«

Er schaute zerknirscht zu Boden. »Und du magst keine Überraschungen.«

»Ich könnte mich daran gewöhnen«, erwiderte sie.

»Tatsächlich?«, sagte er erfreut und lächelte schelmisch. »Dann warte nur ab, was ich hier sonst noch habe.«

Sie stöhnte. »Ich trau mich gar nicht zu fragen.«

»Steph, habt ihr beide auch mal Hula getanzt, als ihr auf Hawaii wart? Dann brauche ich die DVD vielleicht gar nicht.« Er zog einen langen Bastrock und eine DVD aus der Tasche – bestimmt eine Tanzanleitung, dachte Asia.

Steph lachte. »Ein bisschen, aber damals stand ich unter

Alkoholeinfluss. Ich könnte es bestimmt keinem beibringen.«

Brandon blickte mit hochgezogenen Augenbrauen zu Asia hinüber. »Du probierst doch ein paar Schritte mit mir, nicht? Das gehört unbedingt zum Hawaii-Feeling.«

Lucy strahlte. »Wenn du sie dazu bringst, einen Bastrock anzuziehen, lade ich dich zu meiner Hochzeit ein.«

»Lucy!«, sagte Asia tadelnd, wobei sie sich jedoch das Lachen verkneifen musste. »Leg die Hula-DVD ruhig ein, Brandon. Wir schauen dir zu.«

Lucy seufzte. »Immer hat sie Angst, sich vor anderen zu blamieren.«

Für einen Augenblick schaute Brandon Asia ernst an. »Das sollte vielleicht mit auf deine Liste«, sagte er.

Asia dachte daran, was sie immer so sehr an ihrer Schwester bewundert hatte, und wie schön es war zu lächeln. *Möglicherweise hatte er recht.*

11

Lucy suchte in Michaels Autoradio nach einem Sender mit leiser, langsamer Musik, die zu ihrer träumerischen Stimmung passte. Der Himmel war unglaublich klar – schwarzer Samt, besetzt mit funkelnden Edelsteinen. Nach diesem fröhlichen, ausgelassenen Abend fühlte sie sich gelöst und freute sich auf das Zusammensein mit dem Mann an ihrer Seite.

»Ich habe mich heute Abend wirklich amüsiert«, sagte sie.

»Ich auch. Es hat richtig Spaß gemacht. Obwohl unsere Hulaversuche wahrscheinlich eine Schande für die hawaiianische Tanzkunst waren.«

Sie lachte. Im Grunde genommen hatten ihre Tanzversuche nur ein paar Minuten gedauert, bevor sie zu vergleichsweise harmlosen Brettspielen übergegangen waren. Doch immerhin hatten alle die Basträcke übergezogen und einige Tanzschritte probiert. Selbst Asia, die protestierte, dass sie idiotisch aussähe, hatte ein paarmal Arme und Hüften geschwenkt. Brandon schien ihr gutzutun, was ihn in Lucys Augen sofort sympathisch machte.

Doch jetzt wanderten Lucys Gedanken zu dem, was der

Abend ihr noch bringen würde. Sie drückte Michaels Hand und sagte: »Es ist schön, dass du so gute Laune hast. Ich habe … mir Sorgen um dich gemacht.«

Sein Blick huschte kurz zu ihr herüber, bevor er die Augen wieder auf die Straße richtete. »Ich habe dir doch gesagt, das brauchst du nicht.«

Lass gut sein, sollte das heißen.

Wahrscheinlich wäre das wirklich das Beste gewesen. Warum sollten sie sich nach so einem schönen Abend streiten? Normalerweise legte sie es nicht auf eine Auseinandersetzung an. So hatte sie ihm auch stillschweigend Zeit gelassen, mit sich ins Reine zu kommen, bevor sie auf die Angelegenheit zu sprechen kam.

Doch jetzt hörte sie sich selbst sagen: »Es ist ein Unterschied, ob du mir – übrigens ein bisschen von oben herab – sagst, ich solle mir keine Sorgen machen, oder ob du ehrlich behaupten kannst, dass es keinen Grund zur Besorgnis gibt. Wir wissen doch beide, dass dich etwas bedrückt.«

Als sie »von oben herab« sagte, hatte sich sein Kiefer verkrampft. Das war ein schlechtes Zeichen. Aber vielleicht hatte sie sich auch unglücklich ausgedrückt.

»Sollte Aufrichtigkeit denn nicht die Basis einer Ehe sein?«, fuhr sie fort. Dem konnte er wohl schlecht widersprechen.

»Du weißt doch, dass ich dich in wichtigen Dingen nie belügen würde, Lucy.«

»In *wichtigen* Dingen? Und du entscheidest, was wichtig ist und was nicht?«

»Es gibt Wahrheiten, die willst du gar nicht hören«, erwiderte er schroff.

Sie zuckte zusammen, wobei sie nicht hätte sagen können, was sie mehr erschreckte: sein barscher Ton oder ihre eigene Wut über seine Bevormundung. In was für ein Wespennest hatte sie da bloß gestochen?

»Du bist sehr gefühlsbetont.« Er ließ die Bemerkung fallen wie eine Bombe. »Bei jeder Kleinigkeit brichst du gleich in Tränen aus. Das ist nun mal deine Art, und du weißt ja, dass ich dich liebe. Aber manchmal ist es schwierig, mit dir über etwas zu reden, wenn ich Angst haben muss, dass du völlig aus dem Häuschen gerätst.«

»Aus dem Häuschen? Dass bei mir die Tränen locker sitzen, bedeutet noch lange nicht, dass ich ein Schwächling bin.«

Er zögerte. »Das habe ich auch nicht gesagt.«

»Ja, von wegen! Bei dir hörte es sich an, als wäre ich ein Kind, das du vor der großen bösen Welt beschützen musst.« Mit leichtem Unbehagen dachte sie daran, wie sie in seinen Armen geschluchzt hatte, nachdem sie von Asias Rückfall erfahren hatte. *Ach, zum Teufel!* Wenn dieser Mann sie nicht einmal trösten konnte, wenn ihre Schwester schwer krank wurde, dann …

»Lucy, vielleicht sollten wir dieses Gespräch verschieben, bis ich mir überlegt habe, wie ich es dir besser erklären kann.«

»Bis du eine Möglichkeit gefunden hast, meine zarten kleinen Gefühle zu schonen, willst du wohl sagen.« Ihr Ton klang selbst in ihren eigenen Ohren ungewohnt giftig, doch sie war einfach zu wütend. »Was ist dieses ›Etwas‹?«

»Wie bitte?«

»»Manchmal ist es schwierig, mit dir über etwas zu

reden‹«, leierte sie herunter wie ein Gerichtsdiener, der aus einer Akte vorlas. »Was meinst du mit ›etwas‹?« Gerade eben hatte sie sich noch in einer glücklichen Beziehung geglaubt, und jetzt war da dieses ›Etwas‹.

Er stieß unwillig den Atem aus. »Deine Familie. Wie ihr miteinander umgeht.«

Sie wusste nicht, was sie eigentlich erwartet hatte, doch das bestimmt nicht. »Was?« Sie und ihre Familie hatten sich immer sehr nahegestanden. Im Gegensatz zu vielen ihrer Freundinnen hätte sich Lucy nie vorstellen können, auf ein weit entferntes College zu gehen. Für sie war es selbstverständlich, dass sie mit ihrer Mutter jederzeit ein Ortsgespräch führen oder sich mit Asia zum Mittagessen und anschließendem Schaufensterbummel verabreden konnte.

Vielleicht war es ja gerade das, was Michael meinte. Dass sie selbstständiger werden sollte. So wie er.

»Meine Brüder und ich – und übrigens auch Gail – sind von Natur aus selbstbewusst und manchmal vielleicht ein bisschen eingebildet. Ich bin bestimmt nicht für Überheblichkeit, aber wenn ich mir anschaue, wie du dich kleinmachst – wie du zulässt, dass deine Familie dich kleinmacht …« Er klang angewidert.

So sah Michael das also? Wie ein platzender Ballon fiel ihr Zorn in sich zusammen und hinterließ eine plötzliche schmerzhafte Leere.

»Sie machen mich nicht klein. In jeder Familie gibt es doch … Du und deine selbstbewussten, eingebildeten Geschwister – hackt ihr nicht auch manchmal ein bisschen aufeinander herum? Neckt euch wegen alter Geschichten und irgendwelcher Familienspäße?«

»Doch, schon, Lucy. Aber bei uns ist das nicht so einseitig. Bei dir ist es – ach Gott, das wirst du bestimmt wieder in den falschen Hals kriegen –, es ist, als ob alle nur Witze auf deine Kosten machen. Und du lässt das zu.«

Witze auf meine Kosten.

Wie sollte sie mit diesem Vorwurf bloß fertig werden? Sie biss sich fest auf die Unterlippe. Das tat weniger weh als die Worte des Mannes, den sie liebte. »Du weißt doch gar nicht, wovon du redest.«

Sein Schweigen sprach Bände.

»Asia und ich necken einander eben«, setzte sie hinzu.

»Selbst in Gegenwart deiner Eltern? Mir kommt es so vor, als gäbe es in eurer Familie eine Hackordnung, und du …«

»Ja, danke, du hast schon deutlich gemacht, wo ich deiner Meinung nach stehe.«

Die Tränen schossen ihr in die Augen, doch sie wollte verdammt sein, wenn sie auch nur eine davon in seinem Beisein vergoss. Das wäre ja nur ein Beweis dafür, dass sie bei jeder Kleinigkeit aus dem Häuschen geriet. *Mistkerl.*

»Das ist überhaupt nicht meine Meinung«, erwiderte er leise. »Ich finde dich großartig. Deshalb will ich dich auch heiraten, Lucy. Aber du musst dich auch selbst großartig finden. Ist dir neulich Abend nicht aufgefallen, was deine Mutter so von sich gegeben hat? Du konntest doch nicht mal einen Briefumschlag beschriften, ohne dass sie an dir herumkrittelte.«

»So sind Mütter nun mal«, sagte Lucy. Sie musste an Cams Worte denken, die vor der Hochzeit am liebsten mit ihrem Freund durchgebrannt wäre, weil ihre Mutter sie wahnsinnig gemacht hatte. Selbst Steph hatte erzählt, dass sie nach Hawaii gefahren waren, weil sie nach dem ganzen Hochzeitsstress einfach ein wenig Abstand brauchten.

Michaels Antwort kam umgehend: »Zu Asia ist deine Mutter aber nicht so.«

War das alles schrecklich! Als junges Mädchen hatte Lucy insgeheim die Befürchtung gehabt, dass ihre Eltern Asia mehr liebten als sie. Mittlerweile war sie darüber hinweg und hatte ihren Platz in der Swenson-Familie gefunden. Und nun deutete ausgerechnet der Mensch, der sie besser kannte als jeder andere, an, dass dieser Verdacht, der so wehtat, dass man nicht darüber reden konnte, den zu äußern Verrat gewesen wäre, dass dieser Verdacht vielleicht doch berechtigt sein könnte.

»Ihr wart fünf Kinder«, sagte sie mit überraschend fester Stimme. »Nur zwei Geschwister, das fordert eben zu Vergleichen heraus.«

»Und dabei musst du jedes Mal den Kürzeren ziehen?«

Nicht genug, dass er die Wunde bloßgelegt hatte, nun musste er auch noch darin herumstochern. Am liebsten hätte sie ihm gesagt, er solle den Mund halten, doch dann hätte er sie womöglich daran erinnert, dass sie ja auf der Aussprache bestanden hatte. Noch so eine spitze Bemerkung hätte sie ihm nie verziehen.

»Ich weiß ja, dass sie dich lieben, Lucy. Aber du solltest mehr für dich einstehen.«

»Und wie? Soll ich mich mit meiner Mutter zanken wegen etwas, das nur dich stört? Oder Asia Vorwürfe machen, weil ich als Kind immer alles vermasselt habe?« Der Zorn war wieder da, warm und sicher wie ein weiter Umhang.

»Falls du es noch nicht bemerkt haben solltest, Michael, meine Familie hat jetzt andere Sorgen. Meine Schwester hat Krebs. Meine Mutter und mein Vater sind außer sich vor Angst. Da werde ich nicht so kleinkariert sein und Theater wegen ein paar Geschichtchen über die doofe Lucy machen. Ich bin ja froh, wenn es die anderen ein bisschen ablenkt. Offen gestanden habe ich wirklich eine Menge Blödsinn angestellt, und langsam frage ich mich, ob eine Heirat mir *dir* nicht dazu gehören würde!«

Das Echo ihrer Stimme schien in der Leere zwischen ihnen widerzuhallen. *Scheißescheißescheiße.* Genau solche unüberlegten Bemerkungen waren doch der Grund für die ganzen Lucy-Anekdoten. Was hätte sie darum gegeben, die Worte zurücknehmen zu können.

Selbst in der Dunkelheit sah sie, wie sich seine Hände am Lenkrad verkrampften. »Das meinst du doch nicht ernst.«

»Nein«, erwiderte sie mit unsicherer Stimme, als könnte sie sich selbst nicht trauen. »Offen gestanden weiß ich nicht mal, warum ich das gesagt habe.«

»Jahrelang unterdrückte Wut?«, sagte er mit grimmigem Humor.

»Da liegst du falsch. Es ist ja dein gutes Recht, es so zu sehen, aber darum ist es noch lange nicht richtig.«

»Können wir uns wenigstens darauf einigen, dass du nicht objektiv bist? Versetz dich mal in meine Lage und stell dir vor, wie es in meinen Ohren klingt. Es könnte mir ja egal sein, wenn ich wirklich davon überzeugt wäre, dass es dich nicht stört. Aber es sickert so nach und nach in dich ein, bis du nicht mehr sicher bist, ob du die Beförderung wirklich verdient hast oder ob du nicht doch ein paar Pfund abnehmen müsstest.« Er bog in ihre Straße ein. »Du sollst dich ja nur nicht unterkriegen lassen, Schatz. Ich möchte doch, dass du glücklich bist.«

»Was mich glücklich macht, entscheide ich schon selbst. Vielleicht sollte ich mich wirklich mehr gegen meine Familie durchsetzen, aber das ist dann meine Entscheidung. Vielleicht sollte ich aber auch bei dir mehr für mich eintreten.«

Er wirkte betroffen. »Ich mache dich doch nicht klein«, protestierte er.

Aber hatte er im Laufe dieses Gesprächs nicht immer wieder genau das getan? »Du willst für mich Entscheidungen treffen. Kaum sage ich dir, dass ich ein bisschen abnehmen will, lädst du mich zum Eisessen ein. Ist so was vielleicht Unterstützung? Du weißt, dass ich Liebeskomödien mag, drängst mir aber ständig diese düsteren, verworrenen und ziemlich hochgestochenen Filme auf. Du entscheidest, was du mir erzählst und was nicht. Und wann es besser ist, mir etwas zu verschweigen, anstatt mich als ebenbürtige Partnerin zu behandeln! Wenn ich mich nicht darüber beklage, dass du Überstunden machst, heißt es ›Du bist die Beste, mein Schatz‹. Wenn ich aber alles nicht so eng sehe, was meine Familie von sich gibt, bin ich ein Waschlappen. Du misst mit zweierlei Maß.«

»Lucy …«

»Nein.« Schnell riss sie sich den Sicherheitsgurt herunter, damit sie es noch bis zur Tür schaffte, bevor die Tränen flossen. »Gute Nacht, Michael. Ich rufe dich in ein paar Tagen an, wenn wir beide Zeit zum Nachdenken hatten.«

Sie drückte die Autotür entschlossen zu und marschierte

ins Haus, ohne sich noch einmal umzudrehen. Nicht schlecht für eine rückgratlose Heulsuse.

Asia hatte die letzten Überbleibsel in Frischhaltefolie verpackt und die Arbeitsplatte mit einem desinfizierenden Tuch abgewischt. Sie war froh, dass nicht Lucy, sondern Brandon noch geblieben war, um ihr beim Aufräumen zu helfen. Als jetzt alles fertig war, spürte Asia ein seltsames Ziehen in der Magengrube, wie als Kind beim ersten Sprung vom Dreimeterbrett. Damals war sie fest entschlossen gewesen, den Sprung zu wagen, und hatte auch ihre Eltern davon überzeugt, dass sie es konnte. Leichtgefallen war es ihr dennoch nicht.

»Zehn Cent für deine Gedanken«, sagte Brandon. »Da ist die Inflationsrate schon mit drin.«

Sie lehnte sich gegen die Arbeitsplatte. »Ich hatte viel Spaß heute Abend. Du bringst mich ebenso sehr zum Lachen wie Lucy, und das will schon was heißen.«

»Sie ist wirklich toll«, erwiderte Brandon. »Dass ihr Schwestern seid, sieht man auf den ersten Blick.«

»Ehrlich?« Sie hatten sich doch noch nie ähnlich gesehen.

»Es sind deine Augen. Sie haben nicht die gleiche Farbe wie Lucys, aber sie funkeln genauso. Liegt wahrscheinlich in der Familie.«

»Muss wohl.« Sie grinste, als sie daran dachte, wie viel ihr diese manchmal absonderliche Familie trotz allem bedeutete. Schließlich mussten die anderen ja auch mit ihren, Asias, Macken zurechtkommen. »Brandon, nochmals vielen Dank, dass du heute Abend gekommen bist …«

»Aber jetzt wird es Zeit, dass ich mich auf die Socken mache und dich in Ruhe lasse, stimmt's?«, fragte er gut gelaunt.

»Ja, vielleicht«, musste sie zugeben. In Atlanta fing das Nachtleben jetzt gerade erst richtig an, doch ihre Kräfte gingen langsam zur Neige. »Ich weiß nicht, ob es dir aufgefallen ist, aber ich bin schnell erschöpft.«

»Es ist mir aufgefallen.«

Sie folgte seinem Blick zum Kühlschrank, wo mehrere Notizzettel mit Anschrift und Telefonnummer verschiedener medizinischer Einrichtungen klebten. Außerdem hingen dort noch ein Medikamentenmerkblatt, das ihr eine Krankenschwester in der Onkologie gegeben hatte, sowie eine Kopie ihrer Krankengeschichte, die sie mitnahm, wenn sie wieder einmal ein Formular ausfüllen musste. Mitunter war ihr Gedächtnis von der Chemo derart beeinträchtigt, dass sie sich nicht mehr an alle Krankheiten in ihrer engeren Familie entsinnen konnte oder vergaß, ob sie irgendwelche Allergien hatte.

Manchmal war es sogar so schlimm, dass ihr kaum ihr eigener Name einfiel.

»Ich gehe schon«, versprach er. »Ruh dich aus. Wir sehen uns ja morgen im Büro.«

Da hatte er recht, doch ab jetzt würde sie ihn mit anderen Augen sehen. »Und übrigens, was du heute Abend getan hast …«, begann sie.

»Du meinst, dass ich deine Party an mich gerissen und dich gezwungen habe, einen Bastrock zu tragen?«

Sie unterbrach ihn, indem sie eine Hand auf die seine legte. »Du weißt schon, was ich meine.«

»Wenn du wirklich nach Hawaii möchtest, dann kommst du eines Tages auch dorthin. Das heute Abend war ja nur ein kleiner Vorgeschmack«, sagte er mit der Andeutung eines zärtlichen Lächelns.

Ihr fiel wieder ein, worüber sie auf der Fahrt zum Minigolfplatz gesprochen hatten. Brandon hatte sie gefragt, was sie unbedingt machen wollte. Plötzlich wusste sie, was ganz oben auf ihrer Liste stand. Sie trat einen Schritt auf ihn zu.

Hm, wie gut er riecht.

Vor Überraschung wurden seine Augen ganz groß. Er blickte rasch auf ihren Mund, bevor er ihr wieder in die Augen sah.

Gedanken an schlechten Atem, wunde Stellen im Mund und trockene Lippen rasten ihr durch den Kopf ... und dann dachte sie, wie schön es wäre, wenn jemand sie berührte, einfach so, weil er es gerne wollte. Dieser Mann hatte sie für einen Abend nach Hawaii entführt. Dafür hatte er doch zumindest einen kleinen Aloha-Kuss verdient.

Sie reckte sich und berührte mit den Lippen flüchtig seinen Mund. Sofort neigte er den Kopf und erwiderte ihren Kuss, nicht stürmisch, doch entschlossen und gefühlvoll. Es schien ihr, als hielte er sich zurück und überließe ihr die Entscheidung darüber, was aus diesem Kuss entstehen sollte. Ein Teil von ihr sehnte sich nach mehr, doch zugleich war sie erschrocken darüber, wie weit sie schon gegangen war. Dieser Sprung vom Dreimeterbrett musste für heute reichen. Ein Salto rückwärts war ein bisschen viel für eine einzige Nacht. Sie umfing noch einmal zart mit den Lippen seine Unterlippe, dann löste sie sich behutsam von ihm.

Er lehnte den Kopf gegen ihre Stirn. »Darauf war ich nicht gefasst«, sagte er.

»Ja, ich habe auch ein paar Überraschungen auf Lager«, grinste sie.

»Jetzt bin ich aber wirklich neugierig, was mich da noch alles erwartet.« Er richtete sich auf und blickte sie prüfend an. »Ich weiß, dass ich mit Sachen wie dem Minigolf und dem Hawaiikram manchmal den Eindruck mache, als würde ich nichts ernst nehmen.«

Verlegen senkte sie den Blick. Genau so hatte sie ihn eingeschätzt, bevor sie ihn besser kannte.

»Ich habe keineswegs vergessen, dass du krank bist. Das ändert jedoch nichts an meinen Gefühlen.«

»Und wie sehen die aus?« Sie staunte selbst über ihre Kühnheit. Was würde sie selbst auf eine solche Frage antworten?

»Ich bin gerne mit dir zusammen und wäre es am liebsten noch öfter. Du bist eine faszinierende, attraktive Frau.«

Beklommen dachte sie daran, dass er sie ja schon gekannt hatte, als sie noch lange Haare und ihre gute Figur besaß. Doch wie wirkte sie jetzt im Vergleich dazu?

»Als du auf dem Minigolfplatz diese Bemerkung über deine Haare und Titten gemacht hast …«

Sie wand sich innerlich vor Verlegenheit. Vielleicht war Brandon doch nicht so zartfühlend, wie sie gedacht hatte.

»… habe ich völlig falsch reagiert. Ich wollte als der edelmütige Typ dastehen, den solch äußerlicher Scheiß nicht stört. Aber als ich dann darüber nachdachte, wurde mir klar, dass das dir gegenüber respektlos war. Ich hätte nicht so über die Sache hinweggehen sollen, als wäre sie überhaupt nicht wichtig. Denn natürlich ist sie wichtig. Aber du bist trotzdem attraktiv. Du hast die tollsten Augen, die ich je gesehen habe.«

So wie er sie jetzt ansah, fiel es ihr leicht, ihm zu glauben. Ein warmes Kribbeln auf ihrer Haut erinnerte sie daran, dass nicht jede körperliche Reaktion nur eine unangenehme Nebenwirkung von Medikamenten war. Einen Körper zu haben konnte auch sehr erfreulich sein.

»Bringst du mich zur Tür?«, fragte er. »Ich weiß ja, dass ich jetzt gehen sollte, aber ich kann mich einfach nicht losreißen.«

Als sie die Küche verließen, nahm er ihre Hand.

In der Diele sagte er dann: »Ich weiß übrigens genau, wie wichtig dir der Job ist. Deshalb würde ich im Büro niemals etwas tun oder sagen, was dich in Verlegenheit bringt.«

Fast hätte sie laut gelacht, denn er hatte auf der Arbeit schon oft genug mit ihr geflirtet. Es war zwar immer harmlos gewesen, dennoch hatte er sein Verführerlächeln und seine flapsigen Bemerkungen ganz gezielt eingesetzt. Wenn er sich ihr gegenüber jetzt plötzlich steif und förmlich verhielt, würden alle Leute annehmen, dass sie miteinander schliefen. Bei der Vorstellung wurde ihr ganz schwindlig.

»Benimm dich auf der Arbeit einfach wie immer«, sagte sie und überlegte, ob er wohl bemerkte, wie atemlos ihre Stimme klang.

Sein Lächeln beantwortete ihre unausgesprochene Frage. »Träume süß, Swenson.« Noch ein letzter Kuss, dann ging er.

Ein schöner Abend war zu Ende, und etwas Neues, Unerwartetes und Wunderbares hatte begonnen.

12

Danke, dass du Zeit für mich hast«, sagte Lucy. Sie hatte ein schlechtes Gewissen, weil sie Cams Einladung zum Essen angenommen, doch die Speisen auf ihrem Teller praktisch noch nicht angerührt hatte. Der Kellner war beleidigt gewesen, als sie sich ihre Vorspeise mit Garnelen noch nicht einmal einpacken lassen wollte.

»Dafür sind Freunde ja da«, erwiderte Cam. »Vor meiner Hochzeit konnte *ich* mich bei dir ausheulen, und ich kann dir nur sagen, dass die meisten jungen Paare so etwas durchmachen. Wahrscheinlich will Gott uns auf die Probe stellen oder so. Wenn man die Hochzeitsvorbereitungen mit heiler Haut übersteht, kommt man auch mit der Ehe selbst zurecht.«

»Wenn du meinst.« Lucy rührte mit dem Strohhalm in ihrem gesüßten Eistee herum. Sie hatte immer gedacht, man würde sich vor der Ehe darüber streiten, wer für den Rest des Lebens auf welcher Seite des Bettes schlief oder ob man für die Hochzeitsfeier einen DJ oder eine Band engagieren sollte. Und jetzt fand Michael, sie sei der Fußabtreter der Familie. »Ich weiß ja, dass er mich liebt, Cam. Und er wollte mich bestimmt nicht mit

Absicht verletzen, aber es tut immer noch ganz schön weh.«

»Ja sicher, mein Schatz.«

»Und ich bin immer noch sauer.« Lucy war so selten wütend, dass sie nicht recht wusste, wie sie mit dem Gefühl umgehen sollte. Ihr war, als sei in ihrem Inneren eine Dichtung geplatzt und die scharfkantigen Teile kugelten nun überall herum und bohrten sich in ihren weichen, empfindlichen Körper.

Cam wich ihrem Blick aus.

»Was ist?«

»Nichts.«

»Irgendwas ist doch.« Lucy setzte sich gerade hin. »Außer du findest den leeren Tisch da in der Ecke wirklich so interessant. Sieh mich an, Cam.«

Ihre Freundin wandte sich ihr mit betretener Miene zu. »Ich will dir wirklich den Rücken stärken, Luce. Dazu bin ich doch da.«

»Aber?«

»Nichts aber. Mehr wollte ich nicht sagen. Habe ich dir übrigens schon erzählt, dass ich ein neues Gemälde in Angriff genommen habe?«

Das war eine gute Neuigkeit, denn Cams kurzer Abstecher in die Bildhauerei war eine einzige Katastrophe gewesen. Aber darum ging es jetzt nicht. Lucy war entschlossen, die ganze Wahrheit aus ihrer Freundin herauszuholen. Sie wollte sich nicht noch einmal so überrumpeln lassen wie am vergangenen Abend von Michael. »Was verschweigst du mir?«

»Na ja, weißt du, irgendwie kann ich ihn so ein ganz

winziges bisschen verstehen. Trotzdem war es nicht richtig von ihm, so zu tun, als wäre alles in Ordnung, und dir dann die geballte Ladung an den Kopf zu werfen. Noch dazu, wo ihr einen so schönen Abend hattet«, fügte Cam pflichtbewusst hinzu.

»Du hältst mich also auch für ein Weichei.« Lucy stieß einen Seufzer aus. Solange nur ihr aufgeblasener Freund das behauptete, ging es ja noch. Wenn jedoch selbst ihre beste Freundin ihm recht gab, wurde es bedenklich.

»Nein, natürlich nicht. Aber vielleicht nimmt dich deine Familie ja wirklich nicht so … so ernst wie Asia.«

»Sie macht auch ernsthaftere Sachen als ich«, bemerkte Lucy.

»Nein«, widersprach ihr Cam entschieden. »Ihre Entscheidungen sind vielleicht manchmal weitreichender, aber sind sie auch wichtiger? Schließlich dreht es sich beim Heiraten ja nicht nur um Platzkärtchen und Blumensträuße. Im Idealfall ist es eine Entscheidung fürs Leben. Dabei geht es um deine Zukunft.«

Lucy versuchte es auf einem anderen Weg. »Asia und ich, wir sind so unterschiedlich. Und das wissen unsere Eltern auch. Es käme ihnen ganz komisch vor, wenn sie uns völlig gleich behandeln sollten.«

»Ja, sicher.« Cam winkte der Bedienung. Ganz offensichtlich war sie mit dem Ausgang des Gesprächs unzufrieden.

»Asia ist wirklich wunderbar«, fühlte Lucy sich verpflichtet hinzuzufügen. »Sie hat mich nicht bevormundet und war auch nie eingebildet. Sie freut sich über meine Beförderung und meine Verlobung, unabhängig davon, wie ihr Leben im Augenblick verläuft.«

»Das stimmt.« Cam kramte eine Weile in ihrer Handtasche, bevor sie ihre Kreditkarte zutage förderte. »Du weißt ja, dass ich große Stücke auf sie halte.«

»Also, was soll ich deiner und Michaels Ansicht nach denn tun?«, fragte Lucy ratlos. »Soll ich meinen Eltern vorschreiben, dass sie genauso stolz auf mich wie auf Asia sein müssen? Vielleicht könnte ich das ja bei der Hochzeit in meine Tischrede einbauen.«

»*Du* sollst gar nichts tun, mein Schatz, sondern deine Familie. Ich habe nur gesagt, dass ich Michaels Standpunkt verstehen kann.«

»Irgendwie so ein winzig kleines bisschen«, ergänzte Lucy trocken.

»Genau. Habe ich damit schon zu viel gesagt? Ich kann ihn ja auch eine gefühllose Arschgeige nennen, wenn dir das lieber ist.«

Lucy lachte. »Danke, aber so eine Bezeichnung möchte ich meiner großen Liebe nun doch nicht zumuten.«

»Gut. Nächstes Mal, wenn du mich anrufst, werde ich es besser machen, das verspreche ich dir. Ich war ganz überrascht, weil du und Michael euch doch sonst nie streitet. Aber als ehemalige Braut hätte ich dich zumindest auf die Gefahr hinweisen müssen.«

Doch Lucy hätte ihr sowieso nie geglaubt. Denn, wie ihre Freundin sehr richtig bemerkt hatte, sie und Michael stritten sich wirklich nie.

Anfangs hatte Lucy geschwiegen, wenn ihr etwas nicht passte, weil sie keine Missstimmung aufkommen lassen wollte. Und später dann hatte sie die ständig ungetrübte Harmonie zwischen Michael und ihr als Beweis dafür angesehen, wie gut sie beide zueinanderpassten. Doch mittlerweile fragte sie sich, ob sie nicht einfach zu feige war. Sie hatte sich darüber aufgeregt, dass Michael ihr seine wahren Gefühle verheimlicht hatte, doch tat sie nicht das Gleiche? Schluckte sie nicht ihren Ärger hinunter, anstatt ihn offen auszusprechen?

Cam unterschrieb den Kreditkartenbeleg, dann lächelte sie ihrer Freundin zu. »Du wirst bald heiraten, Lucy. Das ist mit die glücklichste Zeit in deinem Leben. Wenn die Hochzeit erst einmal vorbei ist und ihr die Champagnerkorken knallen lasst, wirst du sehen, dass es die Sache wert ist.«

Die glücklichste Zeit ihres Lebens? Aber sicher doch. Und überhaupt war sie doch von Natur aus ein glücklicher Mensch. Michael wollte doch auch nur, dass sie glücklich war. Wie kam es dann, dass sie bei all dem Glück manchmal am liebsten laut geschrien hätte? Aber auch diesen Gedanken sprach sie nicht aus. Irgendwann würde sich das Gefühl schon wieder legen.

Asias Woche begann fantastisch. Montag und Dienstag machte sie sich mit dem Eifer und Elan früherer Tage an die Arbeit. Sie lachte mit Brandon im Aufzug und ging mit einer Kollegin zum Mittagessen. Doch vielleicht mutete sie sich zu viel zu, denn an beiden Tagen nahm sie sich vor, Lucy nach Feierabend anzurufen und ihr von ihrer Beziehung mit Brandon zu berichten, doch jedes Mal war sie schon fast eingeschlafen, kaum dass sie die Haustür hinter sich zugezogen hatte.

Am Mittwochmorgen erwachte Asia dann mit Kopfschmerzen, die im Büro so schlimm wurden, dass sie schließlich beschloss, nach Hause zu gehen, solange sie noch sicher Auto fahren konnte. Brandon bot ihr an, am Abend vorbeizuschauen und ihr etwas zu essen mitzubringen, doch sie lehnte ab. Falls es ihr gelang, trotz der Schmerzen einzuschlafen, wollte sie auf gar keinen Fall geweckt werden. Sie hinterließ Lucy eine Nachricht, dass aus dem Perückenkauf heute nichts würde, und zog danach den Telefonstecker heraus.

Am Donnerstag ging es ihr gut genug für die Chemo, doch sie war beunruhigt, weil sie Stephanie nirgends entdecken konnte. Freitag dann war sie so schlapp und müde, dass sie kaum einen Schluck Wasser hinunterbekam, und Samstag war ihr schlimmster Tag überhaupt in der ganzen letzten Zeit. Sie wälzte sich so lange auf der Couch hin und her, bis sie eine einigermaßen erträgliche Haltung gefunden hatte, und blieb dann bewegungslos liegen. Sie hoffte, dass die Übelkeit, die wie ein Schwarm boshafter Kaulquappen in ihrem Magen herumwirbelte, dann endlich nachlassen würde. Wie sollte sie nur Lucys Brautparty morgen durchstehen?

Weil der Brechreiz sie vom Schlafen abhielt, starrte sie lange auf das Gemälde von Georgia O'Keeffe, das Lucy ihr geschenkt hatte. Vielleicht sollte sie Cam bitten, ein Bild für sie zu malen. Etwas Beruhigendes in Hellblau- und Grüntönen. Eine Sekunde lang war sie sogar versucht, Cam anzurufen und sie zu bitten, die Brautparty bei sich zu Hause zu veranstalten.

Doch der Gedanke machte sie so wütend, dass ihre Wangen wieder ein wenig Farbe bekamen. Der Krebs war ihr persönlicher Mount Everest. Eines Tages würde sie ihn bezwingen, und dann stünde sie auf dem Gipfel, triumphierend und mit wehendem Haar. Nur auf die Übelkeit beim Aufstieg hätte sie verzichten können.

Samstagabend rief ihre Mutter an, um ihr mitzuteilen, dass Reva, Rae und Tante Ginny angekommen seien, und um Asia zu fragen, ob sie mit ihnen gemeinsam essen wollte. Asia lehnte ab, betonte jedoch, wie sehr sie sich darauf freute, alle am folgenden Tag zu sehen.

Als am Sonntagmorgen der Wecker klingelte, schlug sie vorsichtig die Augen auf, um festzustellen, ob das Zimmer sich noch immer drehte. Sie wagte es nicht, sich aufzusetzen, sondern hob nur den Kopf ein wenig an. Zwar zog sich ihr Magen zusammen, drehte sich jedoch nicht gleich um. Das Schlimmste war überstanden.

Ihre Lippen fühlten sich geschwollen und trocken an, ihr Rachen kratzig. Daher musste sie unbedingt erst einmal ihren Flüssigkeitshaushalt ausgleichen. Danach würde sie sich anziehen und für die Party zurechtmachen. Gott sei Dank wollten Marianne und Cam früher kommen, denn bei der bloßen Vorstellung, dass sie Servietten falten und Eistee zubereiten sollte, fühlte sie sich schon hoffnungslos überfordert.

Als ihre Mutter eintraf, trug Asia ein locker sitzendes blaues Kleid und zwei Paar Socken, weil ihre Füße einfach nicht warm wurden.

Marianne hielt zwei übereinandergestapelte Auflaufformen in den Händen und warf ihr einen besorgten Blick zu. »Fühlst du dich auch gut genug?«, fragte sie.

»Aber sicher«, erwiderte Asia. Trotzdem schaute Marianne sie noch immer an, als wollte sie gleich an ihrer Stirn fühlen. »Mir geht's gut, Mama. Ich habe irgendwo gelesen, dass Ruhe zwar wichtig ist, die Übelkeit aber immer schlimmer wird, wenn man zu lange herumliegt. Wenn der Spaß erst einmal losgeht, habe ich gar keine Zeit mehr, über mein Befinden nachzudenken.« Das hoffte sie zumindest, denn im Augenblick fühlte sie sich ganz erbärmlich.

»Du siehst *wirklich* nicht gut aus, mein Schatz. Soll ich dir beim Make-up ein bisschen zur Hand gehen?«

Zu Beginn ihrer Behandlung hatte Asia zusammen mit ihrer Mutter einen Kosmetikkurs besucht, der speziell für Frauen mit Krebs gedacht war und Probleme wie empfindliche Haut und fehlende Augenbrauen behandelte. Marianne konnte sich vielleicht keine medizinischen Fachausdrücke merken, doch sie konnte ihrer Tochter mit einigen kosmetischen Kniffen durchaus helfen, ihre Würde zu bewahren. Außerdem hatte sie Asia zwei warme Mützen gestrickt, die ihr besonders an kalten Novemberabenden gute Dienste leisteten.

»Danke, Mom, aber ich bin sowieso schon so flink wie eine Schnecke auf Valium, und wir haben noch so viel zu erledigen, bevor die Gäste eintrudeln.«

»Vor allem musst du auf dich achtgeben«, erwiderte Marianne bestimmt. »Deshalb ruhst du dich jetzt auf der Couch aus, und ich lege in der Küche los.«

Normalerweise hätte Asia protestiert, doch heute war sie einfach nur dankbar für das Angebot. Sie musste eingenickt sein, denn plötzlich riss ein Klopfen sie aus einem Traum, in dem sie eine Partygirlande für Lucy aufhängen wollte. Immer wenn sie eine Seite befestigt hatte, fiel die andere wieder herunter.

»Hier kommt Hilfe«, zwitscherte Cam, als Marianne die Tür öffnete. »Ich habe noch ein paar Klappstühle im Kofferraum, für alle Fälle. Und bevor ich es vergesse, hier sind die Bilder.« Sie legte einen Ordner auf den Couchtisch.

Sie wollten die Party ein bisschen wie die alte Fernsehshow *This is your life* aufziehen, in der Prominente überraschend mit Ereignissen und Personen aus ihrem gegenwärtigen und vergangenen Leben konfrontiert wurden.

Innen an die Eingangstür hängten Marianne und Cam den hässlichen Duschvorhang, den Lucy so mochte, als sie die Geschenkeliste zusammengestellt hatte. Marianne schüttelte jedes Mal den Kopf, wenn ihr Blick darauf fiel, doch Asia war sicher, dass Lucy es witzig finden würde. Neben dem Vorhang an der Wand hing ein selbst gemaltes Poster, auf dem »Lucy Swensons Brautparty« stand. Und überall im Wohnzimmer hatten sie Fotos verteilt, auf denen Lucy bei unterschiedlichen Ereignissen ihres Lebens sowie gemeinsam mit Michael zu sehen war.

Hübsches Paar, dachte Asia beiläufig, als sie neben dem Fernseher stand und überlegte, was sie gerade tun wollte.

Cam kam mit einer Rolle Klebeband ins Zimmer. »Was machst du denn hier?«, fragte sie. »Ich dachte, wir waren uns einig, dass du bis zur Ankunft der Gäste liegen bleibst.«

Ja, genau. Sie sollte sich ein bisschen hinsetzen. Wenn nur das Sofa nicht so weit weg wäre …

»Asia?« Cams Stimme klang wie aus weiter Ferne und hatte einen leicht schrillen Unterton. »Alles klar, Liebes? Du siehst nicht besonders gut aus.«

Ich hätte mir doch von Mom mit dem Make-up helfen lassen sollen.

Sie bekam nur undeutlich mit, dass Cam sie zur Couch führte. Einige Minuten später hörte sie Stimmen an der Tür. Die ersten Gäste waren da. Vielleicht sollte man die Balkontüren aufmachen. Es war schon so warm im Zimmer und würde mit den vielen Leuten bestimmt noch heißer werden.

»Hier.«

Asia nahm das kühle Glas, das ihr in die Hand gedrückt wurde, und blinzelte benommen. »Lucy, wann bist du denn gekommen?«

»Gerade eben. Gails Flugzeug kam ein paar Minuten zu früh, und daher bin ich ausnahmsweise mal pünktlich. Cam ist mit ihr zu Mom in die Küche gegangen, um dir noch ein wenig Zeit zu geben.«

Asia nippte an dem kalten Wasser und versuchte, ihre Gedanken zu ordnen. »Ich bin ein bisschen durcheinander – müde, nehme ich an. Aber wenn ich erst mal richtig wach bin, geht's schon wieder.«

Lucy zeigte auf die Fotos an den Wänden und den Duschvorhang. »Deine Idee?«

»Wenn es dir gefällt, ja. Wenn nicht, dann war es Cams Idee.«

Lucy lachte. »Fühlst du dich wirklich besser? Einen Augenblick lang habe ich mir Sorgen gemacht.«

»Ich sag dir doch, mit mir ist alles in Ordnung. Diesen scheußlichen Vorhang musst du übrigens mitnehmen. Das Monstrum will ich nicht im Haus haben.« Mit gedämpfter Stimme fügte sie hinzu: »Du hast doch Gail heute zum ersten Mal gesehen, nicht? Wie seid ihr denn auf der Fahrt hierher miteinander ausgekommen?«

»Prima. Sie ist genauso nett wie seine Eltern. Seine *Familie* ist toll.«

»Luce?« War Asias Hirn schon vernebelt, oder hatte sie wirklich einen bitteren Unterton in Lucys Stimme wahrgenommen?

Lucy schüttelte den Kopf. »Ach, nichts.«

Ihr Gespräch wurde von einem neuerlichen Klopfen unterbrochen, worauf Asia sich mühsam erhob, um eine gute Gastgeberin zu sein und die Tür zu öffnen. Davor standen in einem fröhlichen Grüppchen einige von Lucys Kolleginnen, gefolgt von Tante Ginny mit Reva und Rae. Die beiden umwerfenden Blondinen trugen die gleichen Kleider, nur in verschiedenen Farben. Das Smaragdgrün und Purpurrot stachen so auffallend aus den Pastelltönen und den warmen Erdfarben der Wohnungseinrichtung hervor, als trügen die beiden große Schilder um den Hals, auf denen SCHAU MICH AN stand.

Warum auch nicht?, dachte Asia mit nachsichtiger Belustigung. Wenn sie selbst solche Kurven und eine blonde Lockenmähne hätte, würde sie sie auch ins rechte Licht rücken wollen.

Bald drängte sich im Wohnzimmer eine bunte Schar Frauen unterschiedlicher Größe mit ganz verschiedenen modischen Vorlieben. Asia würde sich die vielen neuen Namen nie merken können. Daher war sie froh, als Cam selbstklebende Namensschildchen und dunkelrosa Marker verteilte. Für einige Minuten nahm Asia neben Gail Platz, um ihr zu sagen, wie sehr die Swensons Michael mochten.

Als alle Gäste bis auf zwei eingetroffen waren, bat Asia um Aufmerksamkeit. »Ich danke euch allen, dass ihr gekommen seid, um Lucys bevorstehende Hochzeit mit Michael O'Malley zu feiern. Ich hoffe, ihr langt beim Essen tüchtig zu und unterhaltet euch gut. Wir haben es uns so gedacht, dass wir zuerst essen und danach die Braut mit ein paar lustigen Spielchen in Verlegenheit bringen. Erst danach bekommt sie ihre Geschenke und den Nachtisch.«

Der Vorschlag wurde mit lautem Beifall begrüßt.

Nach ihrer kurzen Ansprache entschuldigte sich Asia und ging in die Küche. Doch statt nach dem Essen zu sehen oder neues Eis zu holen, stand sie einfach da und überlegte. Seit Beginn der Chemo hatte sie noch keinen Montag gefehlt, doch vielleicht sollte sie sich morgen krankmelden. Nach einem zusätzlichen Ruhetag wäre sie bestimmt wieder fit.

»Kann ich was für dich tun?«, fragte Cam, die gerade ihren Kopf durch die Tür steckte.

»Was?« Asia fuhr zusammen und blickte sich hektisch nach einer Beschäftigung um. Cam sollte nicht merken, dass sie untätig herumstand. Vor allem durfte Lucy nichts davon erfahren.

Doch Cam hatte andere Dinge im Kopf. Sie trat näher und flüsterte: »Ich kann Lucy auf ihrer eigenen Party ja schlecht danach fragen, aber ist zwischen Michael und ihr wieder alles in Ordnung? Nach unserem Essen am Montag bin ich davon ausgegangen, dass die beiden wie üblich in Glückseligkeit schwelgen, aber heute hat sie so einen komischen Blick …«

Hatte zwischen Lucy und Michael jemals etwas anderes als Glückseligkeit geherrscht? Dann hatte Lucy es jedenfalls nicht erwähnt. »Was soll denn wieder in Ordnung sein?«, fragte Asia.

»Na, ihr Streit am letzten Wochenende.« Cam wurde ganz blass. »Du hast nichts davon gewusst? Oh nein! Ich und meine große Klappe!«

»Ist schon gut«, beruhigte Asia sie. Doch in Wirklichkeit war gar nichts gut. »Normalerweise reden Lucy und ich über alles. Aber die letzte Woche war einfach chaotisch, und Lucy wollte mich wohl nicht noch mehr belasten.«

»Ja, wahrscheinlich«, erwiderte Cam, doch ihr gesenkter Blick verriet, dass Lucys Schweigen noch einen anderen Grund haben könnte.

Schon die ganze Zeit über hatte Asia sich fiebrig gefühlt, doch als sie nun hörte, dass Lucy und Michael Probleme hatten, wurde ihr auch noch schwindlig. Bei dem Treffen am Sonntag war doch alles in Ordnung gewesen, aber Cam hatte ja auch von Montag gesprochen. Hatten die beiden sich am Sonntagabend auf dem Heimweg gestritten? War sie selbst womöglich der Grund gewesen? Asia blickte Cam prüfend an, bis die sich verlegen räusperte.

»Ich glaube, wir sollten jetzt wieder zu den Gästen gehen«, sagte Cam.

»Natürlich.« Asia ging voraus ins Wohnzimmer, wo ihr eine Duftwolke aus blumigem Körperspray, Zitronenshampoo und Moschusparfum entgegenschlug und sie fast umwarf. Blindlings tastete sie nach einem Halt.

»Asia?« Lucys besorgte Stimme drang durch das allgemeine Stimmengewirr.

»Mir geht's gut«, erwiderte Asia, als sich alle Augen auf sie richteten. Sie nickte noch einmal bekräftigend, dann wurde es dunkel um sie, und der Boden kam ihr entgegen.

Lucy wartete mit ihrer Mutter in dem Bereich des Krankenhauses, wo die Zimmer für die immungeschwächten Patienten lagen. Sie hielt Mariannes Hand und erklärte ihr zum wiederholten Mal, was der Arzt gesagt hatte. Von unterwegs hatte Lucy Michael angerufen, der mit George zum Bowling gegangen war. Die beiden Männer hatten sich sofort auf den Weg gemacht, waren jedoch an einer Baustelle in einen Stau geraten.

»Neutropenie.« Marianne wiederholte das Wort gewissenhaft wie ein Schulkind, das eine neue Vokabel lernt.

»Als Folge der Chemo hat sie zu wenig weiße Blutkörperchen, Mama.« Lucy rückte auf der unbequemen Bank näher an ihre Mutter heran.

»Geben sie ihr denn nichts, damit das nicht passiert?«

»Doch, aber gerade jetzt ist ihr Immunsystem besonders schwach, und deswegen ist sie krank geworden. Jetzt muss man nur aufpassen, dass es nicht schlimmer wird. Sie können erst dann mit der Chemo oder einer anderen Behandlung weitermachen, wenn es ihr wieder besser geht.«

Marianne schaute auf. Ihre tränenfeuchten Augen sahen Lucys so ähnlich. Marianne war zwar zierlicher, dennoch merkte man sofort, dass die beiden Frauen miteinander verwandt waren. Mit Asia dagegen hatte Marianne nur den flachen Busen gemeinsam. »Wieso krank *geworden*? Das war sie doch vorher schon. Und die Ärzte wissen nicht, ob sie wieder gesund wird, stimmt's?«

Tatsächlich konnten viele Frauen mit metastasierendem Krebs nicht mehr auf Heilung hoffen, doch bei einigen gelang es, den Krebs so weit in Schach zu halten, dass sie eine beträchtliche Zeit lang ein weitgehend normales Leben führen konnten. Und jeder gewonnene Tag bedeutete eine neue Chance auf Besserung, Fortschritt, Heilmittel … oder ein Wunder.

Als Lucy ihre Mutter in die Arme nahm, schaute Marianne sie erwartungsvoll an, als hoffte sie auf ein tröstendes Wort von ihrer Tochter. Doch was sollte Lucy ihr noch sagen, außer dass dieser Tag der helle Wahnsinn war?

Es hatte schon morgens begonnen, als Lucy nervös am Flughafen auf Gail wartete. Lucy und Michael hatten ihre Auseinandersetzung nicht mehr erwähnt, dennoch saß bei Lucy der Stachel noch immer tief. Sie war so verunsichert, dass sie fast damit rechnete, von Gail abgelehnt zu werden. Doch Michaels Schwester erwies sich als nett und freundlich. Sie freute sich offenbar sehr darauf, Lucy zur Schwägerin zu bekommen.

Als Nächstes kam die Brautparty, die der Ehrengast so überstürzt verlassen musste. Die meisten Gäste waren daraufhin ebenfalls gegangen, nur Tante Ginny mit ihren Töchtern war geblieben. Das war Lucy auch ganz recht, denn eigentlich hatten die drei mit ins Krankenhaus kommen wollen. Doch Cam hatte versprochen, sie zu füttern und bei Laune zu halten, bis Lucy sich meldete. So wartete also Cam mit einigen Gästen in dem Zimmer mit den Hochglanzfotos und den ungeöffneten Geschenken, während die zukünftige Braut in einem Krankenhauswartezimmer mit alten Zeitschriften herumsaß.

Das Absurdeste an der Sache war, dass eine simple Erkältung ihre starke große Schwester, ihre Beschützerin aus Kindertagen, so einfach umwerfen konnte. Ein Virus, mit dem sogar Kleinkinder nach einem ausgiebigen Schläfchen und einem Glas Orangensaft spielend fertigwurden, konnte ihre Schwester umbringen.

»Ach, Mom, es ist wirklich ungerecht. Wir können jetzt nur hoffen und beten.«

»Das reicht nicht«, widersprach Marianne.

Hast du eine bessere Idee?, ging es Lucy durch den Kopf.

Doch da sie ihren Eltern noch nie Widerworte gegeben hatte, schluckte sie auch diese Bemerkung hinunter. Die Dinge, die sie Michael bei ihrem Streit an den Kopf geworfen hatte, machten ihr noch immer zu schaffen. Nach ihrer Bemerkung, dass es womöglich ein Fehler war, seinen Antrag anzunehmen, war sie heilfroh, dass er nicht gleich die Verlobung gelöst hatte. Sie war froh, aber nicht unterwürfig dankbar, wie sie es vielleicht zu Anfang ihrer Beziehung gewesen wäre, als sie Michael geradezu vergöttert hatte. Bedeutete das etwa, dass ihre Beziehung schon bröckelte?

Nachdem er sich nicht gemeldet hatte, hatte sie ihn am Dienstag mit zwiespältigen Gefühlen angerufen. Einerseits hatte sie ja wirklich gesagt, er solle auf ihren Anruf warten, doch welche Frau hätte sich nicht über ein bisschen mehr Einsatz gefreut? Nicht dass er das nötig gehabt hätte, schließlich war er erfolgreich und leidenschaftlich und hinreißend. Lucy dagegen war … eben einfach Lucy.

Sie war sich in ihrer Beziehung niemals armselig oder unterlegen vorgekommen, dennoch hatte sie mehr als einmal gedacht, dass sie ihn gar nicht verdiente. Vielleicht hatte er also doch recht, was ihr geringes Selbstwertgefühl anging.

Als sie ihn dann schließlich anrief, hatte sie sich sehr gefasst und beherrscht gegeben. »Ich bin zwar nicht in allem deiner Meinung, aber ich danke dir, dass du doch noch so viel Respekt aufgebracht hast, mit mir darüber zu reden.«

»Natürlich respektiere ich dich, Lucy. Ich liebe dich.«

»Das weiß ich. Und ich bin dir auch gar nicht mehr richtig böse, mir geht nur so vieles durch den Kopf. Wir beide, der Umzug nächsten Monat, die Hochzeit, meine Schwester und dann noch die Arbeit. Es kommen immer mehr Anfragen von Kunden herein, die ich mit den Urlaubszeiten unserer Mitarbeiter unter einen Hut bringen muss. Das wird mir alles ein bisschen viel, aber ich wollte nicht, dass du den Eindruck bekommst, ich würde …« Schmollen? »… dir etwas nachtragen.«

»Nein, bestimmt nicht«, erwiderte er. »So etwas sieht dir doch gar nicht ähnlich.«

Also neigte sie in seinen Augen nur dazu, sich selbst zu erniedrigen, war aber nicht nachtragend. Na toll!

Mann, sie wurde ja langsam richtig verbittert. Vielleicht sollte sie die Gelegenheit nutzen, wenn sie ohnehin im Krankenhaus war, und einen der Ärzte fragen, ob das an der Jahreszeit lag. Aber möglicherweise war sie einfach am Boden zerstört, weil ein Mensch, der ihr sehr viel bedeutete, so schwer krank war.

Als sie Schritte hörte, stand Lucy auf und spähte um die Ecke, um zu sehen, ob Michael und ihr Vater gekommen waren. Oder war es nur ein Angehöriger eines anderen Patienten, der ziellos umherwanderte und auf ein Wort eines Arztes wartete, voller Verzweiflung, weil er nicht mehr tun konnte? Plötzlich bekam sie Lust, der Entbindungsstation einen Besuch abzustatten. Das war vermutlich die einzige Station, wo es im Wartezimmer fröhlich zuging.

Die Schritte im Flur waren die des Arztes, der unmittelbar nach Asias Aufnahme mit ihnen gesprochen hatte.

»Sie ist wach, aber erschöpft«, sagte er, nachdem er sie beide begrüßt hatte.

»Geht es ihr gut?«, fragte Marianne.

»Ihr Zustand hat sich seit unserem letzten Gespräch nicht sehr verändert, doch sie bekommt jetzt eine Infusion mit Antibiotika, die ihr hoffentlich helfen wird. Im Augenblick sollte sie viel ruhen und möglichst wenig Kontakt mit Krankheitserregern haben. Deshalb bitte keine Blumen aufs Zimmer mitbringen und so wenig Besuch wie möglich. Allerdings möchte sie mit ihrer Schwester sprechen.« Er wandte sich an Lucy. »Sie werden eine Maske vor Mund und Nase tragen müssen.«

Marianne presste mit verwirrter Miene eine Hand gegen die Brust. »Hat sie denn nicht nach ihrer Mama gefragt?«

Lucy tätschelte ihrer Mutter die Schulter. »Du kennst doch Asia. Sie ist immer so rücksichtsvoll. Wahrscheinlich will sie sich entschuldigen, dass sie die Party gesprengt hat.«

»Da hast du wohl recht.« Marianne schüttelte mit einem kleinen skeptischen Lächeln den Kopf. »Aber sie müsste doch wissen, wie unwichtig eine Party im Vergleich zu ihrer Gesundheit ist.«

»Trotzdem.« Lucy folgte dem Arzt. Sie wollte jetzt unbedingt eine Weile von ihrer Mutter wegkommen.

Asia lag in einem Zimmer mit spezieller Belüftung, um die Zahl der Keime so niedrig wie möglich zu halten. Sie war blass und wirkte sehr klein in ihrem Krankenhausnachthemd, mit den Handschuhen und der Strickmütze auf dem Kopf. Wie zwei Leibwächter – oder Bewacher – standen der Monitor und der Infusionsständer links und rechts neben ihrem Bett.

»Hallo«, sagte Lucy. »Danke, dass du mich von Mom weggeholt hast. Sie macht sich ziemliche Sorgen um dich.« Das fiel ihr leichter, als zu sagen: *Ich habe Angst um dich. Du bist doch meine große Schwester und darfst mir nicht so einfach wegsterben.*

»Das war doch das Mindeste. Schließlich bin ich ja schuld, dass ihr überhaupt in diesem Wartezimmer sitzen müsst«, erwiderte Asia leise. Es klang, als hätte sie Halsschmerzen.

»Ja, schon.« Lucy stellte sich näher ans Bett. »Aber wo sollte ich denn sonst sein?«

»Dumme Frage, Blondie. Vielleicht bei deinen Freundinnen auf deiner Brautparty.« Ihre Stimme krächzte, doch sie zwang sich weiterzusprechen. »Weißt du, es ist ja nicht nur das Kranksein, was ich so hasse. Wenn ich wüsste, dass ich regelmäßig fünfmal am Tag brechen muss, dann könnte ich mich darauf einstellen. Was mich wirklich nervt, ist, dass der Krebs mein ganzes Leben durcheinanderbringt. Und deines noch dazu.«

Lucy wollte schon einwenden, dass so etwas ihren Charakter stärke. Doch sie schwieg, weil eine solche Bemerkung unehrlich gewesen wäre. Sie wollte keinen stärkeren Charakter, sondern dass ihre Schwester wieder gesund wurde. Und sie wollte diese verdammte Brautparty mit ihren Freunden und Verwandten feiern, die extra deswegen gekommen waren.

Auf dem Weg ins Krankenhaus hatte sie daran gedacht,

wie es erst bei ihrer Hochzeit werden sollte. Würde Asia sich wohl genug fühlen, um die ganze Zeit über mit am Altar zu stehen? Vielleicht hatte Enid Norcott doch recht gehabt und es war selbstsüchtig von Lucy gewesen, ihre Schwester darum zu bitten.

Und was war, wenn Asia bei der Hektik und den vielen Menschen wieder zusammenklappte? Dann musste Lucy ihre Hochzeit verschieben und wieder in einem Wartezimmer stehen in ihrem herrlichen Brautkleid, nach dem sie so lange gesucht hatten.

Hol mich doch der Teufel! Machte sie sich wahrhaftig Gedanken darüber, ob der Krebs ihrer Schwester ihr die Hochzeit verderben könnte?

Ach, zum Kuckuck, schließlich ging es um ihren Hochzeitstag. Überall auf der Welt stolperten kleine Mädchen in den hochhackigen Schuhen ihrer Mütter durch die Gegend, ein Spitzendeckchen auf dem Kopf, und spielten Braut. Jede verliebte Frau hatte ein Anrecht auf diesen Traum, auf diesen kurzen Augenblick im Rampenlicht, ohne dass ihr etwas dazwischen …

Mit schlechtem Gewissen dachte Lucy, dass in einer idealen Welt jede Frau auch ein Anrecht auf Gesundheit hatte.

Nirgendwo sollten Mütter wie Stephanie in einem Krankenhaus liegen, darüber nachdenken, wie ihre Kinder ohne sie zurechtkommen würden, und sich fragen, ob ihr Mann die richtigen Gutenachtgeschichten kannte und wusste, welche Videospiele abends zu aufregend für die Kleinen waren. Frauen wie Asia sollten nicht verzweifelt darüber grübeln, ob sie noch lange genug leben würden, um sich zu verlieben und Mutter zu werden.

»Du musst einfach wieder gesund werden!«, sagte Lucy heftig. »Du hast mich immer unterstützt, wenn ich mir etwas gewünscht habe. Und jetzt wünsche ich mir das von dir.«

»Lucy …«

»Wir haben im Januar einen großen Tag vor uns«, unterbrach Lucy sie, wobei sie den Blick in Asias tränenfeuchte braune Augen vermied. »Ich habe dich gebeten, meine Erste Brautjungfer zu sein, und du hast Ja gesagt. Also musst du dich rasch erholen. Deine Chemo ist vorher zu Ende, dann werden sich die Blutwerte wieder normalisieren. In deinem Kleid siehst du umwerfend aus, und eine schicke Perücke finden wir auch noch. Brandon werden die Augen aus dem Kopf fallen. Du bringst ihn doch mit zur Hochzeit, nicht?«

Asia bekam Schluckauf. »Ja, ich wollte ihn eigentlich fragen.«

»Siehst du, es gibt so viel, auf das du dich freuen kannst«, beteuerte Lucy. Ihre Stimme überschlug sich fast vor übertriebener Begeisterung. Und ausgerechnet sie war ungehalten mit ihrer Mutter gewesen, weil sie mit der heutigen Situation nicht umgehen konnte. Sie hatte es gerade nötig, wo sie selbst noch nicht einmal zehn Minuten gebraucht hatte, um ihre Schwester zum Weinen zu bringen. Dabei war Lucy doch sonst immer diejenige, die für gute Laune sorgte. Jetzt hatte sie auch noch darin versagt.

»Ich wollte dich auch noch was fragen«, sagte Asia. »Ist zwischen dir und Michael alles in Ordnung?«

Lucy erstarrte. Sie war eine so schlechte Lügnerin, dass ihr einfach keine Ausrede einfiel. Woher wusste Asia von dem Streit? Als sie sich zuletzt in Asias Wohnung gesehen hatten, war ja noch alles gut gewesen. *Cam.*

Asia seufzte. »Warum hast du mir nichts davon erzählt?«

»Und warum hast *du* mir nicht die Wahrheit gesagt, als ich auf der Brautparty gefragt habe, wie es dir geht?« Lucy konnte sich nicht vorstellen, dass ihre Schwester sich von einem Augenblick zum anderen so schlecht gefühlt hatte.

»Während der Behandlung fühlt man sich so oft miserabel, dass man gar nicht mehr besonders darauf achtet«, erwiderte Asia. Doch sie beide wussten, dass das nur die halbe Wahrheit war.

Sie wollten einander schonen, so wie es sich in einer Familie gehörte.

»Ich muss jetzt gehen«, sagte Lucy. »Als ich Mom verließ, war sie ganz alleine, und außerdem hat der Doktor gesagt, dass du Ruhe brauchst.«

»Gut. Aber, Lucy? Ich werde auf jeden Fall zur Hochzeit kommen und feierlich hinter dir zum Altar schreiten, und wenn ich den verdammten Ständer da mitschleppen muss.«

»Dann müssen aber auch die anderen Brautjungfern einen kriegen, damit ihr zusammenpasst.«

»Abgemacht.«

13

Lucy konnte nicht schlafen, daher tappte sie zur Tür, sobald das Licht von Michaels Scheinwerfern durch die Gardinen fiel. Er besaß einen Schlüssel, doch sie hatte vor dem Zubettgehen ganz in Gedanken die Sicherheitskette vorgelegt, als habe sie schon geahnt, dass sie wach liegen würde.

Im Krankenhaus hatte sie ihn weggescheucht, damit er seine Schwester zum Essen ausführte, bevor ihr Rückflug ging. Die arme Frau war extra wegen einer Brautparty hergeflogen, die schon zu Ende war, noch bevor Lucy Gails Geschenk überhaupt geöffnet hatte. Michael versprach zurückzukommen, wenn er seine Schwester am Flughafen Hartsfield abgesetzt hatte.

»Wenn es dir recht ist«, fügte er fast ein wenig schüchtern hinzu, als hielte er es für möglich, dass Lucy ihn gar nicht sehen wollte.

Doch sie wünschte sich nichts sehnlicher, als sie ihm jetzt die Tür öffnete. Nun ja, am *allerliebsten* wäre ihr ein Arzt mit einem ganzen Stapel Diplomen gewesen, der ihr hoch und heilig versprach, dass Asia wieder ganz gesund werden würde. Doch das Zweitbeste, was Lucy sich jetzt vorstellen konnte, war, in Michaels Armen zu liegen. Eng aneinandergeschmiegt standen sie einen Augenblick in der Diele, bevor er sie rückwärts mit einigen langsamen, unbeholfenen Schritten zum Zweiersofa führte, ohne sie loszulassen. Er betrachtete ihre Schlafanzughose aus kariertem Flanell und das grüne Sweatshirt, das er ihr dagelassen hatte, nachdem sie es sich zum dritten Mal von ihm geborgt hatte. »Habe ich dich aufgeweckt?«

»Nein. Ich habe hier gesessen.«

Er strich ihr das Haar hinter die Ohren. »Du hättest dir doch einen Film ansehen können, Schatz.«

»Ich hatte zu gar nichts Lust. Was nicht heißt, dass ich dich nicht sehen wollte«, verbesserte sie sich und schaute ihn an. »Diese Woche war ... ach, einfach schrecklich. Lass uns nie wieder streiten. Aber selbst wenn wir uns zanken, sehne ich mich nach dir, sobald alles schiefgeht.«

Er drückte sie an sich. »Geht mir genauso. Und auch wenn alles gut läuft. Ich will dich für immer bei mir haben. Ich war wirklich ein richtiges Ekel.«

»Oh!« Sie zog die Beine auf den Sitz und lehnte sich an ihn.

»Gail und ich haben uns daran erinnert, wie ihr erster Freund mit ihr Schluss gemacht hat. Sie konnte es unseren Eltern nicht erzählen, weil die überhaupt nichts von dem Freund ahnten, doch meine Brüder und ich wussten Bescheid. Sie hatte es Colin erzählt, und der kann kein Geheimnis für sich behalten. Als ich dann sah, wie Gail weinte, hätte ich den Kerl umbringen können. Ich rede mit meiner Familie zwar nicht so viel wie du, aber ich liebe sie auch, und es wäre gar nicht auszudenken, wenn ... Ich sage dir viel zu selten, wie tapfer und mitfühlend du bist, wenn du dich um deine Mom kümmerst und geduldig darauf wartest, dass Asias Behandlung abgeschlossen ist.«

Lucy schniefte. »Vielen Dank.«

»Gail hat auch gesagt, du wärest fantastisch und ich sollte nicht so blöd sein und die ganze Sache vermasseln.«

»Ich mag Gail.«

»Kann ich irgendetwas tun?«, fragte er. »Einen Teil der Hochzeitsvorbereitungen übernehmen, damit du nicht so viel um die Ohren hast? Oder soll ich Asia meine Glückskrawatte borgen?«

Lucy lachte. »Wusste ich's doch, dass du abergläubisch bist! Hast du den Schlips bei deinem ersten erfolgreichen Fall getragen?«

Er lehnte sich ein wenig zurück und musterte sie. »Nein. Ich habe ihn getragen, als ich dich traf. Das war der glücklichste Abend meines Lebens.«

»Oh.« Tränen schnürten ihre Kehle zu, und sie musste ein paarmal blinzeln, bevor sie wieder klar sehen konnte. Als sie ihre Stimme wieder unter Kontrolle hatte, sagte sie: »Etwas könntest du vielleicht wirklich tun, Michael.«

»Was denn?«

»Kümmere dich mal ein bisschen um meinen Dad. So wie heute beim Bowling. Und ihr wolltet doch zusammen den Gartenzaun reparieren. Mom hat wenigstens mich, doch Dad hat nie mit Asia oder mir über seine Gefühle gesprochen. Ich nehme schon an, dass Mom und er miteinander reden, aber meistens muss er sie wohl trösten. Ich glaube nicht, dass er sich dir anvertraut, und du brauchst ihn auch nicht zu drängen. Es reicht schon, wenn er weiß, dass jemand … für ihn da ist. Und dass du ein Mann bist, wird es für ihn leichter machen. Aber ganz gleich, was du auch tust, verrate ihm nicht, dass ich dich darum gebeten habe.«

»Du bist eine gute Tochter, Lucy Swenson.« Sie schwiegen einige Minuten lang. »Glaubst du, du kannst jetzt schlafen? Wenn du nämlich nicht müde bist, wüsste ich etwas, das dich vielleicht aufheitert.«

»Ach ja?« Sie zog die Augenbrauen hoch. Für Sex fühlte sie sich entschieden zu ausgelaugt.

»Hast du Lust, unser Haus zu besichtigen?«

Sie lachte überrascht auf. »Die Nachbarn werden denken, wir sind Einbrecher, die die Gegend auskundschaften.«

»Also nicht?«

»Heute Nacht würde ich es einfach nicht mehr ertragen, verhaftet zu werden und unsere zukünftigen Nachbarn davon überzeugen zu müssen, dass wir keinen Knall haben.«

In dieser Nacht wollte sie einfach in seinen Armen einschlafen und hoffen, dass morgen für sie alle ein besserer Tag sein würde.

In gewisser Weise hatte Asias Zusammenbruch auch sein Gutes. Obwohl sich ihr Blutbild bis Mittwochmorgen so weit verbessert hatte, dass die Ärzte bereit waren, sie aus dem Krankenhaus zu entlassen, hielten sie es noch nicht für ratsam, die Chemo sofort fortzusetzen. Das verschaffte ihr eine Atempause. Anstatt wie sonst am Donnerstag im Liegesessel im Krankenhaus zu sitzen, ging sie mit Lucy einkaufen. Wegen möglicher Krankheitskeime sollte Asia große Menschenansammlungen vermeiden. Das Einkaufszentrum kam daher nicht infrage, doch der Besuch in einer kleinen Spezialboutique erschien ihr nicht allzu riskant.

An einer Wand befanden sich Brustprothesen und Dessous für Frauen nach einer Mastektomie. Doch mindestens die Hälfte des kleinen, schicken Ladens war Perücken, Tüchern und Hüten vorbehalten, von den neuesten Modetrends bis zu exklusiven Abendaccessoires. Auf einer rosafarbenen Baseballkappe stand in glitzernden Strasssteinen NIEDER MIT DEM KREBS.

Sehr richtig!

Asia lächelte ihre Schwester über den Kopf einer platinblonden Schaufensterpuppe hinweg an. »Was meinst du, Luce? Werden Blondinen wirklich bevorzugt?«

Lucy lachte und wandte sich von einer stufig geschnittenen kastanienbraunen Perücke ab.

»Blond? Das würde heute Abend aber eine echte Überraschung für Brandon werden.«

Er hatte angeboten, mit einer Packung Popcorn und einem Film bei Asia vorbeizukommen, falls sie nach dem Einkaufsbummel noch Lust auf Gesellschaft hätte. Wenn nicht, wollte er ihr heiße Suppe bringen und sich dann gleich wieder verabschieden. Sie hatten sich noch nicht wiedergesehen, seit er sie im Krankenhaus besucht hatte, und sie kam sich sehr verletzlich vor. An dem Abend, als sie ihn geküsst hatte, hatte er ihr versichert, dass ihm ihre Krankheit durchaus bewusst war. Und es war auch sein Ernst gewesen, das wusste sie. Doch möglicherweise machte es einen Unterschied, ob man über diese Tatsache abends nach einer netten Feier sprach oder in einem Krankenzimmer damit konfrontiert wurde, wo sie an Maschinen und Monitore angeschlossen lag und er eine Maske tragen musste, weil schon sein Atem ihr schaden konnte.

Vielleicht fanden Lucy und sie heute gar keine Perücke oder nur eine, die erst bestellt werden musste. Dabei hätte Asia gerade heute Abend gern eine getragen. Sie wollte wieder als die gesunde Frau erscheinen, die Brandon einmal kennengelernt hatte.

Durch den Vorhang vor einem Hinterzimmer trat eine dezent, doch elegant gekleidete Verkäuferin. Zu Asias Erleichterung trug sie kein Parfüm, das die empfindlichen Sinne der Kranken belastet hätte. »Guten Tag, die Damen. Kann ich Ihnen helfen?«

»Ich hoffe es.« Asia holte das Foto, das sie mitgebracht hatte, aus der Handtasche. Die Frauen aus ihrer E-Mail-Gruppe hatten ihr geraten eins mitzunehmen, damit die Verkäuferin sehen konnte, was Asia sich vorgestellt hatte. Mit langen Haaren wäre Asia sich jetzt albern vorgekommen, doch sie hatte ein Bild von sich und Lucy gefunden, auf dem sie beide am Rande einer Parade zum vierten Juli in die Kamera lachten. Ihr dunkles Haar war darauf kurz und lockig und irgendwie kess. Das wäre jetzt genau das Richtige.

Die Frau blickte von dem Foto auf und lächelte Asia verständnisvoll zu. »Ich glaube, wir haben genau das Richtige für Sie, meine Liebe.«

Und damit hatte sie recht gehabt, dachte Asia vergnügt, nachdem Lucy sie zu Hause abgesetzt hatte. Während der Fahrt hatte ihre Schwester sie immer wieder verblüfft angeschaut.

»Sie wirkt so natürlich«, hatte Lucy sich gewundert.

»Fühlt sich auch fast so an.«

»Ich bringe dich noch nach oben, dann verschwinde ich,

damit du dich fertig machen kannst«, sagte Lucy, doch als sie in den Aufzug stiegen, warf sie ihrer Schwester einen besorgten Blick zu. »Alles in Ordnung? Das machst du schon die ganze Zeit.«

Erst jetzt bemerkte Asia, dass sie sich die rechte Bauchseite rieb. »Es schmerzt. Ständig tut mir alles weh, sodass ich es manchmal kaum noch bemerke. Aber keine Sorge, die Ärzte haben mich schließlich nach Hause gehen lassen, nicht?«

Nach den Tagen im Krankenhaus wollte Asia es sich in ihren eigenen vier Wänden so gemütlich wie möglich machen. Sie dimmte das Licht im Wohnzimmer und zündete eine Kerze mit Zitrusduft an, die ihr Thayer geschickt hatte. Asia war gerade in der Küche und goss sich ein Glas Wasser ein, als es klopfte.

Es schien ihr noch ein bisschen früh für Brandon, doch er war es. Lächelnd ließ sie ihn eintreten. »Du bist früh dran.«

»Ich bin früher gegangen, weil … Hey, du siehst aber hübsch aus!«

»Du bist früher gegangen, weil ich hübsch aussehe?«, neckte sie ihn.

»Ich wollte dich sehen und hatte keine Lust, im Stau zu stehen. Deshalb habe ich ein paar Minuten eher Feierabend gemacht.« Er beugte sich herunter, um sie zu küssen, zögerte dann aber. »Das sollte ich wohl besser nicht, was?«

»Auf die Wange geht schon.« Das war zwar nur ein kümmerlicher Ersatz für das, was sie sich wünschte, trotzdem wollte sie das Beste aus dem Abend machen. »Was für einen Film hast du denn mitgebracht?«, fragte sie munter.

»Einen Klassiker.« Er hielt eine DVD und einen Beutel Mikrowellenpopcorn hoch. »*Casablanca*.«

»Hm.« Sie schüttelte übertrieben betrübt den Kopf. »Damit wirst du es dir aber ernstlich mit Lucy verderben.«

»Wie kann jemand *Casablanca* nicht mögen? Bergman, Bogart, toller Text, tolle Musik, tolle Story.«

»Sie hat so einen Happy-End-Tick.«

»Aber der Film hat doch eine Art Happy End. Rick tut genau das Richtige, wenn er das Mädchen gehen lässt. Er ist großherzig, weil er sie liebt. Und am Ende bleiben ihm noch Sam und Louis. ›Das ist der Anfang einer wunderbaren Freundschaft‹«, nuschelte Brandon.

Asia prustete vor Lachen. »Iiih – sollte das vielleicht Bogart sein?«

Er zog eine Augenbraue hoch. »Ich bin einfach klasse als Bogey.«

»Ähm … bleib lieber bei Elvis.«

»Jedem seine Meinung. Dann mach du doch mal Bogart nach«, forderte er sie auf, während er ihr in die Küche folgte.

»Kann ich nicht. Jedenfalls genauso wenig wie du.«

»Das ist der Dank dafür, dass ich extra gekommen bin, um dir das Abendessen zu machen«, erwiderte er mit beleidigter Miene.

Sie ließ sich am Tisch nieder. »Wenn ich mich recht entsinne, brauchst du lediglich den Ofen einzuschalten und einen Auflauf von Moms Freundinnen darin aufzuwärmen, während wir uns den Film ansehen. Das ist ja nicht gerade so, als würdest du ein Vier-Gänge-Menü zaubern.«

»Herzloses Weib. Du kannst dir doch vorstellen, dass ich

einen harten Arbeitstag hinter mir habe. Und dann meckerst du noch rum.«

Sie stützte die Wange in eine Hand und fragte: »Hattest du wirklich einen schlimmen Tag?«

»Nein, eigentlich nicht. Übrigens, bevor ich es vergesse, ich soll dir das hier geben. Seit ich Fern am Dienstag im Krankenhaus über den Weg gelaufen bin, ist es wohl ein offenes Geheimnis, dass wir beide uns treffen. Ich habe nichts dazu gesagt, aber …« Er blickte sie so betreten an, als er ihr die Karte mit den Genesungswünschen reichte, dass sie dahinschmolz.

»Ist schon gut. Das ist in unserer Firma ja schließlich nicht verboten, und ich habe andere Sorgen, als mir Gedanken darüber zu machen, was Morris wohl dazu sagt.« Sie zog die Karte aus dem Umschlag und las die guten Wünsche und die vielen Unterschriften in blauer und schwarzer Tinte. Ihr war gar nicht klar gewesen, wie viel ihr die Kollegen bedeuteten. Doch jetzt fehlten sie ihr. Sie vermisste ihr Büro und das Schwätzchen in der Kochnische und Ferns neue Bilder von Tommy …

»Alles klar?«, erkundigte sich Brandon. »Du siehst auf einmal so traurig aus.«

»Das hat nichts mit uns beiden zu tun«, versicherte sie ihm rasch. »Und ich bin auch nicht richtig traurig. Vielleicht habe ich eher Heimweh nach der Firma.«

Nachdem sie sich einen Auflauf ausgesucht und in den Ofen geschoben hatten, erzählte er ihr von der Arbeit. Danach vermisste sie ihr Büro noch immer, doch sie fühlte sich nicht mehr ganz so ausgeschlossen. Dann klingelte der Ofen, und sie schlug vor, in der Küche zu essen.

»Danach kuscheln wir uns auf die Couch und sehen uns den Film an«, fügte sie hinzu.

»Ich werde dich beim Wort nehmen.«

Sie grinste. »So war das auch gedacht.«

Asia war dankbar, dass er ihr mit dem Essen zur Hand ging, und sie wusste auch, dass ihr angeschlagenes Immunsystem unbedingt Vitamine brauchte. Doch sie hatte keinen großen Hunger. Während er aß, stocherte sie nur gedankenverloren auf ihrem Teller herum. Unglücklicherweise fiel ihr wieder ein, woran sie im Krankenhaus gedacht hatte.

»Brandon? Kann ich … dich was fragen?«

»Sicher.« Als sie nicht weiterredete, legte er die Gabel hin und sah sie an. »Stimmt was nicht?«

»Ich möchte gerne etwas wissen, aber ich könnte mir vorstellen, dass es für dich sehr persönlich, vielleicht sogar schmerzhaft ist, darüber zu reden.«

Er saß bewegungslos da. »Na gut. Jetzt hast du mich ja vorgewarnt und kannst weiterreden.«

»Du hast erwähnt, dass deine Mutter nicht mehr lebt. Wie ist sie gestorben?«

»Herzversagen. Sie hatte ihr Leben lang ein schwaches Herz. Es war nicht so, dass sie richtig krank oder beeinträchtigt war, aber wir wussten alle Bescheid über ihren Zustand. Die Ärzte machten sich große Sorgen, als sie mit meiner Schwester schwanger war, und noch mehr, als sie mich erwartete, weil sie da ja noch ein paar Jahre älter war. Aber so lange ich denken kann, ging es ihr immer gut. Bis zum Schluss.«

»Es kam also ganz plötzlich.«

Er nickte. »Ja. Wie jeder Herzpatient wurde sie regelmäßig untersucht, doch selbst die Ärzte waren nicht darauf gefasst, dass sie so einfach umfallen ...«

»Tut mir leid. Ich hätte nicht davon anfangen sollen.«

»Nicht doch.« Er nahm tröstend ihre Hände, als wollte er sie körperlich davon abhalten, sich emotional wieder von ihm zu entfernen. »Ich bin froh, dass du danach gefragt hast. Natürlich ist es nicht gerade erfreulich, darüber zu reden, aber ich kann doch nicht so tun, als wäre es nie geschehen. Ist schon gut.«

Sie glaubte ihm. Trotzdem hatte sie den Eindruck, als nutzte er die Gelegenheit, sich wieder zu fassen, als er kurz darauf aufstand und den Tisch abräumte.

Sie hatte befürchtet, dass Brandons Mutter langsam dahingesiecht war. Obwohl Asia, was ihren eigenen Zustand betraf, die Hoffnung noch nicht aufgegeben hatte, wäre es ihr doch grausam erschienen, wenn Brandon noch einmal einem langen Leiden untätig hätte zusehen müssen. Sie war froh, dass Mrs. Peters nicht gelitten hatte.

Asia hatte ein schlechtes Gewissen, weil der Abend durch sie eine etwas traurige Wendung genommen hatte, und versuchte es wiedergutzumachen, als Brandon die DVD einlegte. »Also, ich glaube, jetzt hab ich's«, ließ sie sich von der Couch vernehmen.

»Was denn?«

»Meine Bogey-Imitation. Willst du sie hören?«

Er hielt inne und blickte grinsend über seine Schulter. »Dann schieß mal los.«

Sie ließ ihre Stimme in den Keller rutschen und sprach, als hätte sie den Mund voller Murmeln. »Ich seh dir in die Augen, Kleines.«

Lachend griff er nach der Fernbedienung. »Das war nicht schlecht. Richtig gut sogar.«

»Besser als bei dir, oder?«

Er legte den Arm um sie. »Halt den Mund und sieh dir den Film an.«

14

Ohne der Krankenhauskost gegenüber allzu kritisch zu sein, konnte sich Asia doch nicht besonders für die orangefarbene zähe Masse begeistern, die vollmundig als Süßkartoffeln angekündigt worden war.

Ausgerechnet hier muss ich Thanksgiving verbringen. Es war schon schlimm genug, dass sie überhaupt wieder im Krankenhaus lag, doch gerade vor dem Feiertag war das der größte Mist.

Um nicht hinter den weißen Blutkörperchen zurückzustehen, hatten die roten jetzt so verrückt gespielt, dass Asia in der vergangenen Woche zu einer Bluttransfusion eingewiesen worden war. Diverse Komplikationen und eine Magen-Darm-Geschichte hatten dafür gesorgt, dass sie sich immer noch dort aufhielt. *Gratuliere, du hast Krebs. Also verabschiede dich von deiner Würde und gib schön Auskunft über deine Darmtätigkeit.*

Statt sich von ihrer Mutter eine Truthahnkeule auf den Teller legen zu lassen, befand Asia sich nun allein hier in diesem halbprivaten Krankenzimmer.

Für die Krankenschwestern und die diensthabenden Ärzte war es allerdings noch schlimmer. Schließlich waren sie gesund und mussten trotzdem hier sein. Als Lucy ihr am Telefon versprach, ihr später einen Teller mit Mariannes Feiertagsessen vorbeizubringen, hätte Asia sie daher am liebsten gebeten, das gesamte Krankenhauspersonal mit Leckereien zu versorgen. Doch solche Mengen konnte nicht einmal Marianne fabrizieren.

Es klopfte an der Tür, die Asia hinter dem Vorhang nicht sehen konnte.

Brandon.

Sein Besuch löste in ihr ebenso gemischte Gefühle aus wie die Untersuchungsergebnisse der vergangenen Woche: *Die Anzahl der roten Blutkörperchen ist gestiegen, die Tumormarker aber leider auch. Ihr Knochen-CT hat nichts Neues erbracht, aber wir würden uns gerne Ihre Leber näher ansehen.*

»Ich bin hier!«, rief sie.

Er ging um den Raumteiler herum und sah so gesund, so verdammt attraktiv aus, dass es einfach nur ungerecht war. Man sollte gut aussehende Männer überhaupt nur ins Krankenhaus lassen, wenn sie ebenfalls hinten offene Baumwollkittel trugen. Dann müsste sie selbst sich nicht so schrecklich unterlegen fühlen. Außerdem hätte sie zu gerne mal einen Blick auf sein Hinterteil geworfen.

»Frohes Thanksgiving«, sagte er. »Statt Blumen habe ich dir das hier mitgebracht.«

Er überreichte ihr eine längliche Pappschachtel, auf deren Deckel eine schiefe, zerknitterte Schleife saß.

»Das wäre doch nicht nötig gewesen. Trotzdem vielen Dank!« Sie griff nach der Schachtel.

Noch bevor sie richtig hineingeschaut hatte, konnte er sich das Grinsen nicht mehr verkneifen.

Kundenakten! »Du halst mir Arbeit auf, wo ich mich doch ausruhen soll, du Blödmann?«, sagte sie liebevoll. *Gott sei Dank.* Sie hätte sich sonst noch zu Tode gelangweilt.

»Ich habe ein paar Anmerkungen eingefügt und würde nach dem Feiertag gerne deine Meinung dazu hören«, gestand er. »Aber um nicht als kompletter Egoist dazustehen, schenke ich dir auch ein Ein-Jahres-Abo für einen DVD-Ausleihservice. Du gibst online die Filme ein, die du haben willst, und dann schicken sie sie dir zu. Ich habe mich gewundert, dass du so was nicht schon längst besitzt.«

»Bis vor Kurzem brauchte ich es nicht. Lucy hat eine Riesenauswahl an DVDs, die ich mir borgen konnte. Aber bei dem ganzen Leerlauf in letzter Zeit habe ich mir alle ihre Filme schon mindestens zweimal angesehen. Vielen Dank.«

Er stellte einen silberfarbenen Kasten auf ihren Nachtschrank. »Ich dachte mir, bei den vielen DVDs und der ganzen Zeit, die du in dieser Wellnessoase totschlagen musst, brauchst du unbedingt einen tragbaren DVD-Player.«

»Brandon ... das ist einfach zu viel. Das hättest du nicht tun sollen.«

»Wenn du dich erst einmal besser fühlst und dir danach zumute ist, wird uns schon was einfallen, wie du es wiedergutmachen kannst«, flüsterte er im Verschwörerton.

Sie lachte, fragte sich aber zugleich, ob er wohl wusste, wie sehr er mit seiner scherzhaften Bemerkung ins Schwarze getroffen hatte. An dem Abend, als sie aneinandergekuschelt auf der Couch gesessen und sich *Casablanca* angeschaut hatten, hatte sie ihn begehrt. Die Fantasien waren noch da, doch sie in die Tat umzusetzen … Eines Tages, hoffte sie.

Aber nicht heute.

»Ich freue mich, dass du gekommen bist. Schließlich ist heute Thanksgiving«, sagte sie. Brandons Vater und Schwester waren zwar in Deutschland, doch er hatte noch zahlreiche Verwandte nicht allzu weit entfernt in South Carolina. Sie wollte ihn nicht aufhalten. »Du solltest mit denen zusammen sein, die du liebst.«

»Wer sagt denn, dass ich das nicht bin?« Er legte den Kopf schief und blickte ihr fest in die Augen.

Liebe? Verdammt noch mal. Damit hatte sie nicht gerechnet.

Sie selbst hatte es immer vermieden, allzu eingehend über ihre Gefühle nachzudenken … was ihr bei ihrem medikamentenvernebelten Hirn meistens nicht besonders schwerfiel. Ihr kamen die Tränen, als sie daran dachte, was Brandon alles für sie getan hatte seit dem Nachmittag, als Morris ihm einen Teil ihrer Aufgaben übertragen hatte. Brandon hatte sie überrascht, ihr Mut gemacht, sie zum Lachen gebracht und dafür gesorgt, dass sie über sich selbst staunte. Dann dachte sie an die Untersuchungen, die ihr bevorstanden – die Ermittlung der Bilirubinwerte, die Ultraschalluntersuchung der Leber. All das verhieß nichts Gutes für sie.

Und für die, die ihr nahestanden, auch nicht.

Langsam wuchs ihr alles über den Kopf – Brandon und seine zarten Andeutungen, die neuen Befürchtungen der Ärzte. Das Einzige, was sie in diesem Augenblick wirklich wollte, war eine Portion von Mariannes Kartoffelbrei. Sie sehnte sich nach diesem satten, zufriedenen Gefühl, das sie als Kind immer beim Thanksgiving-Festmahl verspürt hatte. Was konnte einem schon geschehen, wenn der Tisch sich unter den leckeren Speisen bog und man im Kreise seiner Familie saß – zwischen einer Mutter, die einen über alles liebte, einem großen, starken Vater mit breiten Schultern zum Anlehnen und einer kleinen Schwester, in deren Augen man der coolste Mensch auf Erden war.

Mein Gott, wie ihr dieses Gefühl der Sicherheit fehlte.

»Brandon.«

»Wir haben Thanksgiving! Noch eine einzige Miesmacherei und ich hetze dir die übelste von allen Krankenschwestern auf den Hals.«

»Brandon, setz dich hin und hör mir zu.«

Er zog den breiten Polstersessel, auf dem ein Besucher zur Not auch schlafen konnte, näher ans Bett.

»Ich war eigentlich nicht auf irgendeine ... Beziehung aus«, sagte sie. Was sie nicht daran gehindert hatte, ihn zu küssen oder so viel Zeit wie möglich mit ihm zu verbringen. »Ich mag dich wirklich sehr.« Der Satz klang selbst in ihren Ohren lahm im Vergleich zu dem, was er angedeutet hatte. Aber was hatte sie zurzeit schon zu bieten?

Sie wandte den Blick ab. »Lass dich nicht noch mehr auf mich ein, Peters. Das ist einfach zu riskant.«

Es war jetzt drei Wochen her, seit sie kräftig genug für eine Chemo gewesen war, und mittlerweile konnte sie ihre Beschwerden nicht mehr nur auf die Nebenwirkungen der Medikamente schieben. Da ging etwas Schlimmeres in ihrem Körper vor. Und wenn sie jetzt obendrein Metastasen in der Leber entdeckten ... Noch war das letzte Wort nicht gesprochen, und sie ging davon aus, dass ihr noch Zeit blieb. Doch sie ging auch davon aus, dass es für sie nie mehr eine Zukunft ohne Krebs geben würde. Ihr Onkologe hatte ihr geraten, es als chronische Erkrankung zu betrachten, mit der man unter Umständen jahrelang leben konnte. Wahrscheinlich musste sie sich für den Rest ihres Lebens mit medizinischen Problemen und unerwarteten Krankenhausaufenthalten zu den ungünstigsten Zeiten abfinden. Sie konnte damit fertig werden, besonders wenn man an die Alternative dachte, doch Brandon wollte sie es nicht auch noch zumuten.

»Asia, hast du schon mal was vom Risiko-Rendite-Verhältnis gehört?«, fragte er. »Manchmal bringt der gewagteste Einsatz den größten Gewinn.«

»Wenn du unbedingt ein Risiko eingehen willst, dann gibt es dafür bessere Möglichkeiten als ausgerechnet Brustkrebs«, beharrte sie.

Er hob ihr Kinn mit einem Finger an. »Ich habe dir schon einmal gesagt, du bist nicht der Krebs. Und mit meinen Gefühlen für dich hat er auch nichts zu tun. Er ist für mich kein Grund, etwas zu bereuen oder Mitleid mit dir zu haben oder dich zu bewundern. Dein Witz, dein gutes Herz, deine Entschlossenheit und ein beneidenswertes Talent als Bogey-Imitator – das sind die Dinge, die mir an dir imponieren. Deswegen habe ich mich in dich verliebt.«

Normalerweise war das Haus der Swensons an Thanksgiving erfüllt von Wärme, Lachen und dem Muskatnussduft der Kürbispastete im Ofen.

Doch im Augenblick roch das ganze Haus nach angebrannten Plätzchen. Lucy konnte sich gar nicht mehr erinnern, wann ihre Mutter das letzte Mal etwas hatte anbrennen lassen. *Ich hätte es eigentlich riechen müssen, bevor es zu spät war.* Lucy befand sich im Zimmer neben der Küche, doch mit den Gedanken war sie weit weg. Aus diesem Grund lagen auch fünf Bestecke neben der guten Silberdose auf dem Tisch. Fünf Messer, fünf Salatgabeln, fünf normale Gabeln, fünf Teelöffel. *Idiot.* Sie waren doch nur zu viert heute.

Aber fünf Gedecke aufzulegen war nun mal alte Gewohnheit. Schmerzhaft kam ihr der Gedanke in den Sinn, wie viele Thanksgiving-Feste sie wohl brauchen würde, um diese Gewohnheit abzulegen. Energisch ließ sie den Deckel der Besteckdose zufallen. Nur *ein einziges Mal* war Asia nicht dabei – einmal in vierunddreißig Jahren. Es brachte doch nichts, sich derart verrückt zu machen.

Asias Ärzte befürchteten, dass der Krebs trotz Therapie weiterwucherte. Doch im Augenblick war ihr Zustand stabil, und erst weitere Untersuchungen nach dem Feiertag würden Klarheit bringen.

Feiertag – was für ein Blödsinn. Der Krebs kannte auch keine Feiertage.

Als sie den Tisch fertig gedeckt hatte, ging Lucy zu ihrer Mutter in die Küche. Im Nebenzimmer sahen sich George und Michael ein Footballspiel an. Einmal hatte Michael fragend zu Lucy hinübergeschaut, ob er ihr helfen oder sitzen bleiben sollte. Doch wenn sie daran dachte, wie nervös Marianne den ganzen Morgen über gewesen war, hielt Lucy es für das Beste, wenn Michael nicht auch noch im Weg herumstand.

»Was kann ich sonst noch machen?«, fragte Lucy. Sie hätte ihre Mutter gern in die Arme genommen, doch dann wäre Marianne wahrscheinlich in Tränen ausgebrochen. Bis auf ein paar Pannen beim Kochen hielt sie sich einigermaßen. Da wollte Lucy nicht schuld daran sein, wenn ihre Mutter vollends die Fassung verlor.

»Hier ist nicht mehr viel zu tun, denke ich.« Marianne betrachtete die gefüllten Platten und Schüsseln auf der Arbeitsplatte, als wüsste sie nicht mehr genau, wie sie dorthin gekommen waren. »Der Süßkartoffelauflauf ist ein bisschen weicher geworden als beabsichtigt. Ob der Ofen nicht mehr ganz in Ordnung ist?«

»Das könnte sein«, stimmte Lucy ihr verständnisvoll zu.

»Ich werde nächste Woche deinen Vater bitten, mal nachzusehen. Im Reparieren war er schon immer gut.«

Als das Essen aufgetragen war, fragte Marianne leise: »Bringst du ihr eine Portion?«

»Gleich nach dem Essen, wenn du willst«, erwiderte Lucy. Sie hatten vereinbart, dass sie Asia nacheinander besuchen wollten. So würde es im Krankenzimmer nicht zu voll werden und Asia müsste an Thanksgiving nicht zu viel Zeit alleine verbringen.

Als alle vier Platz genommen hatten, bat Marianne wie jedes Jahr ihren Mann: »Würdest du bitte das Tischgebet sprechen?«

Für das Tischgebet und das Tranchieren des Truthahns war er zuständig. George räusperte sich, und alle senkten die Köpfe.

»Himmlischer Vater«, begann er in seiner vertrauten rauen Baritonstimme. »Wir danken dir für diesen Tag und für das Festmahl vor uns auf dem Tisch. Für unsere Lieben, die … die um diese Tafel versammelt sind, und die L-Lieben, die … heute nicht bei uns sein können. Wir bitten dich, Gott, dass … wir bitten dich …«

Er verstummte und schwieg so lange, dass Lucy den Kopf hob und zu ihm hinüberschaute. Im gleichen Augenblick stand er unbeholfen auf und verließ mit einem gemurmelten »Entschuldigt mich« das Zimmer.

Mit klopfendem Herzen und feuchten Augen blickte sie ihre Mutter an.

»Wir bitten dich«, fuhr Marianne mit überraschend klarer Stimme fort, »halte deine schützende Hand über unsere Lieben und schenke ihnen Gesundheit. Amen. Und jetzt greift zu, ihr beiden, bevor alles kalt wird.« Sie selbst jedoch stand auf und ging in die Küche.

Lucy sah, dass ihr Vater mit dem Rücken zu ihnen vor der Arbeitsplatte stand. Seine Schultern bebten. *Oh Daddy.* Es brach ihr beinahe das Herz.

Als Marianne sich hinter ihn stellte und die Wange an seinen Rücken legte, musste Lucy sich abwenden. Der Anblick tat einfach zu weh. Außerdem war es ein Augenblick, in dem die Eltern und Ehepartner ihren Schmerz miteinander teilten; da hatte Lucy nichts zu suchen. Als die beiden an den Tisch zurückkehrten, erwähnte keiner den Vorfall. Lucy bemerkte, dass sich ihre Eltern während der gesamten Mahlzeit an den Händen hielten. Essen und Trinken wurde dadurch bestimmt erschwert, doch sie brachten es irgendwie zustande.

Nach dem Essen half Lucy ohne besondere Eile beim Abräumen und gab dabei Michael unauffällig ein Zeichen, dass es Zeit wurde zu gehen. Noch nie zuvor war sie so begierig darauf gewesen, ihr Elternhaus zu verlassen. Außerdem wollten ihre Eltern jetzt bestimmt lieber alleine sein.

Auf dem Weg ins Krankenhaus fragte Michael nur einmal: »Alles klar mit dir?«

Nein. »Ja.« Wie hätte sie auch etwas anderes sagen können, wo sie schließlich gesund wie ein Pferd war.

Sie fanden ohne Schwierigkeiten einen Parkplatz. Lucy hatte gehört, dass es an Feiertagen in einem Krankenhaus immer besonders voll war, aber vielleicht galt das nur für die Notaufnahme. Als sie an Michaels Seite hineinging, versuchte sie, sich wie früher an ihn zu lehnen. Doch im Laufe der letzten Wochen war sie so steif geworden, dass sie sich in ihrem eigenen Körper ganz fremd fühlte. Wahrscheinlich lag es daran, dass sie sich immer von Neuem gegen Hiobsbotschaften über Asias Gesundheitszustand wappnen musste.

»Ich kann doch auch was davon tragen«, bot Michael ihr an.

An ihrem Arm hing eine kleine Tasche mit diversen Küchenutensilien, Gewürzen und Papierservietten, die mit wild dreinblickenden Truthähnen in Pilgerhüten bedruckt waren. In den Händen balancierte sie eine mit Alufolie abgedeckte Platte und eine kleine Tupperdose. Marianne hatte ihr von jedem Gericht eine Kostprobe mitgegeben, damit Asia sich aussuchen konnte, worauf sie Appetit hatte. Da das ganze Essen nicht auf einen normalen Teller passte, hatte Lucy eines von den Tabletts genommen, die ihre Mutter für die Brautparty gekauft hatte.

Lucy hätte Michael einen Teil tragen lassen sollen, doch sie brachte es einfach nicht über sich.

»Danke, es geht schon«, erwiderte sie. In den Südstaaten waren die Frauen für das Essen zuständig, und das wollte auch sie sich nicht nehmen lassen, wenn sie schon nicht mehr für Asia tun konnte. Vermutlich konnte sie mit den Speisen die ganze Station durchfüttern und nicht nur ihre Schwester, die in den letzten paar Monaten beinahe sieben Kilo abgenommen hatte. Als sie durch das Gewirr der Korridore zur Krebsstation gingen, bemerkte Lucy, dass hier und da große Schmetterlinge in Blau und Lindgrün auf die Deckenfliesen gemalt waren. Ein paar von ihnen ließen sich auf gelben Blüten nieder. Zweifellos sollten die fröhlichen Bilder die Patienten aufheitern, die angstvoll und bedrückt nach oben blickten, wenn sie auf einer Rolltrage durch die Gänge geschoben wurden.

Doch auf Lucy hatten die Schmetterlinge eine eher deprimierende Wirkung. Sie passten einfach nicht hierher, wo es nach Desinfektionsmitteln roch, die Türen Aufschriften wie »Gefährliche Stoffe – nur für autorisiertes Personal« trugen, und das Keuchen der Beatmungsgeräte aus den Zimmern drang.

Lucy war ganz in Gedanken versunken, als Michael sie ansprach. »Dreihunderteinundzwanzig, nicht? Ich glaube, das hier ist ihr Zimmer.«

Sofort setzte Lucy ein aufmunterndes Lächeln auf. »Hallo?«

»Ich rieche Essen«, ließ sich Asias schwache Stimme vernehmen.

Als sie den Vorhang beiseiteschoben, sahen sie, dass sie

aufrecht im Bett saß. Ihre Bauchschmerzen schienen nachgelassen zu haben.

»Frohes Thanksgiving«, sagte Lucy und kam sich blöd dabei vor. Wie konnte es für Asia ein froher Tag sein?

»Dir auch, Blondie. Ich habe mir heute Morgen Macy's Thanksgiving-Parade in New York angesehen und mir dabei überlegt, welcher der Wagen dir wohl am besten gefallen würde. Ihr habt übrigens gerade Brandon verpasst.«

Lucy war froh zu hören, dass er Asia besucht hatte. »Hast du Mom und Dad eigentlich schon von deinem Freund erzählt? Sie kommen dich später besuchen.«

»Ich habe gesagt, dass er ein Freund und Kollege von mir ist.« Asia legte die Fingerspitzen aneinander. »Ob ich erzählt habe, dass er mich im Krankenhaus besucht hat, weiß ich nicht mehr. Aber ich erwähne es ja auch nicht jedes Mal, wenn Stephanie oder Fern vorbeikommen.«

»Ah ja«, bemerkte Lucy mit einem vielsagenden Blick. Was Asia ihren Eltern erzählte – oder auch nicht erzählte –, war ihre Sache, doch Lucy wusste genau, dass Brandon und Asia mehr als nur Freunde waren.

Sie stellte die Speisen auf einem der Nachttische ab. »Mom und ich waren nicht sicher, was du vertragen kannst oder worauf du heute Appetit hast. Deshalb haben wir dir ein bisschen von allem eingepackt. Mom wird es dir nicht übel nehmen, wenn du noch nicht viel davon gegessen hast, bis sie zu Besuch kommt.«

»Im Augenblick könnte ich eher was zu trinken vertragen. Michael, würdest du mal nachsehen, ob du eine Schwester findest? Sie soll mir noch etwas Saft bringen, sobald sie Zeit hat.«

Er nickte. »Mach ich.«

Als er draußen war, klopfte Asia einladend auf die Matratze, und Lucy ließ sich auf der schmalen Bettkante nieder. Als Lucy vier oder fünf war, fürchtete sie sich vor Stürmen. Dann kroch sie immer zu Asia ins Bett, und die beiden kuschelten sich aneinander. Asia las ihr aus den Büchern von Dr. Seuss vor, bis ihre kleine Schwester eingeschlafen war oder der Sturm sich gelegt hatte. Lucy liebte Dr. Seuss, bis auf eine Ausnahme. Die düsteren Zeichnungen in einem der Bücher machten ihr Angst. Also schlich sie eines Nachts die Treppe hinunter, warf das Buch in den Mülleimer und verteilte zur Tarnung ein paar Werbeprospekte darüber. Sie war so stolz auf ihre Verwegenheit gewesen und so froh, weil sie das gefürchtete Buch losgeworden war, dass sie sich ein paar Tage lang unbesiegbar gefühlt hatte. Dieses Gefühl hätte sie jetzt brauchen können. Dann hätte sie es ihrer Schwester eingeflößt wie eine Blutkonserve.

Den Krebs, den würde ich besiegen.
Nie mehr würdest du ihn kriegen.
Medizin wär plötzlich da.
Wachsen würde schnell dein Haar.
Schwesterchen, wärst nie mehr krank.
Nie mehr, dein ganzes Leben lang.

»Wie geht's dir?«, fragte Asia.

Lucy stieß ein freudloses Lachen aus. »Das sollte ich wohl besser dich fragen.«

»Dann müsste ich es dir ja sagen. Und du willst es bestimmt gar nicht wissen.« Asia schüttelte sich in gespieltem Schaudern.

»Mir geht's gut«, sagte Lucy. »Für die Hochzeit ist so weit alles vorbereitet. Wir brauchen nur noch die amtliche Heiratserlaubnis und müssen noch unser Traugespräch mit Pastor Bob führen. Früher oder später musst du Mom von Brandon erzählen, denn sein Name wird auf den Platzkarten auftauchen.«

Asia seufzte. »Ich habe ihm heute gesagt, er soll es aufgeben.«

»Was!?« Da hatte Asia endlich mal einen tollen Typ gefunden, und dann jagte sie ihn weg? Ob die Krankenschwestern wohl schimpfen würden, wenn Lucy ihr eins mit dem Kissen überzog?

»Ich versuche, nicht allzu pessimistisch zu sein, Lucy, aber … diese Untersuchung, die Dr. Klamm nächste Woche machen will … könnte sein, dass sie nichts Gutes ergibt.«

Lucy holte tief Luft. Ihr war klar, dass ihre Schwester vielleicht recht hatte, doch sie wollte hoffen und beten, dass es nicht so war. »Denk mal an deine Freunde Rob und Stephanie. Du würdest es doch auch nicht gut finden, wenn er sie sitzen ließe, falls ihr Zustand sich plötzlich verschlechtern sollte.«

»Das ist etwas anderes. Die beiden haben sich Treue geschworen, in Krankheit und Gesundheit. Sie haben sich kennengelernt und verliebt, bevor die Krankheit ausbrach. Das ist bei mir und Brandon nicht der Fall.«

»Vielleicht war er ja schon die ganze Zeit über in dich verliebt, und du hast es nur nicht gemerkt.«

Asia schnaubte. »Ich habe mal eine von seinen Freundinnen gesehen und kann mir nicht vorstellen, dass er mit *der* ausging und sich zugleich nach mir verzehrte.«

Plötzlich wurde Lucy klar, dass sie sich wünschte, Asia und Brandon würden eine ernsthafte Beziehung eingehen. Sie wollte, dass Asia geliebt wurde, nicht nur von ihrer Familie, sondern auch von anderen, wie zum Beispiel von Stephanie und Fern. Als sie die ganzen Hochzeitseinladungen schrieb, hatte Lucy darüber nachgedacht, welch große Rolle andere Menschen in ihrem eigenen Leben spielten. Sie hatten ihre Persönlichkeit geprägt und das Bild, das sie von sich selbst hatte. Je mehr Menschen Asia liebten, so wie Lucy es tat, desto mehr würde Asia in der Erinnerung weiterleben, wenn …

Falls. Lucy blinzelte ein paarmal schnell hintereinander. *Falls.*

»Du solltest nicht hier sein«, sagte Asia leise. »Es ist so bedrückend.«

»Vielleicht mache ich noch einen Abstecher zur Säuglingsstation, bevor wir gehen«, sprudelte Lucy hervor. »Es würde doch Spaß machen, sich all die Babys anzusehen, die in ihren rosa und blauen Decken wie kleine Burritos aussehen.«

Asia schenkte ihr ein wehmütiges Lächeln. »Ich habe über Babys nachgedacht. Deine und Michaels. Möchtet ihr sofort eine Familie gründen?«

»Ich bin mir nicht sicher.« Abermals überkam Lucy dieses Gefühl der Traurigkeit. Sie hoffte, dass sie eines Tages ein kleines Mädchen mit Asias Intelligenz und ihren grüngoldenen Augen hätte. Und dass Asia da wäre, um ihm all die Dinge zu erklären, von denen Lucy nicht viel Ahnung hatte.

»Versprichst du mir was?« Als Asia ihre Hand drückte, spürte Lucy, wie kalt die Finger ihrer Schwester waren. »Wenn du mal eine Tochter haben solltest …«

»Asia.« Lucys Stimme klang flehend. Sie hatte Angst davor, wohin dieses Gespräch führen würde. Zweifellos auf gefährliches Terrain, das man besser mied, weil dort Ungeheuer lauerten.

»Wenn du eine Tochter bekommen solltest, musst du mir versprechen …« Lucy war nicht davon überzeugt, dass Asias Stimme nur wegen ihrer Halsentzündung so heiser klang. »Versprich mir, dass du sie nicht Asia nennst.«

»Nein, natürlich nicht«, sagte Lucy mit überdrehtem Kichern, wobei sie sich mit dem Fingerknöchel die feuchten Augen rieb. »Für ein Mädchen hat mir der Name Australia sowieso immer besser gefallen.«

Da stieß auch Asia ein kleines Lachen aus und nahm ihre Schwester sanft in den Arm. Wie Regentropfen fielen die warmen Tränen auf Lucys Arm. Sie wusste nicht, ob es ihre eigenen waren oder die ihrer Schwester.

15

Der Innenraum des legendären Fox Theatre von Atlanta war einfach atemberaubend. Er war ganz in Rot und Gold gehalten und erinnerte mit seinen Wänden im maurischen Stil und den funkelnden Lichtern an ein Märchen aus Tausendundeiner Nacht. Dies war einer von Lucys Lieblingsorten, seit sie alt genug gewesen war, um sich hier zum ersten Mal eine Aufführung des *Nussknackers* anzusehen. Als Kinder durften sie eine Zeit lang einmal im Jahr mit Marianne hierherkommen.

An diesem Abend besuchte Lucy auch wieder eine Ballettaufführung, allerdings war es kein so festlicher Anlass. Zehn Minuten vor Spielbeginn huschten sie, Cam und Monica auf ihre Logenplätze, um sich eine bittersüße Liebesgeschichte anzusehen, aufgeführt von einer neuen Balletttruppe. Monica, eine von Lucys Kolleginnen und Single, machte Scherze darüber, dass es ihr mit ein paar Ballettkarten gelungen war, Lucy und Cam für einen Abend von ihren Männern wegzulocken. Dave war mehr für Rockkonzerte als für Klassik zu haben, und Michael ging zwar gerne zu Konzerten und gelegentlich ins Theater, aber Männer in Strumpfhosen waren dann doch nichts für ihn.

»Hier ist es immer wie im Märchen«, flüsterte Lucy Cam zu, als sie ihre Jacken ablegten. »Jetzt bin ich schon fast dreißig, aber irgendwie glaube ich immer noch an Wunder. Als meine Freundin darfst du darüber auch nicht lachen … zumal ich dich mit Leichtigkeit über das Geländer schubsen könnte.«

Cam hob abwehrend die Hände. »Hey, wer lacht denn hier? Das sind tolle Plätze, oder?«, fügte sie hinzu. Sie hatten einen guten Blick auf die Bühne und den Orchestergraben, wo die Musiker soeben ihre Instrumente stimmten.

Doch statt der einzelnen Töne erklang in Lucys Kopf der *Tanz der Zuckerfee*.

Asia, was wird jetzt, wo sie den Mausekönig getötet haben?

Im nächsten Akt bringt der Prinz sie ins Märchenland. Wart's nur ab, Blondie.

Wird es mir gefallen?

Asia hatte immer der langsame, komplizierte Pas de deux am besten gefallen, doch Lucy mochte am liebsten Mutter Gigoen und die Polichinelles, die unter ihrem weiten Rock hervorgepurzelt kamen.

Disharmonische Klänge holten Lucy aus den Kindheitserinnerungen in die Gegenwart zurück. Vergeblich versuchte sie sich auf die Handlung auf der Bühne zu konzentrieren, denn von allen Seiten drangen die Erinnerungen auf sie ein. Einmal, als Asia noch auf dem College war, hatte sie Lucy an deren Geburtstag zu einer Aufführung von *Cats* eingeladen, wobei sie sich jedoch mit den billigsten Plätzen begnügen mussten. Erst letzten Februar hatten sie sich hier gemeinsam das Musical *Spamalot* von Monty Python angesehen.

Kurz zuvor hatte ihre Schwester die erste Behandlung hinter sich gebracht, voller Hoffnung, dass es auch die letzte sein würde. Beim Song »He is not dead yet« hatten sie beide schallend gelacht und das Stück »Always look on the bright side of life« leise mitgesummt. Bei dem Gedanken daran wurden Lucys Augen ganz trocken und begannen zu brennen, doch sie hütete sich, sie zu reiben, denn dann würden die Tränen unweigerlich fließen.

Als Beifall aufbrandete, fuhr sie zusammen. Soeben schloss sich der Vorhang. Sie hatte nur einen Augenblick nicht auf die Bühne geblickt, und schon hatte sie einen ganzen Akt verpasst. Vom donnernden Applaus und dem riesigen leeren Raum um sie herum wurde ihr ganz schwindlig.

Dieses Theater hatte sie immer wieder mit Ehrfurcht erfüllt. Jedes Mal, wenn sie durch die Türen zu ihrem Platz ging, musste sie an die Geschichte des Gebäudes denken und daran, dass es einige Jahrzehnte zuvor beinahe abgerissen worden wäre.

Wie konnte sie nur ein *Haus* – und sei es noch so schön – derartig bewundern und die Menschen um sich herum für selbstverständlich nehmen?

Während der Hochzeitsvorbereitungen hatte es Tage gegeben, da sie am liebsten noch nicht einmal einen Anruf ihrer Mutter entgegengenommen hätte. Und bei ihrem einzigen ernsthaften Streit mit Michael hatte sie ihn nicht nur lieblos behandelt, sondern sie hätte ihm sogar am liebsten einen Tritt gegeben. Und Asia …

Seit Lucy auf der Welt war, hatte ihre große Schwester sie beschützt, ermutigt und unterstützt. Sicher, Lucy hatte sich des Öfteren Sorgen gemacht, dass ihre Schwester die

Krankheit nicht überleben könnte. Mehr als einmal hatte sie deswegen Tränen vergossen. Doch erst jetzt, in dieser Sekunde, da der tosende Beifall ihr fast anklagend in den Ohren dröhnte, erkannte sie die grausame Wahrheit.

Vielleicht würde es eines Tages keine Asia mehr in ihrem Leben geben. Dann käme Lucy von einer wunderbaren Veranstaltung nach Hause und würde nach dem Hörer greifen, um ihrer Schwester von dem fantastischen Solo zu erzählen. Und mitten im Wählen träfe sie plötzlich die Erkenntnis, dass niemand abnehmen würde. Bis jetzt war diese Vorstellung nur eine vage Möglichkeit gewesen, doch an diesem außergewöhnlich klaren Abend Ende November traf die Realität Lucy mit voller Wucht.

Ihre Kehle brannte, und sie bekam kaum noch Luft. Sie musste unbedingt hier raus.

»Cam«, krächzte sie heiser, während sie nach ihrer Jacke angelte. »Sag Monica, es tut mir leid. Ich muss weg.« Noch bevor ihre Freundin etwas fragen oder sie aufhalten konnte, war sie schon draußen im Korridor.

Sie waren in getrennten Wagen zum Theater gekommen, und irgendwie gelang es Lucy, ihr Auto wiederzufinden, obgleich sie sich gar nicht mehr erinnern konnte, wo sie es abgestellt hatte. Später dachte sie, dass es leichtsinnig gewesen war, in diesem Zustand zu fahren, doch bis zu Michaels Wohnung war es nicht weit, und sie musste unbedingt weg.

Von Schluchzern geschüttelt kam sie an seinem Haus an, und als er die Tür öffnete, konnte sie nicht einmal mehr schluchzen, sondern nur noch krampfhaft nach Luft schnappen.

»Du lieber Himmel – Lucy!« Er kam ihr entgegen und schloss sie in die Arme. »Ist was mit Asia?«

»*Ja*.« Dann ging ihr die Bedeutung seiner Frage auf, und sie schüttelte vehement den Kopf. Es dauerte einige Sekunden, bis sie wieder sprechen konnte. »Ich meine, nein. Sie ist nicht … Ihr Zustand ist unverändert. Außer du hättest etwas Neues von Mom oder dem Krankenhaus gehört.«

Für einen Augenblick war ihr, als müsse sie sich zu allem Überfluss auch noch übergeben. Sie nahm kaum wahr, dass Michael sie zur Couch führte. Eine ganze Zeit lang saßen sie einfach eng umschlungen da. Wie von Zauberhand war eine Schachtel Kleenex aufgetaucht, was vermutlich sein Hemd vor dem Untergang bewahrte.

Er sprach mit tiefer und gleichmäßiger Stimme, als würde er einem verängstigten Tier gut zureden. »Kannst du jetzt darüber sprechen?«

»Ja, vielleicht. Aber erklären kann ich es immer noch nicht.« Sie fühlte sich wie ein ausgewrungener Lappen. »Du hast wirklich recht, ich breche noch völlig zusammen.« So jämmerlich, wie es sich anfühlte, hatte es in Patsy Clines Song »I fall to pieces« gar nicht geklungen.

»Lucy.« Es hörte sich an, als wollte er sie um Verzeihung bitten.

»Ist schon gut. Ich stehe einfach total neben mir.«

»In weniger als einem Monat nimmst du deine erste Hypothek auf. Du musstest eine Hochzeit planen. Deine Schwester ist schwerkrank. Jeder dieser Punkte für sich genommen wäre schon Grund genug für einen Nervenzusammenbruch.«

Sie schniefte. »Du hast die Feiertagseinkäufe vergessen. Am Einkaufszentrum einen Parkplatz zu finden, kann einem den Rest geben.«

Er schwieg und strich ihr mit den Fingern durchs Haar. So saßen sie eine Weile miteinander auf dem Sofa. Dann richtete er sich plötzlich auf. »Warte mal, hattest du nicht Theaterkarten für heute Abend?«

»Ja. Aber das letzte Mal war ich mit ihr dort. Mit Asia. Und auf einmal wurde alles wieder so lebendig«, sagte sie langsam. »Du weißt doch, wie das ist, wenn Kinder es nicht erwarten können, dass endlich Weihnachten wird. Halloween ist kaum vorbei, und du hast die Süßigkeiten noch gar nicht alle aufgegessen, da steht schon Thanksgiving vor der Tür. Und dann dauert es nicht mehr lange bis Weihnachten. Trotzdem hast du das Gefühl, als würde es ewig dauern. Dann wird das Haus geschmückt und der Christbaum besorgt, doch immer noch vergehen endlos lange Tage, bis Santa Claus endlich kommt. Schließlich ist Heiligabend, und das Warten auf die Bescherung ist am allerschlimmsten. So ein Gefühl hatte ich, als du mir den Heiratsantrag gemacht hast. Ich habe mich so auf die Hochzeit gefreut, dass ich es kaum abwarten konnte, und mit den Vorbereitungen wurde die Vorfreude immer größer. Aber jetzt, wo ein Tag nach dem anderen vergeht und die Hochzeit immer näher rückt …«

Er zog die Stirn kraus, bis sich zwei steile Falten zwischen seinen Brauen bildeten, was ihm ein überaus gelehrtes Aussehen verlieh. »Ich weiß nicht, ob ich dir folgen kann.«

»Jeder einzelne Tag bringt mich meinem großen Traum

näher, der Hochzeit mit dir. Einem der schönsten Augenblicke meines Lebens. Doch wohin bringen die Tage Asia?«

»Aber es ist doch eine bittere Tatsache, dass *wir alle* mit jedem Tag dem Tod ein Stückchen näher kommen«, entgegnete er.

Sie zuckte zusammen. »Positives Denken ist wirklich nicht deine Stärke.«

»Tut mir leid.«

Doch selbstverständlich hatte er recht. Niemand lebte ewig. Und niemand konnte in die Zukunft blicken. Manche Patienten, denen die Ärzte nur noch ein paar Monate gegeben hatten, lebten zur allgemeinen Verwunderung noch Jahrzehnte, wogegen andere, deren Krebs als gut heilbar galt, unvermittelt starben. Sie selbst konnte morgen unter einen Bus geraten.

Sie blickte ihm fest in die Augen. »Kann ich … Kannst du ein Geheimnis für dich behalten?«

»Sicher.«

Wie sollte Lucy es nur sagen? Wie konnte sie diese ganzen verschrobenen, politisch gänzlich unkorrekten Gefühle ausdrücken, die eigentlich gar nicht sein durften, aber dennoch an diesem Abend mit Gewalt an die Oberfläche drängten?

»Ich habe nicht nur Angst, dass Asia st …« Sie war doch tatsächlich so abergläubisch, dass sie sich nicht einmal traute, das Wort auszusprechen! »Das ist natürlich meine größte Sorge. Aber seit sie wieder im Krankenhaus ist, macht mir noch etwas anderes zu schaffen. Mein Gott, sie sah so elend aus. Sie versucht, sich nichts anmerken zu lassen, aber ich weiß, dass sie Schmerzen hat. Und sie hat so viel abgenommen. Sie ist …«

Schwach. Ihre kraftvolle große Schwester war nur noch ein Schatten ihrer selbst. Bei dem Gedanken kam sich Lucy wie eine Verräterin vor.

Sie schluckte. »Was ist, wenn … wenn ich *erleichtert* bin, wenn es so weit ist? Ich hasse es, dass sie das alles durchmachen muss. Schon wieder. Ich hasse die Ungewissheit. Ich hasse es, auf die nächsten Untersuchungsergebnisse und die nächsten schlechten Nachrichten zu warten. Was ist, wenn es noch schlimmer wird? Es ist wie in dieser Geschichte, wo einer hilflos in einer Grube liegt und ein riesiges messerscharfes Pendel über ihm hin- und herschwingt und er jedes Mal Angst haben muss, dass es ihn beim nächsten Mal aufschlitzt. Und wenn *ich* mich schon so fühle, wie muss ihr dann erst zumute sein? Glaubst du, dass sie irgendwann einfach aufgeben will? Ich kann mir das bei Asia nicht vorstellen. Aber ich kann mir auch nicht vorstellen, wie man es schafft, bei allem, was sie durchmacht, ein halbwegs normales Leben zu führen. Wenn ihre Kräfte nachlassen, soll ich sie dann ermutigen, weiterzukämpfen oder ihr zureden, es gut sein zu lassen? Ich habe Angst, dass … Was ist, wenn ein Teil von mir, tief in meinem Unterbewusstsein, sich irgendwann wünscht, dass es endlich vorbei wäre? Wie soll ich damit weiterleben, wenn sie einmal nicht mehr da ist? Ich weiß selbst, es ist irrationaler Blödsinn. Das brauchst du mir nicht zu sagen. Aber wenn die Nachricht eintrifft und ich auch nur eine Sekunde lang erleichtert bin, dann werde ich mich fühlen, als hätte ich meine Schwester umgebracht.«

»Nein, Liebste, nicht doch.« Mehr sagte er nicht, denn auf diese Gewissensfragen wusste auch er keine Antwort.

Trotzdem fühlte sie sich auf eigenartige Weise erleichtert, dass sie darüber gesprochen hatte. Überrascht stellte sie fest, dass ihre Tränen versiegt waren. Sie erhob sich und reckte die Glieder, als sei sie aus einer inneren Starre erwacht. Und sie nahm ihre Umgebung wieder deutlich wahr. Michael war dabei zu packen. Überall standen ordentlich zugeklebte Pappkartons, auf die er mit schwarzem Marker den Namen des jeweiligen Zimmers geschrieben hatte.

Er war ihr um einiges voraus. Sie hatte lediglich ein paar Sachen in Kartons geworfen, dann festgestellt, dass sie sie noch brauchte, und sie wieder hervorgekramt.

»Es tut mir leid«, sagte Michael, als er sich neben sie stellte. »Du bist zum Reden hergekommen, und ich weiß nicht, was ich sagen soll.«

»Es ist lieb von dir, das zuzugeben«, erwiderte sie. »Sehr beruhigend, dass du auch mal etwas nicht weißt.« Doch vielleicht sollte sie nicht nur mit ihm darüber reden.

Das schreckliche Bild ihres Vaters, wie er an Thanksgiving mit bebenden Schultern in der Küche stand, kam ihr wieder in den Sinn. Sie atmete tief durch. Mit achtundzwanzig Jahren sollte sie eigentlich erwachsen genug sein. Wenn Asia starb, bestand die Gefahr, dass die Familie auseinanderbrach. Konnte Lucy ebenso alles zusammenhalten, wie es ihre Schwester immer geschafft hatte, und die Lücke füllen?

Sie ging zu einem Stapel flach gelegter Kartons, die an der Wand lehnten, und begann sie zu falten. Die Lücke konnte niemand ausfüllen. Schließlich ging es um ihre Schwester und nicht um einen ausgefallenen Zahn. Aber irgendwann würde Lucy darüber hinwegkommen und ihren Eltern beistehen können. Das war sie Asia schuldig.

Michael reichte ihr das Paketklebeband. »Willst du heute Nacht hierbleiben?«

»Wenn es dir nichts ausmacht.« Sie hatte eine Ersatzzahnbürste im Badezimmer und ein paar Sachen in seinem Kleiderschrank. Auf dem Schuhregal, zwischen seinen braunen Slippern und den Joggingschuhen, lagen kreuz und quer ihre Turnschuhe und ein Paar schicke hochhackige Dinger, die sie nie trug, weil ihr darin die Knöchel wehtaten.

»Sollen wir schlafen gehen oder noch aufbleiben und uns unterhalten? Wir könnten uns auch eine DVD ansehen«, schlug Michael vor.

Im Augenblick erschien ihr die mechanische Tätigkeit des Packens am tröstlichsten. »Kann ich etwas für dich einpacken? Ich bin zu kribbelig, um zu schlafen oder mir einen Film anzusehen.«

»Ich bin wirklich schlimm. Da willst du dich an meiner Schulter ausweinen und musst stattdessen arbeiten.«

»Ist schon gut.« Sie lächelte zu ihm hinauf. »Mit Weinen bin ich fertig.«

Vom Regen in die Traufe. Oder, besser gesagt, ins Sprechzimmer des Arztes. Nach Thanksgiving waren bei Asia einige Untersuchungen gemacht worden, dann hatte man sie endlich nach Hause geschickt. Nun saß sie hier bei Dr. Klamm und versuchte, den Sinn seiner Worte zu erfassen. Sie hatte sich so lange abwechselnd mit beiden Händen auf die Oberschenkel geklopft, bis Lucy zu ihr herübersah. Da erst bemerkte Asia, was sie tat, und dass ihr von den leichten Schlägen schon die Beine wehtaten. Sie zwang sich still zu sitzen, nur um wenige Minuten später mit den Fingerspitzen auf die Armlehnen zu trommeln.

»Wann beginnen wir mit der nächsten Behandlung?«, fragte sie, froh darüber, dass Lucy auch dabei war, um sich alles zu merken. Asia gab sich alle Mühe, doch manchmal machte ihr Gehirn einfach dicht, um sie vor einem Übermaß an Informationen zu schützen.

»Nächste Woche«, sagte der Arzt. »Dann kann sich Ihr Körper noch ein paar Tage erholen.«

Damit die Ärzte sie bei dem Versuch, ihr zu helfen, wieder krank machen konnten. Nachdem Dr. Klamm die mit radioaktivem Kontrastmittel aufgenommenen Röntgenbilder gesehen hatte, hatte er umgehend eine Biopsie angeordnet. Der Krebs hatte weiter gestreut. Asia wusste, dass Leber und Lunge am häufigsten von Metastasen befallen wurden. Ihre Lungen waren noch unversehrt, doch in der Leber hatte sich bereits ein Tumor gebildet. Um ihn zu bekämpfen und die Entstehung weiterer Tumore zu verhindern, wollten die Ärzte eine veränderte Form der Chemotherapie anwenden – mit hoch dosierten Medikamenten mehrmals pro Woche und der Reinfusion von Stammzellen.

In der Firma würde sie sich auf unbestimmte Zeit krankmelden müssen. Wegen ihrer wiederholten Krankenhausaufenthalte und der zunehmenden Konzentrationsschwäche hatte sie es schon kommen sehen, dennoch ärgerte sie sich darüber. Jetzt hatte sie noch mehr Zeit, sich DVDs über das Abo auszusuchen, das Brandon ihr geschenkt hatte.

Brandon. So wie die Dinge lagen, fiel es ihr schwer, ihn

anzurufen. Als sie den Atem in einem langen Seufzer entweichen ließ, griff Lucy nach ihrer Hand.

Ihre Schwester war es auch, die sich für sie beide bei Dr. Klamm verabschiedete und sogar daran dachte, ihm noch ein paar Fragen zu stellen, die Asia auf dem Hinweg erwähnt hatte. *Lucy war auf einmal ganz erwachsen. Jetzt kümmert sie sich zur Abwechslung um mich.* Asia lächelte traurig. Es war ja gut, dass Lucy sie nicht mehr brauchte, tat aber auch ein kleines bisschen weh.

Schweigend gingen sie zu Lucys Wagen. Drinnen schaltete Lucy die Zündung ein und stellte sofort die Heizung höher. Asia war fast immer kalt, und sie glaubte nicht, dass die kleinen Knöpfe und Schalter am Armaturenbrett des VW etwas daran ändern konnten.

Dann lehnte Lucy sich in ihrem Sitz zurück und blickte an die Decke. »Wohin? Willst du mit zu mir kommen, mir beim Einpacken zusehen und mich daran erinnern, wo ich das Klebeband hingelegt habe, weil ich es alle drei Minuten verliere? Wir könnten auch zu dir fahren und Mensch-ärgere-dich-nicht spielen. Oder ich setze dich ab, damit du ein Schläfchen machen kannst. Oder wir machen einfach blau und unternehmen irgendwas Verrücktes, während all die anderen armen Teufel am Schreibtisch sitzen und ihren Chef verfluchen.«

»Mensch-ärgere-dich-nicht. Wie heißt denn noch mal dieses Kartenspiel, das man in Teams spielt?«

»Du meinst wahrscheinlich Binokel.«

»Stimmt.«

Der Synthetikstoff von Lucys Windbreaker raschelte, als sie sich zum Beifahrersitz hinüberbeugte. »Ich weiß, dass sich das jetzt blöd anhört, aber ist mit dir alles in Ordnung?«

»Du meinst abgesehen davon, dass der Krebs weiter wächst und ich meine Arbeit aufgeben muss?«

»Ja, abgesehen davon.«

Asia drehte sich zu ihr um. Sie wünschte, sie wäre noch so gelenkig, dass sie in diesem engen Raum die Beine unter ihren Körper ziehen könnte. So wie früher, als sie sich manchmal fast zu einer Kugel zusammengerollt hatte, weil es ihr half, sich zu konzentrieren und neue Kräfte zu sammeln. Aus dieser Haltung heraus konnte sie plötzlich aufspringen und alles wieder mit frischem Schwung in Angriff nehmen. Wenige Augenblicke reichten schon aus.

»Ich weiß nicht. Es heißt ja immer, das Schlimmste wäre die Ungewissheit. Wir haben wenigstens einen Plan, nicht? Ich habe den Mädchen wieder gemailt, und sie haben mir Glück für das Gespräch heute und die Untersuchungsergebnisse gewünscht. Deborah kennt jemanden, bei dem haben sich Lebermetastasen durch eine Behandlung mit hoch dosiertem 5-FU, Adriamycin und Cytoxan vollkommen zurückgebildet.«

»Es ist nicht hoffnungslos«, sagte Lucy in ruhigem, bestimmtem Ton.

Asia wurde ganz warm ums Herz. Wann war ihre kleine Schwester denn so erwachsen geworden? Lucy machte ihr keine leeren Versprechungen, die auch der beste Arzt nicht erfüllen konnte. Doch sie ließ auch nicht entmutigt den Kopf hängen. »Nein, hoffnungslos ist es nicht«, stimmte Asia ihr zu.

»Also, wo sollen wir hinfahren?«, erkundigte sich Lucy.

»Wenn wir hier noch länger herumlungern, machen wir uns noch verdächtig.«

Dieser Parkplatz hatte bestimmt schon vieles gesehen: Menschen, die sich vor Freude in die Arme fielen, Tränen der Trauer vergossen, mit Gott haderten, weil alles so ungerecht war, oder dankbare Gebete sprachen. »Nach Hause, James.«

Lucy tippte sich an eine imaginäre Mütze. »Sehr wohl, Sir.«

Die Stille war angenehm nach all den Gesprächen mit den Ärzten, dem Piepen und Surren der Geräte, den Schritten der Schwestern, die sie für irgendeine Untersuchung weckten. Als Lucy daher fragte, ob sie Radio hören wollte, schüttelte Asia den Kopf.

Doch kurz bevor sie an ihrem Haus angekommen waren, brach sie das Schweigen: »Lucy, ich muss dir ein Geständnis machen.«

Ihre Schwester sah sie neugierig und erwartungsvoll an.

»Ich habe kein Testament gemacht.«

»Im Ernst!?«, rief Lucy und setzte eilig hinzu: »Ich meine nur … weil du doch beruflich andere Leute in Vermögensfragen berätst. Du bist genau der Typ, der sich absichert und … Vorkehrungen trifft.«

Das stimmte. Doch bevor der Brustkrebs zum ersten Mal aufgetreten war, hatte sie keinen Gedanken an den Tod verschwendet. Zu der Zeit war sie knapp zweiunddreißig und alleinstehend gewesen. Dann, als sie gezwungen war, sich mit ihrer eigenen Sterblichkeit auseinanderzusetzen, war sie vor den »notwendigen Schritten« zurückgeschreckt. Das war vermutlich sehr nachlässig von ihr gewesen, und sie konnte nur froh sein, dass der ganze Papierkram, vor dem sie sich bisher gedrückt hatte, noch nicht wirklich wichtig geworden war. Aber es hatte sich nie der richtige Zeitpunkt dafür gefunden. Selbst die skeptischsten Ärzte mussten zugeben, dass Willenskraft und positives Denken den Heilungsprozess unterstützten. Daher hatte Asia den Gedanken an den Tod immer von sich geschoben. Vielleicht war das eine Form von Verdrängung. Na und? Es hatte ihr jedenfalls geholfen, mit der Situation fertig zu werden.

»Ich muss ein paar Dinge regeln«, hörte sie sich selbst sagen. »Nicht nur das Testament, sondern auch noch andere Sachen. Ein paar Entscheidungen möchte ich nicht anderen überlassen. Das wäre dir gegenüber nicht fair.«

Um ein Haar hätte der Wagen einen Schlenker auf die andere Fahrbahn gemacht, bevor Lucy gegenlenkte. »Na schön, aber jetzt machst du mir wirklich Angst«, sagte sie. »Wir waren uns doch einig, dass du gute Chancen hast, oder?«

Das mochte sein, aber selbst die ersehnte Remission konnte sich als vorübergehend erweisen. »Ich will ja nichts überstürzen, Luce. Ich denke nur, ich sollte es langsam in Angriff nehmen. Es hilft doch nichts, den Kopf in den Sand zu stecken.«

»Da hast du auch wieder recht.«

»Und nehmen wir doch mal an, der schlimmste Fall tritt ein. Als Opa Swenson starb, hat Mom den Anzug ausgesucht, in dem er beerdigt werden sollte. Und du weißt doch, dass sie und ich nun wirklich nicht den gleichen Geschmack haben.«

Lucy lachte leise. »Gut, also ein Testament und was zum Anziehen. Wohlgemerkt, nicht dass du so was in nächster Zeit brauchen wirst.«

»Schon gut. Und dann noch die Beisetzung«, fügte Asia nachdenklich hinzu. Wollte sie im offenen Sarg aufgebahrt werden, damit die Trauergäste Abschied nehmen konnten? Einigen wäre das bestimmt ein Trost. Oder sollten lieber ein paar Bilder von ihr aufgestellt werden, damit die Leute sie so in Erinnerung behielten, wie sie einmal war – vorzugsweise mit Haaren?

Es war schon ein komisches Gefühl, sich über diese Dinge Gedanken zu machen. Fast, als ginge es gar nicht um sie selbst, sondern um eine andere Frau, zum Beispiel eine Kundin, die sie beraten sollte. Allerdings wusste Asia wesentlich besser über den NASDAQ Bescheid als über Grabstellen.

Kein Friedhof, entschied sie spontan. So malerisch manche auch waren, aber sie konnte die Vorstellung nicht loswerden, dass dort überall Tote lagen. Und außerdem würden ihr ein paar wohlmeinende Besucher dann womöglich Blumen aufs Grab legen. Igitt!

»Da ist noch etwas, Luce.«

»Du möchtest nicht in unbequemer Unterwäsche im Jenseits ankommen?«

Asia grinste. »Glaubst du, Petrus lässt einen in den Himmel, wenn man untendrunter nackig ist?«

»Denk doch mal an die armen Menschen, die beim Sex sterben. Die treten da oben so nackt an, wie sie auf die Welt gekommen sind. Ist das nicht peinlich?«

»Aber vielleicht ist es trotzdem nicht so schlecht. Ich

habe es mir immer ganz nett vorgestellt, auf diese Art zu sterben. Für den Ärmsten, der zurückbleibt, ist es natürlich weniger erfreulich. So etwas kann es einem fürs ganze Leben verekeln.«

Lucy kicherte.

»Vielleicht hat Mom doch recht«, setzte Asia hinzu. »Irgendwas stimmt ganz entschieden nicht mit uns.«

»Na ja, schließlich haben wir ja im Konfirmandenunterricht nichts darüber gelernt, welche Unterwäsche man im Himmel trägt. Da wird man sich doch wohl noch Gedanken machen dürfen.«

Sich darüber zu unterhalten und Späßchen zu machen, hatte ihnen geholfen, die Gespenster zu verscheuchen. Jetzt wussten sie wenigstens, dass sie darüber reden konnten, wenn es darauf ankam.

Von: »Thayer R.«
An: [BaldBitchinWarriorWomen]
Betreff: Danke!

Habt beide vielen Dank für eure Anteilnahme und die guten Wünsche für den Hausverkauf! Wir standen so oft vor einem Vertragsabschluss, und dann wurde wieder nichts daraus. Aber jetzt habe ich diese Last endlich vom Hals und kann wieder frei atmen. Asia, bestell deiner Schwester, dass ich ihr für den Umzug diese Woche beide Daumen drücke!!! Und danke auch, dass ich mich wegen meiner Problemchen bei euch ausheulen durfte. Ich bin so froh, dass ihr für mich da seid, auch wenn ich manchmal ein schlechtes Gewissen wegen meiner Jammerei habe. Dass die neuen Besitzer mich mit dem Tep-

pichboden und irgendwelchen Reparaturarbeiten genervt haben, ist ja schließlich nichts im Vergleich zu anderen Problemen, stimmt's?
Thayer

Asia las die E-Mail noch einmal. Ihr war klar, dass Thayer sich im Grunde genommen bei ihr entschuldigen wollte. *Wie komme ich dazu, mich wegen Problemen mit meinem Freund oder einer falschen Möbellieferung zu beklagen, wenn andere Leute Krebs oder HIV oder Risikoschwangerschaften haben?* Aber so funktionierten Gefühle nun einmal nicht.

Von: »Asia Swenson«
An: [BaldBitchinWarriorWomen]
Betreff: Re: Danke!
›auch wenn ich manchmal ein schlechtes Gewissen wegen meiner Jammerei habe‹
Brauchst du nicht! Es mag so aussehen, als käme es nur auf die großen Ereignisse an, die Schlagzeilen machen oder in Erinnerung bleiben oder Menschen vereinen – oder auch trennen. Aber ehrlich gesagt sind es doch die kleinen Dinge, die das Leben ausmachen. Natürlich sollte man gelegentlich innehalten und den eigenen Blickwinkel überprüfen, aber wenn wir uns das Recht nicht zugestehen, über Kleinigkeiten enttäuscht oder ärgerlich zu sein, dann nehmen wir uns auch die Möglichkeit, »kleine« Erfolge und Freuden zu genießen.
Nochmals herzlichen Glückwunsch zum Hausverkauf,
Asia

Sie lehnte sich in die Kissen zurück, während ihre Worte auf unsichtbaren elektronischen Wegen geradewegs zu ihren Freunden flogen. Asia gehörte einer Generation an, die es für selbstverständlich hielt, wie klein die Welt durch Computer geworden war. Aber eigentlich grenzte es an ein Wunder. Diejenigen, die befürchteten, durch Computer könnte die Welt unpersönlicher werden, hatten bestimmt noch nie vor Angst und Kummer schlaflos gelegen, dann schließlich um zwei Uhr morgens einen Hilfeschrei in die Tastatur gehämmert, der auf der Stelle eine Antwort brachte. Eine Frau, die Asia aus dem Fitnessstudio kannte, hatte sich im Onlinedating versucht und sich dafür ein paar gutmütige Spötteleien ihrer Freundinnen eingehandelt. Da es sie nicht besonders interessierte, hatte Asia noch nie richtig darüber nachgedacht, doch mittlerweile war sie der Meinung, dass das Internet – bei aller gebotenen Vorsicht – dazu beitragen konnte, überflüssige gesellschaftliche Schranken niederzureißen.

Von: »Deborah Gene«
An: [BaldBitchinWarriorWomen]
Betreff: Re: Danke!
Sehr richtig, Asia! In dem Regierungsgebäude, wo mein Mann arbeitet, gab es mal einen Probealarm. Das ganze Haus wurde abgesperrt, niemand durfte hinaus oder hinein und auch keine Telefongespräche führen. Ich hatte richtig Angst um ihn. Und am selben Abend schreie ich ihn an, weil er seine schmutzige Wäsche im Bad auf den Boden statt in den Wäschekorb wirft. Man sollte doch meinen, ich hätte ewig dankbar dafür sein müssen, dass

es kein echter Alarm war. Stattdessen rege ich mich über die dreckigen Boxershorts auf, weil ich tags zuvor den Boden gewischt hatte. Liegt es eigentlich in der Natur des Menschen, ständig zu meckern?

Das glaube ich nicht. Ich könnte mir eher vorstellen, dass wir so ein Theater um Kleinigkeiten machen, weil es uns hilft. Wir lassen Dampf ab, wenn es um Nebensächlichkeiten geht, damit wir es ertragen, wenn mal der richtig dicke Hammer kommt. Nur so können wir Herr der Lage bleiben, wenn es darauf ankommt.

Deb

Von: »Asia Swenson«
An: [BaldBitchinWarriorWomen]
Betreff: Kleine Dinge
Soll ich euch mal ein Geheimnis verraten, das nicht einmal meine Familie kennt? Dad wusste es, als ich ein Kind war, aber ich habe diese Phobie nie überwunden. Ich habe schreckliche Angst vor Spinnen.

Schon das Wort niederzuschreiben, verursachte ihr eine Gänsehaut. Sie warf einen furchtsamen Blick an die weiß getünchte Decke, ob da etwas kopfüber hing, das sich womöglich ohne Vorwarnung auf sie herunterfallen ließ. Da war es doch wohl kein Wunder, dass sie diese Viecher fürchtete und verabscheute. Zumal es in Georgia einige Arten gab, die *springen* konnten. Als sie noch Kinder waren, hatte Lucy die Sache immer in die Hand genommen. Sobald sie irgendwo im Haus ein Krabbeltier entdeckte, stülpte sie einen Topf darüber, schob ein Stück Pappe darunter und trug das kleine Mistvieh nach draußen. Wenn es nach Asia gegangen wäre, hätte sie alles im Haus zerquetscht, was acht Beine hatte. Aber dann hätte sie ja nahe herangehen müssen.

Vor gut einem Monat, so um Halloween herum, ging ich in einen Lebensmittelladen. Die große schwarze Spinne, die in einem künstlichen Spinnennetz an der Tür saß, hielt ich für einen Teil der Deko. Es fällt mir schwer, es zuzugeben, aber als sie plötzlich auf mich zugekrochen kam, hätte ich mir fast in die Hose gemacht.
Ist das nicht blöd? Ich habe metastasierenden Krebs. Ich habe zahllose Chemotherapien über mich ergehen lassen. Was zum Teufel ist dagegen schon eine einzelne dämliche Spinne?

Doch auf eine seltsame, ein bisschen unheimliche Weise erschien es ihr tröstlich, dass diese lebenslange Phobie noch immer da war. *Hey Krebs*, hätte sie sagen können, *du kannst ja vielleicht mein ganzes Leben auf den Kopf stellen und mir mein Haar wegnehmen und mir Thanksgiving versauen, trotzdem bin ich immer noch ich selbst.*
Jedenfalls solange sie es wollte. Das war es, was Brandon gemeint hatte. Der Krebs mochte mittlerweile vieles in ihrem Leben beeinflussen, doch er war nicht mit ihr identisch.
Sie klappte den Laptop zu und schaltete die Nachttischlampe aus. Mit einem triumphierenden Lächeln auf den Lippen fiel sie in den erholsamsten Schlaf seit Wochen.

Lucy lächelte, als Michael ihr die Wagentür aufhielt – es waren diese kleinen Gesten, die zählten –, und stieg ein. Georgia konnte auch im Dezember nicht gerade mit rekordverdächtigen Minusgraden aufwarten, doch der böige Wind war schneidend. Sie beobachtete, wie der Mann, den sie liebte, um die Motorhaube des Wagens herumging. Er sah noch immer genauso gut aus wie an dem Tag, als sie sich kennenlernten. *Meiner.*

Sobald er auf dem Fahrersitz Platz genommen hatte, packte sie ihn bei seiner blau gestreiften Krawatte, beugte sich zu ihm hinüber und gab ihm einen Kuss. Einen sehr nachdrücklichen.

Überrascht und voller Verlangen öffnete er seine Lippen, und sie fuhr mit der Zunge an ihnen entlang, schwelgte im Geschmack seines Mundes und genoss die Vertrautheit und zugleich ... nein, etwas Neues war es eigentlich nicht, eher die wieder erwachte Leidenschaft, die sie vermisst hatte. Sie hatten einander auch weiterhin berührt, doch seit einer ganzen Weile hatte sie kein solches Begehren mehr empfunden. Sie hatte gar nicht gemerkt, dass ihr etwas fehlte. Doch jetzt, da ihr Körper vor Wonne fast dahinschmolz, wollte sie es unbedingt wiederhaben.

Als sie sich endlich voneinander lösten, blickte er sie benommen an. »So ein Stündchen mit Immobilienmaklern, bei dem du tausend Papiere unterschreiben musst – darauf fährst du wohl ab, was? Ich wünschte mir, der Wagen hätte eine viel größere Rückbank.«

»Wir besitzen gemeinsam ein Haus!« Mit jedem Anruf in Sachen Hochzeitsvorbereitung und mit jedem Ehegespräch bei Pastor Bob war ihre gemeinsame Zukunft mit Michael ein Stückchen näher gerückt. Aber das hier ...

»Ich weiß.« Er verschränkte seine Finger mit den ihren und drückte sie. »Ich bin auch aufgeregt.«

»Weißt du, was ich jetzt möchte?«, fragte sie, vor Glück geradezu bebend.

Er zog die Augenbrauen hoch. »Nein. Aber hoffentlich das, was ich glaube.«

Sie lächelte ihn halb spöttisch, halb tadelnd an.

»Schau mich nicht so an«, sagte er. »Du hast mich doch erst darauf gebracht. So ein Kuss würde ja einen Heiligen in Versuchung führen. Und ein Heiliger bin ich gewiss nicht, mein Schatz.«

Das vielleicht nicht, aber in letzter Zeit war er geduldig und nachsichtig gewesen. Sie hatten sich seit Wochen nicht mehr geliebt, doch er hatte sich weder beklagt noch sie in irgendeiner Form bedrängt. Und er hatte auch keine dummen Bemerkungen über Flitterwochen gemacht, die schon vor der Hochzeit vorüber waren. Sie hatte einfach keine rechte Lust gehabt, obwohl sie sich Mühe gegeben hatte. Beim letzten Mal war sie so verkrampft gewesen, dass sie es überhaupt nicht genießen konnte. Hinterher hatte sie wortreich erklärt, es würde ihr völlig genügen, wenn es für ihn schön war, doch sie hatte selbst gemerkt, dass sie sich wie eine Märtyrerin anhörte. Er war dann an sie gekuschelt eingeschlafen. Den unerfreulichen Vorfall hatten sie beide nie wieder erwähnt.

Unter seinen Blicken wurde ihr ganz heiß. Auf einmal hatte sie eine äußerst lebhafte Vorstellung, wie sie die Schlappe jener Nacht wiedergutmachen konnte.

»Eigentlich habe ich überlegt, ob wir nicht einen Weihnachtsbaum kaufen sollen, wenn wir schon beide frei haben«, sagte sie bedächtig. »Unseren ersten gemeinsamen Weihnachtsbaum. Für unser eigenes Heim.« *Unser.* Wie schön das klang.

Seit sie zum ersten Mal den Film *Fröhliche Weihnachten, Charlie Brown* gesehen hatte, war es für Lucy mit das Schönste an Weihnachten gewesen, den vollkommenen Baum auszusuchen und zu schmücken. Bei den Swensons war es Tradition, dass alle gemeinsam zu einer Baumschule fuhren, sich endlos darüber berieten, welchen Baum sie nehmen sollten, und sich dann beim Sägen abwechselten, bis der Baum gefällt war.

»Aber ich glaube, ich habe es mir anders überlegt«, fügte Lucy mit schelmischem Lächeln hinzu. Mittlerweile war ihr mehr danach, ihn ganz schamlos am helllichten Tag zu verführen. »Sie üben einen verderblichen Einfluss auf mich aus, Mr. O'Malley.«

»Das ist Musik in meinen Ohren. Was meinst du, ist es näher zu dir oder zu mir?«

»Nein, nein. Weißt du nicht, dass es Glück bringt, sich in jedem Zimmer eines neuen Heims zu lieben?« Das Haus war zum Einzug bereit; sie brauchten nur noch fertig zu packen. *Aber nicht heute.*

»Ich freue mich darauf, dich noch oft in diesem Haus zu lieben, aber ganz ohne Möbel und Bettwäsche und, na ja, ohne Kondome?«

Sie deutete auf das Kaufhaus auf der anderen Seite der Kreuzung. »Da gibt es alles, vom Wein bis zu den Matratzen. Warum gehen wir nicht kurz rein und fahren dann auf dem schnellsten Weg zu unserem neuen Haus und schauen mal nach, ob die funkelnagelneuen Schlüssel, die sie uns gegeben haben, auch wirklich passen?«

Er lachte. »Siehst du, deshalb liebe ich dich. Du bist einfach genial! Schade, dass es hier auf dem Parkplatz keinen Stand mit Weihnachtsbäumen gibt, sonst könnten wir uns diesen Traum auch noch erfüllen«, fügte er hinzu, als sie mit dem Wagen die Straße überquerten.

»Das heben wir uns für später auf.« Gegen ihr Bedürfnis, mit ihm zu schlafen und die körperliche Verbindung zwischen ihnen wiederherzustellen, kam nicht einmal ihre Weihnachtsseligkeit an.

»Jetzt ist es mir wichtiger, mit dir allein zu sein. Wir sollten uns beim Einkaufen trennen, dann kann jeder ein paar Sachen zusammensuchen, und wir sind umso schneller wieder draußen.«

»Nein.« Er stellte den Wagen ab und sah sie an. In seinen Augen lag so viel Liebe, dass ihr das Herz wehtat. »Ich möchte lieber mit dir zusammen sein.«

Wenn die Chemotherapie sie derart fertigmachte, dachte Asia, würde sie hoffentlich auch den Krebs fertigmachen. Obwohl Asia völlig reglos dalag, pochte der Schmerz in ihren Gelenken – in den Ellbogen, Schultern, Knien, in jedem einzelnen Knöchel, Finger und Zeh. Jetzt konnte sie nachempfinden, wie Arthritispatienten litten. Selbst die Augenlider taten ihr weh. Wie kam das denn bloß?

»Diese neue Chemo behagt mir gar nicht«, sagte sie zu ihrer Schwester, wobei sie versuchte, die Lippen so wenig wie möglich zu bewegen.

»Das hat mir Mom schon gesagt. Allerdings nehme ich an, dass du etwas drastischere Worte benutzt hast.«

Asia wusste, dass ihre Schwester sich freigenommen hatte und zu ihr gekommen war, weil Marianne sich Sorgen um Asias Zustand machte.

Lucy stritt es ab. »Das ist nicht wahr«, sagte sie. »Ich habe nur wegen dem Umzug ein paar Tage Urlaub genommen. Und hier kriege ich sogar noch mehr Arbeit erledigt, weil ich meinen Laptop dabeihabe. Im Haus haben wir noch kein Internet. Du siehst, ich bin nicht als Babysitter hier, sondern zapfe nur deine Internetverbindung an. Und mach dir keine Gedanken wegen unserem Umzug. Michael und ein paar von seinen kräftigeren Freunden laden heute das meiste in den gemieteten Lkw. Später helfe ich ihm mit den kleineren Sachen, wie den Lampen und der Kleidung. Unsere Mietverträge laufen beide noch bis Ende des Monats.«

Es war gar nicht daran zu denken, dass Asia beim Umzug half. Sie wusste noch nicht einmal, wann sie sich gut genug fühlen würde, um Lucys neues Haus zu besichtigen. Im Augenblick hatte sie kaum genug Kraft, um sich in der Dusche auf den Beinen zu halten oder ihren fünfzig Zentimeter hohen künstlichen Weihnachtsbaum zu schmücken.

Es gab ihr einen Stich, als sie an eine Bemerkung ihrer Mutter dachte. Marianne hatte am Tag zuvor beiläufig erwähnt, dass sie George dieses Jahr endlich überreden wollte, einen künstlichen Baum anzuschaffen. Asia wusste, dass sie es nur tat, weil ihre Tochter sich dieses Mal nicht an der Suche nach einem echten Baum beteiligen konnte.

»So ein Kunstbaum ist viel praktischer«, hatte Marianne

gesagt, ohne Asia in die Augen zu sehen. »Natürlich müssen du und Lucy trotzdem zum Schmücken kommen.«

Im Laufe der Zeit hatte sich eine regelrechte Tradition entwickelt: Nachdem die ganze Familie Verkaufsstände, Bauernhöfe und spezielle Baumschulen abgegrast hatte, lag die endgültige Entscheidung schließlich bei Asia. Dabei standen alle vier zusammen, tranken heißen Kakao und jammerten über die Kälte, was jedem, der einmal einen Winter nördlich der Mason-Dixon-Linie erlebt hatte, ziemlich wehleidig vorkommen musste.

Asia, dein alter Dad hat doch recht, oder? Dieser tolle Tannenduft gehört einfach zu Weihnachten dazu.

Asia, würdest du bitte deinen Vater daran erinnern, dass wir in einem Vorstadthaus leben und nicht in einem Sportstadion mit ausfahrbarem Dach.

Asia, wenn wir dieses runtergesetzte mickrige Bäumchen hier nehmen, glaubst du nicht, dass wir dann noch genug Geld und Christbaumkugeln übrig hätten, um noch einen weiteren armen Baum zu retten?

Lucy wollte immer eines der kümmerlichen Gewächse mit nach Hause nehmen, die sonst keine Käufer gefunden hätten, während George ständig vergaß, wie groß sein Haus war, und am liebsten einen Fünf-Meter-Baum ausgesucht hätte. Beide taten so, als hörten sie Mariannes Argumente gar nicht, die für einen künstlichen Baum plädierte. Dann bräuchte sie nie mehr Tannennadeln vom Teppich zu saugen und sie könnten sich die alljährliche Sucherei ersparen.

Allerdings war es ihnen immer gerade um diesen Ausflug gegangen. Welche Fichte oder Tanne sie letzten Endes erstanden, war nebensächlich.

Asia spürte Lucys Blick auf sich. »Ich schlafe nicht, falls du das glaubst.«

»Entschuldige, hast du dich beobachtet gefühlt?«

»Nein. Aber deine schwesterliche Besorgnis war förmlich mit Händen zu greifen. Mom hat gestern Abend übrigens erwähnt, dass sie dieses Jahr einen künstlichen Baum kaufen wollen.«

Obwohl sie Lucy, die am Fußende des Bettes saß, nicht direkt ansah, entging Asia ihre Reaktion nicht. Die Matratze wackelte, als ihre Schwester ein wenig auf ihrem Platz herumrutschte. »Diese Plastikbäume haben auch ihre Vorteile«, sagte Lucy.

»Dieses Jahr vermiese ich euch ganz schön das Fest, was?«

»Asia! Sag doch so was nicht! Schau mal, selbst wenn sie einen künstlichen holen, werden wir ihn doch nächste Woche alle zusammen schmücken. Das ist schließlich das Wichtigste.« Lucy ließ sich neben Asia aufs Bett plumpsen, damit sie ihrer Schwester in die Augen schauen konnte. »Und ich finde, du solltest Brandon dazu einladen.«

»Ja?« Es war reiner Zufall gewesen, dass er und ihre Eltern sich bisher noch nicht begegnet waren. Denn im Krankenhaus war er schon Fern und Lucy in die Arme gelaufen, und einmal hatten er und Morris sich nur ganz knapp verpasst.

Asia verschwieg ihren Eltern ihre Beziehung zu Brandon nicht absichtlich. Es erschien ihr nur ziemlich sonderbar, wenn sie unter den gegebenen Umständen verkündet hätte: »Mom, Dad, ich habe einen Freund!« Abgesehen davon wäre sie sich dann wie fünfzehn vorgekommen. Wobei die wenigen harmlosen Küsschen, die sie und Brandon ausgetauscht hatten, auch eher zum Liebesleben eines Teenagers gepasst hätten.

»Ich werde ihn fragen«, erwiderte sie schließlich. Im Grunde ärgerte sie sich ein bisschen, weil sie nicht selbst auf die Idee gekommen war, zumal er nichts davon erwähnt hatte, dass er über Weihnachten seine Familie besuchen wollte.

»Gut! Du hast zwar immer mehr Wert auf dein … Privatleben gelegt als ich, aber du willst uns doch wohl nicht ausschließen, oder?« Als Asia so tat, als müsse sie darüber nachdenken, funkelte Lucy sie an. »Das war eine rhetorische Frage.«

Asia grinste kurz. »Weißt du, du musst wirklich nicht hierbleiben. Brandon will nach der Arbeit nach mir sehen.«

Lucy zuckte die Achseln. »Mir macht das nichts aus. Ich kann ihn ja reinlassen.«

»Äh, um ehrlich zu sein, ich habe ihm einen Schlüssel gegeben.«

»Oho!«

»Wir wissen doch beide, dass es mir heute wirklich bescheiden geht. Da wäre es mir schon zu viel, die Tür zu öffnen.«

»Ich hoffe nur«, sagte Lucy, »dass diese Wundermittel, die du bekommst, rasch was bringen, damit du sie absetzen kannst und es dir wieder besser geht.«

Wäre das schön! Asia war zu erschöpft, um zu sprechen, doch Lucy wusste auch so, was sie empfand.

»Du brauchst auch nicht wach zu bleiben, um mir Gesellschaft zu leisten«, setzte Lucy hinzu. »Ich hätte meinen dicken Hintern besser ins Wohnzimmer schwingen sollen, damit du dich ausruhen kannst.«

»Du hältst mich nicht wach. Bin sowieso zu unruhig zum Schlafen.«

Lucy kuschelte sich an ein Kissen. »Du hast mir immer Gutenachtgeschichten vorgelesen, weißt du noch?«

Ein müdes Lächeln spielte um Asias Mundwinkel. »Ja.«

»Hier sehe ich gerade kein Buch, aber ich kenne ein Gedicht auswendig.«

»Welches denn?«, erkundigte sich Asia mit geschlossenen Augen.

Mit leiser Stimme begann Lucy das Gedicht »Twas the night before Christmas« vorzutragen. Das Letzte, was Asia bewusst mitbekam, bevor ihre Gedanken abdrifteten, war die Stelle, wo die Rentiere von Santa Claus vor dem Haus mit den Hufen scharren. Lucy konnte sich nie die Namen der Rentiere merken, und während sie in den Schlaf hinüberglitt, dachte Asia mit Bedauern, dass sie jetzt nicht hören würde, wie sich ihre Schwester aus der Affäre zog.

Eine ganze Weile später weckte sie der Klang von Stimmen im Wohnzimmer. Es war bereits Nachmittag, und die Ecken des Zimmers lagen in tiefem Schatten. Während Asia langsam zu sich kam, dachte sie zuerst, es seien Lucy und Michael, doch dann fiel es ihr wieder ein. Brandon. Noch bevor sie ganz wach war, lächelte sie bereits.

»Hey!«, rief sie durch die offene Tür. Ihre Stimme war noch immer belegt, doch kräftiger als zuvor. Das ausgiebige Nickerchen hatte seinen Zweck erfüllt. »Ich weiß, dass ihr über mich redet, aber lasst euch gesagt sein, ich höre jedes Wort.«

Lucy steckte den Kopf durch die Tür. »Dann weißt du ja, dass wir über die Hochzeit gesprochen haben und überhaupt nicht über dich, du Egomanin. Ich wollte auch gerade gehen und bin froh, dass ich mich noch von dir verabschieden kann. Pass gut auf sie auf, Brandon.«

Sein Profil zeichnete sich gegen die erleuchtete Diele ab. Er nickte Lucy zu, ohne Asia aus den Augen zu lassen. »Aber immer.«

Sie fühlte sich wohl genug, um sich aufs Sofa zu setzen und ihm zuzuhören, während er von seinem Arbeitstag berichtete und dabei etwas Vorgekochtes in den Ofen schob. Er beharrte darauf, dass dieses Arrangement ihm nur Vorteile brachte. Er brauchte nur ein paar Knöpfe zu drücken und bekam dafür ein Gratisessen. Frisch zubereitete Südstaaten-Hausmannskost.

Sie wollten sich gerade zu Tisch setzen, als es an die Tür klopfte. Brandon schaute sie an: »Soll ich aufmachen?«

O Mann, hoffentlich waren das nicht ihre Eltern! Natürlich war es reiner Zufall gewesen, dass sie Brandon noch nie getroffen hatten, doch jetzt, da Asia sich entschlossen hatte, ihn offiziell ins Haus der Swensons einzuladen, wollte sie nicht, dass sie einander so beiläufig kennenlernten. Andererseits hatte Steph sie angerufen und gesagt, sie würde vielleicht vorbeikommen, je nachdem, wie sie sich selbst nach der Chemo fühlte. Da sie jetzt unterschiedliche Medikamente bekamen, sahen sie einander nicht mehr so häufig.

»Klar, nur zu«, sagte sie zu Brandon.

Sie machten beide große Augen, als Morris Grigg eintrat.

Morris grinste, als freue er sich diebisch, dass er den jungen Mann sozusagen in flagranti ertappt hatte. »Die Gerüchte sind also wahr.«

Dann wurde er wieder ernst, ging zu Asia hinüber und gab ihr die Hand.

»Und wie geht es Ihnen?«

»Im Augenblick bin ich ziemlich verlegen.« Das geschah einem nicht alle Tage, dass der Chef unerwartet bei seiner Angestellten zu Hause auftauchte und dort ihren Freund und Kollegen antraf.

»Das brauchen Sie nicht. Wenn hier einer verlegen sein muss, dann ich. Ich hätte vorher anrufen sollen, aber ich wollte etwas mit Ihnen besprechen. Haben Sie die Einladung zur Weihnachtsfeier nächste Woche bekommen?«

Sie nickte und bat Morris mit einer Handbewegung, auf der Sitzgarnitur Platz zu nehmen. »Ich würde ja gerne kommen, aber ...«

»Selbstverständlich. Jason und ich haben uns schon gedacht, dass es Ihnen zu viel wird. Deshalb bin ich hergekommen, um Ihnen die große Neuigkeit persönlich mitzuteilen.«

Interessiert zog Asia eine Braue hoch.

»Jason und ich und alle anderen Mitglieder der Geschäftsleitung sind übereingekommen, dass wir vom neuen Jahr an unsere Spitzenkräfte besonders auszeichnen wollen. In Zukunft erhalten diejenigen, die durch höchsten Einsatz gute Ergebnisse erzielen, ohne dass Menschlichkeit und Integrität auf der Strecke bleiben, den jährlichen Asia-Swenson-Preis für hervorragende Leistungen.«

Ihr fiel der Unterkiefer herunter, und sie musste ein paarmal rasch blinzeln, um vor diesem Mann, der zugleich ihr Mentor und eine Respektsperson war, nicht die Fassung zu verlieren. »Sir, ich … Hast du davon gewusst?«, fragte sie Brandon, der hinter Morris stand.

Er schüttelte den Kopf, ebenso verdutzt wie sie. »Kein bisschen.«

Morris wirkte ziemlich selbstzufrieden. »Bis zum Wochenende soll es noch ein Geheimnis bleiben, doch da Sie nicht kommen können, ist es nur gerecht, wenn Sie es als Erste erfahren. Natürlich würden wir uns freuen, wenn es Ihnen besser ginge und Sie doch teilnehmen könnten. Die Einladung gilt selbstverständlich für Sie beide. Sie sind herzlich willkommen.«

Für seine stillschweigende Billigung hätte sie ihn umarmen können.

Abermals grinste Morris. »Mal sehen, was meine Frau dazu sagt, dass ich hier meine Angestellten verkuppele. Ihnen ist doch wohl klar, Peters, dass Asia versuchen wird, Ihnen die Kunden, die Sie vorübergehend übernommen haben, wieder abzujagen, sobald sie wieder voll einsatzfähig ist.«

»Aber sicher.« Brandons Lächeln verriet, wie stolz er auf Asia war.

Nachdem er seinen Chef zur Tür gebracht hatte, ließ sich Brandon neben ihr auf dem Sofa nieder und schloss sie in die Arme.

»Der Asia-Swenson-Preis für hervorragende Leistungen«, sagte er genüsslich. »Hört sich gut an.«

Asia war ganz gerührt. Sie musste an ihr Einstellungsgespräch bei MCG denken, ihren ersten Schreibtisch im Großraumbüro und daran, wie sie sich nach und nach bis zu einem eigenen Büro, das sogar Fenster besaß, hochgearbeitet hatte. Fern war die Erste gewesen, die sie selbst einstellen durfte, natürlich nachdem Morris ihre Entscheidung abgesegnet hatte. Asia saß ein dicker Kloß im Hals. Das Büro würde ihr fehlen, falls sie nie wieder dorthin zurückkehren sollte. Doch sie kannte ihre Kollegen und wusste, dass Firma und Kunden bei ihnen in guten Händen waren.

»Sie haben einen Preis nach mir benannt.« *Wenn Mom und Dad das hören!* Sie werden so stolz sein … Außerdem musste sie ihre Eltern sowieso anrufen und fragen, ob sie nächste Woche einen Gast mitbringen durfte. Sie reckte das Kinn und sagte in scherzhaft hochnäsigem Ton: »Dann muss ich in meinem Job doch wirklich etwas Besonderes sein. Erste Sahne sozusagen.«

Er beugte sich vor und küsste sie. »Das hätte ich dir auch so sagen können.«

16

Asia Swenson?« Die Frau im bunten Schwesternkittel, die in der Tür stand, warf einen Blick auf ihr Clipboard. »Der Doktor erwartet Sie.«

Brandon räusperte sich und drückte Asias Hand. »Soll ich wirklich nicht mit reinkommen? Ich bleibe aber auch gerne hier sitzen. Du sollst nur wissen, dass ich jederzeit als moralische Unterstützung da bin.«

»Ist schon gut.« Sie war froh, dass er mitgekommen war, doch das hier schaffte sie auch allein. Auf irgendeine vertrackte Weise, über die sie lieber nicht genauer nachdenken wollte, schien sich hier ein Kreis zu schließen.

Sie hatte Brandon gebeten, sie zum Onkologen zu fahren, weil Marianne und Lucy zusammen essen und dann zur letzten Anprobe des Brautkleides gehen wollten. Es war schon schlimm genug, dass Asia ihnen zuerst die Brautparty und dann auch noch Thanksgiving verdorben hatte. Daher hatte sie beschlossen, nichts von diesem Termin zu erzählen. Sollte es mit den immer stärker werdenden Bauchschmerzen und dem Fieber nichts auf sich haben, brauchten sie gar nichts davon zu erfahren. Falls jedoch ... Mit schlechtem Gewissen dachte Asia daran, wie Lucy sie gebeten hatte, die Familie nicht auszuschließen. Vielleicht hätte sie ihnen die Befürchtung des Arztes, dass die neue Behandlung erfolglos sein könnte, nicht verschweigen sollen. *Nein, es ist schließlich Weihnachten, und Lucy heiratet in ein paar Wochen.* Ihr Beschützerinstinkt war nicht so leicht totzukriegen.

Asia erschrak vor ihrer eigenen gedanklichen Wortwahl.

»Viel Glück«, sagte Brandon, ohne jedoch ihre Hand loszulassen. Dafür liebte sie ihn.

Sie wollte »Danke« sagen, war sich jedoch nicht sicher, ob sie es über die Lippen gebracht hatte. Vielleicht hatte sie selbst es auch nur nicht gehört, weil ihr Herz so laut pochte.

Die Schwester machte einige beiläufige Bemerkungen über das Wetter und die bevorstehenden Feiertage, während sie zusammen über den Flur gingen. Doch Asia erschien es wie ein Gang zum Schafott. Wie oft war sie wohl schon in Dr. Klamms Sprechzimmer gewesen? Vermutlich hatte sie sich schon einen Ehrenplatz verdient, dachte sie mit einer Art grimmigem Humor. Oder zumindest einen Stuhl mit ihrem Namen darauf, wie an einem Filmset. Und einen eigens für sie reservierten Parkplatz obendrein. Zumal sie und ihre Familie mit den ganzen Parkgebühren sicher schon längst einen finanziert hatten. Wenn jemand wissen wollte, was sie sich zu Weihnachten wünschte, konnte Asia ja sagen: einen Gutschein für freies Parken am Krankenhaus.

Sie musste leise gelacht haben, denn die Schwester warf ihr einen verwunderten, leicht amüsierten Blick zu. »Miss Swenson?«

»Nichts … gar nichts.«

»Dr. Klamm kommt sofort.«

Er war sogar schon da. Die Schwester stieß in der Tür beinahe mit ihm zusammen.

»Hallo, Asia.« Der Blick des Arztes wurde weicher, als er sie ansah. Da war nicht mehr viel zu sehen von der distanziert-mitfühlenden Miene, die Ärzte im Dienst automatisch aufsetzten wie eine OP-Maske.

Ein Blick genügte, um zu wissen, dass er keine guten Nachrichten brachte. Aber hatte sie das nicht schon vorher gewusst? Sie war heute in Brandons Begleitung hierhergekommen, weil sie auf das Schlimmste gefasst war. Allerdings hatte sie es bisher auch nur so genannt: das Schlimmste – ein sehr vager Begriff, der alles Mögliche bedeuten konnte. Sie hätte gerne noch fünfzig oder sechzig Jahre gelebt, doch das sollte nun einmal nicht sein. Wie lange hatte sie also noch? Würde sie noch ein weiteres Mal mit ihrer Familie Weihnachten feiern? Zusehen, wie ihre Schwester zum Altar schritt? *Ich habe es ihr versprochen. Ich habe ihr versprochen, dass ich da sein werde.* Ein Versprechen an Lucy hatte sie noch nie gebrochen.

Und damit wollte sie auch jetzt nicht anfangen, ganz gleich, was Dr. Klamm ihr zu sagen hatte.

»Warum nehmen Sie nicht Platz?«, fragte er freundlich.

»Ist schon gut, ich bleibe lieber stehen«, hätte sie am liebsten mit fester Stimme gesagt. Wie ein Cowboy in einem dieser alten Western, der Bösewichtern, Verrätern und Kugeln gleichermaßen trotzte. Doch die Vorstellung war einfach lächerlich, denn in Wahrheit wurde sie vor Angst fast verrückt.

Sie ließ sich in einen Sessel gleiten. »Der Krebs in meiner Leber ist durch die Chemo nicht kleiner geworden, nicht wahr?« Das klang ja ganz ruhig. Verdrängung? Schock?

»Nein, Asia. Es tut mir leid.« So einfühlsam wie möglich erläuterte er ihr die medizinischen Fakten, doch ihre Gedanken schweiften immer wieder ab. Sie dachte daran, wie sie manchmal als Kind im Bett lag, während Marianne unten bis spät in die Nacht hinein Klavier spielte. Mit jedem Stück war Asia tiefer in den Schlaf hineingeglitten, dann einige Takte lang eingedöst, um schließlich von Neuem den leisen, ineinander verwobenen Melodien zu lauschen.

Ihr Krebs breitete sich weiter aus. Der Feind war nicht nur unbesiegbar, sondern eroberte ihren Körper mit nahezu unverminderter Geschwindigkeit.

»Und was nun?« Sie dachte an ihre Freundin Char. Soweit Asia aus ihrer begrenzten Erfahrung wusste, war der Tod selten leicht oder schön. Wahrscheinlich würde es eines Tages ganz schön eklig für sie werden. Aber Char hatte sich schrecklich aufgerieben in ihrem unablässigen Kampf. Musste auch Asia nun immer weiterkämpfen, dies versuchen und dann das und wieder etwas anderes? Wozu? Konnten ihr die Ärzte noch ein paar Jahre garantieren oder ging es nur noch um Monate oder gar Wochen?

Bitte, Gott, lass es nicht nur Wochen sein.

Dr. Klamm schwieg und blickte sie fest an. »Wir können die Behandlung fortsetzen, Asia. Aber über das Ziel dieser Behandlung entscheiden Sie selbst.«

»Ich muss die Hochzeit meiner Schwester noch erleben.« Die Worte sprudelten aus ihr hervor, drängend und voll verzweifelter Hoffnung. »Sie ist im Januar.«

»Ich wollte damit nicht sagen, dass Ihnen keine Zeit …
Ich meine, Sie haben noch welche. Wahrscheinlich etwa
ein halbes Jahr, falls Sie damit einverstanden sind, dass wir
noch ein paar andere Therapien ausprobieren.«

Doch er konnte ihr nicht einmal das versprechen, denn
irgendwann war es nicht mehr nur der Krebs, dann versag-
ten die Organe. Wieder dachte sie an Char. War sie selbst
womöglich nicht so tapfer wie ihre verstorbene Freundin?
Der Gedanke an den Tod war abstoßend und unwirklich,
doch mit der Möglichkeit weiterer, noch stärkerer Chemotherapien konnte sich Asia auch nicht anfreunden.

Ihre Assistentin Fern hatte fruchtbarkeitssteigernde Mittel genommen, um ihr hübsches Baby zu bekommen, und
einige dieser Hormone hatten Nebenwirkungen verur-
sacht. Auf der Babyparty im Büro hatte eine der Frauen
Fern gefragt, ob es die Sache wert gewesen sei.

»Unbedingt.« Strahlend hatte Fern die Hände auf ihren
gerundeten Babybauch gelegt. »Aber ob ich das auch so
sehen würde, wenn es nichts gebracht hätte …«

Asia hatte sich der Chemotherapie nie gerne unterzogen,
doch als einen Helfer im Kampf gegen den Krebs hatte sie
sie entschlossen auf sich genommen. War es die Sache wert
gewesen? Für Hunderte, ja Tausende von Menschen, deren
Leben dadurch gerettet worden war, mit Sicherheit.

Doch zu denen zählte sie offensichtlich nicht.

»Wir können aber nicht sicher sein, dass andere Chemos
überhaupt etwas bringen, oder?«, fragte sie.

Das musste Dr. Klamm zugeben. Wenn man das so genau wüsste, hätte sie ja nicht mehrere wirkungslose Therapien über sich ergehen lassen müssen.

»Soll ich es tun?«

Er zögerte. »Ich würde es … eher nicht empfehlen. Aber selbstverständlich respektieren wir Ihre Entscheidung. Und natürlich können Sie sich mit anderen Patienten austauschen und Informationsmaterial lesen, bevor Sie sich entscheiden.«

Sie sah bereits, wie ihre Bibliothek zum Thema »Der Krebs und du« um den Bereich »Das Hospiz und du« erweitert wurde.

»Auch wenn Sie sich gegen eine Fortsetzung der Chemotherapie entscheiden«, fuhr er fort, »werden Sie selbstverständlich weiterhin im Rahmen der Palliativmedizin behandelt. Die schmerzstillenden Medikamente verlängern nicht Ihr Leben, wie es eine Chemotherapie theoretisch täte, doch sie helfen Ihnen, mit der Krankheit zu leben und die Auswirkungen besser zu ertragen.«

Ob es ihr wohl schon etwas besser ginge, wenn das Gift der Chemo nicht mehr in ihren Körper gepumpt würde? Die Krankheit würde sie natürlich auch beeinträchtigen, doch was wäre, wenn sie aufhörte, ihre gesamte Energie in einem aussichtslosen Kampf zu verschwenden, und stattdessen die Zeit, die ihr noch blieb, bewusst auskostete? Vielleicht war jetzt der Punkt erreicht, wo es nicht mehr darum ging, um ihr Leben zu kämpfen, sondern es zu leben.

»Sie sind heute doch nicht alleine hergekommen?«, fragte Dr. Klamm.

»Nein, draußen wartet jemand auf mich.« Jemand ganz Besonderes. Jemand, in den sie sich während der vergangenen drei Monate höchstwahrscheinlich verliebt hatte.

Jemand, dessen Gegenwart sie vermutlich mehr genießen konnte, wenn sie die härtesten Behandlungen aufgab. Aber lag es überhaupt in ihrer Natur aufzugeben?

Konnte sie so einfach loslassen? War sie dazu müde genug? Menschen – und, soweit sie wusste, auch alle anderen Lebewesen – kamen mit Instinkten auf die Welt, die dafür sorgten, dass man alles dafür tat, einfach nur am Leben zu bleiben. Bedeutete das Eingeständnis, dass der Krebs gewonnen hatte, eine noch größere Niederlage als der Tod?

Das ist nur dummer Stolz, eine denkbar schlechte Grundlage für Entscheidungen.

Irgendwo in ihren verworrenen Gedanken tauchte ein halb vergessenes Gedicht auf, in dem es darum ging, dass man sich nicht kampflos ergeben, sondern dem Tod die Stirn bieten sollte. Doch der Dichter steckte nicht in ihrer Haut, und daher brauchte sie sich nicht dafür zu entschuldigen, dass ihr so wenig Kampfgeist geblieben war. Sie wollte jetzt einfach nur *weinen*, *fluchen* und *zweifeln*.

Nach Dr. Klamms Einschätzung blieben ihr noch ein paar Monate. Der Rest ihres Lebens.

Sie brauchte sich niemandem gegenüber für ihre Entscheidung zu rechtfertigen, doch ebenso wenig konnte ihr jemand diese Entscheidung abnehmen. Weder der nette, gebildete Arzt dort hinter seinem Schreibtisch, noch der gut aussehende Mann, der sorgenvoll im Wartezimmer saß, noch ihre Familie, die ihr zu helfen versuchte, indem sie sich nicht anmerken ließ, wie sehr Asias Krebs auch sie belastete.

Vermutlich zum ersten Mal, seit sie auf der Welt war, und trotz der tiefen Dankbarkeit, die sie dafür empfand,

Brandon gefunden zu haben, fühlte sich Asia Swenson vollkommen allein.

»Du siehst einfach wunderschön aus«, sagte Marianne leise schniefend, als sich Lucy langsam umdrehte. Dabei begutachtete sie eingehend das Werk der Schneiderin.

»Das macht dieses Kleid«, erwiderte Lucy staunend. Sie sah wirklich so fantastisch darin aus, dass sie es am liebsten auch noch zur Arbeit, beim Kirchgang und auf dem Weg zum Briefkasten anbehalten hätte.

»Es ist nicht nur das Kleid«, widersprach Marianne. »Du leuchtest ja förmlich.«

Das kommt wahrscheinlich von all dem Sex. Ein wenig erschrocken über ihre eigenen Gedanken senkte Lucy den Kopf. Sie musste sich zurückhalten, um nicht die Hände an ihre glühenden Wangen zu pressen. Zwischen ihr und Michael hatte sich etwas geändert, seit sie unter einem Dach lebten. Er hatte scherzhaft bemerkt, dass das nur an ihrer Bewunderung für ihn läge, weil er so gut mit dem riesigen Mietlaster zurechtgekommen war.

Ohne ihn enttäuschen zu wollen, glaubte sie dennoch, dass es nichts mit ihm oder dem neuen Haus zu tun hatte. Sie selbst hatte sich verändert, wofür nicht zuletzt ihr Streit verantwortlich war. Wütend auf ihn zu sein und dieses Gefühl auch zuzulassen, war eine völlig neue Erfahrung für sie gewesen. Was Michael auch sagen mochte, Gefühle waren keine Schwäche, sondern eben einfach … ein Teil von ihr.

Und mittlerweile wollte sie sich auch nicht mehr ständig dafür entschuldigen, dass sie nun einmal unvollkommen war: Sie würde nie Kleidergröße sechsunddreißig tragen und auch weiterhin bei rührseligen Filmen weinen. Und ja, sie war auch egoistisch genug, um sich mehr Tage wie diesen zu wünschen, an denen sie sich unbeschwert auf ihre Hochzeit freuen konnte, ohne unablässig an Asias Krankheit erinnert zu werden.

Und doch gehörte auch das dazu.

»Danke für den heutigen Tag, Mom«, sagte sie. »Es war wirklich schön, die ganze Zeit alleine mit dir zu verbringen.«

Marianne stiegen die Tränen in die Augen – wie die Tochter, so die Mutter. »Ach, mein Kleines, ich kann es noch gar nicht glauben, dass mein Baby schon erwachsen ist und bald heiraten wird.«

Lucy drückte ihre Mutter, wobei sie ein wenig besorgt um ihr Kleid war. Aber ein paar herzhafte Umarmungen würde es an ihrem Hochzeitstag ja schließlich auch aushalten müssen. Als sie im Umkleideraum hörte, wie ihre Mutter sich die Nase putzte, grinste Lucy. Sie beide würden bei der Hochzeit bestimmt wie die Schlosshunde heulen und Asia und Cam mitreißen. Gut, dass die Fotos schon vor der Trauung gemacht werden sollten.

Im Auto wandte sich Marianne fast schüchtern an ihre Tochter: »Musst du heute Nachmittag noch arbeiten oder möchtest du mit mir ein paar Weihnachtseinkäufe machen?«

»Würde ich zu gerne, Mom, aber ich kann nicht. Michael und ich haben heute noch einen Termin bei Pastor Bob. Das Gespräch sollte eigentlich morgen stattfinden, aber ...«

»Betsy Dunaham«, sagte Marianne traurig. Die Achtzigjährige, ein langjähriges Gemeindemitglied, war an einem Schlaganfall gestorben. »Ja, ich habe in der Todesanzeige gelesen, dass morgen die Trauerfeier für sie stattfinden soll. Heute Morgen hat Bob wahrscheinlich ihre Tochter besucht. Er war auch mir ein großer Trost, als meine Eltern starben.«

Sie schwiegen einen Augenblick in Gedanken an die Verstorbenen.

Dann blickte Marianne plötzlich auf. »Ich nehme an, dass Bob ... Ich habe noch gar nicht darüber nachgedacht.«

Geistesabwesend betätigte Lucy den Blinker. »Worüber?«

»Ach nichts.« Mariannes Unterlippe zitterte. Sie wirkte rührend jung und verletzlich. »Ist nicht wichtig, Liebes.«

Asia. Lucy konnte sich zusammenreimen, was ihre Mutter dachte. Marianne hatte überlegt, ob Pastor Bob im Falle von Asias Tod die Beerdigung abhalten würde. *Die eine Tochter verheiraten und die andere begraben?* Entschlossen versuchte sie, den Gedanken von sich zu schieben.

Aber vielleicht war das gar nicht so gut. Lucy hatte einen schönen, ungetrübten Tag mit ihrer Mutter verbringen dürfen. Im Gegenzug sollte sie ihr vielleicht die Gelegenheit geben, über ihre Ängste zu sprechen.

»Hast du an Asia gedacht?«, fragte Lucy.

Marianne nickte ein paarmal rasch mit dem Kopf, die Hände fest im Schoß gefaltet.

»Möchtest du ... darüber reden?« Sie hatten nicht viel Erfahrung mit ernsthaften Gesprächen. Lucys Fragen, wie »Wann bekomme ich meine Periode?« und »Was ist der Sinn des Lebens?«, hatte immer ihre ältere Schwester be-

314

antwortet. Komisch, wie der Altersunterschied von sechs Jahren, der ihr früher so groß erschienen war, heute fast keine Rolle mehr spielte. Früher war es Lucy vorgekommen, als gehöre Asia einer anderen, coolen und beinahe allwissenden Generation an.

»Der Tag heute soll doch dir gehören«, erwiderte Marianne.

Lucy war gerührt, auch wenn sie nicht wusste, ob ihre Mutter es ernst meinte oder nur versuchte, sich vor einem schwierigen Thema zu drücken. »Danke, Mama. Aber früher waren Asia und ich auch immer abwechselnd dran. Bis jetzt ging es um mich, da ist es nur gerecht, wenn wir jetzt mal an jemand anderen denken.«

»An deine Schwester?«

»An dich. Ich habe dich in letzter Zeit gar nicht gefragt, wie du mit all dem fertig wirst.« *Oder Daddy.* Aber eins nach dem anderen.

»Die wöchentliche Frauen-Bibelstunde in der Kirche«, begann Marianne mit zitternder Stimme, wobei sie die Hände an die Wangen legte. »Sie wird langsam bizarr. Enid Norton, die in meiner Gruppe ist, zeigte uns eine von den Zierschleifen für die Kirchenbänke, die sie für deine Hochzeit gemacht hat. Sie sind hübsch geworden. Wenn dann alle da sind und der Kaffee eingeschenkt wird, kommt die Hälfte der Frauen zu mir und erkundigt sich nach Asia. Sie sagen, sie würden sie in ihre Gebete einschließen, oder ihre Schwiegertochter wolle ihr ein frisch gebackenes Brot vorbeibringen. Die andere Hälfte will wissen, wie die Hochzeitsvorbereitungen laufen, was für ein Kleid ich als Brautmutter tragen werde und ob es sich auch nicht mit dem von

Bridget beißt. Und ich stehe da und sehne mich danach, dass die Stunde endlich anfängt, weil ich nicht weiß, ob ich lachen oder weinen soll.«

Lucys Herz zog sich zusammen. »Ich weiß genau, was du meinst, Mama. Aber ich glaube, wir dürfen beides.«

»Und uns auch schuldig fühlen?«

Die Schuld der Überlebenden? Lucy hatte den Begriff im Zusammenhang mit Menschen gehört, die ein Unglück unversehrt überstanden hatten, bei dem andere umgekommen waren. Vermutlich fühlten Hinterbliebene von Menschen, die an einer Krankheit starben, ebenso. Doch sie schreckte vor dem Gedanken zurück, denn das hätte ja bedeutet, dass Asia bereits mit einem Bein im Grab stand. »Wie meinst du das?«

Marianne schwieg so lange, dass Lucy schon dachte, ihre Mutter könne oder wolle nicht antworten. Dann sagte sie schließlich: »Was ist, wenn es meine Schuld ist?«

Lucys Kopf fuhr herum; sie starrte ihre Mutter einen Augenblick an, bis Marianne sie aus jahrelanger Gewohnheit ermahnte: »Augen auf die Straße, bitte!«

»Susannah Grahams Tochter ist so eine Art medizinisch-technische Assistentin«, fuhr sie fort. »Und sie hat Susannah von einem … einem Gen oder so was erzählt, das über die weibliche Linie weitergegeben wird. Was ist, wenn ich Asia etwas mitgegeben habe, das sie krank gemacht hat? Was ist, wenn … sie nicht die Einzige ist, die Krebs bekommt?«

Lucy war entsetzt. *Sie meint mich.* Dieser Gedanke war ihr wirklich und wahrhaftig noch niemals gekommen. Als die Diagnose Brustkrebs bei Asia gestellt wurde, hatte Lucy ihrem Arzt davon erzählt, und der hatte gesagt, bei Fällen in der engeren Familie sollte Lucy vielleicht früher als gewöhnlich eine Mammografie machen lassen. Das war aber auch alles gewesen.

»Wenn ich es bekäme, wäre das etwas anderes«, fuhr Marianne fort. »Ich habe mein Leben gelebt, durfte zwei schöne Töchter großziehen und mit eurem Vater zusammenleben, dem einzigen Mann, den ich jemals geliebt habe.«

»Und wir wissen alles zu schätzen, was du für uns tust. Das nur für den Fall, dass wir uns nicht genug für die Kostüme bedankt haben, die du uns für die Schulaufführungen genäht hast, oder für dein leckeres Essen in all den Jahren.«

»Da ist noch was«, fuhr Marianne fort. »Es wird gerade so viel über die Ursachen von Krebs herausgefunden oder darüber, was angeblich davor schützt. Ich hätte darauf achten sollen, dass ihr Mädchen mehr Brokkoli und Rosenkohl esst.«

Ironischerweise bog Lucy genau in diesem Augenblick auf den Parkplatz eines Restaurants ein, dessen Spezialgericht weit und breit als »Herzinfarktplatte« bekannt war, und der frittierte Käsekuchen dort war einfach eine Wucht. Käsekuchen! Frittiert! Doch über das Thema Krebs wollte Lucy sich lieber nicht weiter beim Fahren unterhalten. Sie mochte ja vielleicht gelernt haben, zu ihren Gefühlen zu stehen. Das hieß jedoch noch lange nicht, dass diese Gefühle sie nicht zu einer Gefahr im Straßenverkehr machten.

»Nein, Mom. Du kannst dir über Asia so viele Sorgen machen, wie du willst. Und es wird auch niemand behaupten, dass du keinen Grund dazu hast. Aber gib dir selbst nicht die Schuld daran. Selbst die Ärzte, die das doch jahrelang studiert haben, kennen weder die Ursachen von Krebs, noch können sie vorhersagen, wie die Krankheit im Einzelfall verläuft.«

»Sicher, ich weiß ja, dass du recht hast«, flüsterte Marianne. »Aber das hilft mir alles nicht.«

»Das Leben steckt nun einmal voller Überraschungen. Das hört sich im Zusammenhang mit Krebs vielleicht flapsig an, schließlich ist es keine Teenager-Geburtstagsparty. Es ist einfach schrecklich, besonders in aussichtslosen Fällen. Aber selbst wenn man auf die Diagnose gefasst ist, dürfte es noch ein ganz schöner Schock sein.«

»Auch da will ich dir nicht widersprechen«, sagte Marianne und zupfte an einem Papiertaschentuch, das sie aus ihrer Handtasche gezogen hatte. »Aber wie sollen wir nur mit der Ungewissheit fertigwerden?«

Und das ausgerechnet von einer Frau, die Lucy jahrelang jeden Sonntagmorgen aus dem Bett gezerrt und zur Kirche gescheucht hatte. »Indem wir glauben, nehme ich an. Du hast mir selbst gesagt, dass wir nicht alles verstehen können, sondern auf Gott vertrauen müssen.«

»Das war, bevor meine Tochter Krebs bekam!«

Wider Willen musste Lucy über Mariannes Offenherzigkeit lächeln. »Dann überlegst du dir also genau, wann du glauben sollst und wann nicht?«

»Wenn es um meine Kinder geht, ganz bestimmt.« Mit einem zaghaften Blick gen Himmel fügte sie hinzu: »Nicht dass ich meinen Glauben verloren hätte. Ich bete immer noch für euch beide. Aber manchmal bin ich auch wütend.

Es gibt Patienten, die wieder ganz gesund werden, ohne dass die Ärzte den Grund dafür kennen. Warum nicht auch meine Tochter? Warum geschieht für sie kein Wunder?«

Lucy wollte schon sagen, dass es ja noch kommen könnte, doch dann zögerte sie. Wo war die Grenze zwischen Glaube und falscher Hoffnung? Wenn Asia wirklich sterben musste, sollten sie sich vielleicht damit trösten, dass sie in eine bessere Welt hinüberging.

War es selbstsüchtig von ihnen, sie festhalten zu wollen, auch wenn sie litt?

Aber sie lebt doch noch!

Ebenso wie Überraschungen gehörte auch Leid mitunter zum Leben. Dafür hatte es ja auch wunderbare Augenblicke zu bieten – der aufregende erste Kuss, die schlichte Schönheit eines Sonnenaufgangs über dem Meer. Zwei Menschen, die plötzlich erkennen, dass sie sich ineinander verliebt haben. Die flüchtige Freude, wenn ein bunter Schmetterling sich auf dem Arm eines kleinen Mädchens niederlässt. Der freudige Schreck einer Frau, die entdeckt, dass sie – entgegen der ärztlichen Prognose – doch schwanger geworden ist.

Marianne räusperte sich. »Danke, dass du angehalten hast, Liebes. Ich möchte nicht gerne, dass dein Vater mich so sieht. Für ihn muss ich stark sein.«

Als Lucy das hörte, war sie völlig verdutzt. Sie hatte immer angenommen, dass ihr großer, starker Dad seiner Frau eine Stütze war, doch die Erlebnisse an Thanksgiving hatten ihr gezeigt, dass eine Beziehung meist nicht so simpel funktionierte.

»Wir beide, du und ich, werden ihm helfen müssen«,

sagte Marianne mit leicht bebender, doch entschlossener Stimme. »Es bringt ihn noch um, dass er nicht mehr tun kann, um euch beide zu beschützen.«

Du und ich. Die Worte glühten in Lucys Innerem nach. Das war die andere Seite des Lebens, diejenige, die sie am meisten schätzte, auch wenn sie vor Asias Erkrankung nur selten darüber nachgedacht hatte. Ob schlimme Ereignisse oder freudige Überraschungen – immer waren da Menschen, die dir halfen und sich mit dir freuten. Mochten sie auch ihre Fehler haben, Lucy war dennoch dankbar, dass es sie gab.

Brandons Miene verdüsterte sich, als er Asias Gesicht sah. Später im Auto konnte er nur noch »Es tut mir so leid« stammeln, da flossen schon ihre Tränen, begleitet von kleinen Schluchzern, kurz und hart wie Schluckauf. Daraufhin sagte er nichts mehr, sondern ließ sie einfach in Ruhe.

»Couch?«, fragte er, als sie schließlich in ihrer Wohnung standen.

»Bett.« Sie blickte ihm in die Augen. »Würdest du dich für ein Weilchen zu mir legen?«

Er streifte die Schuhe ab. »So lange du willst.« Im Bett legte er den Arm so behutsam um sie, als sei sie zerbrechlich oder sehr kostbar. Er rückte so dicht an sie heran, dass sie die Wärme seines Körpers spüren konnte, ohne sich eingeengt zu fühlen.

Sie wiederholte seine Worte: »Es tut mir leid.«

»Was denn?«, fragte er verdutzt. »Es gibt doch nichts, wofür du dich entschuldigen müsstest.«

»Ich hätte dich entschiedener abweisen müssen.« Dabei

war sie froh, dass sie es nicht getan hatte und er jetzt, da sie es am dringendsten brauchte, hier war und sie tröstete. Doch war das nicht egoistisch von ihr? »Ich hätte es dir deutlicher sagen müssen.«

»Du hast doch nie ein Geheimnis daraus gemacht. Wie oft hast du es mir geradezu ins Gesicht geschleudert. Es war meine freie Entscheidung.«

»Und dafür musst du jetzt büßen.«

Als die Metastasen bei ihr festgestellt wurden, hatte sie sich gefragt, ob es nicht sogar besser war, dass sie es alleine durchstehen musste, und ob ein Freund oder Liebhaber nicht eine zusätzliche Belastung wäre. Jetzt wusste sie, dass sie damit recht gehabt hatte. Trotzdem war Brandon bei dem Deal der Dumme. Bei dem Gedanken musste sie unwillkürlich lachen.

»Was ist denn so lustig?« Er stützte das Kinn in die Hand.

»Na ja, da liege ich hier und mache mir Sorgen um dich. Und dann fällt es mir wieder ein … Hey, warte mal, *ich* bin ja diejenige, die sterben muss. Bereust du wirklich nicht, dass du dich so weit auf mich eingelassen hast, jetzt, wo du weißt, wohin es führt?«

»Noch ist nicht aller Tage Abend. Wir haben doch noch einiges vor.«

Weihnachten. Die Hochzeit. Sie drehte sich um und vergrub das Gesicht an seiner Brust. Eine Weile sprach keiner von ihnen, er streichelte ihr nur hin und wieder den Rücken.

»Du hast mich verändert, Asia. Ich liebe meinen Job und werde es immer tun. Aber was ist nur mit mir los? Als ich dich und Lucy zusammen sah, wurde mir erst klar, wie wenig ich mich um meine Schwester gekümmert habe. So eine Kleinigkeit wie ein Ozean sollte kein Hindernis für eine Familie sein, und für mich ist es schließlich leichter, zu ihr zu fahren, während sie erst Kinder, Mann und Schäferhund einpacken müsste. Und meine Dates … das waren nur Treffen in schicken Restaurants, bei denen wir unsere Terminkalender verglichen und über gemeinsame Bekannte geplaudert haben. Ich weiß nicht einmal, ob die letzte Frau, mit der ich ausgegangen bin, überhaupt wusste, dass meine Mutter tot ist. Danach gefragt hat sie mich jedenfalls nicht. Weißt du noch, was ich über das Happy End von *Casablanca* gesagt habe? Er musste sie gehen lassen, doch hinterher war er ein besserer Mensch, weil er sie geliebt hatte.«

»Ich danke dir«, flüsterte sie und lauschte auf den Rhythmus seines Herzschlages an ihrer Wange. »Ich liebe dich auch.«

Wenn die vergangenen Monate sie gelehrt hatten, das zu jemandem – zu Brandon – zu sagen, dann gab es vielleicht wirklich eine Art Happy End.

17

An diesem Nachmittag schlief Asia unruhig. Ihre Träume waren so verstörend, dass sie schließlich erwachte, aus Brandons Armen schlüpfte und aufstand. Sie hinterließ ihm eine Nachricht, dass sie frische Luft brauche und bald zurück sei. Er solle sich keine Sorgen machen.

Sie hatte kein genaues Ziel, als sie in den Wagen stieg und losfuhr, doch bald schon merkte sie, dass sie einen ganz bestimmten Weg einschlug. Der Abend brach herein, und die mit Tannengrün und roten Schleifen geschmückten Straßenlaternen leuchteten bereits in der Dämmerung. Groß und massiv erhob sich der Turm der Backsteinkirche über die umliegenden Gebäude. Gerade als es zur halben Stunde schlug, begannen die Glocken mit vollem, tiefem Klang zu läuten.

Asia hatte immer an Gott geglaubt, auf seine Güte vertraut und gehofft, dass er Sinn für Humor besaß. Vielleicht sollte sie sich auch jetzt an ihn wenden, doch sie fühlte sich eher zum Streiten aufgelegt.

Die Hände hielten verkrampft das Steuer, während sie nach einer Lücke auf dem überfüllten Kirchenparkplatz suchte. Drinnen probten Kinder, der Chor und höchstwahrscheinlich auch ein paar Schafe für das diesjährige Krippenspiel. Wenn sie Glück hatte, war Pastor Bob in seinem Büro und hatte Zeit für ein Gespräch. Wenn sie ihm gegenüber jetzt ganz ehrlich wäre, würde er sie verstehen und ihr sagen, dass auch Gott ihren Zorn verstand? Oder würde er mit ihr schimpfen? Immerhin hatte sie vierunddreißig gute Jahre gehabt, ein besseres Leben als viele andere.

Sie glaubte zwar nicht im Ernst, dass der weise und mitfühlende Mann, der sie schon ihr ganzes Leben lang kannte, ein solch scheinheiliger Frömmler sein könnte. Dennoch blieb sie sicherheitshalber noch ein wenig im Auto sitzen. Für den Fall, dass Gott ohnehin schon schlecht auf sie zu sprechen war, wollte sie es nicht noch schlimmer machen, indem sie einem Pfarrer eins auf die Nase gab.

Aber eigentlich wollte sie niemanden schlagen, sie brauchte einfach Trost. Sie wollte das Versprechen, dass alles wieder gut werden würde, auch wenn das eine noch so abgegriffene Phrase war. Asia warf einen Blick auf die Kirche. Ihr war jetzt klar, dass sie das, was sie brauchte, nicht in einem Krankenhaus fand, und sie hätte gerne all die Zeit wiedergehabt, die sie dort verbracht hatte. Doch würde sie es stattdessen hier in diesem Gebäude finden?

Als sie ausstieg, wurde plötzlich alles um sie herum unscharf wie ein schlecht digitalisierter Film – sie selbst bewegte sich mit der falschen Geschwindigkeit, die Farbe des Himmels stimmte nicht ganz. Fast rechnete sie damit, dass jemand »Schnitt!« rief. Vielleicht konnten sie ja alles noch einmal von vorne drehen. Vielleicht hatte sie noch einmal die Wahl und konnte sich gleich für eine totale Brustamputation entscheiden, anstatt ihre Zeit mit einer Teilresektion zu vergeuden, die nichts gebracht hatte. Dann würde sie sich auch eher auf Brandon einlassen und nicht erst, als sie zu krank für eine richtige Beziehung war. Seine Einladung zum Essen gleich beim ersten Mal annehmen oder, noch besser, ihn selbst einladen.

»Asia?«

Sie zuckte zusammen und glaubte zu träumen, als sie ihren Namen hörte. Vielleicht wollte jemand sie aufwecken. Oder … Unmittelbar vor der Kirche blieb sie stehen und blickte auf.

»Habe ich es mir doch gedacht, dass du es bist, Asia.« Es war unverkennbar Lucys Stimme, die sie von links ansprach.

Asia kam sich blöd vor. Sie drehte sich um und fragte: »Hallo, was macht ihr denn hier?«

»Wir kommen gerade von Pastor Bob«, antwortete Lucy, die Hand in Hand mit Michael näher kam.

»Da wollte ich auch gerade hin.«

»Ach ja?«, Lucy runzelte die Stirn. »Davon hat er gar nichts gesagt.«

»Es war ein spontaner Entschluss«, brachte Asia heraus. »Ich hoffe, er kann mich noch unterbringen.«

Lucy schwieg und schien auf weitere Erklärungen zu warten, doch Michael sagte nur: »Dann wollen wir dich nicht aufhalten. Sehen wir uns am Samstag bei euren Eltern?«

»Zum Baumschmücken?« Asia nickte. »Das möchte ich nicht versäumen. Obwohl ich noch immer nicht glauben kann, dass Mom Dad wirklich zu einem künstlichen Baum überredet hat.«

»Sie sind eben praktisch veranlagt«, sagte Lucy mit piepsiger Stimme.

»Ja, wahrscheinlich.« Die Verzweiflung schrie so laut auf in Asias Innerem, dass sie überzeugt war, Lucy und Michael konnten es hören. Sie stellte sich vor, wie der Chorleiter in der Kirche um Ruhe bat, um herauszufinden, woher dieser falsche Ton kam.

»Also bis dahin«, sagte Lucy.

»Bis dann.« Asia rührte sich nicht vom Fleck. Einige Sekunden lang standen sie alle drei verlegen herum, bevor sie sich schließlich in verschiedene Richtungen wandten und Asia mühsam ihren Weg fortsetzte.

18

Sie stiegen die Treppe zur Veranda ihrer Eltern hinauf, wo Marianne für ihre Gäste das Licht eingeschaltet und George kleine grüne und rote Lämpchen um das Treppengeländer gewunden hatte. Brandon ging dicht hinter Asia und passte auf, dass sie nicht stolperte. Wenn sie es nicht besser gewusst hätte, hätte Asia auf die Idee kommen können, er wolle sich hinter ihrem Rücken verstecken.

Sie blieb stehen und fragte über die Schulter gewandt: »Bist du nervös, weil du meine Eltern kennenlernen sollst?«

»Das ist es nicht ... nein.« Er betrachtete angestrengt den Boden.

»Hast du Angst, weil ich ihnen nichts von meinem letzten Arztbesuch erzählt habe?« Es war eine gewaltige Last, die sie ihm da aufgebürdet hatte. Denn er war der Einzige, der davon wusste.

Nach Weihnachten. Sie wollte ihrer Familie nach Weihnachten davon erzählen, um ihnen das Fest nicht zu verderben. Dann hätten sie bis zu Lucys Hochzeit noch ein paar Wochen Zeit, die Neuigkeit zu verdauen. Falls dies ihr letztes Weihnachten war, wollte sie es nicht durch Mitteilungen über fortgeschrittenen, unheilbaren Krebs ruinieren. Nachdem ihr schon Thanksgiving entgangen war, hatte sie sich ein ruhiges Fest verdient.

Brandon lächelte betrübt. »Nein, das verstehe ich schon. Es ist nur …«

Die Tür ging auf, und der Duft von Zimt und Nelken wehte ihnen entgegen. Marianne stand auf der Schwelle und räusperte sich dezent. »Wir dachten, wir hätten eine Autotür gehört. Als dann niemand klingelte, dachte ich, ich sollte mal nachsehen.«

»Alles in Ordnung«, sagte Asia schelmisch. »Wir knutschen hier draußen im Dunkeln nur ein bisschen herum.«

»Asia Jane!«

»Ja wirklich, Asia Jane«, bemerkte Brandon hinter ihr tadelnd. »Ich bin Brandon Peters. Freut mich, Sie kennenzulernen, Ma'am.«

»Lassen Sie mal das Ma'am und nennen Sie mich Marianne. Ich bin die Mutter von der da.« Sie bedachte ihre Tochter mit einem strafenden Blick. »Kommt rein. Wir wollten gerade Glühwein und heißen Kakao machen. Schon seit sie gekommen ist, verschlingt Lucy die Tüte Marshmallows mit den Augen. Ich versuche ihr klarzumachen, dass ihr das Hochzeitskleid nicht passen wird, wenn sie sich nicht vorsieht.«

»Stimmt doch gar nicht!«, kam Lucys Protest aus dem Wohnzimmer. Sie saß auf der Couch und wickelte irgendwelchen Weihnachtskrimskrams aus seiner Schutzfolie. »Ich habe vier Pfund abgenommen. Die Umzugsdiät: alles irgendwo abstellen und dann so lange auspacken, bis man …«

»Auspacken?«, flüsterte Asia, als sie sich neben ihrer Schwester niederließ. »So nennt man das also heutzutage.«

»... bis man das Essen vergisst«, schloss Lucy, versetzte Asias Knie einen Schubs und versuchte, sich das Lachen zu verkneifen.

Michael ließ die Lichterketten im Stich, die er auf Mariannes Teppich ausgebreitet hatte, um die Glühbirnchen zu überprüfen, während George die Strümpfe für die Geschenke bereitlegte. Michael schüttelte Brandon die Hand und blickte dann Lucy mit hochgezogenen Augenbrauen an. »Ganz zu schweigen von den verspäteten Mahlzeiten, weil gewisse Leute die Kartons nicht beschriftet haben und wir deshalb die Hälfte der Küchengeräte nicht finden konnten.«

»Mir scheint, er spricht von dir«, sagte Asia zu ihrer Schwester, als Marianne in die Küche entschwand, um nach dem Glühwein auf dem Herd zu sehen.

»Das gleicht sich genetisch alles wieder aus«, entgegnete Lucy schnippisch. »Ich bin vielleicht manchmal ein bisschen schlampig; dafür beschriftet er seine Filmkassetten. Mit Untergruppen. Wenn wir uns zusammentun, besteht die Chance, dass unsere Kinder ganz normal werden. Hallo, Brandon, schön dich wiederzusehen.«

Er grinste. »Ist mir immer ein Vergnügen.«

»Ich beschrifte meine Filme nicht«, erwiderte Michael verlegen. »Allerdings ordne ich sie nach Sparten, da hat sie recht.«

Lucy schnaubte.

»Wenn meine Frau also zum Beispiel sagt ›Mir ist heute Abend nach einer Komödie‹, kann ich im Handumdrehen eine heraussuchen«, fuhr er fort.

Lucy, die sich freute, dass er »meine Frau« gesagt hatte, warf ihm einen Kuss zu. »So einen braven Mann muss man doch einfach lieben.«

»Ich denke immer nur an dich, mein Schatz.«

Asia verdrehte die Augen. »Und das ist jetzt ganz entschieden das Äußerste, was ich vom Vorspiel anderer Leute mitbekommen möchte.«

Da krachte es. George hatte ein Lebkuchenhaus aus Kunststoff fallen lassen, das er gerade, wie jedes Jahr, mitten auf dem Kaminsims platzieren wollte.

»Hoppla. Entschuldigung, Daddy.« Wenn Lucy und Michael zum allgemeinen Entzücken einmal Kinder in die Welt setzten, würde sich der stolze Großvater vermutlich einreden, der Storch habe die Babys gebracht. »Hast du dich schon mit Brandon, äh, bekannt gemacht?«

Ihre Mutter war in der Wohnzimmertür aufgetaucht, als sie hörte, wie eines ihrer Schmuckstücke zu Boden fiel. »Hast du den jungen Mann etwa noch gar nicht vorgestellt? Also wirklich, Asia!«

»Ich habe sie von den Marshmallows abgelenkt«, flüsterte Asia ihrer Schwester zu. »Betrachte es als verfrühtes Weihnachtsgeschenk.«

Lucy nickte einmal kurz, blickte dabei aber starr geradeaus.

»Was heckt ihr Mädchen da wieder aus?«, wollte Marianne wissen. »Und sagt jetzt nicht ›nichts‹. Ihr macht mir nämlich sehr den Eindruck … Asia, du siehst heute Abend aber wirklich hübsch aus.«

»Wunderschön«, bemerkte Brandon, hob das Dekohäuschen vom Boden auf und reichte es George.

»Danke vielmals«, sagte Asia. Sie trug eine seidig glänzende violette Bluse zu ihrer schwarzen Hose und dazu die Perücke, die sie zusammen mit Lucy ausgesucht hatte. An ihren Ohren baumelten goldene Ohrringe. Aber vielleicht meinten sie ja gar nicht ihre Kleidung. Sie hatte getönten Lippenpflegestift benutzt und war zufrieden mit dem Aussehen ihrer Haut. Sie wirkte … gesund. Wahrscheinlich, dachte sie, lag es daran, dass sie ein paar Tage Zeit gehabt hatte, um mit sich selbst ins Reine zu kommen.

»Geht es dir besser?«, fragte Marianne hoffnungsvoll. »Schlägt die neue Chemo gut an?«

Asia wechselte einen betretenen Blick mit Brandon. Sie hatte sich zwar vorgenommen, nicht ausgerechnet zu Weihnachten mit den schlechten Neuigkeiten herauszurücken, doch direkt lügen wollte sie auch nicht. Es wäre einfach zu grausam, die anderen in dem Glauben zu lassen, es ginge aufwärts mit ihr.

»Ehrlich gesagt, Mom, mache ich gerade … eine Pause.«

»Eine Pause«, echote Marianne und stemmte entrüstet die Arme in die Hüften, als wollte sie sagen: *Versuche nicht, mich für dumm zu verkaufen. Ich bin immerhin deine Mutter.*

Lucy, die schweigend auf der Couch saß, erstarrte.

»Du weißt ja, wie elend mir immer nach der Chemo ist«, fuhr Asia fort. »Und Thanksgiving im Krankenhaus war scheußlich. Daher werde ich eine Zeit lang keine Behandlungen bekommen. Ich möchte Weihnachten mit meiner Familie verbringen.«

Marianne nagte an ihrer Lippe. Offensichtlich hätte sie sich nur zu gerne darüber gefreut, dass sie unbeschwert

Weihnachten feiern konnten, ohne sich um irgendwelche Nebenwirkungen zu sorgen. Doch zugleich hatte sie Angst, dass diese »Pause« ihrer Tochter auf lange Sicht schaden konnte. Wie sollte Asia ihr nur schonend beibringen, dass sie sich um die lange Sicht keine Gedanken mehr zu machen brauchten?

»Soll ich Ihnen helfen, die Glühweinbecher hereinzutragen, Mrs. Swenson?«, fragte Brandon und trat auf sie zu. Er machte das auf so charmante Art und Weise, dass Marianne das Ablenkungsmanöver gar nicht bemerkte.

»Sie sollen mich doch Marianne nennen«, erwiderte sie tadelnd. »Aber Hilfe könnte ich durchaus gebrauchen.«

Danke, flüsterte Asia ihm lautlos zu, als er ihr einen Blick zuwarf. Da sah sie, dass ihr Vater sie scharf musterte. Doch er sagte nichts, sondern half Michael bei der Inspektion der Lichterketten.

Lucy war hartnäckiger. »Ist das nur eine vorübergehende Pause?«

»Es ist Weihnachten, Blondie. Lass gut sein.« Asias Ton war sanft, aber bestimmt.

Ihre Schwester verstummte.

Dann stand Lucy auf, als wäre nichts geschehen, und griff nach einer weiteren Schachtel mit Baumschmuck. Schweigend arbeiteten sie Hand in Hand, legten den zum Teil schon viele Jahre alten Schmuck auf den Tisch und überprüften, ob jedes Teil einen Haken oder eine Schnur zum Aufhängen besaß.

»Also«, sagte Marianne, die mit einem Tablett hereinkam, »ich habe hier ein paar Becher Glühwein. Wer außer Lucy möchte noch Kakao?«

Lucy erhob sich. »Ich übernehme die Aufsicht über die Verteilung der Marshmallows.«

In der folgenden Stunde stellten sie unter Scherzen den Ständer für die Weihnachtsstrümpfe auf und packten weiteren Christbaumschmuck aus, darunter edle Teile, aber auch Selbstgebasteltes, wie zum Beispiel einen Kranz aus kleinen Brezeln, die mit Farbe eingesprüht und mit einem ausgeblichenen Band zusammengebunden worden waren. Doch es entging Asia nicht, dass ihre Schwester sie selten direkt ansprach und ihren Blick vermied.

»Wir sollten Weihnachtsmusik auflegen«, schlug Marianne vor, worauf Asia und Lucy beide einen Schritt machten.

»Ich gehe schon«, sagte Lucy und starrte über die Schulter ihrer Schwester hinweg.

»Luce ...«

Lucy ging ins Nebenzimmer, wo die große Stereoanlage stand. Am letzten Vatertag hatte sie mit Michaels Hilfe kleine Lautsprecherboxen an der Wand des vorderen Zimmers aufgehängt, damit man auch dort Musik hören konnte. Asia folgte ihrer Schwester, obwohl es ihr ganz gleich war, ob sie nun Nat King Cole hörten oder »Grandma got run over by a reindeer«.

»Lass mich«, sagte Lucy und kramte, ohne sich umzudrehen, in der Plattensammlung ihrer Eltern herum.

»Du musst ...«

Da fuhr sie herum. Ihre Augen funkelten. »Erzähl du mir nicht, wie ich auf solche Neuigkeiten reagieren muss. Neuigkeiten, die du nicht mal mit uns teilen wolltest.«

»Doch, natürlich.« *Später.* »Nur nicht gerade heute Abend, ja? Vielleicht können wir morgen darüber reden.«

»Mädchen, wir brauchen euren Rat, bevor wir mit dem Schmuck weitermachen. Der Baum hat Schlagseite«, klagte Marianne.

Darauf erwiderte ihr Vater mit leiser Stimme, dass der Baum völlig in Ordnung sei.

»Lucy, sag mal, was du dazu meinst«, bat ihre Mutter.

»Bin schon unterwegs, Mama.« Ihre Stimme klang ganz normal, doch die Hand, in der sie eine Bing-Crosby-CD hielt, zitterte. Sie warf einen Blick zurück auf Asia. »Morgen.«

»Ich bin ja schließlich nicht völlig unsensibel«, rief Lucy, als sie in die Wohnung stürmte und ihre Handtasche neben der Tür auf den Boden fallen ließ. Den ganzen Weg über hatte sie überlegt, was sie sagen sollte, doch je länger sie darüber nachdachte – und je mehr sie sich damit abzufinden versuchte, dass ihre Schwester sterben würde –, desto wütender wurde sie.

»Hallo ebenso«, sagte Asia und kam aus der Küche. Sie trank aus einer Tasse, die das Logo eines Freizeitparks trug. Das Bild war vom vielen Spülen schon ganz verblasst, doch Lucy erkannte es, weil sie genau die gleiche Tasse besaß.

»Angeblich bin ich sogar *zu* sensibel«, setzte Lucy hinzu. »Daher verstehe ich natürlich, dass du gestern Abend nicht darüber reden wolltest. Aber du wusstest es wohl schon länger. Da hättest du mich doch vorher anrufen können. Ich habe ein Recht darauf, es zu erfahren.«

Laut ausgesprochen hörte es sich einfach idiotisch an, aber sie wollte, verdammt noch mal, nie wieder auf diese Art eins reingewürgt bekommen. Sie hatten so viel Spaß gehabt, und dann war von einer Sekunde zur anderen alles in die Brüche gegangen. Wie eine von Mariannes mundgeblasenen deutschen Christbaumkugeln, die auf dem Boden zerschellte.

»Du hast ein *Recht* darauf?«, fragte Asia mit erhobener Stimme. »Werd erwachsen, Lucy! Hier dreht es sich nicht um dich.«

Lucy wirbelte herum. Der Vorwurf ihrer Schwester hatte sie schwer getroffen. »Natürlich nicht! Um mich dreht es sich ja höchst selten. Immer hieß es ›Asia bekommt eine Auszeichnung‹ oder ›Asia wurde vom tollsten Typen der ganzen Schule zum Abschlussball eingeladen‹ oder ›Asia hat Krebs‹.«

Asia knallte die Tasse so heftig auf den Hi-Fi-Schrank neben sich, dass etwas von der farblosen Flüssigkeit überschwappte. »Bist du etwa *eifersüchtig* auf meine tödliche Krankheit? Ich kann dir versichern, ich habe mich nicht darum gerissen! Und um das ganze Trara deswegen auch nicht.«

»Das weiß ich. Ich bin ja nicht blöd.« Lucy versuchte sich zu beruhigen, doch die Wut, die die ganze Nacht über in ihr auf kleiner Flamme geköchelt hatte, war jetzt beinahe am Siedepunkt. Vielleicht hätte sie mit Michael darüber reden sollen, doch sie brachte es einfach nicht fertig. Das hier ging nur Asia und sie etwas an. »Es muss ein so schrecklicher Schlag gewesen sein, wie ich es mir nie im Leben vorstellen könnte, aber es ist eben nicht nur schlimm für dich.«

»Was du nicht sagst. Meinst du denn, das wüsste ich nicht? Glaubst du vielleicht, es belastet mich nicht, dass mich ständig einer chauffieren muss und ich mich bei jeder neuen Hiobsbotschaft frage, wie ich es meinen Lieben beibringen soll? Und dass mein Tod jemand anderem den Tag versaut?«

»Den Tag?« Lucy zitterte am ganzen Körper. »Den Tag!? Er zerstört mein ganzes Leben. Du bist doch meine Schwester. Du bist diejenige, die es als Erste erfahren muss, wenn ich schwanger bin. Du musst mich doch aufziehen, wenn ich mit meinem dicken Bauch herumwatschele. Unsere Kinder sollen doch zusammen aufwachsen.«

»Ich weiß«, erwiderte Asia mit erstickter Stimme.

»Du bist der stärkste Mensch, den ich kenne. Es gibt Leute, die den Krebs besiegen! Ich habe davon gehört und auch welche von ihnen getroffen. Was zum Teufel machen deine Ärzte nur falsch?«

»Es ist nicht ihre Schuld, Lucy. Niemand hat Schuld.«

»Irgendjemand *muss* einfach schuld sein, damit ich ihm seinen verdammten Kopf abreißen kann!«

So.

Es gab nichts mehr zu sagen, und das Schweigen dröhnte Lucy in den Ohren wie die Stille nach einem Rockkonzert. Asias Nachbarn hatten vermutlich schon die Polizei angerufen, um eine gewalttätige Auseinandersetzung zu melden. Und wann, zum Kuckuck, hatte sie eigentlich angefangen zu weinen?

Lucy räusperte sich. »Ich, äh … Vermutlich wolltest du es mir nicht erzählen, weil ich ganz offensichtlich so ein Muster an Reife und Selbstbeherrschung bin, nicht?«

Lachend und schluchzend zugleich schüttelte Asia den Kopf. »Ich wollte, dass du schöne Weihnachten hast.«

»Das ist wirklich lieb von dir. Aber langsam gehst du mir auf den Wecker.«

»Hab ich mir fast gedacht.« Asia rutschte mit dem Rücken an der Wand hinunter, bis sie auf dem Fußboden saß.

Lucy trat zu ihr. »Ich habe dir doch gesagt, dass wir an deinem Leben teilnehmen wollen. Es mag ja sein, dass du uns nur beschützen wolltest, aber du hast mich ausgeschlossen. Lass mich doch bei dieser Sache dabei sein.«

Asia wandte ihrer Schwester erschöpft das Gesicht zu und blickte sie skeptisch an. »Ausgerechnet dabei? Bist du sicher?«

»Du bist meine Schwester«, wiederholte Lucy, jetzt ganz sanft. »Es tut mir wirklich leid, dass ich dich angeschrien habe. Das war noch viel schlimmer als mein Streit mit Michael. Ich will mich überhaupt nie wieder mit jemandem zanken.«

Nach kurzem Schweigen sagte Asia: »Wir könnten uns einen Kuss geben und uns wieder vertragen, wenn du dich dann besser fühlst. Aber keinen Zungenkuss.«

»Iiih!« Lucy brachte sich mit einem Sprung in Sicherheit. »Das war aber voll daneben.«

»Stimmt.«

Lucy betrachtete Asia prüfend und versuchte, den ganzen Ernst der Lage zu erfassen. Es war komisch, aber sie hatte gedacht, sie würde mit einer solchen Nachricht besser klarkommen, weil Asia neulich so schwach und blass gewesen war, ihr Blick so getrübt. Doch jetzt sah sie gut aus. Das machte es Lucy noch schwerer zu begreifen, dass es ihrer Schwester in Wahrheit schlechter ging. »Und wie geht es jetzt weiter, medizinisch gesehen?«

»Die Ärzte geben mir was gegen die Schmerzen und tun alles Menschenmögliche, damit ich bis zur Hochzeit durchhalte. Danach unterschreibe ich eine Patientenverfügung gegen lebensverlängernde Maßnahmen. Dr. Klamm hat mir die entsprechenden Formulare mitgegeben.«

Irgendetwas in Lucys Innerem zog sich schmerzhaft zusammen. Ihre Seele vermutlich. »Ich bin ein selbstsüchtiges Biest. Wie konnte ich nur hier hereinplatzen und dich derartig runtermachen.«

»Ist schon gut. Ich weiß, ich bin eine überfürsorgliche Glucke und eine Besserwisserin. Und schließlich habe ich ja zurückgeschrien. Pastor Bob sagt, Gott wird uns vergeben. Im Augenblick fällt es mir allerdings schwer, *ihm* zu vergeben.« Sie deutete mit dem Finger an die Decke, um klarzustellen, dass sie nicht den Pfarrer meinte.

»Deshalb warst du also neulich in der Kirche«, sagte Lucy. »Glaubst du, Pastor Bob sollte dabei sein, wenn du es Mom und Dad beibringst?«

»Nein. Wenn sie ihn sehen, flippen sie schon aus, noch bevor ich ein Wort sagen und ihnen erklären kann, dass ich mich damit abgefunden habe.«

»Hast du das?«

Asia legte die Stirn in die Hände und stieß pustend den Atem aus. »Demnächst. Versprichst du mir etwas?«

Lucy schluckte. »Was soll ich denn tun?«

»Kümmere dich um Al, wenn ich nicht mehr da bin, um ihn zu gießen. Und schreib so was wie ›Anstelle von Blumen …‹ in die Anzeige.«

»Du willst keine Blumen?«

»Um Himmels willen, nein! Ich komme überhaupt nur zu deiner Hochzeit, weil die Blumen aus Seide sind.«

»Also was anstelle von Blumen? Geldspenden für einen guten Zweck?«

»Findest du es nicht geschmacklos, um Geld zu bitten?«

Lucys Lachen kam ein wenig gepresst. »Mom wäre wirklich stolz auf dich. Ich nehme an, wir sprechen von deiner Beerdigung, und du machst dir Gedanken wegen der guten Südstaatensitten.«

Asia zuckte die Achseln. »Seit John Hart mir damals zum Schulball dieses Anstecksträußchen geschenkt hat, das mir dann so ins Handgelenk einschnitt, finde ich Blumen ein bisschen unheimlich. Ich wünsche mir eher einen … fröhlichen Abschied. Wie bei einer Kreuzfahrt. Werfen die dabei nicht Konfetti von Deck oder so?«

»Ich war noch nie auf einer Kreuzfahrt.«

»Ich glaube, an das Konfetti erinnere ich mich aus den Folgen von *Love Boat*.«

Waren sie jetzt also auf dem Niveau von *Love Boat* angelangt?

Guten Abend, ich bin Kapitän Stubing, ihr Leichenbestatter.

»Meinst du, wir kriegen Mengenrabatt, wenn wir diese kleinen Seifenblasenfläschchen kaufen, die man bei einer Hochzeit verteilt?«, fragte Asia. »Die Leute könnten ja Seifenblasen machen. Das ist auch fröhlich, und man braucht hinterher kein Konfetti aufzufegen.«

»Asia!« *Na toll.* Lucy musste also nicht nur auf ihren Kleinmädchentraum vom Reiswerfen verzichten, sondern würde auch noch die Seifenblasen, mit denen die Gäste das Brautpaar vor der Kirche verabschiedeten, mit der Beerdigung ihrer Schwester in Verbindung bringen. Ihr kamen die Tränen. »Schönen Dank. Jetzt kann ich Hunderte von spitzenverzierten Seifenblasenfläschchen zurückbringen.«

»Tut mir leid.« Asia holte tief Luft. »Hilfst du mir, es ihnen nach Weihnachten zu erzählen?«

»Sicher.« Sie hatte keine Ahnung, wie ihre Eltern es aufnehmen würden. Es war zutiefst ungerecht, dass George und Marianne, die bereits ihre eigenen Eltern begraben hatten, jetzt auch noch eine ihrer Töchter verlieren würden.

»Lucy? Sorg dafür, dass sie mich nicht in der Erde verbuddeln. Nur für den Fall, dass irgendwas dazwischenkommt, bevor ich die ganzen Vorkehrungen …«

»Du hast doch noch Zeit«, unterbrach sie Lucy. *Oder etwa nicht?*

»Nur zur Sicherheit«, wiederholte Asia. »Du suchst ein hübsches Plätzchen, um meine Asche zu verstreuen, nicht wahr?«

»Genau den richtigen Ort«, versprach Lucy. Sie hatte nicht die leiseste Ahnung, wo sie danach suchen sollte, aber sie würde ihn finden.

»Und trag kein Schwarz«, fuhr Asia eindringlich fort. »Du ziehst ja manchmal was Schwarzes an, weil du glaubst, es macht schlank, aber im Grunde bist du ein Typ, dem bunte Farben gut stehen. Du solltest etwas Geblümtes tragen und verrückte, auffällige Ohrringe.«

»Geblümt? Ich dachte, du magst keine Blumen?«

»Zu dir passen sie. Wo wir gerade bei Pflanzen sind – sieh zu, dass Mom und Dad nächstes Jahr nicht wieder den künstlichen Baum aufstellen.«

»Jetzt, wo sie ihn einmal haben, wird es schwer sein, sie davon abzubringen«, erwiderte Lucy.

»Dann sollen sie wenigstens dich und Michael begleiten, wenn ihr euch einen Baum kauft. Sie dürfen die Familientraditionen nicht aufgeben. Wenn das, was wir alle immer zusammen gemacht haben, nicht mehr ...« Ihr versagte die Stimme.

Wenn es ihre gemeinsamen Unternehmungen nicht mehr gab, dann wäre Asia wirklich fort. Sie wäre nicht nur aus ihrem Leben verschwunden, sondern auch aus ihren gemeinsamen Erinnerungen, aus der gemeinsamen Liebe zu ihr. Nein, sie würden sie immer lieben, doch es war ein beunruhigender Gedanke, dass sie sich eines Tages an ein Leben ohne sie gewöhnen könnten.

»Ich verspreche es«, stieß Lucy hervor.

»Danke. Soll ich dir mal was Komisches sagen?«

Asias gepresster Ton verriet, dass es bestimmt nicht zum Lachen war.

»Die ... die Einäscherung macht mir mehr Angst als das Sterben. Ist das nicht blöd?«

Ein schwerer Druck lastete auf Lucys Brust, der ihr bis in die Kehle stieg und ihr das Wasser in die Augen trieb. Fühlte man sich so beim Abschiednehmen? Angst vor dem Feuer und absurde Gedanken über Seifenblasen auf der Trauerfeier? *Ich kann sie einfach noch nicht loslassen.*

Asia drückte ihr die Hand. »Ist schon gut, Luce. Das ist jetzt mein Mount Everest. Ich bin bereit ... und ich habe mir sagen lassen, dass die Aussicht grandios ist.«

19

Es war Lucys Idee gewesen, dass sie alle gemeinsam die Weihnachtsnacht im Haus ihrer Eltern verbringen sollten.

»Wie eine Pyjamaparty«, sagte sie am Abend des Krippenspiels zu ihren Eltern. »Dann können wir alle früh aufstehen und nachsehen, was Santa Claus uns gebracht hat.«

George lächelte seiner Frau zu, die am Herd stand. »Wann sollen wir ihr verraten, dass wir beide das mit dem Spielzeug waren?«

»Schhht! Lucy kann an Santa Claus glauben, so lange sie will«, erwiderte Marianne und gab noch einen Teelöffel Rosmarin in den Topf. An Lucy gewandt fügte sie hinzu: »Aber eigentlich dachte ich, mein Schatz, dass du mit Michael dieses Jahr zu Hause feiern willst. Das erste Weihnachten im eigenen Heim.«

Weil es womöglich Asias letztes Weihnachten war, wollte Lucy, dass es hier stattfand, so wie Dutzende anderer Weihnachtsfeste der Swensons auch. »Ich war ein bisschen voreilig«, sagte Lucy. »Wir müssen noch so viel auspacken, und ein paar kleinere Handwerkerarbeiten sind auch noch zu erledigen. Wir sind einfach noch nicht so weit. Wenn es euch recht ist, laden wir euch alle zum Neujahrsessen ein.«

»Ja, sicher«, antwortete Marianne. »Du und Asia, ihr könnt oben in ihrem alten Zimmer schlafen, weil es der größte Raum ist. Ihr müsstet euch ihr großes Bett teilen. Brandon bekommt das Gästezimmer und Michael dein Zimmer.«

Sollte Lucy sich jetzt aufregen oder darüber lachen, wie ihre Mutter alles ausgeklügelt hatte, damit Lucy bloß nicht in einem Bett mit dem Mann schlief, den sie bald heiraten würde?

»Ich werde versuchen, ein bisschen romantische Stimmung zu schaffen, indem ich überall Mistelzweige aufhänge und jede Menge Alkohol ausschenke«, erzählte Lucy ihrer Schwester später am Telefon.

Sie hatte wirklich nicht zu viel versprochen, stellte Asia am Heiligen Abend mit einiger Belustigung fest. Während die anderen Marianne bedrängten, doch ein paar Weihnachtslieder auf dem Klavier zu spielen, füllte Lucy den Whiskypunsch für die Frauen wieder auf, der nach altem Familienrezept gebraut wurde und äußerst beliebt war.

Asia hatte beschlossen, sich an diesem Abend auch ein paar Gläser zu genehmigen. Sie warf einen Blick auf die Glasschüssel auf dem Beistelltisch, dann sah sie Brandon an. Er sah heute Abend einfach fantastisch aus. Seine Augen wirkten dunkler wegen des marineblauen Kaschmirpullovers, der so weich war, dass sie ihn am liebsten andauernd gestreichelt hätte.

»Soll ich dir noch etwas Punsch holen?«, fragte sie. Nicht dass sie vorhatte, ihn betrunken zu machen, doch angesichts der Frage, die sie ihm heute Nacht stellen wollte, war es besser, wenn sie beide nicht mehr stocknüchtern waren.

Da sie einen einigermaßen guten Tag hatte – und es vielleicht nicht mehr viele gute Tage für sie gab –, hatte sie sich vorgenommen, mit ihm zu schlafen. Es sollte sein Weihnachtsgeschenk sein, wenn auch natürlich nicht unter dem Baum ihrer Eltern. Doch sie war nicht ganz sicher, ob er es auch annehmen würde. Ob er sie überhaupt wollte. Würde ihre kurze Beziehung durch Sex noch komplizierter werden? Wie würde er auf ihren Körper reagieren? Seit ihrer Brustamputation hatte kein Mann sie mehr nackt gesehen, und eine ängstliche innere Stimme riet ihr, Sex so in Erinnerung zu behalten, wie er früher einmal war.

Es geht mir nicht um den Sex – sondern um ihn. Doch bevor sie auf dieses Thema zu sprechen kam, musste sie sich wenigstens einen kleinen Schwips antrinken.

»Asia?«

»Hm?« Ihre Wangen brannten, als sie merkte, dass Brandon sie anstarrte. *Ach ja.* Sie hatte ihn gefragt, ob er etwas trinken wollte, dann war sie regelrecht weggetreten und hatte an Sex gedacht und daran, wie lange sie schon keine körperliche Nähe mehr empfunden hatte. Dabei hatte sie seine Antwort schlichtweg überhört. *Das waren ja vielleicht Manieren.*

»Weißt du was?«, sagte er. »Du bleibst hier, und ich hole uns was zu trinken.«

Inzwischen hatte sich Marianne überreden lassen, auf dem Klavierbänkchen Platz zu nehmen. Als Kind hatte Asia manchmal neben ihr gesessen und die Seiten umgeblättert.

»Wenn ich spiele, müsst ihr aber alle mitsingen«, sagte Marianne. »Das ist nur gerecht. Irgendwelche Wünsche?«

Brandon reichte Asia ein Glas abgekühlten Punsch und

sagte lächelnd: »Mir ist jedes Lied recht, von dem ich den Text nicht kenne. Dann muss ich euch meine Stimme nicht zumuten.«

»Warte, warte!« Lucy fuchtelte aufgeregt mit ihrem Glas herum. »Ich glaube, bevor du und Asia euch näher kanntet, erwähnte sie mal, dass du auf einer Büroparty gesungen hättest. Sie war ganz hin und weg von deiner Karaoke-nummer.«

Asias Gesicht wurde schon wieder ganz heiß. »So habe ich das aber nicht gesagt.«

Michael stützte sich auf das Klavier und spitzte die Lippen. »Bist du sicher, Schatz, dass sie den Gesang meinte oder nicht vielleicht eher den Mann?«

Aus dem Augenwinkel sah Asia, dass Brandon sich über diese Enthüllungen zu freuen schien, worauf sie ihrem zukünftigen Schwager aus Spaß einen finsteren Blick zuwarf. »Pass bloß auf. Noch kann ich dein Geschenk wieder unter dem Baum hervorholen.«

Lucy stieß ein leises Quietschen aus, wie eine Dreizehn-jährige, der etwas Wichtiges eingefallen war. »Ein Geschenk dürfen wir schon heute Abend auspacken, oder? Das war doch so abgemacht.«

Brandon legte den Kopf schief. »Ihr Glückspilze dürft schon Geschenke an Heiligabend aufmachen? Meine Mutter hat uns immer die schrecklichsten Strafen angedroht, wenn wir vor dem Weihnachtsmorgen auch nur ein Päckchen schüttelten.«

»Wir durften uns immer ein Geschenk am Heiligen Abend aussuchen. Den Rest gab es dann am nächsten Morgen«, erklärte Asia. Sie versuchte, sich an einzelne Geschenke zu erinnern. In einem Jahr hatte sie geradezu um einen eigenen Walkman gebettelt. Seufzend dachte sie an iPods und kam sich auf einmal sehr alt vor. Gab es überhaupt noch Kassettenrekorder? Ein andermal hatten Lucy und sie beide eine Puppe in Gestalt einer Feenprinzessin bekommen. Asia hatte die Puppe aufs Bücherregal gesetzt, damit nichts an das schöne Kleid und das Haar kam. Lucy hingegen hatte ihre überallhin mitgeschleppt und, falls Asia sich recht erinnerte, sogar versucht, ihr eine Dauerwelle zu verpassen.

Sie blinzelte. Seit Jahren hatte sie nicht mehr an die Puppe gedacht, die vielleicht noch immer oben in ihrem Zimmer saß.

»Also, was nun? Dürfen wir nachher ein Geschenk aufmachen?«, drängelte Lucy.

Asia gab ihrer Schwester Rückendeckung. »Das ist Tradition.«

Marianne und George wechselten einen nachsichtigen Blick und nickten dann.

»Aber erst die Weihnachtslieder«, bat Asia. Sie hatte ihre Mom schon lange nicht mehr spielen gehört und es sehr vermisst.

Ihre Mutter lächelte ihr zu. »Kennst du noch den Text von ›All I want for Christmas is my two front teeth‹? Sie müssen wissen, Brandon, Asia hat es mal bei einer Aufführung in der Grundschule gesungen und zwar einfach fabelhaft. In jenem Jahr fehlten ihr tatsächlich die beiden oberen Schneidezähne. Wir müssten sogar noch Fotos davon haben.«

Fotos? »Wir sollten uns auf das Wesentliche konzentrieren, Leute«, sagte Asia rasch. »Trinken und Singen.«

Lucy hatte Michael schon vor längerer Zeit alle ihre Kinderbilder gezeigt. Jetzt begannen ihre Augen übermütig zu funkeln. »Stimmt ja, Brandon. Du hast wahrscheinlich noch gar keine Familienfotos gesehen, oder? In den Achtzigern …«

»Dein Geschenk nehme ich auch wieder mit, Schwesterchen«, drohte ihr Asia und fügte hinzu: »Pech für dich, es war nämlich was Schönes.«

»Wie wär's mit ›Stille Nacht‹?«, schlug George vor, nachdem er lange genug vergeblich auf Vorschläge der jungen Leute gewartet hatte.

Also scharten sie sich um das Klavier und versuchten, sich an mehr als nur die erste Strophe zu erinnern. Ihr Gesang war ein wenig schief, doch beim Klang ihrer Stimmen wurde es Asia warm ums Herz. Es war weiß Gott keine großartige Feier und dennoch ein vollkommener Augenblick. Sie stand im Kreise der Menschen, die sie liebte, die sich zulächelten und füreinander da waren. Auch ihr hatten sie beigestanden, im härtesten Kampf ihres Lebens.

Ich habe die richtige Entscheidung getroffen. Die Erkenntnis überkam sie so unverhofft, dass sie vor Erleichterung hörbar aufatmete. Sie hatten sie in ihrem Kampf unterstützt, doch nun war es an der Zeit, den Kampf zu beenden und einfach nur das Dasein zu genießen.

Und das tat sie dann auch. Sie sangen noch drei weitere Lieder, wobei Asia lachend Brandons Vorschlag ablehnte, sie solle ›Santa Baby‹ mit ebenso gehauchter Stimme vortragen wie einst Marilyn Monroe.

»Keine Chance, Peters.«

»Das sollte aber auch auf deiner Liste stehen«, erwiderte er schmollend. »Direkt nach Hula-Hula.«

»Wir haben sehr unterschiedliche Ansichten über diese Liste«, neckte sie ihn. Dann dachte sie daran, was sie vorhatte, und fragte sich, ob auch er wohl bereit zu einer Intimität war, die über bloßes Küssen hinausging. Vielleicht stimmten ja ein paar Punkte auf ihren jeweiligen Listen doch überein.

Marianne gähnte und sagte, der Punsch mache sie so langsam müde. Wenn sie daher noch ein Geschenk auspacken wollten, sollten sie es gleich tun. Daraufhin übernahm Lucy wieder die Rolle, die sie mit Vergnügen gespielt hatte, seit sie sieben war. Alle mussten sich hinsetzen, während sie aus dem Geschenkestapel unter dem Weihnachtsbaum für jeden einige Päckchen auswählte.

»Brandon, als unser Gast bist du als Erster dran. Es sieht so aus, als wären drei Päckchen für dich. Sie hielt einen länglichen Karton in grün-goldener Folie hoch. »Das hier ist von Asia, und das kleinere ist von …«

»Ich nehme Asias.« Er zwinkerte ihr zu. »Sie hat schon damit gedroht, allen die Geschenke wieder wegzunehmen. Wenn ich sie also noch ein bisschen ärgern will, sollte ich meines lieber in Sicherheit bringen.«

Lucy lachte. »Vielleicht mache ich auch besser das Geschenk von Asia zuerst auf!«

Brandon öffnete die Schachtel und grinste, als er das Golf-Putting-Set sah, dass sie im Internet bestellt hatte. Da sie während der vergangenen Wochen Menschenansammlungen meiden sollte, war sie besonders dankbar für die Möglichkeit des Onlineshoppings.

»Ich finde es toll«, sagte Brandon. Er zeigte es George, worauf die beiden Männer begannen, über Golf zu fachsimpeln. Währenddessen verteilte Lucy weitere Päckchen.

Asia war überzeugt davon, dass Brandon das Golf-Set gebrauchen konnte und es als Erinnerung an ihre erste Verabredung betrachten würde.

Michael öffnete ein Schächtelchen von George und Marianne. Es enthielt ein Dekoschildchen als Geschenk für ihn und Lucy, auf der »Das erste Weihnachten im neuen Heim« stand. George nahm mit stolzgeschwellter Brust einen Satz Präzisionselektrowerkzeuge von seinem zukünftigen Schwiegersohn entgegen. Als Nächstes suchte sich Marianne das Geschenkpäckchen von ihren Töchtern aus. Es enthielt eine funkelnde Kristallfigur für ihre Sammlung, eine Mutter, die den beiden neben ihr knienden Töchtern etwas vorlas. Die Augen der Figuren waren aus winzigen Halbedelsteinen – den Geburtssteinen von Marianne, Lucy und Asia – gefertigt.

»Es ist einfach wunderschön!«, rief Marianne. »Morgen muss ich mir gleich ein schönes Plätzchen dafür suchen. Ich danke euch, Mädchen!«

Aus dem Paket, das von ihrer Schwester war, zog Lucy etwas, das aus einem schweren roten Stoff bestand. Als sie es hochhielt, entpuppte es sich als ein Kleid mit V-Ausschnitt und Wellensaum. Es fiel ins Auge, ohne aufdringlich zu wirken, und würde Lucys blonder Schönheit schmeicheln. Michael blieb der Mund offen stehen, und Asia bemerkte mit Genugtuung, dass ihm förmlich das Wasser im Mund zusammenlief. Offensichtlich stellte er sich Lucy vor, wie sie das Kleid anhatte – und später auszog.

Asia lächelte. »Vor so etwas würdest du beim Schaufensterbummel bestimmt stehen bleiben.«

»Aber ich hätte mich nie getraut, es zu kaufen«, wandte Lucy mit einem kleinen verlegenen Lachen ein.

»Deshalb schenke ich es dir ja. Du hast nämlich genau die richtigen Kurven dafür, Schwesterchen.«

»Vielen Dank. Falls du dir noch kein Geschenk ausgesucht hast, nimm das hier.« Mit diesen Worten reichte Lucy ihrer Schwester einen weißen Briefumschlag.

Darin fand Asia drei Ballettkarten für die Aufführung des *Nussknackers* unmittelbar nach Weihnachten. *Für sie, Lucy und Mom.*

Lucy blickte ihr in die Augen und sagte: »Als ich herausfand, dass es noch den ganzen Dezember über und nicht bloß bis zum fünfundzwanzigsten läuft, dachte ich, wir drei könnten doch zusammen hingehen. So wie früher.«

Noch ein letztes Mal. Asias Kehle war wie zugeschnürt. Sie nahm ihre Schwester fest in die Arme, und eng umschlungen wackelten sie zu ihrer Mutter hinüber und schlossen sie in die Umarmung mit ein. Bald darauf erklärten die beiden älteren Swensons, sie wollten jetzt zu Bett gehen, und begaben sich in ihr Schlafzimmer am Ende des Flurs. Die anderen Schlafzimmer lagen alle im ersten Stock.

Während Lucy und Asia überlegten, ob sie noch einen Weihnachtsfilm einlegen sollten, entschuldigte sich Brandon, der seine Tante und seinen Onkel anrufen und ihnen frohe Weihnachten wünschen wollte. Mit seinen Verwandten in Deutschland würde er am nächsten Morgen telefonieren. Dann konnten seine Neffen ihm schon berichten, was sie geschenkt bekommen hatten.

Michael erhob sich ebenfalls. »Ich geh mich mal eben duschen. Ihr Mädchen könnt euch ja so lange unterhalten.«

Er hatte es ihr gegenüber nicht erwähnt, aber Asia vermutete, dass er Bescheid wusste. Lucy würde auch in Zukunft jemanden brauchen, mit dem sie reden konnte – ebenso wie sie selbst Brandon brauchte –, und Michael war verschwiegen.

»Ich gehe nach oben und hänge das Kleid auf einen Bügel«, sagte Lucy. »Möchtest du mitkommen?«

»Ja. Ich wollte sowieso in unserem Zimmer etwas nachsehen.«

Marianne hatte neue Gardinen und eine neue Bettdecke gekauft, damit der Raum nicht mehr ganz so sehr nach einem Jugendzimmer aussah, doch die Möbel und Habseligkeiten der Töchter waren unverändert. Asia war zwar davon ausgegangen, dass ihr altes Zimmer noch immer für sie bereitstand, war aber dennoch gerührt. Marianne hätte ja auch ein Nähzimmer daraus machen und den Krimskrams für kleines Geld bei eBay verkaufen können. Die Feenprinzessin mit ihren fließenden Goldlocken und dem silberverzierten Taftrock saß unversehrt auf demselben Regal, wo Asia sie vor mehr als zwanzig Jahren platziert hatte.

Lucy schaute ihr über die Schulter. »An diese Puppe erinnere ich mich!«

»Du hast deine so geliebt. Nimm meine mit und leg sie beiseite, falls ihr mal eine Tochter bekommt. Gib ihr die Puppe, wenn sie alt genug ist, um sich richtig darüber zu freuen. Die Puppe ist aber zum Spielen da«, setzte sie nachdrücklich hinzu, als Lucy nickte. »Sie soll sie lieb haben und mit sich herumschleppen und sie im Waschbecken baden. Und übrigens, nochmals herzlichen Dank für die Ballettkarten. Ich kann es gar nicht erwarten.«

»Ich auch nicht.«

Asia atmete tief durch, dann sagte sie: »Auf die Gefahr hin, dass ich deine schwesterlichen Gefühle verletze … Was würdest du sagen, wenn ich dich für diese Nacht vor die Tür setze?«

»Aber wohin soll ich denn gehen?«, fragte Lucy mit einer hochgezogenen Augenbraue.

Asia lachte. »Brandons Gästezimmer befindet sich genau über dem von Mom und Dad, doch dieses Zimmer hier liegt am anderen Ende des Hauses. Ich wollte noch ein bisschen mit ihm reden und möchte unsere Eltern nicht stören.«

»Wie rücksichtsvoll von dir«, erwiderte Lucy mit liebevollem Spott. Sie kramte in ihrer Reisetasche und holte zwei Sektgläser aus Plastik heraus. »Im Kühlschrank ist eine Flasche Champagner. Ich wollte Michael damit in meinem alten Zimmer überraschen, aber du kannst den Sekt wahrscheinlich besser gebrauchen als ich.«

»Bist du wirklich sicher?« *Perfekt*. Sie würde Brandon ihr ehemaliges Kinderzimmer zeigen und mit ihm auf Weihnachten anstoßen. Was dann geschah, lag an ihm, doch sie wollte mit ihren Wünschen jedenfalls nicht hinter dem Berg halten.

Warum sollte man mit den guten Vorsätzen eigentlich bis Neujahr warten?

Von: »Asia Swenson«

An: [BaldBitchinWarriorWomen]

Betreff: Frohes neues Jahr!

Ich hoffe, ihr beide seid gut ins neue Jahr gekommen. Wir hatten eine kleine, zwanglose Feier in Lucys schönem neuem Haus, danach blieb Brandon über Nacht hier. Mit ihm intim zu sein ist ungewohnt (Mann, das klingt ja wirklich aufregend, was?), ganz anders als meine früheren Erfahrungen mit Männern. Ich möchte ja nicht indiskret sein, aber wir haben uns immer ehrlich über alles ausgetauscht. Dir, Thayer, herzlichen Dank, dass du so offen über dein eigenes Liebesleben nach der Diagnose gesprochen hast. Und auch für die Tipps für die Zeit, wenn herkömmlicher Geschlechtsverkehr nicht mehr möglich ist. Für eine echte sexuelle Beziehung hat meine Libido schon zu sehr abgenommen, doch die heimliche Nacht mit Brandon war etwas ganz Besonderes. Ich bin froh, dass es sie gab, selbst wenn wir uns in Zukunft darauf beschränken, einander im Arm zu halten.

Die Feiertage waren herrlich, aber ziemlich hektisch. Deshalb habe ich auch meine E-Mails ein wenig vernachlässigt. Umso mehr habe ich mich gefreut, dass ihr euch nach meinem Befinden erkundigt habt. Wie ihr euch nach meinen kurzen und ziemlich nichtssagenden Antworten wohl schon denken konntet, gibt es wirklich Neuigkeiten, wenn auch keine erfreulichen. In meinen Organen haben sich weitere Tumore gebildet, und der Doktor meint, es würde sich jetzt nur noch um Monate handeln. Wie war das noch mit den fünf Phasen des Sterbens? (Oder sind es sieben? Ich kann mir das nie merken.) Mir kommt es so vor, als würden sie bei mir alle zehn Minuten wechseln.

Gerade noch möchte ich weinen (und tue es auch), und im nächsten Augenblick schon habe ich Lust, mich zu streiten. (Das habe ich bisher mit meinem Pfarrer, meiner Schwester und einem Apotheker getan, bei dem ich mich aber gleich darauf entschuldigt habe. Schließlich entscheidet der Kerl darüber, wie es mir für den Rest der Woche geht.) Dann gibt es Momente, in denen ich mich beinahe damit abfinden kann, wahrscheinlich weil ich einfach nur müde bin. Lucy hat mir geholfen, es meinen Eltern zu sagen. Wir haben es so dargestellt, dass ich nicht mehr »geheilt« werden kann, und sie daran erinnert, dass wir das ja eigentlich schon vorher gewusst hätten. Ich sagte ihnen, ich würde die Behandlung nicht grundsätzlich abbrechen, sondern nur auf die richtig aggressive Chemo verzichten. Ehrlich gesagt, es geht mir schon besser. Wobei ich nicht weiß, ob dieses Gefühl wirklich körperlich oder eher psychosomatisch ist. Die immer stärkere Chemo und die Ungewissheit haben mir so zugesetzt, dass ich mich jetzt tatsächlich besser fühle. Aber wer weiß, wie lange das anhält. Bevor es endgültig zu spät ist, lasse ich es vielleicht noch mal darauf ankommen und versuche, mithilfe moderner Wundermittel noch ein paar Tage mehr herauszuschinden. Ich habe ständig Schmerzen, doch sie sind zu ertragen. Auch so eine Sache, um die ich mich demnächst kümmern muss. Aber bis es so weit ist, genieße ich meine Zeit mit Brandon und freue mich auf Lucys Hochzeit nächste Woche. Ich maile euch dann ein paar Fotos – sie wird eine wunderschöne Braut sein.

Ein paar Dinge muss ich mir noch überlegen. Es ist eine Tatsache – mit der ich mich abzufinden versuche –, dass ich kein neues Jahr mehr erleben werde. Doch das heißt ja nicht, dass ich mir nicht noch etwas vornehmen kann, oder? Ihr kennt doch sicher den Spruch: »Heute ist der erste Tag vom Rest deines Lebens.« Jemand anders in meiner Lage würde das vielleicht paradox finden, doch auf mich trifft das voll und ganz zu. Brandon hat laut über eine Stippvisite in Deutschland nachgedacht. Er hat dort Verwandte, und ich wollte schon immer mal ins Ausland.

Ihr werdet wahrscheinlich nicht mehr viele E-Mails von mir bekommen. Ich versuche, mich hin und wieder zu melden, um Hallo zu sagen, etwas zu fragen oder ein Bild zu schicken, aber ich bin irgendwie rastlos. Habt ihr auch eine Lebensliste, auf der so etwas steht wie stricken lernen oder Tiere aus Luftballons formen oder den Mount Everest besteigen? Ein paar von diesen Dingen sind für mich in unerreichbare Ferne gerückt, andere dagegen kann ich zumindest versuchen, auch wenn es ein grandioser Reinfall wird. (Ich habe mich schon im Hulatanzen versucht. Das ging eher daneben, war aber trotzdem witzig.) Ich habe also hoffentlich noch einiges vor, sofern nicht der schlimmste Fall eintritt. Dann hört ihr aus naheliegenden Gründen sowieso nichts mehr von mir.

Wenn es große Neuigkeiten gibt, melde ich mich oder Lucy. Bis dahin alles Liebe. Ohne euch hätte ich es niemals so weit geschafft.

Asia

20

Als Lucy sich umdrehte, dämmerte ihr langsam, dass sie nicht in ihrem eigenen Bett lag und von einem merkwürdigen Geräusch geweckt worden war. Sie spürte eine freudige Erregung. Das hier war das Hotelzimmer, in dem sie mit Asia nach dem Probe-Dinner übernachtet hatte. Der Morgen ihres Hochzeitstags war angebrochen!

»Schlaf weiter«, flüsterte Asia deutlich vernehmbar. »Tut mir leid, dass ich dich geweckt habe.«

Auf einen Ellbogen gestützt, strich sich Lucy das Haar aus dem Gesicht und blinzelte in die Dunkelheit zu ihrer Schwester hinüber, deren Husten sie aus dem Schlaf gerissen hatte. »Alles in Ordnung?«, fragte sie.

»Ja. Ich bekam schlecht Luft, aber jetzt ist es wieder gut.«

»Bestimmt?« In dem kurzen Schweigen wünschte Lucy, sie könnte das Gesicht ihrer Schwester besser erkennen. Ging es ihr wirklich gut?

»Soll ich dir ein Glas Wasser aus dem Bad bringen?«, fragte Lucy. »Ich muss sowieso gehen.«

»Das wäre lieb von dir. Danke, Luce.«

Während Lucy über den dicken Teppich tappte, fiel ihr

plötzlich ein, dass sie später am Tag wieder in dieses Hotel zurückkommen würde, nur diesmal in die Hochzeitssuite – als verheiratete Frau. Als sie mit dem Wasser zurückkam, war sie schon zu aufgeregt, um wieder einzuschlafen. Sie warf einen Blick auf die grün leuchtenden Ziffern des Digitalweckers.

»Es ist ja schon Morgen! Ob die Sonne wohl schon aufgegangen ist?« Sie ging zum Fenster und zog den schweren Vorhang auf. Es war dunkel. Immer noch, dachte sie. Als ob die Zeit stehen geblieben wäre. Nicht eine Wolke zog über den weiten Himmel.

Asia hielt den Wecker in der Hand. »Es müsste bald hell werden«, sagte sie.

»Sollen wir zusehen?«, fragte Lucy spontan. »Wir könnten auf den Balkon gehen.«

Einen Augenblick lang sagte Asia nichts. Lucy konnte ihr den Mangel an Begeisterung nicht verdenken. Immerhin hatten sie Januar, da war es nicht unbedingt erstrebenswert, im Morgengrauen auf einem winzigen Balkon zu sitzen und zuzusehen, wie die Sonne über dem Hotel aufging. Doch heute war Lucys Hochzeitstag, und über allem lag ein romantischer Schimmer. Was konnte man am Beginn eines neuen Lebensabschnitts Besseres tun, als sich an den Menschen zu kuscheln, der einem mit am wichtigsten im Leben war, und gemeinsam die verheißungsvolle Wärme eines neuen Tages zu spüren?

»Na gut«, seufzte Asia. »Ich leiste dir beim Sonnenaufgang Gesellschaft. Aber können wir danach noch ein, zwei Stündchen schlafen?«

»Na klar! Ich gehe als Erste duschen, dann kannst du

dich noch länger ausruhen«, versprach Lucy, während sie die Decke vom Bett zog. Asia hatte ihre Fleecedecke und die Mütze immer dabei, doch ein bisschen zusätzliche Wärme konnte nicht schaden. »Hab vielen Dank dafür«, sagte Lucy, als sie, in mehrere Decken gewickelt, auf der zweisitzigen Gartenbank saßen.

»Na ja, heute ist doch deine Hochzeit. Da muss ich dich bei Laune halten«, grummelte Asia. »Aber jetzt sind wir quitt, und ich verbitte mir später jeden Ententanz oder Macarena. Und den Brautstrauß brauchst du mir auch nicht zuzuwerfen.«

»Abgemacht.« Das mit dem Strauß hätte Lucy sowieso nicht getan, denn es hätte ja wie blanker Hohn gewirkt. Außerdem konnte Asia Blumen nicht leiden, bis auf die Rosenknospe, die Brandon beim Probeessen spontan vom Tisch genommen und Asia hinters Ohr gesteckt hatte. Die hellen Blütenblätter bildeten einen reizvollen Kontrast zu der dunklen Perücke, die Asia jetzt ständig trug. Für eine Frau, die Blumen sogar unheimlich fand, schien sich Asia sehr über diese beiläufige Geste der Zuneigung gefreut zu haben. Später im Hotelzimmer hatte sie die Rose sogar auf den Nachttisch gelegt.

Brandon war ein sehr netter Kerl, aber er gehörte nicht offiziell zur Familie. Lucy hoffte, er würde nicht den Kontakt zu ihnen abbrechen, wenn … Sie wollte ihn gerne als Freund behalten und hatte ihm das auch vor Kurzem unter vier Augen gesagt. Sie war etwas besorgt gewesen, wie er reagieren würde, doch er hatte sie umarmt und gesagt, er wolle die Verbindung zu ihr und Michael keinesfalls abreißen lassen.

»Ich bin nervös«, gestand Lucy flüsternd, während sie beobachteten, wie der Himmel langsam grau wurde.

»Wegen der Zeremonie oder wegen der Ehe an sich?«

Trotz ihres Gähnens schien sie an einer Antwort ehrlich interessiert zu sein.

»Wegen allem.«

Durch die Schichten von Baumwolle und Fleece suchten Asias Finger nach Lucys Hand und drückten sie. »Wird schon schiefgehen, Blondie. Glaub mir.«

Dann saßen sie schweigend da, Hand in Hand, bis Asia schließlich einschlief. Lucy merkte es daran, dass die unregelmäßigen Atemzüge ihrer Schwester in ein tiefes, ein wenig rasselndes Geräusch übergingen. Am Horizont erschien ein rosiger Streifen, der sich rasch ausbreitete, während Asias Hand erschlaffte und herunterfiel.

Das Gesicht dem goldenen Schimmer zugewandt, blickte Lucy alleine zum Himmel hinauf. Ihr war, als spüre sie die Wärme der ersten Sonnenstrahlen durch die Kälte des Morgens hindurch. Schade, dass Asia diesen Triumph des Lichts über die Finsternis verpasste, doch Lucy wusste, dass ihre Schwester im Geiste bei ihr war.

Asia ging sehr vorsichtig in den Schuhen mit den quadratischen Absätzen und den Fersenriemchen und hielt sich sicherheitshalber am Geländer fest, während sie ihrer Schwester die Wendeltreppe hinunter in die alte Kirche folgte, in den ursprünglichen Teil des Gebäudes, der im Laufe von einhundert Jahren immer wieder umgebaut und erweitert worden war. Lucy war von dieser reizenden und erhebenden Zeremonie im Vorfeld der eigentlichen Trauung sehr angetan gewesen, allerdings wurde ihr später klar, dass sie sich dafür in ihrem Brautkleid durch ein enges Treppenhaus quetschen musste.

Lucy und Michael hatten den alten Aberglauben, dass der Bräutigam die Braut nicht vor der Trauung sehen durfte, über Bord geworfen und mit dem Fotografen vereinbart, dass die meisten Bilder schon vorher aufgenommen werden sollten. Daraufhin hatte Pastor Bob ihnen einen Vorschlag gemacht: In der hinteren Kapelle, einem Raum mit herrlichen bunten Glasfenstern, in dem nur ein bescheidener Altar und ein paar Bänke Platz fanden, wollte er gemeinsam mit dem Brautpaar und ihren nächsten Angehörigen das Abendmahl feiern. Michael, seine Geschwister und beide Elternpaare warteten bereits. Asia wollte vor Lucy eintreten, damit die Braut ihren großen Auftritt hatte. Bei dieser Gelegenheit würde Michael sie zum ersten Mal in ihrem Kleid sehen.

Das wird ihn glatt umhauen. Am Morgen hatte die Friseurin Lucy eine Hochsteckfrisur gezaubert, bei der die Haare weder streng noch steif wirkten, sondern wie gesponnenes Gold glänzten. Lucy trug kaum sichtbares Make-up, das dennoch ihre funkelnden Augen und die vollen, gesunden rosa Lippen vorteilhaft zur Geltung brachte. Bei dem Gedanken fuhr sich Asia unwillkürlich mit der Zunge über ihre eigenen Lippen. Ihre Mutter hatte ihr versichert, dass das Bläschen gar nicht zu sehen sei. Abgesehen davon und von den Schatten unter ihren Augen sah Asia, wie sie selbst fand, ziemlich schick aus. Sie blieben in dem engen Korridor stehen.

»Fertig?«, fragte Asia.

Ihrer Schwester zitterten die Hände. Auf dem Weg zur Kapelle hatte sie erkannt, wofür ein Brautstrauß gut war, nämlich um sich daran festzuhalten. Doch zur Abendmahlsfeier hatte sie die Blumen nicht mitgebracht.

Lucy lächelte tapfer. »So fertig wie möglich, schätze ich.«

Das Gefühl kenne ich doch.

Asia ging als Erste hinein. Als der Blick ihrer Mutter sie traf, lächelte sie verkrampft, obwohl ihr die Tränen in die Augen traten. Vermutlich würde keiner der Swensons diesen Tag trockenen Auges überstehen.

Im Unterschied zu dem großen Gottesdienst, der in einigen Stunden stattfinden sollte, gab es hier keine Musik. Keine Orgel oder Trompete, um die Ankunft der Braut zu verkünden. Nur die Seufzer und das Herzklopfen der engsten Angehörigen und das leise Keuchen, als Michael bei Lucys Anblick nach Luft schnappte.

Sie trat als Letzte zu den anderen vor den Altar, und Pastor Bob wartete noch einen Augenblick, damit das glückliche Paar verliebte Blicke austauschen konnte. Dann sprach er das erste Gebet. Nachdem er den Tagessegen gesprochen und Gott um Hilfe und Beistand für die junge Ehe gebeten hatte, blickte der Geistliche von Marianne zu Lucy und weiter zu Asia. Seine vertraute tiefe Stimme war ganz rau vor Ergriffenheit.

»Innerhalb der großen kirchlichen Familie war Ihre Familie sicherlich … Nun ja, ich bin froh, dass ich Sie kennenlernen durfte. Wir haben viel zusammen erlebt, und ich hoffe, es warten noch viele gemeinsame Erinnerungen und Ereignisse auf uns. Jeder Einzelne von Ihnen ist mir lieb und teuer.«

Asia grinste ihn an, sehr erleichtert, dass er immer noch so über sie sprechen konnte, nach all dem Gift, das sie in seinem Büro verspritzt hatte. Mit Sicherheit gab es Ausdrücke, die man nicht in Gegenwart eines Geistlichen verwendete, doch Pastor Bob hatte ihr versichert, dass er sie alle schon kannte und kein Recht hatte, Asia dafür zu verurteilen.

Der Fotograf hatte angefragt, ob er bereits in der Kapelle Bilder machen dürfte. Die intime Atmosphäre und das Licht, das durch die leuchtend blauen und orangefarbenen Fenster fiel, wären besonders malerisch. Doch der Vorschlag war entschieden abgelehnt worden. Nicht alles im Leben musste auf Film, in Protokollen, Dokumenten und Krankenakten festgehalten werden. Die wichtigsten Momente sollte man einfach *leben*.

Selbstverständlich konnte der Fotograf später noch viele Bilder schießen: im Innenhof der Kirche, auf den Eingangsstufen – rasch, bevor der Wind die Frisuren durcheinanderwehte – und im Kirchenschiff, das Enid Norcott mithilfe von Girlanden aus Seidenblüten und Immergrün in ein wahres Märchen verwandelt hatte. Asia, der vom vielen Lächeln schon das Gesicht wehtat, konnte sich gut vorstellen, wie sich ihre Schwester erst an diesem Abend fühlen würde.

»Ist Brandon schon hier?«, fragte Lucy und trat einen Schritt beiseite, damit Michael mit seinen Eltern am Altar für ein Foto posieren konnte.

Asia hatte ihn einige Minuten zuvor gesehen, wie er sich mit einem der O'Malley-Brüder unterhielt. »Ja«, sagte sie. »Ich habe zwar noch nicht mit ihm gesprochen, aber er hat mir zugewinkt.« Und ihr ein stummes *Wow* signalisiert, was ihre Laune noch mehr gehoben hatte.

»Ich hätte gerne ein Bild von euch beiden«, sagte Lucy. »Sieh zu, dass der Fotograf eins macht. Aber jetzt erst mal eines von uns beiden.«

»Noch eins? Luce, wir haben schon so viele. Du und ich, wir beide mit Mom, mit Mom und Dad, mit den ganzen Brautjungfern, wir …«

»Hey«, unterbrach Lucy sie und tippte ihr auf die Schulter. »Musst du als Erste Brautjungfer nicht tun, was die Braut verlangt?«

»Wenn du das so siehst«, neckte Asia sie, »kannst du von Glück reden, wenn ich keine Meuterei anzettele.«

Da hielt Lucy schmollend einen Finger in die Höhe und bat: »Nur ein einziges Bild. Mehr verlange ich doch gar nicht.«

Als der Fotograf seine Liste abgearbeitet hatte, winkte Lucy ihm, ihr zu folgen.

Ich muss mir auch so einen weißen Stoffberg von Kleid zulegen, dachte Asia belustigt. Dann konnte sie ebenfalls alle anderen herumkommandieren und würde trotzdem noch ausgesprochen feminin und liebenswert wirken.

Als Ort für das Foto hatte sich Lucy eine der neueren Treppen ausgesucht, die zum Probenraum des Chors führte und mit einem königsblauen Läufer ausgelegt war. »Du wirst ein paar Stufen höher stehen müssen«, sagte die Braut und breitete erklärend ihren weiten Rock aus.

Da die Treppe eindeutig zu schmal für sie beide war, stellte sich Asia hinter ihre Schwester und lehnte sich seitlich gegen die Wand. In ihrem gerafften Satinkleid sah

Lucy aus wie ein kleines Mädchen, das Prinzessin spielt. Asia musste lächeln, als sie an die vielen Nachmittage dachte, an denen sie Lucy geholfen hatte, sich für Halloween zu verkleiden, und mit ihr dann durch die Nachbarschaft gezogen war.

»Das war heute wahrscheinlich dein erstes echtes Lächeln vor der Kamera«, flachste Lucy. »Aber ich habe das ständige Grinsen auch langsam satt. Ich dachte jetzt mehr an so was hier.« Sie blies die Backen auf, riss die Augen auf und schielte.

»Ganz reizend.« Asia schnitt ihre Lieblingsgrimasse und blickte ebenfalls in die Kamera. Der Fotograf schüttelte missbilligend den Kopf, dann klickte der Auslöser.

»Gut«, sagte Lucy. »Jetzt werde ich mein Make-up auffrischen und noch mal zur Toilette gehen. Ich glaube, es wird langsam Zeit.«

»Ja.«

Bald darauf bat Doreen, die den Ablauf der Zeremonie überwachte, die Gäste, sich in einer Reihe vor der Kirchentür aufzustellen.

Jetzt kam der Höhepunkt des Tages, den sie nie vergessen würde, dachte Asia. Helfer hatten die Ehrengäste zu ihren Plätzen geleitet, und Michael wartete mit den Trauzeugen und Pastor Bob vor dem Altar.

Die Musik setzte ein. Doreen öffnete die Tür und ermahnte die Brautjungfern: »Immer lächeln, meine Damen!« Als wären sie ein Trüppchen Cheerleader. Daraufhin reckten Reva und Rae, die heute noch makelloser aussahen als sonst, das Kinn und strafften die Schultern. In diesem Augenblick machte Asia den Fehler, zu Lucy hinüberzusehen.

Als sich ihre Blicke trafen, mussten beide kichern. Bei dem Versuch, es zu unterdrücken, bebte Asia am ganzen Körper.

Sie musste unbedingt damit aufhören! Reva und Rae hatten schon die Kirche betreten, dicht gefolgt von Cam. Dann kam Asia und hinter ihr Lucy am Arm ihres Vaters.

Lucy beugte sich ein wenig vor. »Du wirst doch wohl keinen Lachanfall kriegen, oder?«

»Kann ich dir nicht versprechen«, erwiderte Asia.

George räusperte sich. »Ach, ihr Mädchen.«

Lucy kicherte. »Ich weiß, Daddy. Wir sind unmöglich.«

»Nein, ihr seid wunderbar, und ich bin so stolz auf euch.«

Seine Worte lösten in Asia einen Sturm der Gefühle aus. Sie musste sich rasch umdrehen, um nicht in Tränen auszubrechen.

Mit so leiser Stimme, dass beim Klang der Orgel nur seine Töchter ihn hören konnten, fuhr er fort: »Eure Mama hat ja so ziemlich immer recht, aber hört nicht auf sie, wenn sie behauptet, sie hätte mit euch irgendetwas falsch gemacht. Meiner Meinung nach stimmt mit euch beiden einfach alles.«

Während sie weiterschritt, versuchte Asia, den Kloß in ihrer Kehle hinunterzuschlucken. Der Grund dafür, dass alles stimmte, war die Liebe, dachte sie. In den vergangenen Monaten hatte sie so viel davon erfahren und bei zahllosen kleinen Anlässen erkannt, wie wichtig es war, zu lieben und geliebt zu werden. Ein Beweis dafür waren all die Menschen, die links und rechts von ihr in den Kirchenbänken saßen – Verwandte und enge Freunde der Familie und unter ihnen Brandon, der in seinem neuen Anzug einfach klasse aussah. Wie warmer Sonnenschein breitete sich

Dankbarkeit – nein, reine Freude – in ihr aus, während sie durch das Kirchenschiff schritt. Alles, von den Seidenschleifen an den Bänken bis zu den flackernden Kerzen am Altar und natürlich die vielen, vielen Seidenblumen schufen einen festlichen Rahmen. Und genauso festlich war Asia in diesem Augenblick zumute.

Strahlend schritt sie an ihrer Mutter und Michaels Eltern vorüber bis zu dem geschmückten Geländer, wo die übrigen Brautjungfern bereits warteten. Sicher, es wäre schön, wenn sie ein so offenes Wesen hätte wie Lucy, oder wenn sie und Brandon eher zueinandergefunden hätten. Doch es war niemals zu spät. Jeder neue Tag bot ihr Gelegenheit, sich an dem zu erfreuen, was sie hatte, solange sie es noch hatte. Ohne sich darüber zu sorgen, was sie auf dem Gipfel erwartete, konnte sie bei ihrem Aufstieg eine Rast einlegen und den Weg genießen.

Einfach das Leben genießen.

Danksagung

Mein herzlicher Dank geht an Pam Hopkins, die fest an dieses Buch geglaubt hat, und an Ellen Edwards, die mir geholfen hat, die Geschichte von Asia und Lucy noch besser zu machen. Des Weiteren gilt mein Dank den Krebspatienten und ihren Angehörigen, die mir bei meinen Recherchen behilflich waren. Ich hoffe, dass von ihrem Mut und ihrer Würde etwas auf mich übergegangen ist.

Wie im Fall der fiktiven Swensons hat der Krebs auch meine Familie schwer getroffen. Ich unterstütze Forschungsgruppen, die nach einem Heilmittel suchen und setze mich für Stiftungen wie *Teens Living with Cancer* ein, deren Ziel es ist, die Lebensqualität von Jugendlichen mit Krebs zu verbessern.

Bevor ich ein neues Manuskript in Angriff nehme, stelle ich mir immer eine Art Soundtrack als Hintergrundmusik für meine Arbeit zusammen. *Vergiss mich nicht* wäre wohl nie entstanden ohne die Musik von Jann Arden, die teils bissigen, teils deftigen Folksongs der Brobdingnagian Bards und das Stück »How to Save a Life« von The Fray.

Meine größte Liebe und Dankbarkeit schließlich gilt Jarrad, Ryan, Hailey und den übrigen Verwandten und

Freunden, die mir mit ihrer Geduld und ihrem Lachen Rückhalt gegeben haben.

Tanya Michna schloss ihr Studium an der University of Houston-Victoria mit Auszeichnung ab. In jene Zeit fällt auch der Beginn ihrer schriftstellerischen Tätigkeit, die sie mittlerweile zu ihrem Beruf gemacht hat. Sie lebt mit ihrem Mann und zwei Kindern in der Nähe von Atlanta, Georgia.